Tereza Boučková

Rok kohouta

ODEON

ISBN 978-80-207-1263-9

AJL

Pokoj v nemocnici byl rozpálenější než všechny ulice dohromady. Vedro. Vzduch se ani nepohnul. Ještě ráno sám došel do sprchy. Ještě odpoledne a vpodvečer jsme se viděli. Podala jsem mu ze stolku pití. Po tom jsem od rána toužil, řekl úlevně, ale skoro nic nevypil. Marek u něho seděl, otíral mu paže a nohy mokrým ručníkem, snažil se dávat mu pít, vlhčil mu rty, hladil ho po rukách, držel ho za ně až skoro do poslední chvíle. V noci odešel přespat do bytu rodičů, aby druhý den přišel zas. Ani ne za deset minut zavolala noční služba, že mu táta umřel.

Několik hadříků, nerozbalené bonbóny, minerálky a vody, co je Marek do nemocnice nanosil. Definitivně prázdný byt se musí vystěhovat a vrátit majiteli, nábytek nejspíš spálit, jako toho mrtvého, co ještě před pár minutami...

Takové spálení přijde na deset tisíc. I když nejdřív byla suma o dva tisíce vyšší. Paní v pohřební službě začala nabízet slevičky. Výhodné slevičky, jaké nabízí Michal v prodejně kol věrným zákazníkům. Měla snad pocit, že by mohl být Marek pro její firmu perspektivní? Anebo ji znervózňovalo, že žádnou nabídnutou sumu nekomentoval, že nesmlouval, že všechny návrhy přijal? Původní i stále přihazované slevy, na všechno kývnul. Kremace bez obřadu. (Kdo by na něj šel?) Bude se konat tam a tam. Je to tam mnohem hezčí. A levnější. Celkově výhodnější –

i s dovozem těla. Urnu s popelem samozřejmě dodají, je započtena v ceně. Vše za rovných deset tisíc!

K vážené spokojenosti...

Potkali jsme se v kině s Markovým bývalým profesorem, kamarádem, a šli na pivo a víno. Kamarád se vypovídal ze své samoty (bez muže). Marek ze smrti svého táty. Nese to tak vyrovnaně. A přitom se s ním měl celý život rád. Marek se vypovídal i mně. Snažím se ho poslouchat. Ale sama stesk necítím. Padl na mě z tchánovy smrti jen nepříjemný, divný pocit z naší konečnosti. Domů z města jsme se vraceli pozdě v noci. Marek šel vyzvednout auto z objektu, kde dvanáct let pracuje. Vždycky to trvá, než se k autu dopracuje.

Šla jsem zatím navštívit přátele, co bydlí za rohem. Jejich pes ležel zesláble v pelechu, po operaci. Rozřezaný a sešitý. Byl přes den doma sám, vnikl do špatně zavřeného špajzu s pytlem granulí, suchého psího žrádla. Sežral ho přes půlku. Přežral se tak, že musel ihned pod kudlu – měl torzi žaludku. Akutní zákrok stál dvanáct a půl tisíce. Víc než kremace jednoho lidského nebožtíka.

Takový je svět v úterý, 2. srpna 2005.

Zdály se mi sny o *Dívce s perlou*. Ale prudce jsem se probudila. „…Někam mezi náhodu a záhadu se vklínila naprostá lidská svoboda představivosti. Tuto svobodu, podobně jako jiné svobody, se pokoušeli omezit a zrušit. K tomu účelu objevilo křesťanství hřích v mysli. Kdysi mi to, o čem jsem se domníval, že je mé svědomí, zakazovalo určité představy…

Až v šedesáti nebo pětašedesáti jsem plně pochopil a přijal nevinnost představivosti. Potřeboval jsem celou tu dobu, abych připustil, že co se děje v mé hlavě, se týká jen mne, že v žádném případě nejde o to, čemu se říkalo „zlé myšlenky", že nejde o hřích a že je třeba dát jí volný průchod... Představivost je naší hlavní výsadou. Je stejně nevysvětlitelná jako náhoda, která ji rozněcuje..."

Četla jsem Buñuelovy vzpomínky *Do posledního dechu*. Ležela jsem v posteli, ulicí se tiše nesl slábnoucí zvuk auta – Marek zrovna odjížděl do práce. Podívala jsem se střešním oknem na nebe a vzpomněla si, jak včera v kině malíř dívce (s perlou) ukazoval mraky: Jakou mají barvu? Ptal se jí.

A ona ihned odpověděla: Bílou.

Ale pak se na ně zadívala jeho očima: A modrou a šedou a žlutou a...

A ze všeho nejdřív musím vyvenčit psa. Vyrazila jsem hned, aby se v lese proběhl dřív než bude vedro. Potom jsem jela na kole do vsi pro poštu, pošťačka má volno. Nakoupila jsem rohlíky a chleba a sýr a co se mi vešlo do batohu a přivezla to na zádech domů. Zaplavil mě radostný pocit, že všechny kopce k nám vyšlapu a že jsem tak činorodá.

Lukáš byl vzhůru, seděl u televize. Ještě nesnídal. Těšil se z čerstvých rohlíků a pochválil mě za ně. Zatímco jedl, snášela jsem si z podkroví na zahradu pod pergolu notebook a klávesnici a myš a podložku pod ni a všechno možné. Znamenalo to jít po schodech nahoru, odemknout pokoj, vzít všechno pokud možno naráz (nikdy se mi to nepodaří), nějak to jednou rukou podržet, abych druhou mohla pokoj zamknout. A po schodech dolů kolem Lukáše, který mi nabídl pomoc, ale on stejně neví, co všechno potřebuju a kromě toho...

Když něco zapomenu (vždycky něco zapomenu), musím po schodech nahoru. Tam zjistím, že jsem někde odložila klíč od zamčených dveří, tak tedy dolů, hledat, najít, jít, odemknout, vzít, zamknout. Zamknout! V každém případě zamknout (stejně mockrát zapomenu).

Budu venku pod pergolou psát.

Pokusím se.

Lukáš dojedl a jakž takž po snídani uklidil. Ohlásil mi, že půjde ven. Sám se nabídl, že vezme igelitku s nevratným sklem, aby ho cestou vyhodil do kontejneru.

A nechceš eště s něčím pomoct, mami?

Dík. Stačí mi, že ses zeptal. Jsem ráda.

Na odchodu se na mě náš prostřední syn mile usmál a popřál mi: Ať ti to dobře jde.

Tak tedy o dívce a mracích. Jenže jsem měla jako ona oschlé, rozpraskané rty. Už dávno si je nevlhčím jazykem – jako to po dívce chtěl malíř. Chvíli jsem hledala ledvinu, v níž trvale nosím jelení lůj, než jsem si vzpomněla. Když jsem vyndávala nákup z batohu, bezmyšlenkovitě jsem ji tady, v přízemí, odložila. Šmátla jsem do kapsičky, vzala lůj a pusu si natřela. Ale zarazila jsem se. Takový divný pocit, jako by něco bylo jinak.

Něco bylo jinak. (Anebo naopak?)

Všechno se ve mně sevřelo zlostí. Rozběhla jsem se ke kolu, nasedla a šlapala jako divá. Jako divá jsem Lukáše dostihla pod největším kopcem. Předjela jsem ho a zakřičela, ještě jsem ani nezastavila, ještě jsem ani neslezla z kola: Kde je ta padesátka?

S nechápavým výrazem odpověděl otázkou: Co? Jaká padesátka?

Teď už jsem zastavila a slezla a strčila kolo k plotu nejbližší zahrady: Ukaž kapsy!

Prohledala jsem mu je. Tohle ponížení! Jen moje, těm, co kradou to nemůže vadit, ti přece prohledávají něčí kapsy pořád.

Stud, že musím.

Prohledala jsem Lukášovi kapsy a nic nenašla. Zapochybovala jsem o svém duševním zdraví. Ale ráno jsem přece v konzumu platila dvoustovkou, to vím. Prodavačka neměla zpátky, vrátila mi až po další nakupující, vrátila mi bankovku a nějaké drobné, křičím na Lukáše: Kde je padesátikoruna, co mi zmizela z ledviny?

Z jaký ledviny?

Máš ji ve spoďárech? Nebo schovanou v botách?

Nabíral do breku: Žádnou nemám.

Dej ji sem!

Já nic nevzal!

Kam jsi ji schoval?

Rozbrečel se.

Předevčírem mu bylo sedmnáct. Předevčírem dostal k narozeninám tisícovku. Teď dotčeně brečel a tělo mu upřímnými vzlyky nadskakovalo.

Bývaly časy, kdy jsem mu slzy zbaštila a rozbrečela se taky. A omluvila se za nespravedlivé nařčení. Bývaly časy, kdy jsem mu věřila, časy, kdy jsem neuměla šacovat.

Já se na tebe vrhnu a přede všema tě svlíknu! (Nikdo na cestě není, lidé možná šmírují v přilehlých zahradách, můj křik zní do daleka.) Servu z tebe šaty a tu pajcku najdu, protože mi zmizela. Kde je?!

V peněžence.

Vždyť jsem ji prohledala, máš ji prázdnou.

Složená pod občankou.

Byla tam. Poctivě složená na maličký čtvereček. Vzala jsem ji, popadla kolo a snažila se vyjet kopec zpátky.

Až vyhodíš láhve do kontejneru, naklušeš domů, jasný?

Nohy jsem měla slabé. Celá jsem byla slabá, ačkoli jinak jsem byla rozpumpovaná na maximum. Kolo jsem tlačila a horečně přemýšlela. Co udělám, až Lukáš za chvíli přijde?

Nic.

Vyřešil to za mě, do půlnoci se neukázal. Když přišel, byla jsem nahoře v pokoji. Sama. (Marek zůstal přes noc v rodičovském bytě.) Nemluvila jsem s ním. Dalo mi hodně práce mlčet. To mu vyhovuje. Najíse, vleze si do postele a usne a tím se pro něj všechno z dneška uzavře. Že by se za krádež omluvil? To už nedělá. Poté, co se jednou omluvil, že mě okradl – a druhý den mě okradl znovu, jsem na něj při další omluvě křičela: Přestaň krást a nemusíš se omlouvat!

Přestal se omlouvat.

* * *

„…a když ses včera vykašlal na to, aby ses vrátil domů, jak jsem řekla, tak si dnes počkej, dokud se nevrátíme my. A nepokoušej se dostat dovnitř!"

Než jsme dnes s Markem odjeli, zamkli jsme dům, aby se do něj Lukáš sám nedostal – jen do předsíně. Zamkli jsme vnitřní dveře, co od nich nemá klíč. Aby po včerejšku pocítil, že takhle to u nás chodit nebude. (Spal, dokud jsem neodešla se psem a vytratil se dřív než jsem se vrátila.)

Přijeli jsme v jedenáct v noci. Lukáš seděl v předsíni a opíral se o vnitřní dveře. Byly rozdloubané, u zámku rozmontované, ale stále zamčené. Kolem se válelo nářadí. Šroubováky a dráty a narychlo udělaný šperhák. Jak se k němu dostal, když jsme zamkli dílnu? Okno bylo rozbité. Na zemi střepy.

Všechno máme rozbité a vypáčené.

Takhle si žijeme.

Dnes ráno mi už od půl šesté kazila špatný spánek hrdlička svým monotónním, hloupým vrkáním a ne a ne zmlknout. Převalovala jsem se v posteli a nemohla spát, nechtělo se mi ležet, nechtělo se mi vstát, nic se mi nechtělo.

Vstala jsem, sešla dolů a začala chystat snídani. Marek přišel chvíli po mně. Sedli jsme si a mlčky jedli. Mluvit by znamenalo zase všechno rozpitvávat, všechno ze včerejška, z posledních let, všechno, co bylo každý den stejné nebo horší. I v lese, na procházce se psem, jsme mlčeli. Házeli jsme mu klacek a snažili se nakazit jeho vytrvalou psí radostí.

Vrátili jsme se, Lukáš ještě spal. Byli jsme rádi. Až vyleze z pokoje, zase nebudeme vědět, jak s ním mluvit. Když to začneme řešit, rozčílíme se hned po ránu. Katarzi to nepřinese – to by to tu dávno vypadalo jinak. Když budeme dělat jakoby nic, bude Lukáš přesvědčený, že nic. Že nám jeho krádeže a vloupání připadají normální, že vysklené okno je normální, že šroubováky a šperháky a rozmontovaný zámek u dveří a všechna okna v přízemí s vrypy u zavírání jsou normální…

* * *

Prší. Asi proto, že je neděle. Vyrazili jsme s Markem na kolech i tak. Lukáš se ploužil od televize k televizi s tím, že on v žádném případě nikam nepojede (ani nemá na čem, všechna svá kola rozbil). A my už netlačíme, pokud to není nezbytně nutné. Snažíme se udržet mír, je to tak úlevné.

Včera jsme se pustili do čištění komína a vymetání kamen, nepříjemné práce plné sazí a mouru a Lukáš se připojil a mírně pomáhal. Podařilo se nastolit mír a teď se budeme snažit.

Marek vybral trasu: Pojedeme tam a tudy a ještě támhle (dáme si tam pivo) a zpátky do vsi z opačné strany a k nám domů, do lesa. Určitě dvacet kilometrů, dvacet nejmíň a samé kopce.

Vyrazili jsme. Pršet přestalo, vyjasnilo se. Celou cestu bylo krásně. Šlapali jsme krajinou – já a mně povědomý cyklista, který mě míjel tu v protisměru: Ahoj! Ahoj!, tu v mém směru: Ahoj! Ahoj!... Při míjení se jako správní cyklisté pokaždé pozdravíme.

Kroužení v elipsách je Markova nová metoda, jak si na kole se mnou po boku (velmi nadnesený výraz) zajezdit. Jedině se mnou po boku si krajinu kolem prohlédne – jinak se všude řítí, aby si nekazil rychlostní průměr.

Jen co jsme dojeli do vsi, začínalo se zase prudce škaredit. Déšť přišel ihned, prudký, vydatný. Z okna svého domu nás zahlédla paní K. a pozvala nás schovat se k ní pod střechu. Kafe, moučník, povídání. Samozřejmě o klucích. Mluvíme, jak nejlíp umíme, a Marek, posazený před okno, řekl, že se mu zdálo, jako by zahlédl jít po ulici Lukáše – s Patrikem. Kde by se ve vsi vzal Patrik? Za půl hodiny nám volali na mobil, že jsou doma, oba.

Sedli jsme na kola.

Patrikovi je dnes osmnáct let!

Má sice narozeniny, ale už jsme ho čtyři měsíce neviděli a stejně dlouho neslyšeli, tak jsme nic nechystali. Ani nás nenapadlo, že se k nám právě dnes vypraví, sám od sebe, dobrovolně.

Patrik, náš nejstarší syn.

Byl docela čistý, slušně oblečený – až na boty. Ty byly ošlapané a roztrhané, olezlé. Patrik čerstvě dohola – s hlavou zjizvenou, jako by po ní někdo tančil žiletkou. Jako by právě vylezl z kriminálu. Za poslední měsíce jsem ho zahlédla jen jednou, v projíždějícím autobusu. Tehdy měl na hlavě dredy.

Nebyl jsi zavřenej, že jsi tak vyholenej?

Dneska se v kriminálu nestříhá.

Jak to víš?

Nalili jsme víno, naštěstí jsme doma láhev měli, a připili si na jeho plnoletost: Všechno nejlepší!

Dort jsem neudělala, netušila jsem, že se objevíš.

To je jedno.

Na zdraví!

Čus.

Už tě nebudou honit policajti.

Stejně mě nehonili.

Tady byli často.

Aspoň něco dělaj.

Dokonce tě hledali i u mýho táty.

Cože? Ha ha ha. Smál se pobaveně. Já (skoro) taky, když mi to táta volal. Policie u něj hledala Patrika a on přitom neví, jak vypadá. Viděl moje tři syny všehovšudy jednou dvakrát, dávno, když byli kluci malí.

Hledali tě všude možně.

Jsou za to placený.

Ty je neplatíš.

To je jedno. Ať makaj.

Patrik si přijel pro cestovní pas. Občanský průkaz nechal ve výchovném ústavu a tam pro něj teď nemůže. Proč? Protože nemá čas. Jede na koupák.

Řekla jsem, že mu pas nedám, dokud si občanku z ústavu nevyzvedne. Mluvila jsem telefonicky s vychovatelkou, abych zjistila, jestli nemá před ukončením pobytu dluhy, jestli s nimi nemáme něco vyrovnat.

Jak bych moh mít dluhy, když jsem tam skoro nebyl?

Chtěli ti prodloužit ústavní výchovu do devatenácti – v ústavu s přísným režimem, s mřížema na oknech. Strašně jsi je štval.

Stejně bych zdrhal!

Požádali jsme u soudu, aby tě nechali. Ať si svobodu užiješ. Ale v ústavu potřebujou, aby sis pro občanku zajel, musej tvůj pobyt uzavřít. Nemůžou to udělat, když tam máš věci a zvlášť doklady. Potřebujou podepsat převzetí. Patriku, každej stát má zákony a ty se musej dodržovat. Najdi si práci, plať zdravotní pojištění, protože je ze zákona povinný. Jinak ti porostou dluhy. Zkomplikuješ si život a těžko se z toho budeš dostávat... Když nechceš pracovat, aspoň se přihlas na úřad práce. Ten za tebe bude pojištění platit...

Hučeli jsme.

Řekli jsme mu, že s námi bude moci bydlet jedině, když bude žít legálně. Nechce s námi bydlet. Žije ve městě, u kámoše, je v pohodě. On nebude tak blbej, aby chodil denně do práce! Aby jezdil každý týden na pracák. Postará se o sebe, ví jak. Prachy vydělat umí: A nechcete mě náhodou do toho ústavu odvízt? Já nevim, jak se tam mám dostat.

Ty nevíš, jak se tam dostat a přitom jsi odtamtud šestkrát utekl?

Pětkrát.

Pětkrát nebo šestkrát!

Křičíme.

Marek i já, zase jsme se rozčílili, zase jsme byli v otáčkách, nešlo to jinak.

Patrik vstal: Tak dáte mi ten pas?

Ne.

A proč ne?

Když to musí být – a být to musí!

Bála jsem se, že nás notářka, kterou jsem náhodně vybrala v telefonním seznamu a objednala se k ní, odsoudí. Ale šli jsme, učíme se to zvládat, zvykáme si. Ba ne, nezvykáme, jen se učíme.

V devět jsme s Markem vešli do její kanceláře. Odvahu! Neděláme přece nic špatného. Děláme neděláme, stejně jsme měli pocit viny, že se nám to nepovedlo, že jsme selhali, že jsme kluky dobře nevychovali, proč to nešlo, když jsme se tak snažili? Copak člověk vůbec nic neovlivní? Svojí láskou, energií, tím, jak sám žije? Kolik nocí jsem těmihle úvahami probděla.

A teď jsme tady.

Notářce jsme vysvětlili, co a jak jsme uměli. Stručný životopis, rodičovské resumé, jinak než v krátkosti minulých dvacet let popsat nešlo.

Osvojení druhého stupně je právně totéž, jako mít dítě vlastní. Tudy cesta nevede. Musíme dokázat Patrikův nezájem o nás, rodiče, a taky jeho „neřádný" život, když to musí být.

Posunuli jsme se rychle k podkladům. Měli jsme s sebou zprávy odborníků, k nimž jsme se před lety uchýlili, když jsme si sami nevěděli rady a výchova prvního adoptovaného syna podle našich povah a srdcí zcela selhávala.

Patrik: „...Porucha chování postupně přecházející do nesocializovaných poruch chování, kombinovaných s disharmonickým vývojem osobnosti, který vyústil v socializované poruchy chování s kriminální činností..."

Měli jsme i všechny rozsudky a hlášení o útěcích z výchovného ústavu. (K nám nevedly.) Objemná složka. Sepsali jsme vše, jak nejlíp jsme dovedli, protože být to muselo.

Kulaté razítko.

Odcházeli jsme. Notářka nám ve dveřích stiskla ruce a řekla, že se sklání před naší statečností. A já... I tohle se budu muset naučit zvládat, ne všichni nás odsuzují, ne všichni, ještě ne.

Marek spěchal služebním autem do práce, já naším na nákup a domů. Ani jsem nedonesla tašky z kufru k brance a už do naší ulice vjíždělo auto s nápisem POLICIE. Dva uniformovaní hledali Patrika. Další celostátní pátrání. Jak to? Proč ho zase hledají? Vždyť mu včera ústavní výchova definitivně skončila, vždyť je od včerejška plnoletý.

A ode dneška vyděděný.

* * *

„…Také si myslím, že při výrobě filmu není nic důležitějšího než dobrý scénář…" *(Buñuel)*
Myslím si také. Jenom nevím, kdo má patent na rozhodnutí, co je nebo není dobrý scénář? Včera jsme měli schůzku ve čtyřech: producent, režisér, dramaturg a já, scenáristka. Účelem bylo seznámit se s producentem (přivedl ho režisér) a oslavit přijetí scénáře do výroby.
Producent mi řekl, že scénář přečetl jedním dechem. A že je to NUDA. Nadiktoval změny.
Mám si nechat zkazit scénář, abych mohla mít film?

Vpodvečer mělo být v rodičovském bytě rozloučení s Markovým tátou. A já myslela jenom na to, co mám nebo nemám dělat se scénářem.
V rozjitřeném stavu plném otázek jsem spěchala na autobus do města. V rozjitřeném stavu jsem potkala pošťačku. Předala mi dopis. Držela jsem v rukou obálku a prohlížela si pěkné písmo (připomíná mi tátovo), vypsané, pravidelné, značící vyrovnanou osobnost a jasný názor. V dopise bude jasný názor na scénář. Mám sílu přečíst si ho? A jak je možné, že vůbec nepoznám, jestli píšu nebo nepíšu dobře? Čím jsem starší, tím jsem nejistější. Kdysi jsem to poznala a stála si za svým. Teď o všem pochybuju. Minuty ubíhaly, autobus měl jako vždy zpoždění. S tlukoucím srdcem jsem dopis od AJL otevřela:
„…Tak tentokrát se to, myslím, povedlo."
Autobus asi přijel, když jsem v něm najednou seděla. Asi mě odvezl až na konečnou tramvaje, když jsem na ní náhle stála. Nejspíš jsem dojela až na nábřeží a došla na místo schůzky – ve výtahu jsem stoupala do posledního, čtvrtého patra. V pravý čas. Rozhodla jsem se: Neustoupím.
Režisér měl taky zpoždění. Kamarád ale na místě byl: Jak se máš? Zeptal se mě. Vyprávěla jsem všechno.
Jak jsem nechtěla žít, protože mě rodinné soužití ničilo.

Jak jsem měla chuť rozjet se autem a naprat to do stromu.
Jak mi přišlo všechno zbytečné. Nejvíc život, pak rodina a hned po
ní psaní.
Jak jsem nenáviděla psaní.
Jak mě každé ráno vyděsilo, že musím přežít den.
Jak jsem se bála, že ho nepřežiju. Že mi ta záklopka, co drží lidi
naživu, povolí. (Co se v mozku udělá za břečku? Co se tam rozlije
za tekutinu, že zbude jen touha skončit to?)
Jak jsem pořád brečela.
Jak pořád brečím.
Jak mě AJL přesvědčoval, že mám zkusit psát scénář podle svých
nejlepších próz.
Jak jsem nevěřila, že je to možné.
Jak jsem se snažila, ale nedařilo se mi.
Jak jsme šli s Markem v lednu do divadla.
Uviděl mě jeho ředitel, s nímž se znám od kdysi, ani nevím, od kdy:
Hele, přijď k nám na začátku února! Budeš mít lístek zadarmo. Ale
musíš se nějak u pokladny prokázat. Máš v občance jméno za svo-
bodna?
Proč?
Protože 9. února začíná *Rok kohouta*. A my to tady budeme slavit.
A všichni, co mají s tímhle zvířetem něco společnýho…
    Rok kohouta?
Vždyť já jsem v něm narozená! Já jsem narozená dokonce i v *hodině*
kohouta!
Jak jsem ještě v lednu byla na dně. V únoru začala psát scénář.
A hledala dramaturga, s nímž budu schopná souhlasit a k jednomu
se vnutila a on mě odmítl.
Jak jsem se odmítnout nedala. A tak dlouho a vytrvale jsem chodila
s verzemi, až se mnou pracovat začal.
Jak se to tentokrát povedlo.
Jak jsem hledání režiséra skončila právě u tohoto, přestože jsem si
po našem prvním společném filmu říkala, že s ním nikdy, jak on…
    Zrovna přišel.

* * *

Byli jsme doma jen my dva, Marek a já. Po strašně moc letech, snad po patnácti, jsme byli sami. (Lukáše pozvala máma na týden na chalupu, aby dělal společnost synovi mé sestry, který se tam nudil.)

Seděli jsme dlouho na terase, Marek mluvil o mrtvých rodičích, noc chladla, drželi jsme se za ruce a něco pili a k ránu šli dovnitř a pustili si na plné pecky Leonarda Cohena (anebo Toma Waitse? anebo Van Morrisona?) a milovali se taky na plné pecky, milovali jsme se uprostřed pokoje na zemi, kam jsme rychle naházeli deky a polštáře a...

Všechny dveře zůstaly odemčené.

Začaly mě bolet ledviny. Přidala se další bolest. Rychlá, intenzivní bolest v podbřišku. Do auta jsem se dobelhala v předklonu, abych se odvezla na pohotovost. Zánět močových cest. Než prášky zabraly, kroutila jsem se u televize, zabalená do deky a pila jeden urologický čaj za druhým.

Marek přivezl z letního tábora Matěje. Připadá mi po čtrnácti dnech, kdy jsem ho neviděla, samostatný a velký. Po poslední kanadské noci, kdy nezamhouřil oka, byl unavený, ale odmítl to přiznat a jít si lehnout dřív než večer. Seděl s námi u televize a spal. Náš nejmladší syn.

Jsme tu jen my tři. Dveře ještě můžou zůstat odemčené, ale já je stejně vycvičeně zamykám. Vycvičeně chodím i doma všude s kabelkou pod paží. Jak to asi dělá máma? Vytočila jsem její číslo, zítra jí bude třiasedmdesát let!

Mami, já ti přeju, přeju, přeju.

A ty? Ptá se mě. Jak se máš?

Co Lukáš? Nemizej ti peníze? Jde to?

A co ty?

Mami...

Ještě jsi zamilovaná?

Mami.

* * *

„…veci sa vždy vyvíjajú – a skoro vždy ináč, ako si želáme, tá najväčšia radosť pri robote na filme je písanie scenára a všetko ostatné je vo hviezdach. Mám skúsenosť, že každé urputné úsilie je viac-menej kontraproduktívne. Aj tak verím, že sa ten scenár raz, čiže skoro!!!!!!, nakrúti, ale keby náhodou nie, máš v sebe tú peknú robotu. To nie je útecha, ani súcit, lebo súcit (a to zase hovorí moja doktorka domáca Naďa) nelieči, to je len také malé pofúkanie tvojej bolesti, čo krízy, či ako sa to volá – a keď budeš trošku staršia (ako mudrlant, čo ti toto píše) budeš to (možno) znášať ľahšie, aj keď zlosť a nasratosť na hlupákov nás nikdy neprejde. Najmä okolo filmov je ich oveľa viac ako kdekoľvek inde – a ten systém funguje tak, že všetci tí chytráci, či už režiséri alebo producenti sú tí najlepší scenáristi, ale až vo chvíli, keď od niekoho, čiže od nás, dostanú hotový scenár: okamžite, hneď po prvom prečítaní, vedia, čo na ňom treba zmeniť, čo a ako vylepšiť, čiže ako ho spoľahlivo zničiť. Tak Ťa prosím: Toto nedovoľ, nech sa to radšej nenakrúca, nech to počká na spriazneného človeka…"
(Dušan)

Abych nemohla na nic myslet!
Přestěhovala jsem Matějovi pokoj – vyrostl tak, že se nevejde do postele, probrala všechny skříně, přestěhovala Lukášův pokoj, probrala jeho rozervané svršky (všechny jsou rozervané), polovinu z nich vyhodila a vrhla se i na pokoj Patrikův. Má ho tu stále. Má tu stále ještě postel, skříň, psací stůl, své věci. Uklízela jsem a přitom poslouchala v rádiu zprávy.
Máme nového ministra kultury. Ve svém úvodním proslovu řekl, že se chce za kulturu bít a taky chce naplňovat zadání pana premiéra, protože jeho projevy padnou jako prdel na hrnec!
Máme prima ministra. Ano, kultury.

„Látka světa je látka příběhu… Člověk vnímá nohou zem a hlavou nebeskou sféru… Aby byl národ národem, musí se skrze legendy vynořit z mytické nepaměti do historické paměti… Chci vyseknout poklonu autorovi, s kterým nesouhlasím… Oprava slavné Sokratovy věty *Vím, že nic nevím*: Co vím, vím, že vím a co nevím, vím, že nevím…"

V televizi běžel rozhovor Marka Ebena s filozofem Zdeňkem Neubauerem.

(Už vím, proč nemůže být filozof ministrem kultury.)

Copak režisér neví, že ať se tvoje filmové postavy jmenují jakkoli, budou vždycky spojované s živými lidmi? S tvojí rodinou? Ale ví. Moc dobře to ví.

On to točit nesmí! Řekl jednoznačně Cyril, dramaturg.

Kdo jinej?

Byl teplý večer. Naše hospodská porada ve městě skončila ještě za světla. Šli jsme se s Cyrilem vzájemně doprovodit, jako vždycky. On mě, já jeho… Cyril odjel domů tramvají, jako málokdy, vždycky zdrhá na metro a jak mi zdůraznil – nikdy se po mnoha vypitých pivech (pije jako zedník) nekymácí a pokaždé jde rovně.

Kymácela jsem se po dvou malých dvanáctkách do prázdného mámina bytu a rovně jsem nešla. Vzala jsem to oklikami. Stmívalo se. Všude kolem zářila světla, město žilo. Lidé seděli v zahrádkách restaurací, hovory a hudba, řeka byla posetá lodičkami a šlapadly, v dálce most s hrozny turistů a za ním to překrásné zprofanované panoráma, někdy mi tak chybí, vidět kolem sebe lodě, lidi, most, panoráma…

V noci dávali v televizi *Buena Vista Social Club*, Wendersův dokument o starých, znovuobjevených a do orchestru přivedených kubánských zpěvácích, zapomenutých, roztroušených po vymlácené rozbité chudé komunistické Havaně. Nádherný dokument o skoro osmdesátiletých muzikantech (ale jakých!), vrátivších se po letech k muzice – do znovu sestaveného orchestru, jenž patřil v padesátých letech ke kubánské špičce. Jeden muzikant se živil jako čistič bot, jiný jako klavírní doprovod na dětské gymnastice. Každý se nějak protloukal a jejich talenty ležely ladem.

Prázdné havanské ulice – v noci úplně bez světel, polorozbořené zpustlé domy a bývalé paláce, držící pohromadě jen svojí podstatou, otlučené, oprýskané a ve svém zmaru až krásné – obzvlášť pro nás, kteří už jsme za tím, a z našich měst se staly kulisy čelních fasád.

Lidi, flikující donekonečna auta stará padesát let, flikující každý den, aby byl nějak k přežití, lidi potloukající se po chodnících bez očekávání a bez cíle, protože jaký cíl, když k němu žádná cesta nevede?

Vybavila jsem si intenzivně, v čem jsme tu do roku 89 žili my: umrtvující pocit bez naděje. Čas, který neběžel, nehybnost. Prázdné ulice, tma.

Ale taky doba silných přátelství a spřízněnosti.

Je 21. srpna, výročí okupace, kdyby to náhodou někdo nevěděl. Okupací můj scénář začíná, kdyby to náhodou nevěděl někdo. Před patnácti lety umřel děda.

Rozhodnutí, že definitivně zruším režiséra a že mu to dám vědět hned. Mluvili a korespondovali jsme stále dokola, stále trval na svém, čili producentově:

„...Nebraň se hrdinkám, z kterých se stanou kurvy, byla to zkurvená doba a je to silné. Na hraně. Možná za hranou, ale fakt dobré...“

Marek s Lukášem a Matějem odjeli. Měla jsem jet na naši první a jedinou společnou dovolenou taky, jenže: Zůstala jsem doma, abych střežila své umělecké ideje. Do poslední chvíle taky hrozilo, že odjedou jen Marek s Matějem a já budu střežit i Lukáše, který se od mámy vrátil a spolu s ním se navrátily i jeho zvyky.

Lukáš odmítal jet, (půjčené) kolo ho nebaví. A my ho tu nemůžeme nechat samotného, i když by to v jeho věku za normálních okolností jít mělo. (Jednou jsme to zkusili a už to nebudeme opakovat.)

Přinutit ho jet do hor na cyklistický týden, který Marek pro Klub alergiků vymyslel a zorganizoval, znamenalo, že bude neustále naštvaný – a to zkazí náladu všem, vedoucím i (alergickým) dětem. On je ve svém odporu vytrvalý. Taky jsme se báli, že když pojede, budeme těžko učit ostatních čtyřicet účastníků, že si mají schovávat peníze a mobily a tak. Kam v penzionu? Pod polštář?

Klára mě pozvala na oběd. A já pozvala ji. To je dobrá metoda při oboustranném zachování života ve skromnosti. Klára, o patnáct let starší kamarádka, mi dala za patnáct let kamarádění spoustu dobrých (a pár špatných) rad. Například mi poradila obrátit se o dramaturgickou pomoc se scénářem na Cyrila a hned mi poslala jeho telefonní číslo: Je chytrej a zkušenej, třeba tě neodmítne.

Jedly jsme.

Ve městě, v restauraci s příhodným názvem *Ztráty a nálezy*. Klára mi vyprávěla své peripetie se syny a muži, já jí na oplátku se svými syny. A pak ty s tvorbou. Teď na mě uhodila: Ty jsi zrušila režiséra?

Včera.

A to chceš, aby s tebou ještě někdy nějakej pracoval? Nepřeháníš to s tím lpěním na detailech? Co se ti na něm nelíbí? Vždyť tvůj první film udělal dobře.

Mohl bejt lepší.

Ty si myslíš, že by nějakej režisér snesl, aby mu scenárista (a obzvlášť ty!) stál za zadkem a říkal, co a jak má dělat?

Nestála bych mu za zadkem. Ale přála jsem si bejt u toho. Protože ani on, ani nikdo z herců nevěděl, o čem to všechno je. O čem to je, mít rodinu poskládanou ze tří různejch dětí, z úplně nejrůznějších! Režisér některý situace, zvlášť ty s mámou, ty hodně ženský, neodhadl. Zanesl je falší.

Nejsi náhodou nesnesitelná? S tebou bych pracovat nechtěla.

Aspoň, že se mnou obědváš.

Jsi hrozná.

Vyzbrojená nejnižším možným sebevědomím, zato však plným

žaludkem, jsem v téže restauraci čekala na schůzku s producentem. Nelíbilo se mu, že jsem s režisérem skončila.

Jak to, že ses o tom se mnou předem neporadila?

Zrušila jsem ho kvůli tvým připomínkám. Protože ty jako producent mě tlačit k nepřijatelnejm změnám můžeš, ale on jako režisér to takhle přijímat neměl.

Neexistuje!

Já se přece s tebou o svejch krocích nemůžu radit, když ty v týhle fázi scénář nepřijímáš a já ho podle tvýho nepřepíšu?

Nemůžeš si dělat co chceš!

Proč? Vždyť mi ten scénář pořád patří. Nenabídl jsi mi za něj nic – ani smlouvu, ani finanční zálohu, nic. Jen změny k horšímu.

Ještě že jsem ho nekoupil.

Ještě že jsem ho neprodala.

Ještě že můžu odjet!

Hory: Déšť, slunce, mlha, vítr, mokro, slunce, teplo, zima, sucho, vedro. KOLO.

107 kilometrů.

Co mě doma čeká? Mejl od režiséra. Mejl od režiséra. Mejl od režiséra. Mejl od režiséra.

Ano, už ví, že mě neměl nutit do změn, ano, měl si pamatovat, že jsem příliš citlivá. Bodla jsem mu svým činem nůž přímo do srdce: Nemůže spát, nemůže pracovat, nemůže řídit (dává místo normální rychlosti zpátečku). Proč mu neodpovídám? Proč se s ním nechci sejít a říct mu vše do očí?

Mučím ho schválně?

Chodila jsem na horách po louce a hledala místo, kam jsem Patrika zahrabala. Přiznala jsem se Markovi, že jsem ho zavraždila.

Vzbudila jsem se zalitá potem. A hleděla usilovně do tmy. Byl to opravdu jenom sen? Rozsvítila jsem lampičku a mžourala do světla. Zapila jsem prášek na uklidnění. Celý.

Když jsem byla s kluky naposledy na psychiatrii, odnesla jsem si odtamtud prášky já. Patrik už zcela odmítl spolupracovat a Lukáš to zopakoval po něm. Když doktorka viděla, jak se třesu, předepsala zklidňovadla místo klukům mně a tímto aktem slavnostně skončilo léčení jejich mozkových dysfunkcí, hyperaktivit a poruch chování. Dlouho jsem se snažila neusnout. Aby vražedný sen nepokračoval. Ale prášek zabral, usnula jsem, ani nevím jak. Vzbudilo mě zvonění telefonu. Od jisté doby – asi tak dva tři roky, se mi při zvonění pevné linky ve všední den dopoledne dělá nevolno. Vždycky to znamenalo průser. A já čekala špatné zprávy o Patrikovi.

Volala neznámá kurátorka z města. Oznámila mi, že je Patrik trestně stíhán, protože spolu s dvěma dalšími kluky vykradl tam a tam nějaký klub – v den svých osmnáctých narozenin. (To znamená, že od nás jel rovnou krást! Je to možné po všem, co jsme mu říkali?) Spáchal trestný čin ještě jako mladistvý a ona ho dostala na starost. Způsobená škoda je pětaosmdesát tisíc. Spolu s rozbitým oknem a dveřmi skoro sto. Sto tisíc korun.

Kriminalisté pachatele rychle chytili a Patrikovi slouží ke cti, že se ke všemu přiznal a vyšetřovatelům sdělil, kde kradené věci jsou, takže se jich hodně našlo. Zorganizoval to dospělý muž a ten klukům za odměnu slíbil peníze a marihuanu. Kurátorka chce Patrikovi pomoct, vidí snahu věci napravit. Věří mu. (Ta se má.)

Patrik má štěstí, že se vždycky najde dost lidí, které oklame tělem. Vypadá totiž na první pohled velmi slušně. A tím, že je chytrý… Ví, co je dobré říkat, co dobře zní. Jeho slova se ale naprosto rozcházejí s následujícími činy. Ani náznak souznění řeči se skutkem. Ani pokus! Brzy se ukáže jeho hlavní porucha, totiž absolutní nezájem o ostatní lidi – i ty nejbližší, o nějaké souvztažnosti mezi jím a jimi, o vazby.

Trvalo mi léta, než jsem se promořila otazníky, výčitkami, úvahami, zoufáním, vztekem, pláčem, třesem, pláčem, otazníky a znovu dokola a pořád a pořád k poznání, že do takhle porušeného člověka se cit nepřidá. Protože on v sobě tu kolonku, tu vrásku, ten vryp, kde by se mohl cit uchytit a pěstovat, vůbec nemá! A taky mi léta trvalo, než jsem přišla na to, co vědci pořád zkoumají a nemohou vyzkoumat a já už to vím: je to daný stav. V úterý je první výslech. Jsem jako zákonný zástupce zvána. Nevím, jestli půjdu. Vím, že se mi nechce – po tom všem. Nechce se mi. Nechce.

Sedla jsem do auta a jela do městečka zjistit, kolik by stály mříže do oken. Všichni, co podobnou rodinnou historii zažili, nás varovali, že první budeme vykradení my. Můžeme být rádi, že se tak nestalo, že si nás Patrik na vybrání nevybral. Měli bychom udělat opatření, aby se to nemohlo stát ani jindy, ale mříže jsou drahé, nemáme na ně.

Na co mříže, když kluci mají klíč?

Když se s Markem milujeme…

Dobrý den, tady je… Představil se mi do telefonu Patrikův bývalý spolužák, co bydlí ve vsi: Je doma, prosím vás, Lukáš? Ano, byl doma. Zavolala jsem ho ke sluchátku a Lukáš do něj odsekl, že nic nikam neponese a telefon položil.

Patrik si chtěl zařídit, aby Lukáš vzal jeho pas, přinesl ho na poštu do vsi a on by si mohl vyzvednout občanku, kterou mu sem z výchovného ústavu po mnoha telefonátech nakonec poslali v doporučeném dopise.

Hmm, tak on je ve vsi, nechá k nám domů telefonovat kamaráda, chce si nechat od Lukáše přinést pas a se mnou, která mu – kdyby nic jiného – nechala ten pas udělat (za šest stovek, protože v řádném termínu se na to vykašlal, i když k moři s námi vloni jet chtěl), se mnou mluvit nebude?!

Řekla jsem Lukášovi, že udělal správně, stejně bych mu Patrikův pas nedala. Tenhle způsob komunikace mi vadí a pokud od nás Patrik něco chce, bude se muset obtěžovat se mnou nebo s tátou. Popsala jsem Lukášovi, co má za problém, protože jemu se Patrikova svoboda moc líbí.

Tohle smrdí kriminálem, měl bys to vědět, než s ním zase někam přes náš zákaz vyrazíš!

Lukáš vstřícně odpověděl, že on tak blbý, aby někde kradl, určitě nebude. Měla jsem na jazyku spoustu námitek – jakože když krade doma, je to taky zlodějina, je to kapsářství, trestný čin! Ale spolkla jsem je. Zůstali jsme pro jednou u kladných motivů. Pochválila jsem ho: Udělal jsi to dobře, Lukáši.

Čekala jsem celý den, že si Patrik pro pas přijde, kdyby pro nic jiného, tak kvůli výslechu, na nějž bude občanský průkaz nutně potřebovat, ale neudělal to.

Nepřekvapeně nerozumím.

Modlitba pro Martu
Není to jako titul filmu moc vážné, zavádějící úplně jinam? A není
to zadané, když to zpívala Marta Kubišová? A proč se mi Cyril tak
dlouho neozval? Kam se ztratil?
(Neumřel?)

Seděli jsme pod pergolou, byl jeden z mála teplých večerů
v tomhle podivném létě, a oslavovali konec prázdnin. Byli u nás
všichni kamarádi – Mirek s Jarkou, Daniel s Pavlou a Martin s Len-
kou. Seděli jsme a popíjeli a Martin se krásně napařil a přemlouval
nás, abychom si koupili na hřbitově ve vsi společnou hrobku, kde
bychom všichni leželi pohřbení a mohli se vzájemně v té podzemní
nudě...
Rozptylovat.

Pokoušela jsem se dívat na současný český film, nedělní tele-
vizní večer je mu vyhrazen. Ale nešlo to – přitom hodinu a tři
čtvrtě! Měla to být černá komedie a jestli si dobře vzpomínám,
naše kritika to chválila.
Nedokoukala jsem. Všechny postavy něco (pokud možno vse-
dě) mluví, pak je nějaká akce, rádoby tajemná, rádoby tajemné je
všechno a rádoby pomalu se to odkrývá a splétá, ale uplete se
z toho akorát hovno! Jako skoro ve všech českých filmech posled-
ních nácti let.
Jak to, že mi producenti netrhají můj scénář z ruky? A nemyslím

si o sobě moc? Ale jestliže na takové hovadiny lidé chodí, přijde, přišel by někdo na můj film? Asi ne.

Padla na mě tíseň.

Potřebovala bych vzpruhu. Nějaký, třeba malý úspěch, něco konkrétního. Už dlouho žiju bez úspěchu.

Už dlouho žiju.

Něco konkrétního: Už dlouho se s Lukášem hádám o jeho nemyté a nikdy neumyté podpaží a nohy. (Když byl malý, šoupla jsem ho do vany a pořádně vydrhla. Co můžu dělat teď?) Tohle zpestření máme každý den.

Ty to necejtíš? Když nosíš ve vedru umělou košili, tak se pot nemá kam vsakovat a teče ti po těle. A když máš celej den nohy v uzavřenejch botách – ještě navíc v těchhle vedrech (konečně jsou vedra!), a pak se tady zuješ... Proč se neumeješ? Copak se jednou nemůžeš umejt sám od sebe? Proč pořád čekáš, až ti řeknu? Tobě to nevadí? Ty nemáš nos? Když budeš takhle zahnojenej, žádná holka s tebou nebude nikdy nic mít!

Ty nechceš mít holku?

Začala škola. Všichni odešli.

Marek odjel na kole do práce, Lukáš vlakem do učňáku, do druhého ročníku. Naštěstí udělal před pár dny zkoušku ze zednické praxe, z níž nebyl za první ročník klasifikován. (Nechodil tam. Sedmdesátiprocentní absence. A to jsem mistrovi čas od času volala a na Lukáše se ptala. A to jsem jezdila na třídní schůzky.) Matěj jel autobusem – do osmé třídy. Dnes je první školní den. Patrik kdoví kde, někde. (Občanku mu hodná vedoucí na poště nakonec vydala.)

Zůstala jsem sama, vyplašená.

Utekla jsem odtud taky. Jela jsem do města zařídit peníze na jízdenku do Německa, kam ve čtvrtek odjíždím. Mám tam mít po dlouhé době čtení, po dlouhé době něco vydělám. Navštívím Rainera. Snad to nebude poslední setkání v našem přátelství?

Vloni před Vánoci, zrovna když jsem tady nejvíc bojovala sama se sebou a svými depresemi a když jsme byli s Markem jako vždy předvánočně pohádaní, zavolal a s obvyklým smíchem se mě zeptal: Hádej, co je nového?

Nevím. Co? Máš lásku?

Něco lepšího!

Co?

Rakovinu.

„...Stale ziju a boj jeste neskoncil. Dokonce jsem prezil operace ledvin (mam jen jednu). Za tyden me uz vyhodili z nemocnic. Pry je delsi pobyt neekonomicke. A slo to. Zadna katastrofa s vyjimkou toho ze stale mam rakovinu.

Osuda je osuda – pamatujete se jeste na to? Tak to mel jsem pravdu, ze jo? Jinak zkusim vypadat co nejnormalnejsi. Jdu dneska vecer k concertu s Cockerem. Poprve v zivote, protoze vim uz trochu vic, ze zivot muze byt daleko kratsi nez si to prejeme. Kdyz preziju mozna budu taky prezit svuj vlastni smrt. Co vy na to? Hadejte se, clovek nevi nikdy, jak dlouho to jeste muze. Ne pockat az do vanoce, hadat se hned. Aspon zit dneska. Tolik moudrost, není to zazrak? Brzy mi zacina co se jmenuje nemecky Immun-Chemo-Therapie. Budou se asi rozloucit vsechni vlasy. At se vraceji nekdy. Potom budu jeste moudrejsi." *(Ahoj Rainer)*

Ve městě jsem měla schůzku s redaktorem novin, kam píšu jednou za měsíc fejeton. Víc než rok spolu mejlově spolupracujeme – a tak dobrého fejetonového redaktora jsem nikdy neměla. Měli jsme za úkol zapít tykání. Seděli jsme na osluněném dvorku jedné literární kavárny a povídali o všem možném. Samozřejmě i o mém scénáři, o producentech, režisérech, hercích.

Nesmíš prodat svou kůži levně! Zatykal mi redaktor.

Měl pravdu. Ale nejdřív by musel někdo chtít mou kůži koupit, no ne? U něj v novinách mi platí za fejeton tisíc tři sta padesát korun. Přesně tolik a ani o chlup víc je můj jediný měsíční příjem.

Taková jsem spisovatelka!

* * *

Spisovatelka, která nemůže psát.

Tíseň úplně strašlivá. Nikomu to neříkám. Stejně to nepomůže. Já mám tíseň a já s tím musím něco dělat. Nikomu to neříkám, a přitom mám čím dál větší potřebu s někým se objímat (a být objímaná), někoho hladit (a být pohlazená), s někým se milovat (a být milovaná), k někomu se schoulit...

Je devět.

Patrik má mít první výslech na policii (z úterka přeloženo na středu, nevím proč). Když jsme mu nestáli ani za telefonát, z účasti jsem se omluvila.

Nezajímá mě to.

Jak to asi probíhá?

Policie už Patrika dávno nenervózňuje ani nestresuje, po všech útěcích z výchovného ústavu, po šťárách v pražských nočních klubech, kde se převážně zdržuje, po tom co ho několikrát sebrali a drželi na vyšetřovně, dokud si pro něj z ústavu nepřijeli... Je v pohodě.

Tíseň.

„Wenn die Lauferei auf der Entbindungsstation einen Sinn hatte..."
Lehla jsem si na slunce a učila se číst *Indiánský běh* v němčině. Soustředit jsem se ale nedokázala. Myslela jsem, nevím proč, na to, co po člověku zbude. (Nic nekupovat, všechno vyhazovat!)

„Wenn die Lauferei..."

Markovi rodiče bydleli v jednom bytě přes padesát let. A nezanechali tam žádný osobitý otisk. Jen spoustu věcí, nepotřebných. A ve sklepě pět tun mouru.

Co může po člověku zbýt.

Nic nekupovat, všechno vyhazovat, opakovala jsem si a připomněla si máminu přítelkyni a svého času i svoji rádkyni ve věcech psaní. A to je co říct, protože je to neteř Franze Kafky.

Z rodinné vily, kterou přenechala dětem, se před lety přestěhovala do bytu. Nemá v něm skoro nic. Postel, stůl, židle, několik talířů, k tomu příbory. Nechce nic mít. (Tak strašně ráda bych ji viděla. Tak strašně ráda bych s ní mluvila. Jenže ona návštěvy ne-přijímá. Rozumím tomu.)

Tři čtvrtě rodiny, včetně maminky, zahynulo v koncentráku. Zemřel jí také syn – ještě jako dítě. A když ji muž vzal krátce poté k moři, aby přišla na jiné myšlenky, utopil se. Vracela se domů s jeho rakví.

Teď přežila dalšího syna, talentovaného hudebního skladatele. Tolik mrtvých za jeden lidský život. A žádná stížnost! Je skoro slepá. Její velkou radostí bylo čtení. Nedovedu si představit, kde bere sílu na každý další den, když já... Skoro bez příčiny. Měla bych se stydět. Tak často mi v hlavě zní, co mi před lety napsala:

„Chudák spisovatel! Buď píše, až se z toho zblázní, anebo nepíše, až se z toho zblázní."

V noci jsem poslala krátkou zprávu režisérovi. Aby na schůzku se mnou nečekal, čeká-li ještě. Vracím se k původnímu producen-tovi. (Zavolal mi, že o můj scénář stále zájem má.) Ti dva spolu pracovat nechtějí, nesnášejí se.

Ráno jsem si šla chystat tašku na kolo, auto bylo v opravně a já musela jet do městečka koupit si lístek na vlak do Němec. A taky jsem potřebovala zjistit, jestli a jak od nás Patrika odhlásit. Taška nešla přidělat, nemohla jsem najít gumcuky, mořila jsem se s tím, a když jsem se vrátila do domu, našla jsem v mobilu, odloženém na stole, nepřijatý hovor a SMS od režiséra:

JSI ZBABELA!

Zavolala jsem mu.

Jsi zbabělá, podlá a konfrontační. Jsi...

Tak proč se mnou chceš pracovat, když jsem taková?

Jsi zbabělá...

Típla jsem to. A mobil vypnula. Přišel mi mejl.

„...překvapuje mě, že si neuvědomuješ, jak hnusnou věc jsi provedla. Zbaběle jsi mě podrazila. Nebyla jsi schopna sejít se a říci mi do očí, že se mnou končíš. Já z toho onemocněl. Když si vzpo-menu na tvého producenta a jeho plány s tvým disentem, tak ti přeju peklo, které tě čeká. Netušíš, do čeho jdeš a dobře ti tak… Tak si to udělej sama. Hlídej jako policajt. Natoč si to sama. Psát umíš moc dobře, ale možná bys potřebovala odstranit své mindráky, abys přestala lidi používat jako věci." *(Ten, kterému pokládáš telefon)*

Hele, zeptal se Lukáš, když mám v občance na konci takový číslo a to poslední je dvojka, prej to znamená, že jsme stejný dva. Řikala mi to Bára, která má na konci devítku, takže je stejnejch jako ona eště devět…
Hele a já mám čtení v Karlsruhe.
„Wenn die Lauferei auf der Entbindungsstation einen Sinn hatte…"
Hele, já to zvládla.

Zvládnu vystoupit na drážďanském nádraží tak, aby na mně nebylo vidět, jak jsem nervózní? Jak se pohledu na Rainera bojím?
Vypadal dobře, jako vždycky. A měl svůj humor, svůj sarkasmus, prima! Vzal mi tašku (jednu mou knihu v němčině, jednu noční košili, kapky do nosu…) a šli jsme k němu, dali si něco k pití, a pak vyrazili na večeři do španělské restaurace na pěkném uměleckém průchozím dvorečku.
Bylo teplo, lidé chodili skrz dvůr tam a zase zpátky, tlačili kočárky a kola. Příjemně se to tam hemžilo, my jsme jedli a pili pivo a pořád jsme si měli co říct. Zpátky domů (zůstanu přes noc) jsme šli oklikou. Stmívalo se. Šli jsme po břehu Labe, naproti nám čněly siluety kostelních kopulí a věží – největší kostel se právě dokončuje, teprve teď, po bombardování v druhé světové válce. Panoráma to bylo monumentálně úchvatné, ale zas a znovu jsem si uvědomila, jak je mé město krásné, jak je útulné a oblé, měkké a teplé a jeho panorama je úplně, úplně jinak, protože lidsky, úchvatné.
Na nábřeží to žilo, spousta mladých jezdila na kolech a kolečkových bruslích, dováděly tu celé rodiny, občas kolem prosvištěl na bruslích i sportovní stařík v barevné kšiltovce.

Takhle budu taky jezdit, až mi bude sedmdesát, řekl Rainer.

Sedli jsme si i tady, padla tma, kopule kostelů ozářily reflektory, na našem břehu velkoněmecky zaplály čínské pochodně. V nálevně pod širým nebem jsme si dali malé pivo, začalo pofukovat, ochladilo se.

Doma jsme probírali diskotéku. Rainer vlastnil cédéčko s nahrávkou praskání ohně. To by mě nenapadlo, nahrát a prodávat – a koupit si zvuk praskání ohně. Šílenost. Ale prý to funguje, když si to člověk pustí, začne se mu po těle rozlévat teplo.

Rainer mi ukazoval svoji práci za poslední roky. Vymyslel projekt: člověk si u něj objedná CD s vyprávěním svého života. On s tím člověkem párkrát sedí a vyprávění nahrává (a otázkami posouvá kupředu). Pak to ve studiu sestříhá, upraví, doplní hudbou z té doby či na přání zpovídaného – a udělá příslušný počet kopií. Když je zájem, přepíše text, a vydá dokonce jako jedinečnou knížku v nákladu jednoho kusu. A ten člověk to dá své rodině jako dar a jako určitý vzkaz, vzkaz, který třeba neuměl, nebo nemohl vyslovit: vzkaz o svém životě.

Většinou si (draze) placenou službu objednávali staří lidé. Před časem ale nahrával i mladou maminku dvouletých dvojčat. Umírala na rakovinu a chtěla svým dětem zanechat vzpomínku.

Rainer, dlouholetý otrlý novinář, při jejím povídání brečel. Brečeli oba. Práce spěchala. Když ženě hotové cédéčko předával, objali se jako dva přátelé. Pevně. Pak umřela. Ještě nevěděl, že se brzy bude léčit taky.

Pozítří začíná další, třetí kolo. Pro sichr. Den před mým příjezdem se dozvěděl, že nemá metastázy! Že v sobě po dvou cyklech chemoterapií žádný nádor nemá.

Ještě se neloučí!

Nerozloučili jsme se. Až na nádraží, kam mě Rainer doprovodil, jsme zjistili, že jsme můj spoj opsali včera špatně a vlak už měl být pár minut pryč. Stejně jsme běželi na nástupiště, co když třeba?

Vlak tam stál. Zpožděný. Z tlampačů hlásili odjezd, teď hned. V automatických dveřích to cuklo a já do nich honem skočila a stihla jen na Rainera zavolat: Ahóój.

Áhoj! Zavolal mi nazpátek.

Dveře se zavřely. Vlak se pohnul.

(Neobjali jsme se.)

Matějovi je dnes čtrnáct let!

Narodil se 11. 9. 1991 přesně v 9:15. Samá lichá čísla. I lomítko za rodným má liché. Když mi v mém dvojnásobně neplodném těle (sterilita II. stupně) nějakým zázrakem vznikl, musel být hlavičkou nahoru, aby to nebylo všechno tak zázračné. Doktor nechtěl riskovat komplikovaný porod nožičkami a možné přidušení dítěte, tak ze mě v porodnici – jak říkal čtyřletý Patrik – udělali císaře.

Matěj...

A přitom je to s ním jako v rodině, kde jsou ostatní děti postižené. Na zdravého nezbývá energie ani čas, zdravého si rodiče téměř nevšimnou, vyčerpaní.

Na jeho narozeniny v televizi ukazují od rána do večera útok na newyorská dvojčata. Jedenácté září je označováno za nejhorší den v naší novodobé historii. Předloni kvůli tomu ještě brečel: Proč jsem se musel narodit zrovna jedenáctého? Proč je to nejhorší den?

Buď rád, že ses narodil.

Pro mě to bude navždycky den ze všech nejkrásnější.

Patrikův výslech byl odložený na dnešek. Proč? Kurátorka mi zavolala, že minule nepřišel. Nedalo mi to a tentokrát jsem jela.

Měla jsem být v devět ve městě. (To znamená vstát v půl sedmé ráno, abych měla rezervu.) Tam a tam, do téhle ulice, dokonce do tohoto objektu, jsem před dvaceti lety nosila jako poštovní doručovatelka poštu – jedno z lepších zaměstnání, která mi Státní bezpečnost umožnila dělat.

Byla jsem ve vrátnici policejní služebny první. S šimráním v žaludku jsem seděla na lavici, začtená do novin, jako začtená, jako, že jsem v klidu.

Nikde nikdo. Ve čtvrt na deset přišla kurátorka, na čtvrt byli pozvaní všichni, asi se spletla, když mně říkala devět, seznámily jsme se u okýnka vrátného, kde jsem se zrovna vyptávala, jestli jsem tam správně. Za chvíli přišli dva obhájci. Jeden Patrikův ex offo – mladý, sympatický, druhý druhého nezletilého kluka. Poslední přišla vyšetřovatelka. Byli jsme tu, kromě Patrika, všichni.

Čekali jsme tři čtvrtě hodiny. Dlouho jsem byla vynervovaná, protože jsem vůbec nevěděla, jak to bude probíhat – a co všechno se dozvím. Styděla jsem se, že mám syna zloděje. Všem jsem se za to omluvila.

Jak čas ubíhal a my tu stále zbytečně trčeli, začala jsem zuřit. Protože já se na Patrika už něco načekala!

Když jsem pro něj jezdila do vsi k autobusu, aby nešel v zimě, ve tmě domů pěšky. Byli jsme domluvení na přesné hodině, jeden autobus přijel a odjel, druhý autobus přijel a odjel a Patrik pořád nikde. Měla jsem strach, že se mu něco stalo, seděla jsem vymrzlá v nezahřátém autě, dvě hodiny v mrazu. Patrik přijel, až když se v městečku vykecal, přijel, až se mu to hodilo. Když to několikrát zopakoval, přestala jsem pro něj jezdit. A tak to bylo postupně se vším, až se ucho utrhlo.

Že nepřijde ani v tomhle případě, kdy mu teče do bot, bylo i pro mě překvapující. Člověk s normálním uvažováním a normálními reakcemi to nepochopí. Podivili se i oba advokáti: Jak to, že tady není? Vždyť je to v jeho zájmu.

Vyšetřovatelka se naštvala. Kurátorka nerozuměla, včera s Patrikem mluvila, říkal, že tu bude.

Proč nepřišel? Ptali se mě všichni.

Proč nepřišel? Ptám se já.

(Nechce se zeptat ještě někdo?)

První přestala čekat vyšetřovatelka, pak oba obhájci. S kurátorkou jsme odcházely společně.

Asi byste měla vědět, obrátila se ke mně, že se Patrik sháněl po své biologické matce.

Další překvapení.

O jeho biologické matce jsme spolu párkrát mluvili. Co jsem věděla, to jsem Patrikovi řekla. (Nic jsme před ním netajili.) Když bude chtít znát své pravé jméno a příjmení, a tedy i příjmení své mámy, řeknu mu je.

Měl období, kdy se na mámu ptal, protože si myslel, že by po něm určitě nechtěla, aby chodil do školy, dělal úkoly a občas s něčím pomohl. Byl překvapený, doslova udivený, když u spolužáků zjistil, že i je nutí praví rodiče chodit do školy, dělat úkoly a občas doma s něčím pomoci.

Taky jsem se dozvěděla, že u nás Patrik nechce být, protože jsme ho poslali do diagnosťáku.

A v diagnostickém ústavu tvrdil, jak strašně chce studovat, čtrnáct dní poté, co udělal všechno proto, aby ho ze školy vyhodili, a když mu to ředitel ústavu uvěřil a dohodl pro něho možnost pokračování a my ji jeli svými podpisy stvrdit, zdrhnul. (Ředitel nevycházel z údivu.)

Tím, že jste Patrika do diagnosťáku poslali, ztratili jste jeho důvěru. Je přesvědčený, že jste ho podrazili.

Kdyby kurátorka věděla, co všechno tomu předcházelo! Kolik marných snah, aby se nenechal vyhodit, aby se netoulal s podivnými existencemi, namočenými do prostituce a prodeje drog.

Poslali jsme ho do diagnostického ústavu, až když byly naše snahy o to, aby žil jinak – totiž v mezích norem – bezvýsledné. Poslali jsme ho tam, když nás už úplně přestal brát na vědomí.

Kolik energie jsme vynaložili, abychom zabránili jeho pádu, ještě než se k němu rozběhl, ještě když běžel, pádu, který považoval a považuje za let!

Kráčely jsme spolu ulicí. Před námi se objevil Patrik. Špinavý, a jak se zblízka ukázalo, i příšerně smradlavý. (Lukášovy nohy byly proti tomu zemský ráj!) Přicházel s dvěma už od pohledu bezdomovci, asi aby měl garde. I on vypadal jako bezdomovec. Byl celý potažený šedí, šedivým šlemem. Tak tohle byl pro mě nový šok. Chtělo se mi brečet.

Patrik byl na čistotu odmalička háklivý. Nejenže se myl, ale málem každý den si bral čisté oblečení – až jsem to musela kvůli neustálému praní korigovat. Nikdy se nenapil ze stejné skleničky, vždycky jen z čisté (a ještě si ji dlouho předtím proti světlu prohlížel). Všeho trochu zašpiněného se štítil, nedotkl. Jeden čas dokonce chodil dráždit do městečka na nádraží bezdomovce, vadilo mu, jak vypadají, jak se tam potloukají. Musela jsem mu složitě vysvětlovat, že i mezi nimi jsou lidé, kteří si zaslouží úctu.

(Kdysi jsem měla o bezdomovcích vznešené představy. Za život na ulici nemůžou, osud k nim byl krutý, nespravedlivý. Kdysi jsem si ještě nemyslela, co si myslím teď: že si takový život vybrali.)

Patrik se musel jít vyšetřovatelce omluvit. Vrátil se s novým termínem výslechu. (Obě jsme si ho zapsaly do diáře.) Kurátorka si s ním dohodla schůzku na úřadě a odspěchala. Jeho doprovod, mladý, ale fyzicky a asi i mentálně pochroumaný pár, čekal tiše v povzdálí.

Požádala jsem Patrika, aby se mnou šel na poštu, zrušit vkladní knížku. Našetřila jsem mu na ní pár tisíc. (A bylo pro nás tak těžké něco dát stranou.) Dnem jeho plnoletosti patří knížka pouze jemu a nikdo jiný než on s ní manipulovat nemůže. Měla jsem v plánu dát mu z ní dnes tisícovku, ostatní, až když bude pracovat. S doprovodem jsme se rozloučili. Pozdravili uctivě a mile.

Šli jsme pěšky mou bývalou pošťáckou trasou. Byla to i moje trasa domovnická – zrovna jsme míjeli domy, které jsem několik let uklízela, domy naproti vlakovému nádraží. Před ním se válel hrozen bezdomovců. Nevěděla jsem, o čem mám s Patrikem mluvit, pořád se ve mně mísil vztek s brekem.

Řekla jsem podrážděně: Kde bydlíš? Tady?

Ukázala jsem na týpky, špinavé jako on. Tihle ale měli léta na ulici k dobru – tváře napuchlé, rudé, bezzubá ústa. Už teď byli ožralí.

Hned jsme se začali hádat. Patrik tvrdil, že špinavý není. Byl v práci a nestihl se umýt. (Nestihl se umýt nejmíň čtrnáct dní!) Pracuje – legálně nelegálně, to je jedno. Hlavní je, že dostane prachy keš. Pojede do Anglie. Kámoš, programátor, ho s sebou vezme. Začala jsem se smát, i když mi do smíchu nebylo: Takhle tě nepustěj ani k odbavovacímu okýnku! Ale dobře, tady máš pas. Je sice propadlej, ale můžeš si ho nechat prodloužit, obnovit. Věnovala jsem mu i jeho rodný list. Kdo ví, kdy se zase uvidíme. Strčil si to do kapsy: Dík.

Šli jsme mlčky. Míjeli domy proti vchodu do metra. Zářily barvami, opravené. Pizzerie se střídaly s hospodami a nóbl prodejnami. Tady, někde tady to bylo!

Sháníš svojí pravou mámu?

Jo.

Myslím, že měla bydlet zrovna v tomhle domě.

Číslo sto osumnáct, řekl Patrik a dodal: Zjistil jsem to na matrice. Takže víš, jak ses původně jmenoval. Křestní jméno ti daly sestřičky v porodnici, protože tvoje máma odtamtud utekla. (Ale my jsme mu pak vybrali jiné.) Příjmení bylo její – měla tě za svobodna. (My jsme mu pak dali své.) Ačkoliv svobodná zrovna moc nebyla – porodit tě přijela z kriminálu. Zdrhla, aby tam nemusela zpátky.

Byla původně z děcáku.

To už jsi mi řikala.

Našel jsi ji?

Ne.

Já jsem ji tady taky jednou hledala, hned jak jsme si tě vzali. Šla jsem do domu a koukala na schránky i na všechny dveře, prošla jsem pavlače, ale to příjmení tady nebylo. Samozřejmě, že jsem na nikoho nezvonila a neptala se – byla jsem i tak vynervovaná. Myslím, že tu tvoje máma fakticky nikdy nebydlela.

Asi ne, no.

Možná bys měl vědět, že máš někde vlastního bráchu. No, vlastního napůl, protože jeho otec je Rom. Tvůj ne.

Mami, to jsi mi řikala několikrát.

O bráchovi ale ne! Když mi před lety z kojeneckýho ústavu volali a nabízeli mi, abych ho přijala, nemohla jsem. Už jste byli doma tři, nezvládla bych mít čtvrtýho kluka. Stejně jsem s tím bojovala a měla výčitky, že jsem si ho nevzala, když ho nikdo nechtěl. (Za čtrnáct dní jsem do kojeňáku volala, že bych to třeba zkusila, ale byl už v rodině.) Mně je to jedno. Zase jsme šli mlčky. Blížili jsme se k poště. Proč mámu hledáš? Pokrčil rameny. Chceš vědět, odkud jsi? Chceš u svý mámy žít? Myslíš, že to bude ono? Stejně jsem jí nenašel.

Poštovní spořitelna byla v malé uzavřené místnůstce, skoro jako v telefonní budce. Na ulici to ještě šlo, ale tady? Přinesli jsme s sebou dovnitř takový zápach!

Knížku jsme zrušili. Patrik se podepsal špinavou rukou se špinavými dlouhými nehty. Přitom je to krásný kluk. Zase mi bylo do breku. A zase jsem zuřila.

Zrušení knížky trvá týden, teď nám nevyplatili nic. Peníze přijdou na účet mně, protože Patrik žádný nemá. A honem pryč, než se z toho smradu pozvracím(e).

Co mám dělat teď? Ptala jsem se sama sebe v duchu, když jsme přešlapovali před poštou. Za rohem bydlí máma. (Pořád je na chalupě.) Oba to víme. Klíč od bytu mám. Taky víme. Co kdybych Patrikovi nabídla, aby se šel vykoupat? Jenže, když se vykoupe, oblékne si zase tu špínu. Čemu tím pomůžu?

Nahlas jsem vyslovila: Kdybys nebyl tak špinavej a smradlavej, pozvala bych tě na oběd. Ale takhle to nejde, to asi uznáš.

Mám mu dát na jídlo peníze? Proč bych mu měla dávat peníze, nedám mu je, nesmím podlehnout lítosti, čím dřív klesne na dno, tím dřív se z něj odrazí.

Kdybys chtěl žít, Patriku, jinak, dveře jsou doma pro tebe otevřený. Pořád máš svůj pokoj a všechny věci.

To je dobrý.

Jinak se chystáme odhlásit tě.

Tak jo.

Stojíme, mlčíme. (Čekáme na milost?)

Čus. Zkrátil to Patrik.

Ahoj.

Vykročili jsme každý jiným směrem.

Zavolala jsem za ním: Doufám, že na příští výslech přijdeš včas – a čistej. Všichni ti chtěj pomoct. Jestli je zklameš, vykašlou se na tebe!

V pohodě, odpověděl a loudal se směrem k nákupnímu centru. Je tam stejně potažených a nemytých ve dne v noci hafo.

Došla jsem k mámě a napustila si vanu. Jako bych ze sebe mohla smýt Patrikovu špínu.

Jako by nadešel správný čas na slzy.

(Na slzy bude hafo času.)

Ještě než se nový český film *Štěstí* dostal do distribuce, předcházely ho ovace. Jeho producent, s nímž jsem se marně snažila navázat spolupráci, o něm básnil.

O čem je? Zeptala jsem se.

O lásce.

Fakt? Jak to vypadá?

Tenhle producent je velmi racionální a schopný člověk. Byla jsem v příjemném očekávání. Jak vypadá láska v očích producenta filmu?

Moje odpověď po shlédnutí: Jako kýč.

Scenárista potopil režiséra. (Anebo si do scénáře nechal příliš mluvit od producenta?) Vždyť režisér výborně vedl herce, vždyť to dobře natočil. A ještě k tomu je lidsky výborný: oba kluky, co ve filmu hráli opuštěné děti a byli opravdu vynikající a opravdu opuštění, přijal za své. Krásné. Jestli režisér svůj vlastní příběh vydrží, scenárista pozná, v čem všem byl jeho filmový příběh falešný.

(Scenárista s režisérem jedno jsou.)

* * *

Vzala jsem si k ruce *Kádrový dotazník*, knížku Petra Placáka, a četla si tam básničky zpovídaných autorů z undergroundu. Myslela jsem, že bych tam třeba mohla najít inspiraci, urputně jsem hledala lepší titul svého scénáře. Moc by se mi třeba líbilo Krchovského dvojverší:

ACH, ŽIVOT JE TAK TRAPNÝ, BOŽE
jak uprdnutí do soulože

Anebo Kremličkovo:

Na měsíc koukám a čekám
občas si sáhnu někam

A taky mě nadchlo ještě Krchovského:

JAK RÁD BYCH POSLAL DOPRDELE
svých dvacet čtyři krásných jar

Jsou to bezvadné věci.
Jenže.

Tak on umřel! Co já si počnu? Mně je tak strašně smutno. Vždyť on byl vlastně jako můj domov, moje rodina! Vždyť já jsem k nim chodila jako domů, jako k mým vlastním, když ještě žila paní, eeee… Já jsem tak smutná, co si počnu? To je tak hrozný… On byl jako můj. Kam budu chodit? Vždyť jsem tam zašla každej den… Mně je tak smutno, tak smutno… Copak ten bílej talířek, na tom mi nezáleží. Ale ten s černou panenkou a bílým panáčkem! Víte, já ho mám do servisu. A už ho nikde neseženu. No, tak až ho najdete, v žádným případě ho nedávejte mýmu synovi, protože my spolu nemluvíme, no. Mně je tak smutno, že pán umřel. Já teď jedu na chatu, ale až budu zpátky, tak přijďte na kafe… Já vím, že ten

byt odevzdáváte domácímu, no, ale to nevadí, prostě až budete ve městě... A ten talířek ze servisu, ten s černou panenkou a bílým panáčkem! To se už nedá koupit a to víte, servis! Na tom bílým zas tak moc nezáleží. Ten si klidně můžete nechat, no... Hlavně ho nedávejte synovi, eeee, to je tak smutný, že mi váš tchán umřel! Co já si počnu? Taky by se mi hodilo žehlící prkno, jestli nevíte, co s ním. A ty malý štafličky, jo? Ať mi to váš pán nechá za dveřma, jo? *(Telefonní sluchátko a v něm Věrka ze šestého patra.)*
Kontrolní otázka: Marku, dal jsi někam talířek ze servisu?
Kontrolní odpověď: Synovi.

Bohem zapomenuté děti – krásný film. A televize ho dává ráno v devět.
Dnes nastala moje velmi očekávaná schůzka s novým režisérem, kterého jsem oslovila. Byla to dobrá schůzka. Měla jedinou vadu.
Režisér si chce točit své věci.

„...O filmu by se nemělo mluvit. Především proto, že svou povahou je film nepopsatelný slovy: je to, jako bychom chtěli vyprávět obraz nebo slovně vyjádřit partituru... Já mám s filmem vztah jakési psychologické ilegality, vztah tvořený vzájemnou nedůvěrou a pohrdáním. Dělám film, jako bych prchal, jako by šlo o nějakou nemoc, jíž se musím zbavit... Co je na počátku filmu? Podezření, náznak nějakého příběhu, stíny myšlenek, mlhavý pocit..." *(F.Fellini: Dělat film)*
Chtěla bych svůj scénář režírovat sama.
Chtěla bych dělat film.

Byla jsem na místě zase první. Hned po mně přišel do čekárny policejní vrátnice Patrikův obhájce. Teprve dnes jsem mu mohla vysvětlit naši rodičovskou situaci, aby byl v obraze a věděl, proč nemůžeme Patrika nijak ovlivnit. Dorazila kurátorka, právní zástupce spolupachatele, do vrátnice si nás přišla vyzvednout vyšetřovatelka.

Kdo jediný nepřišel na Patrikův výslech?

Opět jsme čekali. Vyšetřovatelka to po půl hodině vzdala. Odložila výslech na druhou půli října, předtím má dovolenou. V říjnu jeho případ v každém případě uzavře. Už ji hra, kdy Patrik na předvolání nedorazí, ale za hodinu se zajde omluvit, tedy je z obliga (kdo mu tuhle fintu poradil?), přestala bavit.

Pokud mladík nepřijde, jak má, nechám ho předvést! Řekla rezolutně směrem ke mně a při odchodu práskla dveřmi. Obhájce spolupachatele odešel taky. Patrikův setrval a čekal. I kurátorka čekala. Včera s ním mluvila, slíbil jí, že tu dnes bude. (Pořád ještě mu věří. Už jí to nezávidím.) Zeptala jsem se, co je nového.

Patrik se stále na žádný úřad (práce) nepřihlásil, stále nic oficiálního pro své oficiální existování neudělal. A to je problém, protože mu to u výslechu i později u soudu uškodí. Svoji biologickou matku chce najít, aby si s ní vyřídil účty.

Cože?

Chce od ní dostat finanční odškodnění za to, že ho opustila.

To mě podržte! Jestli by tady měl někdo něco dostat, pak my, kteří jsme Patrikovi platili 17 let života! Kdyby se to mělo převést jen na peníze. A nedostali jsme na něj od státu ani porodné, když jsem ho neporodila, ani mateřskou, když jsem nebyla matka. A museli jsme si pořídit úplně všechno. Postýlku, oblečení, plenky, sunar. Platili jsme mu ozdravné pobyty u moře – byl těžký alergik, drahé vakcíny, volný čas. Celý život jsme mu donedávna platili a nikdy by nás nenapadlo něco takového chtít!

Než jsem se stačila vzpamatovat, kurátorka se rozloučila a odspěchala za vyšetřovatelkou. Mají na starosti i jiné delikventy. (Je jich mladistvých spousta, ale takhle nevyzpytatelného mají jen jednoho.)

Odcházela jsem s právním zástupcem. Ani on se v tom nevyznal. Patrik byl u něj v kanceláři pro změnu předevčírem, všechno si dohodli.

Jestli ten kluk spadne do průseru teď, už se nevyhrabe. Už v tom celej život pojede. Já chodím za klienty i do věznic – je to tam strašný. Nikoho tam nepřevychovají, naopak.

Do dvora, z něhož jsme spolu vycházeli, vešel Patrik. Už ne tak na první pohled špinavý, jen na první nádech smradlavý. Hlesnul: Čus. Brýden.

Vyhrkla jsem: Není už ti to trapný, dělat pořád to samý?! Víš, kolik lidí tady na tebe zase čekalo? Víš, kolik jich s tebou ztrácí čas? Sem to nestih.

Jestli příště nepřijdeš, vezme tě vyšetřovatelka do vazby! Přestává bejt sranda!

Za to nemůžu, že sem to nestih. Sorry, dodal.

Jděte se omluvit, řekl mu obhájce.

Šel se omluvit.

Rozumí tomu někdo?

Dvaadvacátého září jsem se přihlásila k podpoře *Dne bez aut*. A zrovna včera jsem si ve městě zařídila nový způsob internetového připojení – přes mobil. Nefungovalo. Musela jsem s notebookem a komponenty na připojení klusat pěšky na autobus, dojet do města, metrem do centra, vyhledat značkovou prodejnu mobilů s technickou podporou a zjistit tam, že všechno funguje.

Připadala jsem si jako pitomec, obzvlášť, když Marek pracuje se spojovací technikou, tedy i mobilní, ale věci u nás doma nechá řešit mě.

Zpátky na autobus a domů, vyklusat kilometry, vše správně zapojit a nic. Nic nefungovalo!

Vzala jsem znovu (už hodně ztěžklý) notebook a jako úplný poctivý idiot znovu běžela na autobus, znovu jela do města, do té samé technické podpory, vystála jsem znovu frontu a ten samý chlapík všechno vyzkoušel a všechno fungovalo.

To není možný? Vždyť to dělám stejně jako vy?

A dáváte k tomu přídavnou anténku?

Proč jste mi to neřekl?

Říkám vám to teď.

Kilometry domů se strašně těžkým, tunovým notebookem přes

rameno. Při tom běhání jsem aspoň přemýšlela, jestli bych byla schopna zrežírovat svůj scénář sama.

Ba ne.

Nemám odvahu.

Ale jo, šla bych do toho.

Ne.

Jo.

Ne.

Ne...?

Večer jsem si vzala do postele knížku AJL *Ostře sledované filmy.* Už jsem ji kdysi četla a pamatuji se, že nejvíc se mi líbily odpovědi Evalda Schorma. Nalistovala jsem si Liehmův rozhovor s ním, protože mě z úvah o režii, po níž toužím, svírá strach. Schorm říká: „Má-li člověk obstát, musí vydržet i pochybnosti."

Chvílemi jsem ze svého nápadu režírovat zchromlá strachem. Ale pak to rozchodím.

Na USA míří hurikán. U nás je všechno v klidu. Politici se hádají pořád stejně, ministr kultury zatím pro kulturu nic nevybojoval, ale zase zhubl pár kilogramů, a nevypadá už jako lívanec. Před rokem jsem odhlásila noviny a zprávy sleduji jen v rádiu a televizi. Všechno je v klidu, až na ten hurikán.

Otevřela jsem si znovu knížku Federica Felliniho *Dělat film.* A to je balzám na moji duši. Akorát, že všechny zkušenosti, o kterých Fellini píše v souvislosti se svými režisérskými začátky, bych měla násobit desítkami let, při jejichž běhu jsem k ničemu, co se nazývá film a jeho tvorba, neměla jak čuchnout.

„...Když jsem sledoval Rosselliniho při natáčení Paisy, náhle se mi zdálo jasné, náhle jsem učinil radostný objev, že film lze dělat stejně svobodně a lehce jako se kreslí nebo píše. Že tvořit film znamená žít s ním v radosti i bolesti a nestarat se příliš o konečný výsledek... Že s filmem může mít člověk stejně tajný, úzkostný i vzrušující vztah jako s vlastními neurózami, a že zábrany, pochybnosti, úvahy, dramata a únava filmaře se příliš neliší od toho, čím trpí spisovatel, když škrtá, přepisuje, opravuje a znovu začíná, hledaje onen nepostižitelný a prchavý způsob vyjádření, který se skrývá mezi tisícem možností... Od Rosselliniho jsem se naučil umění udržet si rovnováhu uprostřed nepříznivých, omezujících podmínek, umění udělat z nich svou výhodu, proměnit je v emocionální hodnoty. Rossellini žil život filmu jako dobrodružství, které je krásné žít a vyprávět. Obdivoval jsem jeho nadšený postoj k realitě. Byl ustavičně vnímavý, zanícený, bezelstný, měl schopnost pohybovat se zcela přirozeně na onom neuchopitelném a zaměnitelném pomezí mezi lhostejností odstupu a neohrabaností ztotožnění. Tato schopnost mu umožňovala zachytit a zobrazit realitu ve všech rovinách, dívat se na věci zevnitř a zároveň zvnějšku, fotografovat atmosféru kolem věcí, odhalovat to nepostižitelné a magické v životě...“

Moje kariéra se před rokem 89 vyvíjela od uklízečky přes pošťačku k domovnici. A pak jsem byla najednou matkou tří synů. Nic nepřipadalo v úvahu. Žádná jiná zkušenost než kuchyň, obývák, dětský pokoj, nemoce, emoce... Jak já můžu dělat film?

Vypravili jsme se s Markem na kolech na výlet, tradičně k řece. V restauraci *Nad řekou* jsme si dali pivo. Zpátky jsme jeli zkontrolovat Lukáše, jestli hraje fotbal. Měl zápas. Slíbili jsme mu pěkné kapesné – pokud tam bude.

Lukáš je na sport tak nadaný! Urostlý, pružný, má rychlost. Moc o něj stáli na atletice i ve fotbalovém klubu. Jenže on využil každou příležitost, kdy se mohl ze sportu ulít. Atletiku už jsme vzdali, tam nedorazil za poslední dva roky přes naše snahy nikdy, ale fotbal nevzdáme. Zkoušíme ho nutit ke sportu odměnami: Když bude chodit na tréninky a zápasy, bude dostávat dobré kapesné – a naopak.

Než jsme vyrazili, psala jsem nahoře v pokoji mejl. V přízemí jsem připravila na stůl pro Lukáše kapesné. Aby viděl, že odměna čeká – jen vyplnit podmínku: hrát dnes fotbal!

Protože jsem neměla stovky, dala jsem na stůl rovnou i peníze na jeho týdenní vlakovou jízdenku do učňáku. Tentokrát mu zkusím dát peníze na týdenní a uvidím, co to udělá. Když jsem si ve skříni schraňovala padesátikoruny – abych pro něj měla peníze na cestu a svačinu každý den (když dostal peníze na dva dny, všechny je probendil a druhý den jsem mu musela dát znovu) – ukradl mi je. Ukradl mi polovinu bankovek.

Zlodějská poučka pro trvalé okrádání: nešlohnout nikdy všechno!

Dlouho si okradený zmizelé části peněz nevšimne – jen se stále častěji diví, že peníze tak rychle ubývají, že jsou věci dražší a dražší, že má v peněžence, v kapse, v ledvině, v batohu, v kabelce, ve skříni pořád tak málo, blbeček.

Lukáš mi ukradl polovinu bankovek, protože jsem je neměla zamčené. (Už jsem to věčné zamykání nesnesla.) Ukradl mi je, ačkoliv jsem ho předtím varovala: Pokoj nezamykám a peníze mám spočítaný!

Poučka pro blbečky: i spočítané musí být zamčené!

Připravila jsem Lukášovi peníze už teď. Domácí finance mám na starosti já – já tady všechny někam vypravuji, mám na hrbu každodenní provoz. Byla neděle, věděla jsem, že vpodvečer odjedu do města na zkoušku (židovského) pěveckého souboru a možná i do kina, tak aby to bylo. Když Lukáš uvidí odměnu, která ho za zápas ve fotbale čeká, když uvidí, že se mu vyplatí jít hrát, dodržet dohody…

Normálně u nás bývalo zvykem houknout při odchodu pozdrav. Jenže u nás dávno není nic normálně. Že Lukáš odešel, jsme vůbec nevěděli. Divila jsem se, proč ještě nevyrazil a zjistila, že se už dávno tiše vytratil.

Pět stovek ze stolu zmizelo.

Na fotbale nebyl.

* * *

Z města jsem se vrátila pozdě. Dověděla jsem se od Marka, že Lukáš večer neměl z pěti stovek ani korunu. A jestli chcete, milí rodiče, abych zejtra do učňáku odjel, dejte mi peníze znovu. A milí rodiče mu je budou muset znovu dát, dají mu je, protože chtějí, aby se synek něčím vyučil, aby z něj něco bylo.

Proč mi způsob dýchání při zpěvu v tomto případě nepomáhá? Proč jsem úplně, úplně mimo sebe zuřivostí? Jak můžu přemýšlet o filmu a jeho realizaci, když mám doma tohle?

Na noc jsem si vzala prášek na uklidnění.

(Každou noc si beru prášek.)

„Na počátku filmu je pocit…" Píše Fellini.

Na počátku jsem Cyrila spatřila na rohu dvou ulic, kde jsme se oba náhodou potloukali před domluvenou schůzkou. A pocit jsem měla takový: veliká radost, že ho zase vidím, toho břichatého chlapíka s jedním okem zavřeným a jedním uchem hluchým.

Měl nakročeno do hospody – lákavě otevřené úplně dokořán. Bylo teplo, babí léto, nejspíš poslední nádherný, skoro letní den. Zavolala jsem na něj a zamávala mu oběma rukama a celým tělem. Šli jsme spolu do nedaleké hospody, kde jsme měli mít za chvíli sraz. Povídali jsme si. Cyril mi prozradil, že je za svoji druhou knížku navržený na státní cenu.

Škoda, že za druhou, odpověděla jsem upřímně. Ta se mi nelíbila.

Jsi na ni moc mladá.

Nejsem. Nepovedla se ti. Myslím, že ses při jejím psaní chtěl ukázat. Kdežto první (četla jsem ji dvakrát), tu jsi napsat potřeboval. Druhou jsem potřeboval napsat ještě víc. Ten starý pes, co má život za sebou, jsem já.

Nemáš život za sebou. Nejsi starej.

Koupil jsem si hrob.

Nechci to poslouchat.

Protože já chci být pohřbený pořádně, pěkně celý, do země.

A co je ti do toho, co s tebou bude potom? Nemělo by ti to bejt jedno? To už tě přece štvát nebude.

Právě že jo, řekl. Mě to štve už teď.

Cyril si koupil hrob a objednal si na něj (skromný) nápis: *Rodina C.* Vybral si decentní, vlasově tenká zlatá písmena. Když přišel písmomalířovu práci zaplatit, nápis byl napsaný jinak, hrozně tlustě. No a? Mě to nedojímá, aspoň z trucu neumřeš!

Tak jsem to reklamoval.

Ty jsi reklamoval svůj hrob?

A dostal jsem slevu.

A nebudeš jednou reklamovat i pohřeb?

Nejdřív jsem si musel chodit svůj hrob sám zalévat a teď si tam zase sám chodím sekat trávu. Hrozně mi to zarůstá...

Když on na mě se svou smrtí, já na něho s režií. Vybalila jsem svůj nápad, který mě sice děsil, ale zároveň už se ve mně zahnízdil a přitahoval mě čím dál víc. Cyril mi ho rychle vymluvil, ani nepotřeboval moc slov.

Vlastní režie je nesmysl! Akorát to zkazíš. Nemáš žádnou zkušenost, nemáš filmařské oko, režie, to nejsou jen herci, to je taky záběr, střih, střihová skladba.

Neprotestovala jsem. Vyslovil nahlas mé pochybnosti, které nemám sílu (nebo odhodlání?) vydržet. Dohodli jsme se, že oslovíme všechny režiséry, kteří by to filmařsky zvládli.

Všechny koho?

Všechny jednoho.

U pevného telefonu jsem našla Matějem napsaný vzkaz, že mě včera sháněla Patrikova kurátorka. Nevím, co se děje a nemůžu se dovolat.

Už je zavřený? Nebo nemocný?

Nic se neděje! Jen moje povaha.

Konečně jsem se s kurátorkou spojila. Vedle domu, kde sídlí její kancelář, se staví. Obrovský jeřáb stojí na rozvodně kabelů. Když je v určité poloze – a naložený, nikdo se k nim nedovolá.

Patrik na ni jen hodil jeden ze svých problémů, jak to měl

ostatně vždycky ve zvyku. Je vidět, že jeho metoda přenášení problému na druhé pořád funguje: on něco chce, tak ať ostatní kmitají. A taky jo. Kurátorka mi volala, Matěj psal vzkaz, já volala kurátorku, pokoušela jsem se jistě čtyřicetkrát. Patrik (údajně) ztratil občanku. Proto se (údajně) stále nemůže přihlásit na úřad práce. Škoda za vloupání se snížila tím, že policii řekl, kde kradené věci jsou a ty se dohledaly, přesto je stále v tisících. Pokud nebude pracovat, práci hledat (nebo aspoň předstírat, že ji hledá) a nebude u soudu jasně vidět, že se o výdělek a tedy i o splácení škody snaží, podmínka se může změnit na odsouzení nepodmíněčné. Je nutné, aby si občanský průkaz rychle zařídil.

A co s tím já mám dělat?

Mám chodit po Praze a Patrika někde hledat? Mám ho vzít za ruku, odvést na policii, nahlásit ztrátu občanky, vzít ho zase za ruku, dostrkat na úřad práce, přinutit ho zapsat se tam? Mám ho pak mít někde přikurtovaného, aby zase nezmizel, aby se každý týden na úřadě hlásil?

Už dávno vím, že co Patrik chce, to udělá. A co nechce, k tomu ho nikdo a nic nedonutí. Jeho občanka se stala hitem našeho léta.

Bude i hitem podzimu?

Měli jsme se s Cyrilem sejít nad scénářem, ale schůzku zrušil. Těšila jsem se. Odtěšila jsem se. Sedla jsem si brzy ráno k psaní a bez porady s ním udělala pár posledních změn. Scénář má 148 stran (moc dlouhý!), proseděla jsem nad tím bez přestávky čtrnáct hodin. Šťastný den.

Je to dobré. Ale vím, že zase přijdou pochyby.

Měla jsem hlad. Ani chleba jsem si za celý den nestihla namazat. Vypila jsem jen několik hrnků s čajem. Když jsem večer práci skončila, uvědomila jsem si, že jsem tu zase a pořád a dlouho sama.

Lukáš už se přes den nestavuje vůbec – teď má být na tréninku, ale nevzal si žádné věci, jsem zvědavá, čím nás bude balamutit, Matěj je u Fandy, šel k němu rovnou ze školy. Marek buď likviduje byt po rodičích, anebo je v práci a potom si vždycky odjezdí své penzum kilometrů. Tahle vášeň vypadá nevinně, ale jako každá vášeň pohlcuje pohlceného a štve nepohlcené. Byla jsem doma sama. Jsem pořád sama. A přestože můj dnešní den byl šťastný, večer jsem měla zase silný pocit, že se mi rozpadlo úplně všechno. Dostala jsem od Marka SMS, že právě vyzvedává od opraváře (asi dvacet minut cesty od nás) auto a žene se za ženou. Vyběhla jsem mu se psem naproti. A šla a šla. Došla jsem až do vsi, skoro tři kilometry. Čekala jsem. Setmělo se. Vrátila jsem se zase domů.

Dejte mi všichni pokoj!

Jo! Všichni!

Protože i dnes, v sobotu, bylo na pořadu dne vyklízení věcí po rodičích, tentokrát u nás. Marek si půjčil náklaďáček a převezl všechny krámy sem (i s mnoha pytli mouru), místo aby je rovnou vyhodil. Myslela jsem, že si odpoledne vyjdeme na procházku nebo vyjedeme na kole. Na večer jsem byla domluvená s AJL, že spolu půjdeme do divadla. Na pár dní přijel z ciziny.

Přebírala jsem věci, které mě dráždily, protože jsem je tu mít nechtěla. Byla mezi nimi i gramofonová deska *Karel Gott zpívá LÁSKU BLÁZNIVOU a další hity* z roku 1969.

Gott je nejlepší celý můj život. Od doby, kdy jsem začala vnímat. Čtyřicet let! Pořád na vrcholu popularity, za všech okolností. V době Pražského jara, za normalizace, při Antichartě, v sametové revoluci i teď, čtyřicet let.

Marek si dohodl velký výlet na kole s kamarádem. Se mnou se na ničem nedomluvil, se mnou nepočítá (jejich tempo ani vzdálenosti bych nevydržela). Minulý pracovní týden strávil na kole celé čtyři dny. Odejel na měření cyklistických sil v rámci svého zaměstnání a najezdil přes 400 km a dnes vypálí zase? Já s ním budu probírat harampádí, uvařím oběd, pak přijede kamarád a tradá? Dodnes jsem radši potupu, že musím už pár let soupeřit s kolem o mužovu přízeň, nezapisovala, protože mě to uráží. A nechci si to přiznat. Ale je to tak. Marek propadl cyklistice a jede v tom čím dál víc. Jako kulturista, co musí pořád cvičit, a své dávky neustále zvyšovat a nemůže přestat.

Všichni říkají, že si tak řeší své smutky z kluků a teď i z rodičů. Ale on s tím začal mnohem dřív, než to u nás i s rodiči vzalo špatný konec. Předloni najel dva a půl, vloni už tři a půl tisíce kilometrů! Strávil na kole měsíc čistého času. Letos má najeto přes čtyři tisíce. Nestačí to?

Všichni mi říkají, že je to lepší, než kdyby měl milenku. Ale i milenka dokáže muže zklamat. Anebo mu začne být časem protivná. Anebo obojí. Kdežto kolo? To poslouchá. A nemá žádný názor. Ani náladu. (Vlastně ne, náladu má pořád skvělou.) Je vždy připraveno, všechno si nechá líbit, se vším souhlasí a ještě svého pána nese a něžně se pod ním pohupuje.

Proč nejsem kolo?

Chtěla bych být ve fofru. Jenže smysluplném. Ne v tom, v němž jsem – v nakupování jídla, vaření, luxování, praní a věšení prádla, v hádkách o smradlavých nohách, o kole.

Když jsem včera viděla poloprázdné divadlo, tu blbinu, co dávali, bylo zaslouženě poloprázdné! (Ačkoliv jsem mockrát viděla divadlo narvané – nezaslouženě.) Jak je asi hercům, hrajícím pro pár zaplněných míst? Kde berou motivaci? Anebo je jim motivací samotný fakt, že hrají?

Mně je zle.

V noci jsem se s Markem pohádala. Nějak jsem nebyla schopná přijmout s nadhledem fakt, že soutěžím s jeho koly o přízeň.

Má totiž dvě.

Třetí mu tajně chodí poštou po součástkách.

A já je přebírám!

Zazvonila pevná linka. Poplach.

Volali z hygienické stanice. Přišlo jim hlášení z nemocnice, že má náš syn Patrik svrab. Jako nejbližší rodinní příslušníci se proto máme ihned všichni dostavit k lékaři, abychom se začali léčit a nešířili dál tuto nepříjemnou infekční nemoc.

Svrab?

Lepší než žloutenka, pomyslela jsem si. Proti žloutence všech typů jsem Patrikovi i Lukášovi vloni zaplatila očkování (na Matěje nezbylo), stálo šest tisíc! To už začala být náklonnost kluků k podivnému způsobu života viditelná a já tušila, že to bude riskantní směr a tohle očkování možná bude náš největší a nejdůležitější, životní dar.

Paní z hygienické stanice jsem vysvětlila, že tu Patrik už několik měsíců nebydlí a nakazit nás nemohl. Dala jsem jí kontakt na kurátorku, aby ji varovala. Ta je s ním ve spojení mnohem těsnějším. Že má Patrik svrab mě poté, co jsem ho dvakrát viděla tak příšerně špinavého, nepřekvapuje. Ještě že jsem ho nevzala k mámě do bytu vykoupat.

Patrik mi pár dní po naší cestě na poštu volal a ptal se, jestli už mi přišly peníze z jeho zrušené knížky, chtěl dostat slíbené. Telefonovat a mluvit s námi bez problémů umí, když chce. Nevěděla jsem, jestli peníze přišly a pořád ještě to nevím, výpis z banky dostanu až po pátém. Čekám, že se po pátém říjnu ozve. Budu se ho moci zeptat, jestli je vyléčený.

S Markem jsme vyměnili několik holých vět. A to máme vedle sebe usnout? Jak jsem se na své půlce postele nervně převalovala (než začal prášek na spaní působit), s hrůzou mě napadlo, že si Patrik se svým advokátem možná podal ruku.

Co když se celá právní kancelář drbe?

Vytiskla a zkompletovala jsem scénář. Takhle ho odevzdám do scenáristické soutěže. Tečka.

(Tíseň. Touha. A zase tíseň. A pořád tak.)

Na šestou večer jsem šla navštívit kameramana, s nímž bych chtěla svůj film točit. Bydlí se ženou ve vsi, tři čtyři kilometry od nás. Byla jsem u nich poprvé. Jeho žena je Němka, mluví česky jako Rainer. Jako Rainer má rakovinu, ale jinde.

Na oslavě narozenin mámy byla i její švagrová, matka tří dětí. Byla zničená. Krátce předtím si začala tuhle nemoc léčit. Žena ji uklidňovala. Aby ji posílila, sháněla pro ni informace a rady od zdejších lékařů i od kamarádky, která tím prochází. Když zjistila, co mohla, šla raději na prohlídku taky. A dozvěděla se, že je stejně nemocná i ona.

Chodí na druhou várku chemoterapie. Zkoušejí na ní nový lék, ještě přesně neznají dávkování. Jednou zřejmě sílu léku přehnali, bylo jí špatně, nemohla se hýbat, trpěla bolestmi, slezly jí vlasy i všechny nehty. Ale je typ, co neskuhrá, co bojuje. A přitom se směje! Nic neskrývá. (Na hlavě měla šátek. Pod ním byla vidět holá kůže: Nikdy by mě nenapadlo, říkala se smíchem, že mi bude pořád zima na hlavu, i doma, i v posteli. Jak to dělají holohlaví chlapi?) Dům mají – na rozdíl od nás – zařízený dobře. Všechno krásné, vkusné a funkční. Teplo zajišťuje přívod plynu, v koupelně (mají dvě) teče čistá voda, dva záchůdky voňavé a samozřejmě splachovací. Každý má svou útulnou pracovnu. Pokoje jsou vymalované pastelovými barvami, kolem domu zahrada, kytky. Místo aby si toho užívali...

Večer jsem přišla k Markovi a přitiskla se k němu. Objal mě hned. Máj máj máj, narodil se máááj... zpíval nám Karel Gott. A my tančili v obýváku ploužák a Matěj se nám smál.

Vzbudilo mě slunce. A stejně tíseň.
Připadám si jako zvířátko, vyděšené, protože zůstalo samo. Vedle v pokoji nikdo nešramotí, v domě je ticho, po němž jsem tolik prahla, když byli kluci malí a u nás byl věčně křik.

Ani nevím, co jsem dělala přes den. Asi to, co vždycky a co si nepíšu. Pes, kočka, dům, zahrada. (První shrabané a v kolečku do lesa odvezené kupy listí). Snaha být užitečná.

Čekání na mejl od režiséra – jedno jakého.
Večer se u nás zastavili kamarádi. Dlouho jsme se domlouvali, že se sejdeme, ale pořád to nevycházelo. Poznala jsem tenhle manželský pár tak, že ke mně před lety kdesi v obchodě přišli a zeptali se, jestli to náhodou nejsem já, kdo píše do novin fejetony, které se jim líbí. Od té doby se vídáme. Máme společné téma: sdělujeme si zkušenosti s přijatými dětmi. Zvlášť, když jsme na dně. A teď na dně jsme, oni i my.

Michal a Lucie mají kromě svých dvou dcer (měli je dřív, než si další děti vzali) několik dětí v pěstounské péči. Co se týká výsledků náhradního rodičovství, mohli bychom si podat ruce. Přijeli, protože jsou zničení z Pavla. Má stejné problémy jako naši. Jako by byl namíchaný z Patrika (je chytrý) i Lukáše (krade). Michal s Lucií ho musí neustále kontrolovat, sledovat. Pořád musí být ve střehu a nemohou si vydechnout.

Jako my.

Stejně jim Pavel krade.

Jako Lukáš nám.

A všude dělá problémy, ve škole i v místě, kde bydlí.

Jako oba naši vždycky.

Oni za své děti dlouho bojovali.

Jako my s Markem.

Nemůžou dál.

Ani my nemůžeme.

Nevědí, co mají dělat.

Jako jsme nevěděli a nevíme my.

Mají Pavla poslat do diagnosťáku? Je mu teprve dvanáct, puberta, která tomu dá ještě další dimenze, dosud nepřišla. Nedá se to vydržet. Konstatují totéž, co my: Můžete mít sto výborných bezproblémových dětí a když je jedno problémové, bez snahy (nebo schopnosti) něco zlepšit, změnit, jste vyřízení.

Smutné vyprávění jsme uzavřeli tím, že oni se z podobně opuštěné venkovské končiny odstěhovali do městečka. Přitom žili – na rozdíl od nás, kteří bydlíme mezi chatami, v zimě pustými, uprostřed zabydlené vsi, jenže malé. Michal je úspěšný podnikatel, mohli si investici do jiného bydlení dovolit. My volbu nemáme.

V noci na mě padla tíseň ze života vší silou zas.

(Antidepresivum.)

Ve dvě ráno zvonil Lukášovi budík!

Tenhle týden vymyslel, že bude pro jeho ranní vstávání nejlepší, když se bude průběžně v noci budit.

Na včerejšek si našteloval hodiny na půlnoc – a vytáhlo to

z postele mě! Zrovna jsem usínala. On vedle budíku s vyřvávajícím rádiem ležel a neotevřel oko. Když mě něco ve fázi usínání probudí, bouchá mi srdce a nemůžu se uklidnit. Zabrala jsem až za dlouho a ráno měla pocit, že jsem nespala vůbec, protože podruhé mě Lukáš vzbudil v pět – dal si pro změnu buzení na normálním budíku o půl hodiny dřív než dohodnuto, a já si toho nevšimla. Zvonek mu řinčel v pokoji a on zase chrněl jako zabitý. Musela jsem ho jít z postele vytáhnout, aby nezaspal a neměl neomluvené hodiny. Dala jsem mu za nesmyslné buzení kapky a zatrhla mu takové experimenty – kromě regulérního budíku v půl šesté!

Jenže já můžu zatrhávat, co chci.

Přes moje rázné připomínky na tohle téma mu dnes zvonil budík ve dvě. To už jsem omámeně, tvrdě spala. Jeho zvuk (v tu chvíli neidentifikovatelný) mě vymrštil z postele. Vylítla jsem a vrávoravě běžela z pokoje. Za roky, co se dusil nejdřív Patrik, a pak vytrvale dlouhá léta Matěj (vždycky to probíhalo k ránu), jsem takhle naučená. Jakýkoli zvuk – hlas, zakašlání a dokonce i jen vzdech mě pořád ještě i z nejhlubšího spánku úplně vypruží a vytáhne úprkem z postele. (A pak fofrem do nemocnice.) Už nikdy nebudu spát dobře.

Tak tedy: vyběhla jsem z pokoje na chodbu, než mi došlo, co se děje neděje. Doběhla jsem do Lukášova pokoje a začala láteřit. Musel si před mýma očima nařídit budík tak, aby vstával, jak má.

Člověk si jeho mozkové pochody sedmiletého dítěte (nevím, jestli pochody je nejsprávnější slovo) ne a nemůže dát dohromady se sedmnáctiletým hotovým mužským tělem!

Probuzení se sevřenou hrudí.

Spolkla jsem půlku antidepresiva. Nezabralo. Snažila jsem se něco psát. Nešlo to. Nejde mi nic. Bílá obrazovka notebooku. Pár vět se tam na okamžik uchytí, jen na okamžik.

Piš je stejně, říkal mi táta do telefonu, když mi dnes zavolal a já na obligátní řečnickou otázku, jak se mám, místo odpovědi brečela (tak hluboko jsem klesla).

Piš! Řekl mi. Jednou se věta chytí. A to bude ta první.

Ale já od něj čekala, že mi řekne: Pojďte bydlet do města do našeho bytu (má nejmíň dva), čekala jsem, že mi jednou v životě konkrétně, hmatatelně pomůže, bohatý je na to dost. Ale říkal jen: PIŠPIŠ.

Vyšla jsem na terasu, prozářenou sluncem. Lehla jsem si na rozkládací lehátko, abych nasála sluneční paprsky. Do loňska jsem se vystavování slunci vyhýbala, teď naopak. Je to zatím jediná terapie, která na deprese zabírá.

Zvonil mobil. Mobil není poplach, zatím. Volala Lenka: Ve vsi prodávají domeček, na který jsem se před časem ptala. Místo nic moc, ale mezi lidmi! Lenka mi nadiktovala telefonní číslo na realitní kancelář. Chtěla bych si domek prohlédnout. Kdyby to úplně marné nebylo, třeba bychom to udělali: zkusili prodat tenhle a koupit tamten.

Něco změnit!

Nedovolala jsem se. Další půlka antidepresiva. Ještě usilovněji jsem nad bílou obrazovkou přemýšlela, co a jak psát. Když mi vůbec nešel ten (už hotový) scénář a bylo mi mizerně, rozepsala jsem tři povídky podle skutečných příběhů. Jenže se mi nepovedly. Už při psaní jsem cítila, že tomu nic nedávám. Žádná licence, žádná nadstavba, žádné literární povýšení. Pořád všechno mažu. Nechci, aby měl AJL zase pravdu, už jednou mi napsal:

„Je to jako naložený talíř, který před čtenáře předestřete a on ho buď odloží, anebo sežere."

Ráno jako teď pokaždé: tíseň. Proč mě to v posledních dnech zavalilo? Přitom je stále nádherné babí léto. Nemůžu popadnout dech. Bojím se.

Včera jsem odtud nakonec utekla, chodila po městě, mluvila s lidmi, smála se, ale pocit osamění to nezahnalo. Je to ve mně, neuteču před tím.

Antidepresivum zatím nezabralo. Jsem marná. Jsem si protivná.

Vždycky jsem nesnášela, když se někdo takhle patlal ve svých trablech. (Patlám se tajně, ale zachvácená jsem celá!) Co hrozného se mi děje? Nic. Jenom mám strašně silný pocit, že je je můj život úplně zbytečný. Někdy si přeju dostat rakovinu. Tak se rouhám. Třeba by mi motor, co jsem kdysi mívala k překonání krizí, naskočil. Měla bych důvod k nářkům a možná bych dostala sílu k boji. Zmobilizovala bych se. Myslím si? Jo? Vždycky jsem byla žena činu. Proč nic nečiním? Proč jsem tak zchromlá? Proč nemůžu? Ne, nikdo na mně můj stav nepozná. Aspoň v tomhle jsem klasa. Jedu do vsi na nákup. Vejdu do krámku: zdravím, dělám srandu. Veselá, bezstarostná kopa. A v tu chvíli taková opravdu jsem, na vteřinu od sebe všechno odeženu. Potom z krámku vyjdu, sednu do auta, jedu domů a na prsa mi padá tíha. Svírá mě to, jako by mi na těle seděl pavouk. Jsem vystrašená. Jak zastavím, vystoupím z auta? Jak půjdu k brance a do zahrady? A pak vejdu do domu a zavřu dveře. Jak přežiju? Jak to dokážu?

Bouchá mi srdce.

V největším zoufalství jsem sedla a dopsala scénář *Kopečné* (adaptace románu Jeana Giona) do podoby, v níž se dnes, jak mě Cyril poučil, scénáře píší. Je to krásný příběh a převod do filmové řeči se mi povedl – to vím! A vím taky, že ho nikdo nebude chtít. Už ho pár producentů četlo a nic, prý by to dnes nikoho nezajímalo. Je to silný příběh o životě, lásce a smrti. A to je dnes taky NUDA. Navíc na to nemám práva. Jsem tak pitomá, že když mě něco zaujme, pustím se do práce a nepřemýšlím o takových maličkostech, jako jsou autorská práva pro použití předlohy.

Potřebovala bych se do nějakého psaní zakousnout. Ale do jakého? To by byl pro mě lék. To mi stěhování do města nezařídí. Můj problém jsem já.

* * *

Večer jsme jeli s Markem na koncert skupiny *Neřež* do klubu v městečku. Nechtělo se mi, ale jela jsem. A bylo to hezký. Nejhezčí písničky skládal Vřešťál se Sázavským ještě se Zuzanou Navarovou. Ona byla takový talent! Proč umřela? Když nechtěla. Proč já chci?

Na odchodu jsem se ve dveřích srazila se Zdeňkem Vřešťálem a pozdravila se s ním. Známe se právě od Zuzany. Divil se, že mě potkává zrovna tady. Prý mě má jeho žena moc ráda – jako autorku samozřejmě. Která? Zeptala jsem se, protože zpíval píseň o rozvodu. Druhá. Čekáme miminko. Už ani ne za měsíc. Jsem tak nervózní, že nejsem doma, tak se těším!

Jak jsem pořád na pokraji pláče, zastesklo se mi, že ženy nemůžou začít svůj život znovu odprostředka (obzvlášť ty neplodné jako já). Mít ještě miminko... Už blázním úplně. Je přece tak krásné, když ženu objímá a líbá muž, ta něha, vášeň.

Pomyslela jsem na to, co se mi stalo, vím přesně kdy, vím i proč, ale nevím, co s tím. Co s chemií, co se mi rozběhla hlavou – a tělem? Když jsem se mámě svěřovala, že sice Marka miluju, ale zamilovala jsem se ještě jinde, že se mi to stalo, proč se mi to stalo? Co mám dělat? Řekla mi: To neodmítej, lásku nikdy neodmítej.

Já naštěstí nemám co odmítat. Když už se to muselo stát (a stát se to asi muselo, když se to stalo), zamilovala jsem se naštěstí rovnou odmítnutě. Nic mi reálně nehrozí, hrozím si jen já se svou povahou. Ale stejně bych chtěla vědět, jestli něco z mých pocitů... Dokonce jsem přesvědčená, že on se do mě zamiloval dřív než já do něho. To každá žena vycítí. Co s tím? Mám krizi středního věku? Posunutou za střední věk? (Vždycky jsem měla všechno s velkým zpožděním, pokud vůbec.) Mísí se ve mně dvě chutě, láska k Markovi a přání prožít ještě jednou to propadání k zamilování. Toužím.

* * *

Je krásné, když ženu objímá a líbá vlastní muž.

Probuzení právě takové. Marek jel do vsi na brigádu na sokolku. Já se tam chystala taky, ale jak jsem se chystala, napadlo mě podívat se na nabídky dálkového studia. (Mít profesi! Dělat něco pořádného.) Na denní nemůžu. Nemůžu tady v tom nechat Matěje samotného. Nic přijatelného jsem nenašla. Brouzdala jsem a dobrouzdala až na filmovou školu. Jasně! Přihlásím se na scenáristiku a dramaturgii, rozhodla jsem se. A začala být nejistá, protože jsem si v zadání přečetla, že musím dát k prvnímu kolu zkoušek námět na film a tři povídky. To nemám. A neumím. Mám sice jeden realizovaný scénář (s nominací na cenu) a další s dramaturgií zdejšího profesora... Kde je mu zase konec? Ozve se? Při jedné z pracovních schůzek mi Cyril řekl, že učí patnáct let, ale svoji nejlepší žačku potkal až teď, mimo školu...

Stáhla jsem si přihlášku a skoro pobaveně si představila, jaké to bude, až ji odevzdám s opisem známek z gymnázia, každý rok má být shrnut do celkového průměru – dokážu to spočítat? A pak i se známkami z maturity, od které uběhne příští jaro třicet let! Přiložím tam své zažloutlé maturitní vysvědčení z minulého století. Babička studuje filmařinu.

Internet jsem odpojila a šlus. (Erledigt.)

Vpodvečer jsme měli sešlost u Martina s Lenkou, my všichni, co spolu pořád kamarádíme. Tísně žádné. Dokud v noci nezačal Martin o tom, jak je to u nás v lese hrozné. Když tam někdy s Lenkou stoupají, říkají si: Chudáci, jak to můžou vydržet?

Zbytek večera jsme řešili, co máme dělat. Martin radil koupit nabízený domek a postupně ho dávat dohromady. Ale my jsme už rekonstrukci bez peněz zažili a znovu nechceme. Dosavadní dům jsme dávali dohromady léta, pořád není hotový. Většinu jsme museli udělat sami. Na další zednické práce, rozkopávky a improvizaci jsme moc unavení.

Pavla nabízela k pronájmu byt, který mají v domě u rodičů, dvě malé místnosti, ve městě.

My nemůžeme být v malém bytě! Moji depresi nezaplaší, když

o sebe budeme zakopávat a naše rozdílnosti se budou střetávat na pár metrech čtverečních. Pavla namítala, že byli s Danielem v tom bytě s dvěma dětmi, když jiný přestavovali a krásně to vydrželi. Jenže být v maličkém bytě s dvěma (menšími) dětmi, které jsou složené z našich polovin, je trochu jiná parketa.

Ani nejbližší, kteří slýchají o našich náhradně rodičovských peripetiích, vůbec nechápou, o čem je tohle každodenní soužití. Každodenní soužití teď, kdy kluci přestali být ochotní přizpůsobit se našemu životnímu stylu, kdy se rozběhly jejich přirozené sklony a nepřirozené deprivace naplno. Můžu to nějak sdělit? Jaké to je, žít skoro půl života čtyřiadvacet hodin denně s někým, kdo se – jak se stále silněji ukazuje – ve všem liší?

Jak to, že se tak liší?

Co jiného než tíseň. Už to nebudu psát. Napíšu, až se probudím bez ní. A přitom byli všichni doma, když je zase neděle. Tíseň, tíseň.

Marek s Matějem odjeli na kolech. Lukáš šel na zápas ve fotbale. Rozhodli jsme se, že mu budeme věřit, že teď na zápasy i na tréninky chodí. Nemůžeme ho v tomhle věku pořád kontrolovat, je nám to samotným protivné. Stačí mi, že ho musím honit do mytí, že večer chodím kontrolovat budík, že zamykám pokoj, že si v noci uklízíme z přízemí věci – aby nás neměl příležitost okrást, když ráno první vstane, že stražím uši, jestli opravdu vstal a včas odešel na vlak do školy.

Snažíme se ukázat mu, že důvěra je dobrá (a výhodná) záležitost, ptáme se ho – a on účast potvrzuje. Je za to odměňován dobrým kapesným. Když mu ho dáváme, doufáme, že nekecá a on usilovně potvrzuje, že ne. Chválíme. Snažíme se.

Jela jsem do města na sraz s AJL. Přišel pozdě (ale jemu to odpouštím). Čekala jsem na něj před kavárnou, bylo krásně, městem pomalu proudily davy, auta skoro nejezdila. AJL se mě hned ptal na posledního z oslovených režisérů, jestli už scénář přečetl. Musela jsem říct, že zatím jen čekám, kdy se ozve, čekám velmi netrpělivě.

A pak jsem na něj vybalila svoji tíseň, která už je zase depresí, hlubokou jako loni. AJL ví, jak jsem na tom byla loni. (Jak to, že se svěřuju zrovna jemu, když jinak nikomu?)

Řekněte mi, proč zase?

Proč mám zase tíseň?

Proč píšu, co nikoho nezajímá? Proč ode mě nikdo nic nechce? (Mour! Pytle mouru!) Proč píšu věci, které nejsou „in"? Proč pořád dělám jen to, co potřebuju já? A pak mě deptá nezájem. Tolik bych potřebovala úspěch, ocenění. Proč nemůžu jen tak, levou zadní, napsat nějakou věcičku a někam ji dodat (prodat)? Už toho mít víc v šuplíku nechci!

A víte, kolik toho měl v šuplíku Kafka? Opáčil AJL.

A Vincent van Gogh neprodal za život ani jeden obraz! Dodala jsem.

No vidíte, jste na tom mnohem líp.

Jenže já si stejně brzy uříznu ucho.

To byste byla bez ucha. To nedělejte. Pište své zápisky.

Píšu je. Je mi z nich špatně. Koho budou zajímat moje deprese?

A vy si myslíte, že silné dílo vzniká, jako když pejsek s kočičkou dělali dort?

Jo! Přesně to si myslím.

Silné dílo vzniká z potřeby vypsat se ze svých tísní, ze svých myšlenek, které by vás jinak zahubily. Pište! Očistíte se tím. A jednou uvidíte, co z toho bude. Pište jako Rudolf Sloboda.

Před rokem jsem začala číst jeho *Rozum*, ale přišlo mi to tak těžký a beznadějný, že jsem to musela odložit.

Tak si vezměte něco jiného. Teď někdy má vyjít *Láska*. Ta sice není jeho kniha z nejlepších, ale stejně. Čtěte Slobodu!

AJL mě doprovodil do starého města, kde máme zkoušku Mišpachy. Vždycky, když se s ním loučím, říkám si: Uvidím ho ještě? Uvidím? Pokaždé mě zabolí u srdce. Uvidím ho ještě?

Ještě mi poradil, jak zkusit napsat divadelní hru.

Když vám nejde psaní vlastní, měla byste zkusit něco zadaptovat. Co?

Čtěte. Hodně čtěte a přijde to k vám samo.

Nemůžu číst.

(Sloboda spáchal sebevraždu.)

Děsí mě představa, že takhle budu žít až do smrti.

Při televizních zprávách zavolal (na pevnou) Patrik. Chce slíbené peníze ze své knížky. Ví, že sliby dodržujeme, tak volá. (Můj názor se opět potvrdil, co sám chce, si zařídí.) Řekla jsem mu, že mu dáme jeho peníze hned, jak se přihlásí na úřad práce. Odpověděl, že to nejde, ztratil občanku. A tak dále. Stejně stejné.

Nemohla jsem to poslouchat a předala mu Marka. Zopakoval: Od února, kdy tě vyhodili ze školy, chceme, aby ses přihlásil na úřadu práce, když jinak pracovat nemíníš. Je říjen a pořád slyšíme výmluvy.

Zřejmě následovaly i teď, protože Marek se rozčílil, něco na něj křikl a sluchátko mi vrátil.

Patriku, jak to máš se svrabem?

V pohodě.

Jak ses léčil? Tři dny ses měl celej mazat a všechno oblečení, povlečení i ručníky vyvařit. (Kde by vzal povlečení a ručníky?)

Svrab už nemám.

Brzo máš ale výslech. Doufám, že na něj tentokrát přijdeš.

Proč bych neměl přijít?

Je na tebe spojení?

Budka.

Probudila jsem se s brekem. Měla bych jít do blázince. Mám problém vstát z postele, sejít do přízemí, udělat si něco k snídani, existovat. Jsem tak unavená. Nejraději bych usnula a všechno prospala. Celý život.

Jenže nemůžu spát.

* * *

Kdybych dostala jednu dobrou zprávu. Kdyby se mi ozval Cyril. Kdyby zavolali z hygienické stanice. Slyšet lidský hlas. Mluvit o svrabu. Ticho. Nic. Zapít půlku prášku. A ještě druhou, než zase spustím strojek na pláč.

Ne, Slobodu číst nesmím!

V poledne zazvonil pevný telefon. Automat vychrlil znění zaslané textové zprávy. Kdo posílá esemesky na pevnou? Jméno odesílatele nezaznělo, číslo jsem nezachytila. Nejdřív jsem nerozuměla ani samotnému vzkazu, je to divná řeč, ta rychle pospojovaná, jednotlivě načtená písmena. Až když mi zprávu řeklo sluchátko podruhé, trochu textu jsem zachytila: Milá…, moc na tebe myslím. Anebo: Milá …, myslím na tebe víc než tušíš… Objímám tě, líbám tě…

Poplach!

Dřív než jsem měla vyrazit na koně – dohodla jsem si u kamarádky jízdu, dala jsem si ji k zítřejšímu svátku, probírala jsem se ještě naposledy deseti komplety scénáře do soutěže. Nechce se mi loučit s tímhle těžce vybojovaným opusem, ačkoliv už na to jinak nesáhnu. (Sáhnu už jen jednou, až napíšu definitivní titul.) Těší mě pročítat si dialogy, představovat si filmové obrazy, připomínat si spolupráci, při níž jsme se s Cyrilem tolik nasmáli.(Já se smála?)

Na Marušce bylo úžasně. Přesvědčila jsem sama sebe, že se nebudu bát, aby to kobyla, široká jak skříň, zrzavá a nádherně pihatá úplně všude, nevycítila a nesnažila se mě setřást o všechny větve a kmeny, které budeme míjet, jako se snažila naposledy.

Nebála jsem se.

Šly jsme s kamarádkou (jela na černém štíhlém hřebci) krokem, brodily přes potok, občas přeskočily nějakou strouhu, šplhaly do kopce: Nadzvedni se v sedle a skloň se k Maruščině hlavě! A zase z kopce: Polož se do sedla a zakloň se! A kdyby ses nemohla udržet, chyť se za hřívu!

Chytila jsem se za hřívu. Nebála jsem se. Byla jsem docela šťastná.

Vrátily jsme se do statku a zajely autem na odpolední oběd do restaurace *Nad řekou.* Čtrnáctého října a pořád teplo, babí léto, seděly jsme na terase a jedly. Byla jsem ráda, že jsem se vyhrabala z breku a dokázala pro sebe něco udělat aktivně.

Akorát, že jsem cestou domů potkala Lukášova fotbalového trenéra a dozvěděla se, že Lukáš nás zase celou dobu podváděl a nikam nechodil. Kapesné za odměnu si však poctivě bral, srab! Doma stejně tvrdil, že na fotbale byl.

Tak trenér kecá, jo?

Jo! Vzlykal. Nevydržela jsem a ruka mi vyletěla k facce. Uhnul. Pročísla jsem jen vzduch a málem z toho upadla. Vystartoval do svého pokoje a prásknul za sebou dveřmi, až se dům otřásl v základech. Já se otřásla taky. Abych přemohla nutkání vrazit tam za ním a pořádně mu nafackovat.

Začal víkend. Je mi špatně.

Vezla jsem Matěje na fotbal, jeho tým potřeboval šoféra. V městečku jsem nakoupila k mexickému jídlu, co jsem včera na dnešek uvařila, mexické placky. Oběd byl výborný, ale museli jsme si počkat, až kluci dohrají, do dvou. Snažím se o víkendu aspoň o společné stolování – když se nám jinak všechno rozklížilo.

Lukáš nemluvil, pořád byl uražený. V takových chvílích se vždycky strašně snažím, aby mě jeho na odiv vystavovaná nasranost a současně i ublíženost znovu nenaštvala, je to boj. Po obědě jsme odjeli na kolech na výlet. Jeli jsme tři: Marek, Matěj a já.

Cestou se k nám přidal Matějův kamarád Fanda, syn Martina a Lenky. Narodil se s jednou rukou kratší, bez prstů. Ruka mu končí nad zápěstím. Kolo má přizpůsobené tak, aby řazení převodů i brzdění měl na jednu, tu dobrou, pravou ruku. Levou se řídítek jen zlehka dotýká kvůli rovnováze. A šlape. Šlape jako ďas.

Seděli jsme na terase restaurace, kde jsem byla včera. Od doby, co je naše oblíbená hospoda *U Krobiána* zavřená, je naší oblíbenou tahle. Mohla by se jmenovat *V slunci* nebo *U slunce.* Celý den sem svítí.

Pili jsme pivo a limo, jedli bramboráčky a vyhřívali se. Přijeli za námi na kolech Mirek s Jarkou, dokonce i Martin se na motorce stavil, aby Fandu zkontroloval a aby mi popřál k svátku, všichni mi přáli.

Zpátky jsme jeli Markovou metodou, to znamená oklikou přes nejhorší krpály. Myslela jsem na Fandu, jestli mu není ouvej. Ale on držel krok s Matějem, o dva roky starším a o hlavu větším a mnohem silnějším, jeli pořád před námi.

Fanda všechno vyjel bez hlesnutí. A to si nemůže pomoci rukama, když šlape do kopce, jako my: chytáme se řídítek za rohy a rozložíme námahu do celého těla. On musí všechno odšlapat nohama. A má je přitom jako hůlky. Jede. Jede a necekne. Ani náznak omluv, výmluv, skuhrání. Asfaltka se změnila v hrbolatou příkrou polní cestu, sotva jsem se sunula. Fanda jel vpředu, první. Bezvadný kluk!

Chtěla bych to napsat o Patrikovi.

Chtěla bych to napsat o Lukášovi.

Mišpacha s miminkem šéfové v náručí. A od sedmi honem ještě divadlo. Jak jsem si šla ve frontě při třetím zvonění rychle v hledišti sednout na své místo – stála jsem u poslední řady a čekala, až se dav přede mnou pohne, zrovna tam, úplně na kraji, seděl režisér, ten, kterému jsem položila telefon.

Pozdravila jsem ho zaraženě, neutrálně: Ahoj.

Křikl na mě drsně:

Nazdar, podrazačko!

V osm měl mít Patrik výslech. Už rovnou píšu měl mít. Podmiňovací způsob, když je hlavní podmínkou jeho přítomnost. Sešli jsme se tam zase všichni a zase bez něho. Už jsem té situaci přivykla, už jsem se s advokátem (nemám odvahu zeptat se ho na svrab) a kurátorkou vítala jako se starými známými.

Vyšetřovatelka nechá Patrika předvést. Kurátorka s Patrikem mluvila, advokát s ním stejně jako já telefonoval, všichni jsme mu zdůrazňovali... Jeho mozkovna je zřejmě vymetenější, než mě kdy mohlo napadnout. Že jsme ho tolik let drželi? A tolik let udrželi v (relativním) řádu?

Jsme úspěšnější, než jsem si myslela.

Zásadní informace od kurátorky: Nedoléčil svrab. Do nemocnice, kam měl přijet na kontrolu a měl dostat masti na druhou kúru, nedorazil. Beru to na vědomí, co jiného mám dělat? Loučíme se.

Šla jsem na kus řeči s kamarádem, spolužákem ze základní školy. Vrazili jsme do sebe před týdnem na stanici tramvaje a domluvili se, že se sejdeme.

Je rozvedený, má tři velké děti, nejstarší syn jede v drogách, těžce. Donedávna u něho bydlel, samozřejmě nepracoval a opakovaně a donekonečna svého otce okrádal. Nechtěl se z bytu hnout. Proč by to dělal, když tam měl všechno bez námahy? Spolužák dlouho neměl odvahu udělat, co se prý jedině udělat má – vyhodit ho.

Nakonec to udělal. Když už doma nic nenašel, protože všechno bylo prodané. Když přišel unavený z práce a u něj se váleli sjetí frajírci, mejdan. Syna vyhodil. Je z toho špatný. Pořád to v sobě řeší. Má výčitky svědomí. Bojí se, že ho okolí odsoudí. Ale udělal to, nemohl dál.

Pokaždé, když jde kolem zdejšího nákupního centra, napjatě sleduje partičky ožralých, sjetých bezdomovců, jestli mezi nimi syn není. Smutné povídání. Zvlášť s našimi paralelami. My se vystavujeme ještě dalším odsudkům: adoptovaného vyhodili a vlastního si hýčkají!

Těsně před schůzkou jsem dostala zprávu na mobil o tolik očekávaném mejlu od posledního osloveného režiséra. Mohla jsem přečíst jen začátek. Předmět zprávy a kus první věty. Už z toho bylo jasné, že to dobré nebude. „Scenar jsem poctive..."

Samozřejmě jsem chtěla všechno zrušit a jet si domů názor přečíst. Ale pak jsem si skoro vyrovnaně pomyslela:

Může tam být jen dobrá, nebo špatná zpráva.

Marnost mě demotivuje a rozkládá zaživa.

* * *

Matěj nenašel své jediné boty a jediné vysvětlení je, že je ráno sebral Lukáš, který vstává a odchází dřív. Při dnešních cenách a mé výdělečné nečinnosti jsme rádi, když utáhneme pro každého kluka – pořád jim roste noha! – jedny boty na chození, jedny na sport ve škole, jedny na lítání venku a k tomu jedny dobré kopačky. A samozřejmě pantofle na doma a do školy. A zimní a letní...

Matěj hledal své boty dlouho a vytrvale, dokonce i na zahradě a v dílně a znovu v předsíni a pod postelemi a všude, snad i v lednici. A přitom vůbec nenadával. Hledala jsem s ním. A na Lukáše běsnila, ale v duchu. Před Matějem jsem nikdy žádnou nadávku na bráchu, ani na jednoho, neřekla.

Tohle my si nesmíme dovolit. To by mohlo vypadat jako dělení – jako ty jo a oni ne! A to je hranice, kterou adoptivní rodič, jemuž se narodilo vlastní dítě, nikdy nesmí překročit. Na to si dávám velký pozor. (A proto taky Matěje skoro nikdy nechválím, když mám tak málo příležitostí chválit Patrika s Lukášem.)

Běsnila jsem v duchu.

Boty jsme nenašli.

Co já už se zmizelých věcí nahledala, než jsem přišla na to, že jsou ukradené. Vytáhli jsme z dílny boty loňské (staré vyhodím, Marek je vyndá z popelnice a schová do dílny); hrozně Matěje tlačily. Na autobus jsem ho musela odvézt.

Všechny dobroty, co nakoupíme (pro všechny!), Lukáš hned v noci sní. A když je pak hledám, tvrdí, že on nic. Když chci, aby nám nějaké zásoby vydržely aspoň do víkendu, musím je rovnou odnést do našeho pokoje, do skříně, pod postel.

Musím zamknout.

Musím náš pokoj zamykat kvůli penězům, kvůli jídlu, pěkným věcem, které se dají dobře zpeněžit, kvůli neustálému zklamání, protože Lukáš krade už při každé příležitosti. Nechce se ani trochu omezovat. Řídí se heslem: Co mi chutná, sním, protože mi to chutná. A co se mi líbí, si vezmu, protože se mi to líbí.

Máme před ním schovávat i boty?

* * *

Když Lukáš v noci přišel v Matějových botách, které se můžou rovnou odnést do opravny nebo do popelnice (jak je dokázal takhle poničit za jeden den?), a bez walkmana, který zmizel taky, zase jen koukal jako vejr. Nevydržela jsem a začala do něho bušit a křičet, že už toho mám dost, že už toho mám úplně dost. Mám toho dost, do hajzlu!

Mám nateklou ruku.

Byla jsem na místě přesně včas (přesnost je moje prokletí). Myslela jsem, že Cyril bude v naší hospodě sedět, ale neseděl. Dala jsem si malé pivo – a to byla chyba, protože jsem ho musela vypít. Přečetla jsem noviny, které mi půjčil číšník, dopila, zaplatila a odcházela, když dovnitř vrazil Cyril. Ani nevěděl, kolik je, pořád po něm někdo něco chce.

Něco jsme si říkali, šlo mi to ztěžka, vyšli ven a mlčky došli na nábřeží. A třeba ne mlčky, nevím, já uvnitř mlčela, i když jsem možná něco říkala. Rozloučili jsme se ruky podáním.

Šla jsem pěšky po mostě, přes řeku, zaregistrovala panoráma, minula několik tramvajových zastávek, abych pivo se zklamáním rozchodila. Budu přece řídit, pojedu domů. Při představě domova se mi zadrhlo v krku.

Nechci tam.

Lukáš měl být na tréninku. Taky měl vrátit walkman, přestože s obvyklými vzlyky tvrdil, že ho neodnesl. Na tréninku nebyl – ověřila jsem si to opět přímo u trenéra.

Když jsem byla v tom nepříjemném špiclovském telefonování, zavolala jsem i učiteli ze školy, z učňáku. Dověděla jsem se, že má neomluvené hodiny, problém s rozmláceným autem. Na praxi místo zedničiny (Lukášův oblíbený výraz pro nicnedělání) házeli s kluky šutry na zaparkovaný vrak v areálu učiliště a jeho majitel chce škodu řešit. Už v prvním čtvrtletí bude mít trojku z chování.

Přišel z virtuálního tréninku v noci, umouněný, s očima červenýma, pročouzený. Na fotbale byl, do školy chodí, s vrakem nic. Přinesl walkman. Zahučel do postele…

Tak.

Tak smutno.

Smutno ze všeho. Ani už to nemůžu psát.

Ani už vyjádřit.

Marek přijel ještě později. Seděla jsem v pokoji nad notebookem a na internetu hledala režisérská jména, která by přicházela v úvahu. Papír k poznámkám jsem počmárala větami od Václava Bělohradského: „Definuj, nebo budeš definován…"

Seděla jsem nad notebookem a ani se nerozčílila, že Marek přijel (na kole!) zase kdoví kdy, že mě tady nechává na ty průsery samotnou, že vždycky sama schytám první, nejhorší náraz. Jako bych byla stvořená jen pro nárazy.

Koukala jsem do notebooku na abecední seznam všech českých i slovenských režisérů, i těch, co byli už dávno po smrti. Možná by měl můj film režírovat někdo, kdo umřel. Podle vzoru nejlepší autor – mrtvý autor. Seděla jsem sama v pokoji a v duchu si opakovala věty jako čarovné zaříkávadlo.

Kdo na mě myslí? Kdo to je? Ať ke mně přijde.

Ať mě obejme.

Prala jsem prádlo. Vařila. Jeli jsme se s Markem na kolech podívat na Matějův žákovský zápas. Hraje pěkně a se zápalem, poctivě. Celý den mi bylo všelijak smutno. Večer zavolal Martin: Kde jste?

Na šestou jsme byli dohodnutí, že k nim jdeme pro keramiku. Před létem jsme u Martina s Lenkou cosi vyráběli z hlíny, minule to glazovali a teď je vypáleno a všichni u nich máme sraz.

Tentokrát jsem zakázala probírat naše bydlení, náš kopec, náš les, naši podzimní a zimní pustotu, naše děti, náš život. Slivovici jsem nezakázala. Pořád jsem měla nalito, a jak večer pokračoval a nikdo naše bydlení, náš kopec, náš les ani naše děti, natož život neprobíral, bylo mi čím dál líp.

Nakulila jsem se. Vedly se řeči.

Přítomní muži došli po několikátém slivovicovém přípitku k doznání, jak si vlastně nepřejí, abychom byly my, jejich manželky, povolné. Obzvlášť Mirek zdůrazňoval, že toho má teď v práci strašně moc a jak se vždycky děsí, když se vrací domů, aby snad Jarka nebyla roztoužená...

Při loučení jsme si všeobecně namazaně vyznávali lásku. Domů jsem jela krásně rovně, ale pak se mi před řídítka přimotal náš největší kopec a já do něj narazila, ale nespadla jsem. Spadla jsem pak rovnou do postele a spala jako dřevo, bez prášku.

Dokud mi nezačal svítit na hlavu měsíc.

Hlava jako střep. Už nic nevydržím. Ležela jsem v posteli až do poledne, kdy jsem se zmátožila a šla vařit oběd. Měla jsem původně v plánu udělat švestkové knedlíky, ale to bylo před slivovicí. Svedla jsem jen polévku (z prášku), bramborovou kaši (z prášku) a párky (z mrazáku).

A zase do postele. Marek pustil CD *Hradišťanu*. Jiří Pavlica na něm zpívá verše Jana Skácela. Kongeniální spojení. Muzika, co na Skácelova čtyřverší složil, jejich vyznění ještě umocňuje. Nástroje, Pavlicův zpěv i čistý hlas Alice Holubové, krásné.

Reprobedýnky máme na nočních stolcích. K dobrému poslechu je nejlepší natáhnout se na postel opačně, nohama na polštář. Lehli jsme si s Markem každý na svou půlku a se zavřenýma očima poslouchali. Když začala píseň-báseň *Naděje s bukovými křídly:*

Anděla máme každý svého...

Slyšela jsem, jak Marek každou chvíli smrká, smrká a smrká. Proč pořád smrkáš? Řekla jsem nevrle. Rušilo mě to. Jsi najednou nastydlej nebo co?

Stále jsou naši mrtví s námi
A nikdy vlastně nejsme sami...

Zpívaly naléhavě hlasy. To se *Naděje s bukovými křídly* vlila do básně-písně *Mrtví:*

A přicházejí jako stíny
Ve vlasech popel, kusy hlíny…

Teprve teď mi to došlo. Objala jsem Marka. Schoval si ke mně oči, z nichž tekly slzy za oba jeho mrtvé rodiče, držela jsem ho v náručí, držela jsem ho a hladila, hladila jsem ho a držela…

Tváře jako by vymazané
A přece se jen poznáváme
Po chrpách které kvetly vloni
Slabounce jejich ruce voní

Marek se otřásal pláčem, který nemohl přestat, dokud nedozněla ta nádherná hluboká teskná pravdivá píseň. Už nemá na tomhle světě nikoho. Trochu má sestru (tak jinou, než je sám). A pak má jen mě, nás tady doma. Mě a tři kluky. Ze tří spíš jen dva. Ze dvou nejspíš jednoho. Hladila jsem ho a objímala.

A věděla, že ho moc miluju.

Konec včerejšího dne měl ale ke katarzi daleko. Lukáš, který se dopoledne vykradl z domu (něco ukradne, pak se vykrade a v noci se zase přikrade – jak je to slovo bohužel přesné), na oběd nepřišel. Nepřišel si pro věci na zápas ve fotbale, už nic nepředstírá. Přikradl se po půlnoci. Prosmrděný vším – nohama, podpažím, nikotinem.

A marihuanou!

Marihuana z něho táhla na sto honů. Potácel se, neudržel rovnováhu, byl celý jakoby scvrklý. Je možné, aby tohle dokázala JEN tráva?

Marek křičel, pak se na Lukáše vrhl a chtěl ho zbít, já se vrhla na Marka, hlavně neprobudit Matěje, ať neslyší, že řveme, že se pereme. Ať nevidí, jak jeho bratr vypadá.

Antidepresivum si vzal na noc Marek. Já sáhla po Slobodovi. Už to nemám proč odkládat.

Ať je hůř.

Nemohla jsem dospat. V rádiu jsem pustila zprávy z kultury. Nebudou už ráno hlásit, kdo dostane cenu za literaturu? Dostane ji Cyril! (Měl před sebou takové očekávání a já chtěla, aby mi věnoval úvahy o filmu.) Moc mu to ocenění přeju. Musí to pro něho být veliká, generální, oficiální, celoživotní pochvala. Musí ho to blažit! Myslím na něj.

Čtu od Slobody *Rozum* a mluví mi to z duše:

„…Lidé si myslí, že jim bůh nakonec všechno odpustí. Ani jeden muž a ani jedna žena nevěří, že je za jejich sexuální přestupky může stihnout nějaký trest. To se nikdy nepovažovalo za hřích. I když vždycky existuje pocit viny – ale to jen proto, že se v té zakázané sexualitě něco nedaří. Jak je např. starší muž trochu impotentní, tak burcuje svědomí své vášnivé milenky tím, že nenápadně svádí řeč na problém zodpovědnosti. Ale po letech se na takovou lásku vždycky vzpomíná s něhou a člověk se za to na nikoho nehněvá…"

A ještě:

„…Její frajer zřejmě neznal teorii, podle které se u žen po jistém čase nesmí šetřit polibky a dotyky…"

Do třetice:

„…Prosím tě, zapomeň už na ty pracovní těžkosti. To se dá. Když budeš chtít, tak na ně zapomeneš. Paměť se dá ovlivnit vůlí, věř mi. Jako když jsem se odnaučovala kouřit. Když jsem moc zatoužila po cigaretě, sedla jsem si a soustředěně jsem se zahleděla do sebe, do své duše: Tak co je? Opravdu musím kouřit? Nic mě přece nebolelo, jen mi něco chybělo. A tobě taky něco chybí a víš co? Pochvala. Ale odvykej si. Vůbec ti nebude zle. Pochvala je vlastně droga jako nikotin. Když ji nemá, člověk ji hledá po celém domě, ale když už kouří, řekne si: Tak kvůli tomuhle jsem nemohl usnout?! Dej si povědět, nečekej na pochvalu.

Jano podotkl: Ale všechno si člověk nemůže odvyknout… Když

někdo touží po pochvale, je to to nejmenší, co můžeme očekávat
od lidí za dobrou práci..."
Myslím na Cyrila.
Všechny dnešní noviny jsou plné jeho fotek a rozhovorů s ním.
Toužím. Toužím po pochvale.

Lukáš má do neděle prázdniny. Měla jsem k němu (opět) řeč:
Ten sešup, tak podobný Patrikovu, mu tolerovat nebudeme! Není
naší povinností všechno si schovávat a zamykat. Jestli ještě něco
ukradne, půjdu to hlásit na policii. (Tím jsem už párkrát vyhrožo-
vala a pořád se mi strašně nechce. Fakt je, že poté kradení na čas
ustalo. Na čásek.) Jestli si myslí, že bude chodit domů, jak se mu
zlíbí! Jestli z něj potáhne tráva! Jestli to bude vypadat, že si vzal ještě
něco tvrdšího, ihned ho naložím do auta a odvezu na testy!
Musím konečně zjistit, kde se testy na přítomnost drog v těle
dělají. Na webových stránkách jsem se nedokázala dovědět, jestli
je taková služba zavedena 24 hodin denně. A kde? Ve velkých ne-
mocnicích ve městě? A jak se zfetovaný člověk naloží do auta? Jak
se k tomu donutí, aby nedošlo ke rvačce? Jak se s ním v jeho změ-
něném stavu bezpečně jede? Jak to udělat, aby se vynervovaný
rozčilený řidič nevyboural? Aby mu ten druhý něco neprovedl?
Odvezu tě na testy, je ti to, Lukáši, jasný?
Kývání znamená ano.

DNES SE MARKOVI ZDALO, ZE TI RIKA, ZE TE MAM RADA.
TAK JA BYCH SE K TOMU PRIDALA. NABIZIM TI SCHUZKU...
(SMS režisérovi režisérovi režisérovi režisérovi, tomu, kterého
jsem zrušila.)
Vstávala jsem brzy. Patrikův výslech má být v osm. Buď tam
přijde sám, nebo ho přivedou policajti, anebo ho přiveze vězeňská
služba z vazby. Při snídani jsem si pustila rádio, abych si poslechla
zprávy. Zrovna hráli píseň Vladimíra Mišíka s Kainarovým textem:
Stříhali dohola malého chlapečka. Seděla jsem u stolu nad kafem a...
Než jsem se uklidnila, abych mohla řídit. Přijela jsem na sraz na

obvodní oddělení policie tentokrát poslední. Všichni už ve vrátnici byli. Kromě Patrika.

Byl na oddělení, u vyšetřovatelky. Dovedli ho tam? Nebo přišel přece jenom sám? Přestože měla otevřené dveře i okno a Patrika posadila doprostřed dveří, aby smrad, který při minulých omluvách šířil, přežila, nebylo to nutné. Dnes byl až na boty (stále stejně rozervané) dobře oblečený. A čistý. Dokonce s nagelovanými vlasy, vyčesanými do špičky a mohutným stříbrným řetězem kolem krku.

Konečně měl začít dlouho očekávaný výslech. Než se tak stalo, Patrikův obhájce vstal a přečetl žádost o zrušení obžaloby pro formální nedostatky ve vyšetřování, kterou včera podal. Neznamená to nic jiného než fakt, že se dnešní výslech konat nebude, byl by neplatný.

To snad ne?! Obrátila se vyšetřovatelka k obhájci rozčileně.

Musíte své šetření sepsat líp. Odpověděl klidně.

Vždyť víte, že se na obžalobě jako takové stejně nic nezmění!

Máte tam chyby.

Takže budu muset zase všechny obeslat a zase čekat, jestli tady mladík poštu převezme, jestli přijde nebo nepřijde?

Je mi líto.

Dnes jsme byli na výslechu všichni, všichni zbytečně.

Šli jsme zase pěšky po mojí/naší ulici. Patrik je bez dokladů, bez adresy, bez telefonu, bez práce, bez problémů. V pohodě.

Víš co, Patriku?

Co?

Jdi do prdele!

Vracela jsem se domů mnohem dřív, než jsem předpokládala a než jsem Lukášovi na cedulku ráno před odjezdem (spal ještě) napsala. Jdu večer nečekaně na balet, pravý ruský, nefalšovaný. Potřebovala jsem se do divadla, kde se galapředstavení koná, obléknout.

Ve vsi jsem nakoupila. Když jsem přijížděla pod náš největší kopec, zahlédla jsem před sebou postavu na kole. Povědomou postavu na povědomém kole.

Lukáš na mém kole!

(Má moje kolo zakázané, ať si spraví své.) Těsně pod vrškem se cesta zařízne do lesa. Předtím jsou vlevo zahrady, to jest ploty, vpravo křoviny, bodláčí, vysoká tráva a dál jen širé, neobdělávané, trávou a plevelem zarostlé pole. Už jsem Lukáše dojížděla, když najednou... Jako ve filmu. Nebo v pohádce... Všechno zmizelo.

Lukáš i kolo.

Přede mnou byla pustá cesta a nic. Nikde nikdo!

Kousek jsem ještě jela, ale nedalo mi to a v kopci, nad místem, kde postava s kolem zmizely, jsem zastavila. Čekala jsem, co se bude dít dál.

Nedělo se nic.

Cesta, křoví, bodláky, tráva, plevel, pole, obzor, nebe. Moje auto. Nikde ani živáčka. Otevřela jsem dveře. Bylo úplné ticho.

Vystoupila jsem a rozhlédla se. Šla jsem na pole – nad křovinami. Bezvětří. Ticho, až zlověstné. Ušla jsem deset metrů, pořád bylo všude pusto. Zavolala jsem Lukášovo jméno. Bez odpovědi. Ani větvička nezašustila. Divně. Bylo mi strašně divně. Dostala jsem strach.

Lu-ká-ši! Zavolala jsem znovu.

Nikdo se neozval. (Netrpím vidinami?)

Šla jsem zpátky k autu a posadila se, jako že budu pokračovat v jízdě. Ale nedalo mi to a znovu jsem vystoupila a popošla kousek níž.

V křoví leželo odhozené kolo. Strašně, strašně divný pocit. Jako bych byla svědkem zločinu, jako bych se ocitla v Antonioniho filmu *Zvětšenina*.

Popošla jsem nejistě dopředu. O kus dál ležel v bodláčí na zádech Lukáš. Oči měl doširoka otevřené.

Naše pohledy se střetly.

Chvíli jsme na sebe mlčky koukali. Úplně nejdivnější pocit. Díváme se na sebe a pořád je ticho.

Začalo se ve mně všechno vařit: Co to má znamenat?! Co tady děláš?!

Díval se na mě a ani nehlesl.

Vstaň!

Zůstal ležet, nehnul se.

Jsi mrtvej?

Vstal.

Na zádech měl povědomý batoh. Můj. Vzmáhalo se ve mně kromě rozčilení taky podezření. Lukáš jen tak něco sám od sebe nenosí a už vůbec ne batoh.

Dej mi můj batoh.

Stál a nehýbal se.

Pokročila jsem k němu. Pomalu a zdlouhavě ho sundával. Byl v něm povědomý notebook. Markův. Služební! To mě ochromilo.

Kde jsi s tím byl? Anebo teprve jedeš? Vezeš ho do zastavárny? Nebo chceš tátův notebook vyměnit za marjánu? Jak si to dovoluješ?!

Koukal. Nabíral do breku.

Opovaž se rozbrečet!

Přestal nabírat do breku.

Nemohla jsem popadnout dech. Úplně, úplně konsternovaná. Já jsem nabírala do breku. Ze zoufalství, vzteku, sebelítosti. Opovaž se rozbrečet! Zakřikla jsem se v duchu a pokoušela se zhluboka dýchat. Vzala jsem si batoh s notebookem a poslala Lukáše domů.

A kdybys tam náhodou teď hned nedojel, odjíždím já teď hned na policii. A je mi jedno, že jsem byla na policii ráno s Patrikem. Budu tam klidně odpoledne i s tebou! Je mi to jedno!

Ale není, není! Není mi to jedno. Jsem zoufalá.

Vzal kolo, nasedl a šlapal směrem domů. Nic to neznamená, může zahnout na příštím rohu doleva a střihnout to zpátky do vsi. Sedla jsem do auta, že pojedu za ním, ale nemohla jsem strčit klíček do zapalování, nemohla jsem se tam trefit, tak mi vibrovaly ruce.

Lukáš na mě doma čekal.

Já nechtěl! Řekl mi plačtivě, když jsem vešla.

Co jsi nechtěl? Co to kecáš? Ty pořád něco nechceš a pořád to děláš? Ty nechceš a přitom mi sebereš bez dovolení kolo, ty nechceš a sebereš tátovi notebook, přestože víš, že to máte zakázaný – a odjedeš s ním?! Kam vlastně? Ke Štěpánovi.

Ty s tím feťákem nechceš kamarádit, ale jsi v jeho doupěti denodenně navezenej? Nechceš kouřit a vypaluješ jak zjednanej? Nechceš krást a okrádáš nás, jak jen to jde? Ty nic z toho nechceš, jo?

Vrtěl hlavou a současně kýval, jakože ne, jakože jo, že to nechce.

Tak to nedělej. Nedělej to!

Zaraženě se na mě zadíval.

Možná ho nikdy nenapadlo nedělat, co nechce.

Kdyby se s tím notebookem něco stalo, kdyby někdo přečetl a rozeslal informace, které v něm jsou, táta by měl šílený průser! Rozumíš tomu? Průser vyhazov z práce, průser kriminál!

Zase jsem křičela, zase jsem se celá třásla a nemohla popadnout dech. Nekonečně nekonečný příběh marnosti. Dnes jako donedávna, ještě než od nás Patrik odešel: Dvojnásobné rozčilení, vyčerpání, zklamání.

Ještě že jsem napsala režisérovi tu esemesku. Ještě že jdu na balet.

Balet stál za hovno.

Včera jsem v divadle potkala Kláru s doprovodem. Tak tohle je další z jejích tajemných mužů. Kláře je, myslím, třiašedesát. Nebo čtyřia? A jemu asi jako mně.

Když jsem se jí v létě na obědě ptala, koho má, odpověděla mi: Nemusíš všechno vědět.

Mladýho nebo starýho?

Co bych dělala se starým?

Přespala jsem u mámy. A ráno honem domů. Ode dneška má prázdniny i Matěj. Začínám se o něj bát.

Z práce mi volal Marek. Jeho notebook vypadá funkčně. Všechno sice přeházené, jak se dalo očekávat, neboť Lukáš nic nečte a na sdělení či dotazy, co se mu objeví na obrazovce, mačká OK. Marek mu zadal práci, aby přišel na jiné myšlenky. Mám ho pořádně zkontrolovat. Ach jo. Tohle znám. Zadat Lukášovi práci znamená, že jsme potrestaní my.

Přijela jsem kolem desáté a vydržela být nad věcí, dokud neodlétly kusy z násady na hrábě, co jimi měl Lukáš hrabat listí. Než bych zase křičela, poslala jsem ho pryč. Jako by čekal jen na to, otočil se a pelášil.

Matěj měl taky práci – sekal třísky a rovnal je k domu. Udělal to bez řečí. Měl odpoledne trénink, zase bylo krásně. Dohodli jsme se s Markem, že se všichni tři na hřišti sejdeme na kolech a domů pojedeme společně.

Slunce, teplo. Matěj jel dřív a rychle. Já jela zvolna. Spouštěla jsem se pomalu do vsi a tam se jako obvykle napjatě dívala, jestli někde neuvidím Lukáše. Podařilo se mi nevidět nikoho.

Vezla jsem se z kopce do městečka, pořád se kolem mne míhala auta, dálnice za dřevěnými tarasy hřmotně hučela, řítily se po ní stovky a stovky aut, když je zítra 28. říjen, Den vzniku samostatného státu, svátek, volno.

V městečku jsem odbočila na silničku, která mě po několika dalších odbočkách dovedla k vesnickému fotbalovému hřišti, posazenému do údolí k potoku, lemovanému zalesněným kopcem, hrajícím všemi podzimními barvami. Nízké slunce hřiště proteplilo a prohřálo. Nedaleký zachovalý jez se v jeho paprscích zlatě blyštěl. Bylo mi najednou dobře. Že nejsem doma, že si jen tak jedu a že mě to konečně napadlo.

Takhle dál žít nebudeme.

Matějův trenér kluky proháněl a sám se proháněl s nimi. Obíhal kolečka, dělal kliky a sklapovačky a svým elánem a nadšením je rozpumpoval tak, že trénovali na plné obrátky.

Seděli jsme s Markem na střídačce. Přiznal, co mi ráno do telefonu raději neřekl. Lukáš včera do půlnoci domů nedorazil, vplížil se tam, až když se zhaslo. A nenápadně do pokoje. Marek za ním šel, chtěl s ním promluvit o notebooku. Nešlo to. Lukáš byl úplně mimo, opilý nebo zfetovaný nebo obojí. Marka to samozřejmě vytočilo, ale dokázal se ovládnout, bál se, že když tam nejsem a nezarazím ho…

Řekla jsem Markovi svůj nápad, své rozhodnutí. Jestli Lukáš chování ihned nezmění, zažádám na sociálním odboru o výchovný ústav.

Jsi pro?

Aby nám to usnadnil, Lukáš se domů i dnes přikradl, až když jsme pozdě v noci zhasli. Vtrhli jsme k němu do pokoje oba. Ležel v posteli a dělal, že spí. A možná, že spal. Byl na tom stejně jako včera.

Zatřásli jsme s ním. Byl pod dekou oblečený, špinavý, prosmrděný. Křičeli jsme na něj. Mžoural červenýma očima, snažil se něco říct, ale jen blekotal.

Marek ho začal bít. Lukáš začal kvílet. Zacpala jsem mu pusu a varovala ho, že jestli ještě cekne, volám policii. Tak zmlknul a já se rvala s Markem, abych ho, šíleného vzteky, vystrkala z pokoje dřív, než Lukáše přizabije.

A přitom jsem měla chuť bít Lukáše taky, bít ho, do krve.

Ve dvě ráno jsme vedle sebe s Markem leželi jako balíky. Byl zničený, že se neovládl. A já, zničená stejně, ho chlácholila.

Tto cco mmusíme vvy…vvy…vvydržet my, tto bby nne… nne… nnenevvydržel nikkdo!

Stává se mi teď, že jak jsem permanentně rozčilená a k tomu se ještě takhle vytočím, začnu koktat.

Ani nevím, co dělám, řekl Marek. On mě strašně dráždí. Tím, jak se chová, jak kvílí, jaký je z něho zvíře. Jsem ze sebe zničenej, jsem zničenej z toho, co se ve mně probouzí za zlost, za neovladatelnou zlost. Taky jsem jako zvíře.

Nnejsi.

Pohladila jsem ho. Objala.

Je skvělý.

* * *

A já?

„…mám tak šílené dny, že si říkám dobře, ať už je šílené všechno. Ničemu nerozumím… Když jsem ti napsala, že jsem se do tebe zamilovala, chtěl jsi, aby se všechno vrátilo do normálních vztahů. A já se o to opravdu poctivě snažila. Jenže pak jsme se párkrát viděli a byl jsi to ty, kdo to zase posunul jinam, tys mě držel za ruku a objímal mě a jistě tě to těšilo (mě taky) a celou jsi mě zmátl. I ta textová zpráva mě zmátla, nevím, kdo jiný by ji posílal než ty. Říkal mi ji nesrozumitelně hlas automatu, ale přece jen jsem něco pochytila. Jenže… Protože… Ale i tak…"

Přepsáno s mnoha vsuvkami a odbočkami a vykřičníky a pomlkami a zvoláními a jenže a protože a já nevím proč asi dvacetkrát. Vytištěno. Dáno do obálky. Stejně tolikrát vyndáno, roztrháno. Vyhozeno do kamen, spáleno na popel.

Tttaková jjsem jjá.

Pokaždé si v takové situaci myslím, že to nedokážu, ale nakonec vznikly z mé největší osobní beznaděje nejveselejší fejetony.

Napsala jsem do novin podařený fejeton. Uvařila oběd, Lukáš vyšel z pokoje a řekl, že jíst nebude, jde na trénink. Dobře, ať jde bez oběda. A třeba i na trénink. Ať jde, kam chce. (Vypálil.)

Najedli jsme se mlčky. Matěj odjel za kamarády a my s Markem po kopcích a kolem řeky na kolech. Čtyřicet kilometrů! Zpátky to časově vycházelo akorát na Lukášův trénink. Marek rozhodl, že ho zkontrolujeme. Nechtělo se mi.

Tohle musíme dotáhnout.

Nechci už nic dotahovat.

Musíme.

Co tipuješ?

Přál bych si, aby tam byl.

Než Lukáš odešel, napadlo mě říct mu, že jestli ještě zjistíme, že byl u Štěpána, tak! Za chvíli jsme u Štěpána zazvonili. Vylezl Karel, Lukášův spolužák. Nohy se mu podlamovaly. Pak vylezl

Štěpán. Rok jsem ho neviděla zblízka. Takový propad. Přitom hezký kluk, vlastně mladý muž. Je mu čtyřiadvacet. Je vyhublý, lícní kosti vystouplé, pod očima tmavé kruhy. Smrtka. Těžce sjetý už teď, v půl páté odpoledne.

Spustili jsme bez úvodu.

Nepřejeme si, aby k tobě Lukáš chodil! Nepřejeme si to už dlouho, ale bohužel mu v tom nemáme jak zabránit. Teď říkáme tohle – a dobře nás poslouchej: Jestli k sobě Lukáše pustíš, jedeme tě udat! Víme, že sem Lukáš chodí a fetuje tu dobrovolně, ale nebylo mu ještě osmnáct a my na tebe použijeme paragraf o ohrožování mravní výchovy mladistvýho. Marihuany máš taky jistě víc, než je přiměřený množství pro denní potřebu – stačí se podívat na Karla. A možná nejen marihuany. Pokud zjistíme, že u tebe náš syn jednou jedinkrát byl, podáme na tebe trestní oznámení.

To si zkuste! Já v ničem nejedu.

Obrátili jsme se na Karla: A tebe taky varujeme! Fety má prej Lukáš i od tebe. Varujeme vás!

Oba něco blábolili.

Buďte si zfetovaní jak chcete, nám je to jedno. To ať si řeší někdo jinej. Ale Lukáš do vašeho doupěte nevkročí, protože ho sem nepustíte. Jasný?!

Blebleblebleble.

(Asi jasný.)

Doma jsem se vysprchovala a unavená se položila na postel. Ležela jsem a slyšela, jak ve sklepě spíná čerpadlo a v koupelně šumí voda, Marek byl ve sprše taky. Přejela jsem si rukama po těle a pohladila si prsa, měkká, teplá. Připravená k milování. Představila jsem si, že žiju jiný život. Všechno se ve mně sevřelo touhou. Co se to se mnou děje? Proč?

Přišel Marek.

Co je? Zeptal se. Sedl si ke mně a pohladil mě. Úplně tak, jako před vteřinou já.

Zavrtěla jsem hlavou.

(Lukáš na tréninku byl.)

* * *

Chtěla jsem udělat ty odložené švestkové knedlíky. Ale z lednice zmizely švestky.

Marek byl pracovně na odborné přednášce prezidenta republiky. Kdykoli prezident vstal, všichni v sále vstali taky. Kdykoli si sedl, všichni si sedli. Vstávali a zase si sedali. Pak prezident někam odešel a celá místnost plná lidí zůstala stát, v pozoru. Markovi to bylo blbé, rozhodl se, že se posadí a stoupne si teprve, až prezident vejde. Chvíli to v sobě řešil, a pak si sedl. Nikdo se nepřidal.

Markovi se pořád něco zdá.

Přestože jsem mu zrovna včera říkala, že mně se nic nezdá, měla jsem dnes v noci tenhle sen.

Byla jsem na filmovém festivalu, dávali film s úplně blbým titulem. Najednou se ukázalo, že je natočený podle mého scénáře. Volala jsem producentovi (nevím, kterému, je to jedno) a stěžovala si: Jak je možný, že mi změnili titul?

Film běžel a byl strašný. Natočil ho režisér (ten, co jsem mu položila telefon a co s ním půjdu pozítří na schůzku), natočil ho, aniž bych o tom věděla, aniž by se mnou někdo podepsal smlouvu. Vzbudilo mě, jak na režiséra křičím:

Na to nemáš právo!

V pět nula nula rachot od Lukáše. Zase jsem začala den zuřením. Ve všední den mě skoro každé ráno vzbudí nějaká rána, protože Lukáš je šikovný jako hrom do police. A jako hromu do police mu to taky myslí.

Dnes si zapnul k snídani video (v pět a něco je ideální doba na sledování televize) a spadl mu ovládač – na dlaždičky. Pak mu spadl nůž, taky na dlaždičky. Pak kartáč, samozřejmě na dlaždičky. BUM! BUM! BUM!

Každý den mě vzbudí a řekne PARDON. Každý den něco ukradne, a když na to přijdeme, řekne JÁ NECHTĚL. Každý den to samé, k posrání!

Je inverzně. Je celý den ošklivo tak, jak ošklivě den začal. Aby toho nebylo málo, u naší branky dopoledne zazvonili dva neznámí muži. Takhle u nás zvonili neznámí muži průběžně celé léto. Vždycky byli z kriminálky a hledali Patrika.

Tihle z kriminálky nebyli, ale Patrika hledali. Jeden z nich postrádal svého bratra. V pátek s Patrikem odešel, dnes je pondělí a oni o něm nic nevědí, mají strach. Nikdy to neudělal. Ani mobilem se neozval, má ho vypnutý. Bratr má strach o kluka, kterému je dvacet let!

Vzpomněla jsem si, co jsem prožívala, když Patrik takhle poprvé zmizel v sedmnácti a půl. Tři dny pryč. Ani vidu, ani slechu. Nejdřív jsem byla rozčilená, ale čím dýl to trvalo, tím větší jsem měla strach. Úplně jsem zchromla strachy.

Řekla jsem, že tu Patrik nebydlí, toulá se a tak. Nemáme na něj žádný kontakt. Na mizení bez hlesu je expert. My mu platili mobil jen na to, aby ho při takových příležitostech vždycky vypnul. Řekla jsem: Měli byste to nahlásit na policii.

Už to udělali. Hledají ještě na svou pěst.

Nemůžu vám nijak pomoci, omlouvala jsem se.

Omlouvali se, že ruší.

Omluvila jsem se. Za Patrika.

Co s nechtěnými dětmi, narušenými k neschopnosti žít normálním, relativně slušným životem? V miminkách, od počátku nemilovaných, do ústavu odložených, se za první rok života vyvine citová vazba jen na flašku s mlékem.

Na nic lidského.

Už dávno se ví, že pro citový vývoj člověka je nejdůležitější první rok života. Ale já si myslím – já vím! – že pro miminko je stejně důležité i to, jestli se na ně jeho máma těší, ještě když je v bříšku. Jestli ho miluje od chvíle, kdy se o něm dozví. A když se narodí, nemá se od své mámy ani na okamžik odloučit. Potřebuje na ní ulpívat pohledem, potřebuje slyšet její hlas, vidět její pohyby, potřebuje neměnné rituály, aby se cítilo v bezpečí.

Nechtěná miminka jsou poprvé zrazená lhostejností matky už v jejím těle a v ústavech jsou pak znovu a znovu zrazována neustálými změnami, kolotočem lidí, až se naučí neulpívat. Tyhle děti neměly ke komu přilnout. Přilnuly tedy jen ke své potřebě fyzického uspokojení. A já si dobře pamatuju, jak byli kluci ubozí, když jsme je dostali. Jak nereagovali na lidský hlas – jako by byli hluší. Jak se za hlasem ani neotočili. Jak nesledovali člověka, ale jenom láhev se sunarem. Jak šíleli, když viděli láhev a nemohli pít, protože mléko muselo trochu vychladnout. Jak se drásali do krve, jak si chtěli utrhnout uši, když jsem je na minutu opustila, jak jsem s nimi musela chodit i čurat, aby ihned nepropadli sebezničující panice…

Jak je nelitovat?

Jak je nemilovat?

Jak netoužit dát jim zameškanou lásku?

Na sociálce jsem byla sama, ačkoliv jsem s kurátorkou dohodla, že přijdeme s Lukášem spolu, aby se mohl ke všemu, co tu budu říkat, vyjádřit taky.

Měl odpolední školu a zodpovědně prohlásil, že tam přece musí být, když má neomluvené hodiny, a že přijde za kurátorkou jindy. Poslední zážitky jsem tedy vylíčila sama, popsala jí naše vyčerpání, bezmoc. Strach, že v návalu přetažených emocí spácháme trestný čin my s mužem.

Zeptala se mě: Co s tím?

(Lukášova postel plná pecek od švestek.)

Setkání s režisérem začalo dobře. Dali jsme si kávu. Velmi upřímně a otevřeně jsme mluvili kolem dokola, probírali jsme situace, které nás dovedly ke všem krachům a vypadalo to, že je možné navázat. O režii mého kusu stál pořád a moc.

Ani nechci vědět, komu všemu jsi to mezitím nabídla.

Já ti to řeknu: Všem! Ale asi jsme si souzení my dva.

Stále mi opakoval, jak jsem mu ublížila, když jsem jeho režii odmítla. Opakoval mi, že jsem ho skoro zabila, zdůrazňoval, jak jsem proradná. Mluvili jsme a mluvili a proradná jsem si připadala čím dál víc, ačkoliv mi to režisér vždycky hned trochu odpustil, ale pak mi zase připomněl všechny křivdy, abych měla špatné svědomí.

Několikrát mi za dvě hodiny, co jsme spolu proseděli, zdůraznil, že on se mnou vždycky jednal čistě a pravdivě. Čestně. Mám štěstí, že přes všechno, co jsem mu provedla, můj scénář neproklel. Vážně. Neproklel ho! Uvažoval o tom, chtěl ho proklít, ale neudělal to. (Jak jsem v proklínacím procesu dopadla já, na to jsem se radši nezeptala.)

Teď se bude muset zařídit tak, aby se to už neopakovalo. Režii už si vzít nenechá! S producentem, k němuž jsem se po fiasku s ním vrátila, pracovat nemůže. Ale já bych se přece mohla vrátit k tomu jeho, ne?

Nevěděla jsem, co dělat. Už nikoho opouštět nechci. A vracet se víc taky ne.

Zaplatili jsme a rozcházeli se s tím, že režisérovi poslední, úplně hotovou verzi scénáře pošlu mejlem, a pak se uvidí.

Jak se to teď vlastně jmenuje? Zeptal se ještě. Já dal včera na grant i do scenáristický soutěže dva scénáře a...

Já jsem tenhle do soutěže dala taky, už někdy před tejdnem, skočila jsem mu do řeči.

A jednomu, pokračoval režisér, jsem dal tvůj titul.

Co?

Dal jsem svýmu scénáři tvůj titul.

Cože?

Když jsi mi napsala, že máš jinej, tak jsem si tvůj původní titul vzal.

Koukala jsem na režiséra, jako na mě vždycky Lukáš: jako vejr.

Tak tohle je jeho čistě, pravdivě, čestně? Dvě hodiny mě tepe, jaká jsem proradná a přitom mi ukradl titul? Včera musel mimo jiné podepsat čestné prohlášení, že na jeho díle neváznou autorská práva jiné osoby.

Všiml si, jak jsem ztuhla a řekl: Já nechtěl!

(Kdyby věděl, jak já tohle JÁNECHTĚL znám.)

Ten titul byl volnej. Tobě to vadí? Když si chceš přivlastnit něco, co někdo jinej vymyslel, musí ti to ten někdo jinej dát, ne? A já ti to nedala. A dokonce si myslím, dokonce mě právě teď napadlo, že jsi mi možná ukradl celej scénář! To se přece v týhle zemi neomezenejch možností dělá taky jak na běžícím pásu. Čestně, že ne. Přísahám!

Protože jsme se spolu sešli v areálu nákupního centra na okraji města, měla jsem auto zaparkované hned u vchodu. Sedla jsem si dovnitř a čekala, až se uklidním a budu moct řídit. Dlouho to nešlo. Zavolala jsem Markovi.

Já se ani nějak nedivím, řekl.

Měla bych si stokrát napsat, že s tímhle režisérem už nikdy nic. Nikdy nic! Měla bych to dát Markovi podepsat. Všechny peripetie naschválů, jež jsme prožívali při natáčení *Smradů*, mi připomínal, říkal, ať s ním nepracuju, že mi to zakazuje! Proč jsem ho neposlechla?

Dojela jsem domů jako v horečce. Co teď? Bylo mi hnusně, styděla jsem se, že je možné dělat takové podrazy a přitom sedět u kafe a kafrat o morálce. Volala jsem producentovi, i když jsem věděla, že je v cizině. Nebyl na příjmu. Volala jsem do školy Cyrilovi, byl na obědě.

Dostala jsem zimnici.

Do postele. A stejně jsem se nemohla zahřát. Abych myslela na něco jiného, vzala jsem si od Lukáše, který přišel ze školy výjimečně dřív než po půlnoci, obálku s výpisem neomluvených hodin. Měl ji donést včera, ale zapomněl ji prý ve skříňce, tak mi ji dal teď.

Koukala jsem na rozpis jeho záškoláctví od třídního učitele jak Alenka v říši divů. Poslední tři neomluvené hodiny jsou ze včerejška! Včera mi Lukáš řekl, že nemůže jít na sociálku, protože musí na odpolední školu, věděl, že to má nahnuté, že mu nezbývá než

sekat dobrotu a on šel opět za školu! Možná kdybych se ho zeptala proč, řekl by mi taky kouzelnou formulku všech leváků o nechtění.
Je mi hnusně.
Prázdně.
Nebrečím, nezuřím. Jsem vyhořelá, jsem obruč, co mě drží v těle, je mi všechno jedno, jsem ulepená špínou, špínou, špínou, jsem jí celá potažená, vypletená zevnitř.
„...Ty dlouhé noci beze slov! Co vymyslím pro svůj další život? Můj stav, to už není ani skepse, ani hněv, ani zoufalství. Je to přímo smrt. Jsem mrtvá duše a jsem horší než všichni zločinci světa. Ti možná omlouvali svoje zločiny povinností nebo toužili po bohatství, ale otupění citů, které se mi motají v hlavě, to je smrt. Jsem zabitý člověk."
Dočetla jsem Slobodův *Rozum*.
Taková tíseň.
Začala jsem se třást. Proč se tak šíleně klepu, až z toho nadskakuju? Drkotám zuby... Proč se nemůžu zahřát?

Co vymyslím pro svůj další život já?

„…a přijeď s mléčnou čokoládou s oříškama, teď hned. A jestli nepřijedeš, nenapíšu ti už nikdy v životě a jestli mě ztratíš (vlastně bych si to dost přála), neodpustím ti to…"

Dnes jsou Dušičky. Nevím, co dělám, asi mám ještě horečku. V duši dušičce (vystrašeně) toužím, aby se adresát ozval, aby přijel s čokoládou s oříškama, ale rozumem doufám a věřím, že to neudělá. Potřebuju vyléčit ze zbytků své „odvahy", s kterou nevím, co si počít. Neozve se. Vím to. Ozve se. Nevím.

Přeju si obojí.

Znovu a znovu myslím na to, jak strašně by bylo mně, kdyby Marek… Aspoň si to nepsat! Ale AJL zavelel, abych psala deník a já píšu a nemůžu jinak; můj zmatek patří do všech mých současných zmatků, nemůžu ho vynechat.

Jak často se teď na Marka dívám, jak si ho nenápadně prohlížím (hezký chlap!), jak ho pozoruju. Jako bych se chtěla ujistit, že je to on a že je to tak správně. Chvílemi se za sebe stydím a chvílemi si říkám, vždyť snad nedělám nic strašného, vždyť ho miluju.

Dnes mu to obzvlášť slušelo. Vidím ho už jen v cyklistickém. Ráno, převlečený za cyklistu, odjede na kole do práce, tam se převlékne za člověka – a po pracovní době zase naopak. Jak se mi má líbit, když přijede domů upocený, svraskalý, protože dehydrovaný, zauzlovaný jak klubko provazů, a vypadá jako babička? Včera se z práce vrátil autem a dnes odjížděl na pár dní kamsi bez kola. Seklo mu to, hezký chlap.

Myslela jsem, že se člověk zamiluje do jiného, jen když už nemiluje tohoto. Anebo když je ten, co s ním žije, nějak špatný, když je manželství vyhaslé, formální. Měli jsme na jaře fázi hluboké manželské únavy. Marek na mě kašlal. Vůbec si mě nevšímal, měla jsem pocit, že mě bere jen jako trvalou součást domu (například ledničku), jako užitečný, mnohokrát vyzkoušený, spolehlivý (bezúdržbový) předmět. Dokud funguje, nemusí se o něj nikdo moc starat. Fungovat jsem přestala a můj muž si toho nevšiml. Anebo si všiml, vždyť jsem mu to dokonce říkala, ale nebral to vážně. Tak se to stalo. Nejdřív jsem se musela rozpadnout na součástky, abych se dala dohromady. Psaní scénáře se mi stále víc dařilo, možná jsem i zhezkla znovunabytým sebevědomím a z otupělého manželského vztahu jsem se začala vnitřně osvobozovat. Pro obrození manželství není nic lepšího, než když se žena VNITŘNĚ osvobodí! (Slovo vnitřně zvýrazňuji kvůli sobě, abych si to pamatovala.) Tímhle jednoduchým zákonem vzdalující se přitažlivosti začal se o mě Marek zase zajímat. A možná je to taky tak, že jsem v sobě začala sama křísit zevšednělou lásku.

Všechno nám zhezklo. A stejně se něco ve mně rozběhlo a už to běží samo. Bojuju s tím, jak se dá.

Někdy.

Otevřela jsem oči hrůzou z toho, co jsem včera napsala (a odeslala!), kam to sama ženu. No, hlavně mě probudil Lukáš svým rachotem, ale tentokrát jsem ani nemukla, protože je to zbytečné. Převalovala jsem se v posteli a přemýšlela, co mám se svým nitrem dělat. Nic jsem nevymyslela. Akorát jsem se strašně lekla, že se z nevinného snění řítím do další katastrofy, i když je to vlastně pořád stejné: Nic se neděje. V problému je „jen" hlava.

Ale bojím se. Já už se bojím úplně všeho.

A to jsem ještě telefonovala s Olinem (pracuje v televizi jako dramaturg), který mě sejmul: Scenárista má napsat scénář a dál se o nic nestarat. Ty se s tím pořád matláš a patláš, vybíráš, přebíráš, jsi potížistka. Co je ti do toho, co s tím kdo udělá, jak to přepíše? Každej režisér scénář přepíše podle svýho a kolikrát autor ani nepozná, co napsal. Tak to v týhle profesi chodí. Mám scénář prodat a dost. Jo. Jsem potížistka.

Zase mě všechno zavalilo. Skončil letní čas. Den se prudce scvrkl, prudčeji o ukradenou letní hodinu. Mrholí. Podzim. Inverze. Vezla jsem Matěje za tmy na trénink. Cestou mě napadlo, jak málo o něm píšu. A přitom je tak fajn. Včera si zkoušel kostým na *Krásku a zvíře*, mají příběh při češtině předvádět. Půjčil si saténový plášť od kamaráda (hned ho omylem roztrhl, musela jsem zašívat), oblékl se, přepásal, v dílně vyštrachal jeden ze tří mečů, co se s nimi s bráchy mydlil, když byli malí. Zastrčil ho za pas, podíval se do zrcadla a meč po krátkém zaváhání odnesl zpátky do dílny.

Matěj se do školy (i jinam) připravuje sám, bez nucení, bez kontroly, bez tlaku. Má v sobě základní odpovědnost a to je moje záchrana. Nemám sílu jeho školní tašku ani otevřít, natož kontrolovat úkoly, číst žákovskou.

Na jeho třídní schůzky jsem kvůli horečkovému sesýpání z režiséra jet nemohla. A to jsou přitom jediné schůzky, kde slyším pochvalu (toužím po ní ve všech směrech). Protože jinak se na mě vždycky sesypali všichni ředitelé, zástupci, učitelé, učitelky, praktičtí mistři, tělocvikáři i školníci a zavalili mě stížnostmi a odsudky a požadavky.

Ať s kluky něco děláme, ať je vychováváme, ať s nimi mluvíme, ať jim nařežeme, ať se jim aspoň trochu věnujeme, ať je pochválíme, ať dostanou zaracha, ať je motivujeme, ať je zpražíme, ať jim zakážeme, ať je donutíme, ať je zarazíme, ať je nenecháme, ať ať ať.

Zavolal Marek: Ahoj ženo… Vrátil se z projížďky na kole po horách, kde má výjezdní poradu; proto byl včera vyfiknutý. Je na zasedání, což je přes den práce, vpodvečer kolo, v noci pařba. Ani nevím, po jakých horách jezdí.

Přišla mi odpověď na dušičkový mejl: „…ten výhrůžný dopis zní jako milostný…"
Nafackovat mi.

Matěj měl fotbalový zápas. Marek jel s Lukášem připravit místo u křížku na zasazení lip, aby vytvořil boží muka. Dlouho to chystal a vykorespondovával, sháněl povolení, dotaci… A teď všechno má a brzy bude stromky slavnostně sázet.

S Markem a Lukášem měl pracovat ještě kamarád, ale hnul si zády, když se doma snažil stěhovat postele (jeho žena měla ve snu vidění, že je musí přestěhovat), tak se přišel jen omluvit.

Je to muž přibližně stejně starý jako my, jenže se mu stalo, že ve svých kristových letech uvěřil v boha. Když někdo začne intenzivně věřit v takhle „pozdním" věku, je to spíš choroba než co jiného. Cloumá to s ním strašně.

Kromě toho, že má už čtyři děti a jistě budou stále přibývat další, stal se z něho bojovník proti potratům. Bojuje i proti asistovanému těhotenství. Antikoncepce je samozřejmě taky zločin. Jsou to vraždy a vy, protože s tím souhlasíte, jelikož proti tomu nebojujete, jste taky vrazi! Říká nám drsně při každé příležitosti. Hele (měla jsem chuť dodat vole), my nemáme na svědomí žádnej potrat! Žádnej chtěnej. A já jako odjaktěživa neplodná ani antikoncepci. My s Markem víme, jaký to je, když manželé nemůžou mít děti a touží po nich. A kdyby asistovaná reprodukce pomohla jednomu páru ze sta, tak haleluja! A taky na rozdíl od tebe víme, co to znamená, když člověk přijme do svýho srdce dítě, který se mu nenarodilo.

On tyhle argumenty neslyší. Prý když je žena znásilněna, tak nikdy neotěhotní – tělo se takového plodu zbaví samo – Pán to tak zařídí.

Hovno! Pán nic takovýho nezařídí. A co pak s tou hromadou dětí, který nikdo nechce? Co s tou hromadou narušenejch dětí, z nichž vyrostou narušení lidi, protože jim v nejdůležitějším roce života chybí láska? Co s nimi? Víš to? Budeš si je brát k sobě a dvacet let vychovávat (a nevychováš!)?

Kamarád na to odpověď nemá. Má doma jen své vlastní děti. Už celý rok se jezdí do města každý den modlit před jednu z mnoha porodnic – proti potratům. Každý den. Někdy s sebou bere i nejmladší čtyřletou dceru. Od jakési křesťanské organizace dostal finance na benzin, brzy mu přidělí i auto.

Klečí před jediným vchodem do porodnice (kde jsem přišla o dvě děti) a drží ohromný plakát s fotografií zkrvaveného embrya – člověka, zavražděného lékařským zákrokem. Vystavuje tam tenhle plakát a všichni vrazi, to jest všechny ženy – plodné, neplodné, nastávající rodičky i ty s rakovinou, musí projít kolem. Jak jim asi je?

Pamatuju se, jak mi bylo, když jsem se před lety v téhle porodnici ploužila s čerstvě rozřízlým a zašitým břichem po velké operaci, která měla moji neplodnost opravit (objevili zchronizovaný zánět slepého střeva, divili se, že s tím vůbec žiju), když jsem se s tím břichem ploužila na další zákrok. Netušila jsem, že to budou profuky vejcovodů. Tak strašlivou bolest jsem nikdy nezažila. Zpět na pokoj mě vezli polomrtvou na vozíku, bylo nepředstavitelně těžké potkávat na chodbách, ve sprchách, na pokojích ženy, které byly po potratu ze svého vlastního rozhodnutí. Ale tohle?

Každý fanatismus je zlo.

Marek s Lukášem vyhloubili jámy na stromky a šli kamarádovi pomoci stěhovat postele. Když bylo hotovo, trčely v pokoji skříně. Co s nimi?

Zeptej se ženy, poradil kamarádovi Marek.

Ale žena měla vidění jen o postelích, skříně tam nebyly.

No to ale vypadá blbě, řekla, když přestěhované viděla. To se mi vůbec nelíbí. Podívala se na svého muže něžnýma očima a dodala významně: Moc se mi neunav, je sobota!

To já se i bez vidění rozhodla, že konečně vymaluju bývalý Patrikův pokoj. Kdyby k nám někdy přijela máma, aby spala v hezkém. Aspoň něco změnit!

Vymalováno. Zbytečně. Patrik tu není a máma k nám nejezdí.

* * *

Lukáš hrál zápas! A pěkně. Moc mu to v reprezentačním fotbalovém dresu slušelo. Škoda, že ho musíme nutit ke sportu vydíráním. Mohl by se tím královsky živit, kdyby chtěl. (Budeme ho nutit, dokud to půjde a třeba se vzpamatuje.) Tým hrál poslední zápas, slaví konec sezóny. Dali jsme Lukášovi hned na hřišti jako odměnu sto padesát korun. Aby si dal do souvislostí, že dodržování dohod oceňujeme, že se mu snaha něco ze sebe vydat, hrát s námi poctivě, hrát fotbal, vyplatí. Ať si užije.

V pondělí ráno ležela na stole cedulka:
Dík za Peníze
Volal všéra
Martin nevim
co chtel
Lukas pídu
Večír.
To Ja pídu o něco dív. (Připsal k tomu Marek.)

Ty ses do mě nezamiloval? Zeptala jsem se, lízlá pivem.
Já ti tady vysvětluji, jak se kreslí technický scénář.
Myslím, že ty dřív než já.
Velký knedlík je detail…
To každá žena vycítí.
…a malý knedlík znamená obličej vzadu.
Jsem o tom dokonce přesvědčená, že ty ses do mě zamiloval první.
Šli jsme pěšky po mostě přes řeku. Bylo lezavě chladno, reflektory ozářené panoráma jen stěží prosvítalo z mlžného oparu.
Nekaž práci, která nás čeká, takovými věcmi jako jsou city.
Žádná práce nás už nečeká, skončila.
Budeme psát technický scénář, oponoval.
My ho spolu budeme psát? Takže mi s knedlíkama pomůžeš?
A já nevím, proč sis mě vybrala, proč ses rozhodla, že mě budeš

takhle blbnout. Já jsem starý a ty jsi zadaná. (On je taky zadaný.) Proč jsme se nepotkali dřív? Před dvaceti lety. (Před dvaceti lety jsem se vdávala – z velké lásky.) Najdeš režiséra, začneš s ním pracovat, vybereš si jeho. Vybereš si někoho mladého. Proč mě?

Vysvětlila jsem mu, že mám v sobě obrovský zmatek, vůbec nevím, co s tím dělat a hlavně: Nikoho jsem si nevybrala, není to žádné rozhodnutí a už vůbec ne plezír z blbnutí.

Zamiloval jsem se do tebe. Zamiloval jsem se do tvého smyslu pro humor, do tvého smíchu, kvůli kterému nás chtěli vyhodit z divadelní kavárny, zamiloval jsem se do tvé povahy, zamiloval jsem se do tvé píle…

Proč mě teda pořád odsouváš?

Protože to dál nejde.

Tobě se po mně nestejská?

Já si tu práci nechci kazit. Rád tě vidím, vždycky už se těším, že od tebe najdu v počítači poštu… Mně to takhle stačí.

Mně ne. (Zastavili jsme se.) Toužím se s tebou objímat.

Nekaž to.

Takže ty miluješ moji povahu beze mne? (Objali jsme se.)

Šli jsme dál a on se snažil vysondovat, jestli si s ním jen nehraju, jestli jen neblbnu starého muže. A já tomu rozumím, protože ničemu nerozumím. Kdyby věděl, co jsem se o tom napřemýšlela. A jak jsem se snažila zakázat si tyhle úvahy a sny a jak se mi zakazovat nechtěly a jak si připadám špatná. Ještě nikdy se mi to nestalo. Ale taky se mi nikdy předtím nerozpadly všechny hodnoty, které jsem tolik let budovala.

Blížili jsme se náměstím k parku, u něhož bydlí moje kamarádka od školky, co shodou náhod pracuje tam, kde on. Říkala jsem, že s ním nemůžu jít parkem, musíme jít okolo, protože v parku bych se určitě chtěla líbat… Museli jsme se zase smát. (Šli jsme okolo.)

A co si vlastně představuješ, když mi říkáš, že jsi do mě zamilovaná?

Nevím.

Že se spolu budeme někde tajně scházet?

Nepředstavuju si nic. Jsem ráda, že tady s tebou jdu.
V mámině ulici ještě jedno objetí na rozloučenou. Šla jsem se k ní uklidnit. Abych mohla jet domů. Aby na mě nebylo nic poznat. Abych mohla... dobře klamat! Tak taková jsem?
Zaskočená.
Rozjitřená.
Co se to se mnou děje? Copak chci provozovat něco tak ubohého, jako je podvádění? Co se děje? A proč?
Podlá.
Vždycky mi vadily tyhle nevěrné hry, při nichž je jeden – ten nejbližší, který jediný netuší. A taky mi vždycky vadilo, že ženy, co po boku svého muže zestárly, nakonec zůstávají samy, protože jejich stárnoucí muž se nechá zblbnout mladší.
    Já nic takového nechci. Co chci? Co se to se mnou děje?
Nebraň se tomu.
Nechci Markovi ublížit. Nechci ho ztratit.
Nebraň se lásce.
Musím. Neumím dělat něco napůl.
Láska se nemá odmítat.
Všechno se na mně pozná.
Buď zamilovaná a neber to vážně.
Když jsem zjistila, že jsem se zamilovala, nejdřív jsem byla ráda, že můžu myslet na něco hezkého. Ale teď se jen trápím. Jinak než vážně to brát neumím.
Proč ne?
Protože jsem taková.
Nejsi.
Ty mě vůbec neznáš, mami.
Buď zamilovaná. Ale holt se to Marek nesmí dozvědět.
Přece nebudu žít trapnou banalitu, divadlo s nevěrou? Nikdy jsem nic nehrála.
Chtěla jsi bejt herečka, tak hraj.
Zkrásnělo nám manželství.
Protože jsi zamilovaná.

Protože jsem se o to začala víc snažit. Kdyby Marek prožíval něco podobnýho, nějaký takový zamilování, byla bych úplně zničená. Nesmí se to dovědět. Zkrásnělo vám manželství, protože sníš i o jiným muži. Tak buď ráda. Nemyslím to proti Markovi. Ale když jsem u vás na jaře byla a viděla, jak tě vůbec nebere na vědomí, jak tě neposlouchá, když mu něco říkáš, jak si pořád ťuká v notebooku a na nic nereaguje, jak k tobě – když na tebe mluví – ani nezvedne oči, anebo ti ani neodpoví, protože tě nevnímá... Potřebovali jste takový impuls!

Nevěra není impuls.

Říkala jsi, že je starej, že s ním nic nebude. Tak nemluv hned o nevěře.

Pro mě je nevěra už to, co je teď. Bojím se.

Buď ráda, že jsi zamilovaná, řekla a rozbrečela se. Mě už to nepotká. Já už se nikdy nezamiluju. Už nikdy lásku neprožiju.

Objala jsem ji: Třeba jo? Nikdy nevíš, co tě v životě potká.

Nebraň se lásce.

Mami, mám přece muže.

Tak budeš mít dva.

No mami?!

Přijela jsem domů večer po desáté. Pes byl venku. Přiběhl k brance a jak se radoval, že mě vidí, chňapl mi jemně ruku a dovedl si mě domů. Tam mě čekal na mém místě u stolu talíř s osmaženým chlebem, obaleným ve vajíčku, pokapaný kečupem, u toho vánoční ubrousek a ve váze kytička. Tohle se mi taky ještě nestalo. Za celá léta mi doma nikdo nic nepřipravil. A to se vracím hladová a žíznivá z pěveckých zkoušek každou neděli.

Zrovna dnes jako by mi můj rozpadlý domov chtěl ukázat, že tak rozpadlý není, že tu pořád ještě dokážeme žít pěkně.

Marek na mě shora zavolal, že večeři připravil Lukáš pro nás pro všechny, už je v posteli, ale možná ještě nespí. Šla jsem k němu do pokoje. Poděkovala jsem a řekla, že je to od něj moc hezký. Moc! A že si strašně přeju, aby byl takhle fajn pořád.

Luky...

No?

Mám tě ráda.

Usmál se na mě. Má krásný úsměv. Přišla jsem k Markovi, který už taky ležel v posteli, natáhla se k němu a schovala si obličej do důlku v jeho rameni. Aby mi nepoznal na očích, jaká jsem. Přitiskla jsem se k němu a držela se ho. Přála jsem si nikdy se nepustit.

Pohladil mě něžně.

Pohladila jsem ho něžně.

Čekalo mě vpodvečer hraní a zpívání s Olinem, sto kilometrů od domova. Těším se na to vždycky moc. Máme spolu takový literárně písničkový pořad. Já čtu fejetony, Olin hraje na kytaru a zpívá a spolu zpíváme několik milostných duet ve vší počestnosti a je to radost. Někdy i zaplacená.

Tentokrát moc lidí nepřišlo – nedá se to odhadnout dopředu. Už ale víme, že všichni z nás pak budou nadšení. Zpíváme spolu krásně. Fejetony vybírám v protikladu k Olinovým patetickým písním, čtu ty absurdnější až absurdní, čtu veselé fejetony o mužích a lidech a dohromady je to pěkná kombinace. I dnes jsme museli přidávat a nikomu z diváků se domů nechtělo.

Do města jsme se vrátili k půlnoci. Přespala jsem u mámy. Zítra jedu na celodenní šňůru s Mišpachou na druhý konec republiky, odjezd je v 5,30, tak abych se na sraz dostala. V noci mě začal prudce bolet levý vaječník. Asi jsem prostydla.

Včerejším nevěrným štrádováním ulicemi.

Ráno jsem váhala, mám-li se na zájezd vypravit, začal mě strašně bolet celý podbřišek. Ale bylo mi trapné na poslední chvíli se omluvit a vypadat, že se vymlouvám. S Mišpachou jsem ještě na žádnou delší štreku nejela, kvůli tomu jsem zůstala spát ve městě, všechno jsem měla připravené, tak jsem se rozhodla, že to risknu.

Ranní tramvaj. Před pátou jezdí zřejmě na určitých trasách stále stejní lidé, přišlo mi, že se všichni přistupující znají. Dobrý den, ozývalo se ode dveří. To bylo příjemné. Čekali jsme na srazu na šéfku, než se doharcuje s kočárkem s miminem. Má můj obdiv! S dvěma dětmi, tohle ještě kojí, pořád stíhá vést náš amatérský soubor, hledat a aranžovat židovské písničky, zkoušet je s námi, tahat z nás maximum a k tomu studovat dálkově vysokou školu a dojíždět na zkoušky spoustu kilometrů. Čekáním jsem prochladla znovu. Začal druhý listopadový týden. Lezavá zima.

Než se malý autobus vytopil, usadila jsem se na sedadlo se spícím miminkem v náručí. Hřála jsem si tělo a taky si užívala jedinečné vůně. Mít v krčním důlku hlavu miminka – to je ráj.

Jeli jsme tmou, kolem zněl tichý hovor lidí, které mám ráda, aniž je moc znám. Na Mišpaše se mi líbí, že se spolu scházíme a něco tvoříme. Že spolu pracujeme. Když lidi dělají něco rádi, je to znát. Každý tu má zvláštní osud, „čistokrevní" Židé v Čechách po druhé světové válce téměř nezbyli, každý tu nějak hledá své kořeny. Rozednívalo se. Za okny autobusu neznámá krajina. Miminko se občas zavrtělo, teploučké.

Měli jsme tři koncerty v jednom dni. Mezi nimi spousta hodin čekání. Po dopoledním vystoupení ve velkém sále kina jsme se přesunuli na evangelickou faru, kde jsme měli do večera útočiště. Teplo tam bylo jen v jednom pokoji.

Šli jsme společně na oběd do restaurace. Stůl vyšel tak, že jsem seděla s Ivou (je o něco starší než já) a Kačkou, její dcerou. Přisedl si k nám Ondráš (přibližně stejně starý jako já).

Ondráše i kdysi mě přivedla do Mišpachy Helena Klímová, psycholožka, manželská poradkyně, chartistka a sestra zakladatelky souboru. (Mišpacha znamená hebrejsky rodina. Jako amatérské pěvecké sdružení, hlásící se k židovským tradicím, ji založila a do své smrti vedla Hana Rothová, maminka naší současné šéfky, Helenky.)

Přivedla Ondráše, když já už byla zase pryč. Zpívala jsem v Mišpaše za totality, tehdy jsme ale nikde vystupovat nesměli. Byl to jediný spolek, který mě k sobě pozval a nikdy mě nevyhodil. Přestala jsem docházet, když jsem dostala kluky a přestěhovala se na venkov.

Ondráš byl pacientem Heleny Klímové na psychoterapii. Chodil jsi k ní, když ses rozváděl? Když se rozváděla žena, s kterou jsem měl dítě. Myslel jsem, že se rozvádí se svým mužem, protože se mnou chce žít, ale to byl omyl... Jsem tady moc rád. Někdy mě Mišpacha přímo zachraňuje. Mě taky. Vyprávěla jsem Ondrášovi a tím pádem taky Ivě s Kačkou, jaké to mám doma.

Při koncertech jsem mezi hebrejskými písničkami četla příběh od neznámého autora, koluje na internetu:

„...Věci nejsou takové, jakými se zdají. Většinou neznáme všechny souvislosti. I když máš víru, potřebuješ také důvěru, že vše, co přichází, se vždy děje ve tvůj prospěch. A to se vyjeví až časem. Někteří lidé přicházejí do našeho života a rychle odcházejí, někteří se stávají našimi přáteli a zůstanou na chvilku. Přesto zanechávají v našich srdcích nádherné stopy – a my nezůstaneme nikdy zcela stejní, protože dobří přátelé nás proměňují! Včerejšek je historie. Zítřek tajemství. Dnešek, přítomnost je dar. Život je neobyčejný a chuť každé chvíle neopakovatelná!"

Měla bych si to každý den opakovat.

Vrátili jsme se po půlnoci. Přespala jsem zase u mámy a dopoledne, cestou na tramvaj, která mě odveze na periferii, kde parkuju, jsem se před hlavním vchodem nákupního centra, přesně tam, co se flákají ty podivné partičky, tam, co bývalý spolužák vídá zfetovaného syna, tam jsem se srazila s Patrikem.

Vypadal čistě, oblečený byl jako naposledy u výslechu. Bavil se s holkou, v koutku pusy měl přilíplou cigaretu. Už od pohledu machroval. Když mě spatřil, zarazil se. Koukal a nevěděl, jestli se ke mně má hlásit, jestli má dělat, že mě zná. Nepozdravil mě. Možná čekal, že si ho nevšimnu, že ho minu.

Rozbouchalo se mi srdce, taky jsem nevěděla, co mám dělat. Vidím? Nevidím? Neumím zasklívat, dělat, že nevidím. Pozdravila jsem ho. Odpověděl. A teď? Mám se zastavit? Jít dál? Ještě nejsem zvyklá potkávat se takhle se synem, ještě nejsem zvyklá náhodou na něj natrefit, takhle se o něm dovědět, že žije.

Jemu se bavit se mnou evidentně nechtělo, asi aby se před tou holkou neshodil. Zastavila jsem se. Přišlo mi divné jen utrousit pozdrav, jít dál a nic.

Jak se máš?

Normálně.

Stáli jsme a mlčeli. Holka si mě prohlížela. A teď? Co říct ještě? Neměla jsem tušení.

Co občanka? Plácla jsem.

Nic.

Už ses přihlásil na pracák?

Já se nikam hlásit nebudu.

Znovu mě začalo zaplavovat zuření. Ke stanici přijížděla moje tramvaj.

Tak ahoj, řekla jsem místo nadávky, která se mi zase drala na jazyk. Rozběhla jsem se a stihla na poslední chvíli naskočit.

Já to škrtám!

Škrtám tohle mateřství. Končím. Dost. Opakovala jsem si celou cestu v tramvaji a v autě a od branky domů.

Pes ležel na svém místě u dveří, kočka na okně, doma bylo docela uklizeno, na stole cedulka od Lukáše, že se mu po mně stýská. Cynicky jsem si pomyslela: Co z toho stýskání vyleze za pohromu? Jeho vstřícnost ve mně vyvolává napětí, dokonce větší, než když je naštvaný. Zatím to vždycky dopadlo stejně: Čím větší vstřícnost, tím větší průser potom.

Vlezla jsem si do postele a na vaječníky přiložila kožíšek, bolely mě čím dál víc. Marek přijel autem, pozdě, unavený. Není zvyklý starat se sám. Vyšlo najevo, že Lukáš ukradl Matějovi míček, hakisák, který si Matěj koupil za našetřené peníze. A to má kapesné oproti Lukášovi minimální.

Až když Matěj zmizelý míček celý předvčerejší večer doma hledal a Lukáš hledal s ním (další specialita: Ukradne a s okradeným ukradené třeba i několik hodin ochotně hledá), včera mu ho sám od sebe přinesl a vrátil.

Vyprávěla jsem Markovi o zpívání, o Patrikovi i o knedlíkách, pomocí kterých se kreslí technický scénář k filmu.

Klížily se mu oči.

Doktor mě prohlédl, shledal zánět a předepsal antibiotika. Našel mi také myomy, v mém věku prý běžné. Chce mě vidět za půl roku. Kdyby to rostlo dál, doporučuje operaci. Nechci operaci! Břicho mi řezali třikrát, už pod kudlu nechci.

Ve schránce jsem našla dopis od AJL:

„...Pokud se váš scénář zdá režisérovi moc osobní, tak to úplně neodmítněte a zkuste vyházet či přepsat, co tam ještě z toho zbylo. Ale jinak si na to nedejte sáhnout, seďte na tom, melancholii nahraďte profesionální trpělivostí a čtěte povídky či romány, co už na ně nejsou práva, ale nepište dramatizace, dokud nebudete vědět, že to někdo chce... A furt pište deník (ale nečtěte!)..."

Zabalila jsem se do deky a pustila si na videu Viscontiho film *Rocco a jeho bratři*. Nádherné. Je možné takhle se učit? Můžu se díváním naučit, co je film? Co režie? Když jsem sama nikdy neviděla svět okem kamery. (Měla bych si někde nějakou půjčit a zkoušet se přes ni dívat.)

Ještě v noci, pekla jsem dva plechy s koláčem, jsem si pustila Vláčilovu *Markétu Lazarovou*. Veledílo. Do postele jsem se dostala až pozdě. A nemohla usnout. V hlavě mi zněla pořád dokola věta, konec eseje, kterou jsem dnes zaslechla v rádiu.

„Jsme jen jednou na světě."

Od rána jsme všichni pracovali. Lukáš a já jsme hrabali a odváželi listí, Marek řezal dříví, Matěj luxoval auto, věšel prádlo, venčil psa. Snažila jsem se, ale stejně jsem párkrát na Lukáše vyjela, protože vždycky všechno (vědomě či nevědomě) zničí. Vždycky udělá nějakou pitomost, nějaký úplně hloupý zlepšovák, kterým zničí trávník anebo rozláme hrábě nebo něco urve, a když se rozčílím, řekne, že myslel.

Po obědě – mořská štika na kurkumě, rýže, vařená mrkev, kterou jsem koupila, ale zapomněla vzít koním, jsem se šla trochu natáhnout. Dobře mi není.

Zavolala jsem kamarádce z dob snah o početí, abych se uklidnila ohledně myomů. (Proč se chci uklidňovat, když jsem si nedávno přála mít rakovinu?) Zuzana mi jako celoživotní sestra na gynekologii potvrdila, že v děloze jsou myomy vždy neškodné. Pokud budou růst, dělohu ušmiknou, žádný další problém.

Ležela jsem na posteli a v hlavě mi naskočily představy, které si po Buñuelově vzoru nezakazuju, protože to nejde. Zas mě všechno zavalilo. Jak to mám odvalit?

Cinknul mobil, přišel mejl. Vypnout hlavu, zapnout notebook.

„Milou…, nevim jestli to toho scenare opravdu preje, kdyz budes reziserkou. Samozrejme to zajimava nova skusenosti je, ale pro dobry film bych osobne preferoval team. To jsou rozdilny pohledy na temu a predevsim nemas zadne skusenosti s tim pohledem přes kamerou.

Ale kdyz je situace takova, jak pises, tak to delej. A uplne zapominej na vsichni rizika. Mozna to bude dobry, mozna to moc dobry nebude. Ale az pride necekany reziseur, nech to u neho. Pokud neprijde nikdo, to musis trhat az do Oscara.

Drzim ty strasne palce." *(Rainer)*

Do pokoje přišel něco hledat ve své skříni Marek. Řekla jsem mu, že bych potřebovala kameru, abych se mohla učit dívat na svět přes ni. Může si ji v práci půjčit?

Poradil mi vesele spokojeně, ať si dám na hlavu krabici a vystřihnu do ní otvůrek a hned budu mít kameru obscuru a můžu s ní chodit po domě a říkat nahlas:

Detail a celek a knedlík a knedlík.

* * *

Udělala jsem dobře, že jsem se šla na režisérku při práci podívat. Ještě v noci jsem strachy z režie nemohla spát; možná i proto, že mi nastydla záda a začalo mě to bolet tak, že jsem se ráno nemohla zvednout.

Nocovala jsem u mámy (spím tam na matraci na zemi, táhlo na mě od dveří balkónu), abych byla na natáčení kdesi na druhém konci města včas. Nevěděla jsem, kde vlastně mám být a s mou přesnou povahou takové tápání nejde dohromady. S touhle povahou jsem všude o hodinu dřív. A mrznu.

Máma mi dala hřejivou náplast, nalepila jsem si ji nad zadek, kde mě to bolelo nejvíc, pomalu se narovnala a šla bloudit vilkovou čtvrtí a byla jsem na místě o hodinu dřív.

Celý den jsem se na place dívala, co dělá režisérka. Přestože má pověst drsné, tvrdé ženy, byla ke mně velmi vstřícná. Nechala mě okukovat všechno, co jsem chtěla a trochu si se mnou i povídala.

Vy jste nebyla na natáčení svého filmu?

Ne.

Proč vás tam režisér nevzal?

Nevím.

Asi proto, že je chlap. Odpověděla si sama a dodala: No tak se učte.

Vysvětlovala hercům, o co v tom kterém obraze jde. Chtěla od nich, aby si to přebrali po svém, opakovala jim: Herrrec nesmí myslet! Herrrec se musí řídit jen svým instinktem!

Stejně je pak kočírovala. Měla jsem čím dál větší nutkání začít jí do toho mluvit, ale umím být disciplinovaná, tak jsem vydržela mlčet. Uvědomila jsem si, že bych, myslím, moc dobře věděla, jak který obraz hercům vysvětlit a přesně bych poznala pravdu v jejich ztvárnění. Na to jsem měla vždycky čuch.

Celý den jsem režisérku při práci s gustem pozorovala. A přišla jsem na tohle:

Jsem pro režii STVOŘENÁ!

* * *

Ve štábu byla asi pětatřicetiletá žena, svobodná, bez partnera. Chtěla by adoptovat dítě. Všechno má připravené, jen podat žádost. Přijetím dítěte chce vyplnit samotu svého života – a ještě udělat dobrý skutek. Ptala se mě včera, co si o tom myslím. Řekla jsem jí upřímně: Není to dobrý tah.

Když jsme se dnes na place znovu potkaly, byla zničená, měla prý těžké sny. I já. A taky výčitky, protože jsem ji zrazovala: Dokud si nevyřeší svůj osobní život, neměla by si dítě brát.

Dnes jsem dodala: Pokud jste ve své touze adoptovat silná, nikdo a nic vás neodradí. Silné rozhodnutí vás ve slabých chvilkách, které mockrát přijdou, zpětně podrží!

Včera i dnes, vtažená do víru přemýšlení o režii v soukolí režie, jsem zapomněla na své starosti. Ale jak jsem se blížila domů...

Nechci domů.

Festival německého divadla. Současná hra od současného autora, v programu ohlášená jako virtuózní herecký kvartet a poutavá inscenace pozoruhodné hry. Takhle vznešeně a v superlativech bylo v programu popsané něco, co se žádnému z výrazů neblížilo na kilometr.

Na festivalu, který nám má ukázat to nejzajímavější, rozuměj nejprovokativnější z divadel německy mluvících zemí, skoro vždycky zuřím. Původní hry, případně interpretace klasiky, to je jen brutalita bez motivů. Jako by mělo divadlo dneška jedinou úlohu: zhnusit diváka.

Proč? Proč má být tohle jeho jediná emoce?

Já chci být zasažená.

Vtažená.

Dotčená.

Nadšená.

Zničená.

Omámená.

Šťastná.

Nešťastná.

Ale proč zhnusená?

Novinka dne: Lukáš byl opět za školou. Přišel domů ve stavu podivném: rudá bělma, chabá rovnováha, nekonečné tlachání.

Co teď?

Nechci se zase propadnout do beznaděje!

Zavolala jsem kurátorce. Řekla: Právě jsem vám chtěla telefonovat. Podala k soudu žádost o Lukášovu ústavní výchovu.

17. listopad.

Nemohla jsem se rozhodnout, zda odpoledne pojedu na přednášku, dialog našeho exprezidenta s exprezidentem německým. Mělo to být slavnostní zakončení divadelního festivalu – s poukazem na výročí něžné revoluce. Táta mi dlouho nebyl schopen říct, jestli pro mě bude mít pozvánku (festival před lety založil, teď má čestnou funkci v organizačním výboru). Nakonec se jedna našla.

Do odsvěceného kostela, kde se to celé mělo konat, jsem přišla brzy. Bylo prázdno. Mohla jsem si vybrat, kam se posadím. Nejdřív jsem si vybrala čtvrtou řadu, první tři byly rezervované. Ale přišla jsem si tam vystrčená, tak jsem si přesedla dál, do sedmé. Vlevo, na krajní sedadlo. Vždycky si pokud možno sedám na kraj, v divadle i kině, abych mohla zdrhnout, kdybych byla zhnusená nad únosnou míru.

Sál – nejmíň pro tři stovky sedících, se rychle plnil. Brzy seděli lidé i na schodech do patra. Už tu byl táta se ženou, měli místa v první řadě. Dala jsem si na židli věci, aby mi ji nikdo nezasedl, a šla se s nimi pozdravit. Výzva, abych si přisedla, nezazněla.

Vrátila jsem se do sedmé řady a zahlédla tátova dvorního fotografa, jak se blíží tam, co jsem seděla. Spolu s ním přišla starší, drobná, útlá žena. Sál byl narvaný, židle obsazené, zadní prostory k stání plné. Fotograf s drobnou ženou se postavili právě k mé židli. Mluvili spolu, znali se.

Bylo mi nepříjemné zůstat sedět, oba byli jednoznačně starší než já. Zvedla jsem se a své místo jim nabídla. Zavtipkovala jsem, že fotografovi samozřejmě židli nenabízím, když je muž, ale té paní jistě.

Nejste vy ta a ta? Oslovila mě jménem drobná žena.

Ano, odpověděla jsem a přemýšlela, odkud bych ji mohla znát. Podala mi ruku: Já jsem manželka toho a toho. (Zrovna toho!) Jsem moc ráda, že vás poznávám.

V tomhle sále muselo být nejmíň dvacet řad židlí a pět stovek lidí a jeho žena stojí vedle mě! Snad tu není i on?

Nabídla jsem jí židli, ale sednout si nechtěla, za chvíli odchází. Diskutéři se blížili k pódiu. Vstala jsem a řekla, že si na mé místo sednout musí. Třeba jen na chvilku, ale musí! Já přece nemohu sedět, když ona, starší, vedle mne stojí? Posadila se a já jí stála po boku a něco jsem si šeptala s fotografem, něco, nevím, co.

Jsem zamilovaná do muže téhle na pohled jakoby usoužené ženy, všimla jsem si hned, že má smutně semknuté rty a pomyslela si, že se asi moc nesměje. Stydím se. A přemýšlím, jaký je s ním život? Není ona pořád sama, jak to máme my, manželky, v popisu práce? Je s ním – anebo byla s ním – šťastná? Mají se ještě rádi? Mluví spolu doma? Vyprávějí si? Jsou k sobě něžní? Anebo aspoň ohleduplní?

Jsem tak rozechvělá – a nic na mě není vidět. Ještě přeletím pohledem sál, jakože se dívám, kdo všechno tu je, ale koutkem oka na vteřinu spočinu na ženě. Stydím se.

Po necelé čtvrthodince vstala, poděkovala a šla. Domů? Ke svému muži?

Na jevišti začal dialog dlouhým monologem našeho exprezidenta, tak dlouhým, že jsem se pohledem na bývalého německého prezidenta vyděsila: spí! A každou chvíli spadne ze židle! Tento postřeh asi nebyl jen můj. Mezi řadami se začala šířit panika. Co máme dělat? Máme říct knížeti (dialog moderoval), aby ho taktně vzbudil? Ovšem pohled na knížete nebyl o nic nadějnější: spal taky.

Ale jak německý exprezident, tak kníže otevřeli oči přesně ve chvíli, kdy měli vstoupit do debaty a plynně navázali.

Všichni tři řečníci byli chytří, ale na můj vkus moc akademičtí, odtažení od života, hlavně mého; po chvíli soustředění na jejich starosti, které bych chtěla mít, jsem na tom byla jako při uvolnění na józe. A taky jsem se bála, jestli nezačalo sněžit. Den byl zatažený, nevěstilo to nic dobrého. Dostanu se domů? Byla mi zima na nohy a měla jsem žízeň a vůbec, co tady dělám? Monology nebraly konce, tak jsem začala hrát hru na to, kdo z publika ještě vnímá. Co dělají ostatní posluchači? Byli jsme tu přece hlavně proto, abychom předvedli, že tu jsme. Abychom se ukázali a nechali se vyfotit, máme-li svého fotografa. Jsme tu, abychom se na závěrečné bohaté recepci najedli a napili. Hru na pozornost jsem začala pohledem před sebe. Na přistavené, částečně k publiku natočené židli seděl zasloužilý profesor (co žádným profesorem není) a spal, jako když ho do vody hodí.

Rozprava skončila. Zatleskali jsme. Sál se začal zvedat. Podařilo se mi pozdravit se s Monologem a vyměnit s ním větu. Ptal se na mámu...

Nesněžilo. Jela jsem domů, ke svému muži.

„...Hloubám nad Vaším dopisem – dnes je svátek, a tak i my penzisti máme volno na hloubání – jenže toho moc nevyhloubám. Proto asi máme volno, protože je to bez rizika. Točit sama bych neradil. Kvůli Vám...“

Dopis od AJL. Tak. A teď?

Zatímco přátelé, které jsme s Markem sezvali z různých stran a z několika se taky sjeli, se na kopec za slavnostního troubení dvou lesních rohů vydali, aby lipky zasadili, my s Olinem jsme ozvučovali sál v hospodě U Krobiána čili U Krobiánky, protože teď tu vládne žena.

Měli jsme číst a zpívat a to se taky stalo hned poté, co sem promrzlí účastníci sázení dorazili. Den byl krásný, ale studený. Naštěstí nemrzlo. Toho se Marek, muž, který sázel stromy, bál.

Zpívali jsme několik cituplných písní a Krobiánka s najatou pomocnicí chodily sálem s talíři a hlasitě vyvolávaly: Guláš! Pivo! Utopenci...

Drásalo mě to. Olin si lebedil: To je krása ten rambajz. Miluju, když mi někdo do písně o umírání zařve: Držková!

Když jsme měli zazpívat nejkrásnější píseň, jedinou Olinovu neautorskou – k melodii Boba Dylana jsme přidali báseň Jiřího Ortena *U tebe teplo je,* rozhodla jsem se, že si režii zkusím a sál plný lidí jsem důrazně požádala o ticho. A ticho bylo. Do písně jsme se položili a bylo to krásné a poslední sloku jsme zpívali dvojhlasně, Olin chraplákem, já zvonivě a špendlík (ani guláš) by nepropadl:

Ach, tolik tepla máš, u tebe by se spalo,
hluboko do prachu rád bych se ponořil,
z lítosti lijáků by tiše odkrápalo,
štěstí, jež trpělo pro neviděný cíl.

„…Je neděle večer a já se zastavil ve škole (už jsem jako ten AJL), všechno je pravda pravdoucí. Něco jiného, kdyby sis mohla natočit nějaký krátký film, aby sis osahala řemeslo…

Na druhou stranu – zázraky se dějí. Vždycky mě překvapí, když nějaký šestadvacetiletý režisér natočí pozoruhodný film. Všechno je věcí talentu, ale i velké kuráže a hlavně víry v dobrý výsledek…"
(Cyril)

Zítra bude pondělí.

A po pondělku úterý.

Až (možná) natočím svůj první film, bude mi padesát.

Hana a její sestry. Výborné, jak jsem si pamatovala. Člověk se nad lidským pinožením, jak ho Woody Allen ukazuje, musí pořád smát – a přitom jde o všechno.

V noci jsem myslela na to, co mě zítra u producenta čeká. Myslela jsem a myslela (a nic jsem nevymyslela).

Budu já někdy spát?

* * *

Dohodnuto.

Rozhodnuto.

Naděje. Radost. Radost! Cestou z producentovy kanceláře (ve filmových ateliérech) jsem se vznášela. Chtělo se mi tančit. Že mi má dělat supervizi režisér, jehož filmy se mi nelíbí?

Co není v mém životě absurdní?

„…Kup si mě. Jako tu kobylu, co za tvoji stáj běhá dostihy – a vyhrává! Já budu taky běhat. A třeba taky vyhraju…"

Dnes ničemu nevěřím.

Celý den tma.

Celý den jsem byla sama. V naší ulici svítí jedno světlo. Nikde nikdo. Nemám tu kam a za kým jít. Nemám se komu vymluvit. Nechci být obtížná, stejně mi každý řekne, vždyť se nic neděje. Nic se neděje. Nemám tu kam a za kým jít a kdybych měla, stejně bych nešla. Nic se neděje. Úzkost. Bojím se.

Zapnutý notebook.

Zapnutý zbytečně, jen to žere proud.

Včera jsme u producenta dohodli mou spolurežii s kameramanem, vymysleli jsme plán na nejbližší dobu. Všechno je nadějné – až na maličkost. Producent mi nenabídl za odevzdaný (a přijatý!) scénář vůbec nic. Přece si ho nekoupí, když neví, jestli na realizaci sežene peníze? Nemůže si dovolit riskovat! Riskuje dost jako majitel dostihové stáje.

A já? Psala jsem scénář bez peněz skoro dva roky. Já riskovat můžu?

Dnes jsem ztracená. Daň za včerejší radost?

Stoupla jsem si k jedné z knihoven a hledala v ní, do čeho bych se mohla ponořit a co bych mohla zadaptovat pro divadlo…

Psát!

Hrabala jsem se v policích, každou sebezastrčenější knížku vyndala, otevřela, pokusila se začíst. Ale známé pravidlo, že když se moc chce… Nevnímala jsem věty, které mi skákaly před očima jako breberky, a knížky zase zastrkovala zpátky, spíš jsem je zpátky házela, bez úcty.

Knihy. Taková zbytečnost. Kdo je ještě potřebuje k životu? Do ruky mi padla malá úhledná knížečka. Čínské horoskopy. Na obálce stálo velkými písmeny:

KOHOUT

Kohout, v jehož úřadujícím roce jsem se narodila, je... A teď mě podržte, podržte mě, nebo se picnu! Roky ve znamení kohouta se periodicky opakují, ale samotných druhů kohoutů je několik – a ti se střídají každých šedesát let:

„*Zpívající kohout* (velmi odvážný tvor, patří k němu úspěch a rozmach), *kohout ohlašující úsvit* (je spojen s řezným nástrojem, který účinně provede práci, ale také může něco neuváženě zkosit), *kohout v kleci* (je o něho dobře postaráno, je vydatně krmen a může být hýčkán jako domácí mazlíček), *kohout na hřadě* (nejvýhodnější umístění, kde by se mu mělo dostat plného uznání – velmi příznivé znamení)."

Že zrovna ten můj musí být:

Osamělý kohout

„Jeho symbolem je včelí žihadlo, což znamená, že tak jako včela, která bodne, musí zemřít, tenhle kohout musí při hledání vlastní identity trpět pocitem osamění."

Teď aspoň vím, proč to se mnou je, jak to je.

Na osamělost není nic lepšího než písemně potvrzená...

Osamělost.

Odeslala jsem mejlem, co jsem takhle nějak a ještě hůř napsala s mnoha vsuvkami a odbočkami a vykřičníky a pomlkami a zvoláními a jenže a protože... před časem nejmíň dvacetkrát, vytiskla, dala do obálky, vyndala, roztrhala, hodila do kamen a spálila na popel. Odeslala jsem to.

Jako uzávěrku citů.

* * *

Když se probudím do slunce, které je tak nízké, že osvětluje dům, jako by byl uvnitř ozářený reflektory... Vidím chuchvalce prachu, jež si tu pěstujeme topením v kamnech. Probuzení do slunce znamená, že musím luxovat. Myslím na svůj film. Snažím se být trpělivá. Myslím na svůj film a přitom musím napsat fejeton do novin. Nejdřív jsem nevěděla o čem, ale Marek, který nastydl a zůstal doma a ležel v posteli přesně proti mému psacímu stolu, mi nenápadně, ale vytrvale nadhazoval, že bych mohla napsat o sázení stromků ke kříži. Hele, víš, že kohout těžko snáší, když se mu říká, co má dělat! Odpálkovala jsem ho. Dala jsem fejetonu o sázení název, zahrnující všechno: *Boží a jiná muka.*

Mezi verzemi jsem uvařila oběd. Pověsila prádlo (každý den jedna pračka) a jela do městečka na páteční nákup, jenž je vždycky výživný, abychom byli schopní vydržet s jídlem do pondělka. Pořád ještě tu jsou na mé starání tři chlapi. A všichni, i Marek, jedí jako v pubertě. V městečku jsem se taky chtěla podívat na náměstí, do švadlenky.

„...proto se (kohout) nejlépe hodí pro povolání do jisté míry nezávislá, jako je např. krejčí – švadlena...“

Chtěla jsem si koupit vlnu na šálu, kterou si sama upletu. Na pultě leželo jedno jediné velké nadýchané klubko – přesně takové, jaké jsem si představovala. Barevné, oranžovočervené. Za strašných 315 korun pouhých dvacet deka vlny. Ptala jsem se prodavačky, zdali mi to na šálu vyjde (už jsem léta nic nepletla). Říkala, že ne. Ale já si klubko stejně koupila, jsem přece nezávislá.

Chodila jsem pak po zahradě a hledala vhodné klacíky, ale žádné nenašla. Pak jsem objevila koště, takové úplně vymetené. Metlu jsem odřízla pilkou a zbylou tyč rozřízla na dvě půlky. Sekerou jsem si na špalku udělala špičky (křivé, bylo to tvrdé dřevo a to byla chyba) a doma pak neustále své takto vytvořené pletací jehlice při každém posunutí příze uhlazovala šmirglem.

Lukáš přišel domů v pořádku, sice nikotinový, ale vysprchoval se bez řeči. Matěj je v pohodě pořád (stále nosí jedničky a záleží mu na známkách, to se mi líbí), Marek je s fejetonem spokojený.

Dívali jsme se společně v televizi na přírodopisný film o slonech, točený kamerou skrytou ve sloním hovínku. Vtipné. A přitom záběry na slony v jejich přirozenosti. Než se na vrčící hovínko, co je stále pronásledovalo, naštvali, popadli ho chobotem, vyzvedli do výšky a mrskli s ním o zem. Za večer jsem šálu upletla. Zbylo mi i na čelenku, tu jsem uštrikovala na vařečkách. Mám komplet a už se moc těším, až v něm zítra půjdu s mámou do divadla. Šálu s čelenkou jsem si vzala na sebe a předvedla se celé rodině. Všichni jsme se divili, jak je to pěkné.

Neměla bych se živit pletením šál?

Kdyby bylo představení o hodinu kratší, bylo by skvělé. Moje vnímavost, ale i radost a okouzlení ze všech krásných ironií života, se ve třech čtvrtinách vyčerpaly. Najednou mi vypětí na scéně přišlo víc jako hluk než jako emoce. Bolela mě hlava. Přála jsem si, aby to už skončilo. Pak se člověku nechce ani tleskat, jak je unavený.

Platonov je darebák! První hra A. P. Čechova. Jak mohl Čechov začít psát s takovým cynismem – a potom napsat *Strýčka Váňu* a *Racka*? V nich je sice taky hluboká deziluze, ale i naděje. V Platonovovi není naděje žádná.

Posněhávalo. Cáry mlhy. Celou cestu z města jsem jela po úplně pusté dálnici. Nepotkala jsem žádné auto. Ani jedno auto nejelo proti mně, ani jedno mě nepředjelo. Tma, rozřízlá jen mými světly.

Vypukla válka?

Nedělní den začal rozčilením s Lukášem, to už je takový víkendový kolorit, je to kolorit dnů, kdy jsme doma všichni a nesedíme u televize. A protože on se jako každý jednoduchý člověk (navíc s rychlými emocemi) pořád uráží, hned zrána začalo být dusno.

Nejdřív jsem se naštvala já kvůli smradům, které se mu stále linou z podpaží a nohou a oblečení, pročpělého hospodou – v hospodě ve vsi je postupem večera tak nakouřeno, že není vidět na krok.

Jak jsem včera v noci přijela hodně pozdě, později než on, Lukáš se před ulehnutím nejenže neumyl, ale prokouřené oblečení nechal v pokoji. Když už jsme nedokázali, aby nekouřil a svůj volný čas trávil jinde než v hospodě, alespoň jsme jako nekuřáci trvali na tom, že si oblečení odnese větrat ven. Všechno dohromady hrozně smrdělo.

K tomu se přidal Marek kvůli vlasům, které stále taháme v koupelně z umyvadla a okolí. Tedy většinou je tahá Marek, protože ve všední den vstává druhý, právě po Lukášovi.

Urazil se, že ho obviňujeme, pak začal držkovat, že na něj všechno sváříme a že ty vlasy nejsou jeho. Jenže když tu s námi nebydlí Patrik, je on jediný černovlasý a ten bordel se nedá ani při nejlepší vůli přisoudit nikomu jinému. Přesto se hádal a hádal.

Spěchali jsme s Markem (rychle se uzdravoval) vyvenčit psa, abychom jeho kecání nemohli poslouchat a nemuseli reagovat. I v předsíni jsme slyšeli z Lukášova pokoje, kam se na protest zavřel, jeho křik, a protože se v nás už taky všechno vařilo, utekli jsme, jako už tolikrát, do lesa.

Vrátili jsme se, připravovala jsem oběd a slyšela, jak Marek telefonuje. Na odpoledne si pozval kamarády s tím, že je tu opuštěný (byl přece celý předvčerejšek a včerejšek doma, se mnou), ať si s ním přijdou zahrát scrabble. Čekal na ně tak, že se věnoval údržbě kola – a na mě zapomněl.

Jdi s tou svojí opuštěností někam! Zakřičela jsem.

Odjela jsem do města na pěveckou zkoušku mnohem dřív, než jsem měla v plánu. Kdoví, jestli si Marek mého trucu všiml? Když cídí kolo, je tak rozněžnělý, euforický, šťastný...

Procházela jsem se osvětlenými ulicemi, prohlížela si secesní domy, zašla do knihkupectví Franze Kafky, ale rychle zase vypadla, protože mě pohled na knížky zraňuje. Na zkoušku přišel rabín, který s námi bude vystupovat na koncertě. Pozval nás, ženy, k nim domů, abychom si vybraly a koupily šperky přímo z Izraele. Všechny se chystaly. Tyhle šperky budou opravdu ŽIDOVSKÉ! Jdeš taky? Čekaly na mě.

Ale já jsem tady za soprán, patřím do Mišpachy…

Jen podle norimberských zákonů.

„…Chtěl bych reagovat na Tvůj včerejší povzdech, že patříš k čtyřprocentní menšině, tj. máš (možná) židovské předky jen v mizivé míře. Zato moc krásně zpíváš.

Kdyby Mišpacha dbala spíš na původ, než na to, jak kdo zpívá, asi bych tam nechodil, protože hodnocení podle příbuzných jsem užil v životě dost. Hana Rothová sice říkala, že podmínkou pro členství v Mišpaše je, aby měl člověk ‚jewish background', ale to jsem si přeložil do češtiny tak, že členové Mišpachy by měli mít blíže nespecifikované ‚židovské pozadí', tj. nemusí mít židovské předky, stačí, když mají židovské… V duchu této směrnice studuji, do jaké míry má kdo židovské pozadí, zejména u žen je to (pro nás muže) zajímavé, u většiny členek Mišpachy, u nichž mi zdvořilost dovoluje se k jejich pozadí vyslovit, je hodnotím z tohoto hlediska jako dobré, chvalitebné až výborné.

Pak bych chtěl ještě něco poznamenat k tomu, jak sis na zájezdu stěžovala na adoptivní syny. Chápu, že je hodně frustrující zjištění, že výchova s povahou moc neudělá. Ale chtěl bych Ti připomenout, co jsi četla na vystoupení. ‚Věci jsou jiné, než se jeví'. Ti kluci díky tomu, že byli u vás v rodině, prožili pár let normálního života – a to se počítá…" *(Ondráš)*

Samozřejmě by mě zajímalo, jakou známku má mé pozadí.

Mám přeleželé ucho a strašně mě bolí, postěžovala jsem si při probuzení Markovi. Rozesmál se: Asi ho máš zlomené.

Zavtipkoval ještě:

A nemáš taky zlomené srdce?

* * *

Měla jsem chuť dát si k snídani do kafe šlehačku, kterou jsem v pátek koupila ve spreji právě proto. Dali jsme si ji VŠICHNI do horké čokolády v sobotu odpoledne. Dnes je středa. Mám chuť na kafe se šlehačkou. Ve všední dny, kdy tu jsem sama a kluci chodí do školní jídelny a Marek do své závodní, nevařím. Píšu nebo se spíš nad psaním trápím, ale nevařím a často nemám ani drobek k jídlu, natož nějaký mls. Za poslední půlrok jsem (samovolně) zhubla pět kil. Nemám energii. Šlehačka, jak jinak u nás doma, zmizela. Zmizela naráz i s obalem. Už ani nepřemýšlím, kam. Že mi aspoň trochu nenechal? Proč mi nenechal aspoň na jeden hrnek, abych nemusela být zase tak zklamaná? Naštvaná.

Chystala jsem se na odpolední koncert s rabínem, nic jsem nedělala, sprchovala jsem se, šla se psem, oblékla si něco hezkého na sebe a vydala se pěšky na autobus, abych se v něm sešla s Matějem, který jel rovnou ze školy a měl náš dnešní koncert povinně. Lukášovi jsem účast na koncertu také nabídla, ale povinně ho neměl. (Vybral si, že nepůjde.)

Šla jsem na stanici lesní pěšinou. Obvykle tudy nechodím, protože tu není – na rozdíl od asfaltky – rozhled do krajiny, ale bolely mě dnes hodně nohy, tak jsem šla ty kilometry po měkkém. Měla jsem čas, vyšla jsem s předstihem, abych se spěchem nezpotila a při čekání na autobus, který má vždycky zpoždění, neprostydla.

Jaké bylo moje překvapení, skoro úlek, když najednou přede mnou visela na větvi stromu jako oběšenec Lukášova mikina! Zastavila jsem se a rozhlédla stísněně kolem – jako bych měla uvidět i oběšeného Lukáše.

Nic než mikina v lese nebylo. Chtěla jsem ji sundat, ale už takhle jsem s sebou nesla boty na přezutí, desky s notami a věci na žehlení. Proč bych ji měla brát s sebou? Nemá se o ni starat ten, komu patří? Podivný pocit se přeměnil na (obvyklé) zuření.

A já se divím, že nemůžu většinu Lukášova oblečení vůbec najít! Zimní bundu, čepice, rukavice, ale i moc pěknou novou mikinu s americkým nápisem… Nejspíš je takhle někde odhodil, když mu zrovna překážely. Přece se s nimi jeho svaly propletené tělo nebude tahat? Však já zase koupím nové. Budu muset. Přece ho nenechám chodit nahého?

Zrovna jsem vykročila, když zavolal Matěj. Zeptal se, kterým autobusem má jet. Včera jsme si to řekli několikrát. Podrážděně jsem to zopakovala. Když jsem do dohodnutého spoje nastoupila, Matěj nikde! Dnes je všechno jako v blázinci. Pro změnu mačkám mobil já.

Haló, ozve se jeho hlas klidně.

Jsem v autobuse, kde jsme se měli setkat. Kde sakra jsi?

Sedím za řidičem.

Cože?

A už ho vidím. Vážně sedí za řidičem. Nemůže mi říct ahoj, když nastupuju, platím, čekám třicet centimetrů od něj na drobné, rozhlížím se přitom, kde je (čumím dozadu), procházím kolem něho, zasutého za polepené sklo, oddělující řidiče od prvních sedadel, dál do vozu. A pořád ho hledám, protože jsme se přesně na tenhle spoj už šestkrát domluvili, hledám ho, abych si k němu přisedla. Nemůže na mě mávnout, když mu mobilem volám a na displeji vidí, že jsem to já. Vezme mobil a haló...

Není už toho dnes nějak moc?

Volala jsem, už ve městě, Janě Novákové-Horákové, jestli nechce na koncert Mišpachy přijít. Hrajeme a zpíváme v knihovně za rohem...

Jana přijít nemůže. Je jí špatně, leží. Na hrudi má otevřenou ránu, která se nehojí. Je rozložená. Sedm let se s tím prala. Vždycky plná elánu, smíchu, nadhledu. (Mám v počítači rozepsaný její příběh, ale nejde mi to – naložený talíř.)

Koncert se podařil.

Doma jsme řešili mikinu, šlehačku, šlehačku, mikinu, mikinu se šlehačkou. Spát jsme šli beze slov. V noci se Marek vzbudil. Zapomněl si vzít k posteli tašku s peněženkou, nechal ji v obýváku, kde má Lukáš neomezené pole působnosti, když vstává a odchází první. VŽDYCKY ho zatím využil.

Marek se vzbudil s tím, že si musí jít dolů pro tašku, ale jenom to pořád nahlas opakoval a nebyl schopen se pohnout. Šla jsem za něj. Vstává těsně po šesté a musí pak řídit, a já se strašně bojím, že se vybourá, když se nevyspí.

Půl třetí ráno. Jdu do přízemí, sotva pletu nohama (předtím prášek na spaní). Než riskovat další vyhrocenou situaci, to se radši v noci projdu.

Jsem zpátky, věci v bezpečí pod postelí.

Nemůžu usnout.

Myslím na Janu.

Nemá a nikdy neměla děti. Má rakovinu v posledním stadiu.

Nemůžu přece říct, jak to s námi opravdu je! Jsem z naší rodiny tak vyčerpaná, že bych neměla sílu čelit útokům, které by se na mě snesly.

Ale o tom, že to moc ideálně nedopadá, by se už konečně mluvit mělo, přesvědčovala mě nová šéfredaktorka časopisu pro ženy, co pro ně začíná život ve třiceti. Mám mezi kamarádkama a známýma několik lidí, co taky děti adoptovali a je to u nich stejný. Jsou vyčerpaní, zničení. Všichni se obviňují ze selhání. Třeba to těm, co jsou na tom podobně, pomůže. Třeba rozhovor s tebou odstartuje širší diskusi. Pomůžeš změnit zákony o opuštěnejch dětech, dostanou se dřív do rodiny, neprojdou citovou deprivací... Neboj se toho! Neotisknu nic, co bys neautorizovala.

Od rána jsem se cítila strašně těžká.

Od šéfredaktorky z redakce jsem šla na dopolední promítání Felliniho filmu *Sladký život*. Vždycky mi zatím utekl. V kině jsem zápasila s pozorností (taky tam byla zima), ale podařilo se mi to ustát. Já bych krátila. Ano, krátila bych ve Fellinim, tak jsem drzá. Má skoro vždycky problém s délkou. Nedokáže se s některými scénami rozloučit. A přitom jsou to jen ornamenty.

Jinak skvělé.

Obzvlášť příběh v příběhu, život vznešeného a na první pohled vyrovnaného, oduševnělého, hlubokého, čestného muže (chodil hrát do kostela na varhany, tak vznešené měl koníčky), přítele rozháraného, povrchního, cynického hlavního hrdiny. Muže s krásnou, harmonickou rodinou. S ušlechtilou ženou, rozkošnými chytrými dětmi, se vším pevným a daným, ale bez překvapení. Bez výjimky!

A nejspíš právě fakt, že ho nečeká nic jiného než bezpečí, harmonie, pevný řád, klid a mír, všechno jakoby podle plánu a předvídatelné, ho dohnalo ke zločinu na dětech a sobě.

Vždycky mi strašně vadilo, že zoufalí lidé páchají zločiny i na dětech, proč ne jenom na sobě? Proč ze svých dětí předem snímají možnost jakéhokoli a třeba i strašného, ale přesto SVÉHO rozhodnutí?

Domů jsem přijela zesláblá, hlava mi třeštila, musela jsem se na řízení auta nesmírně soustředit. Byl tam jen Lukáš – a zima, horší než v kině. Vždycky jen kouká na televizi (a přitom všechno sní) a ani ho nenapadne přiložit do kamen, vyvenčit psa, postarat se.

Dohoda, kterou samozřejmě nedodržuje, je, že ten, kdo přijde první, vyvenčí psa, dá mu i kočce nažrat, a když se má v zimě topit, přiloží.

Začala jsem čistit kamna, byla vyhaslá. Běhala jsem s popelem, musela přinést třísky, donutila Lukáše, aby nanosil polena. Zima, slabo.

Krátce po mně přijel Marek a přivezl Matěje – byl ve vsi u kamaráda. Ještě si nepřejeme, aby chodil domů za tmy sám a od snah, aby se kluci – teď tedy jen dva, loni ještě tři, někde sešli (když jsem byla výjimečně z domu) a kráčeli tmou společně, jsme museli upustit. Ani jednou to nevyšlo. Ani jednou bráchové Matěje nevyzvedli. Od skoro osmnáctiletých kluků člověk nějakou schopnost zodpovědnosti – a tedy i vložené důvěry – předpokládá, a dokonce vyžaduje, než je i z toho opakovaně léčen, až je zcela vyléčen. Vyhýbáme se zklamání, jak to jde, takže máme pořád všechno na hřbetě sami.

Pocit odpovědnosti do nikoho nevložíte, pokud tam není. A heslo, že člověk roste s důvěrou, se u nás neosvědčilo. Každá důvěra byla vždycky ihned potrestána.

Vlezla jsem do postele. Chtěla jsem jít brzy spát, poslední dobou jsme chodili pořád až o půlnoci nebo později. Se svým křehkým spánkem můžu jít spát, až když jdou všichni, čili nic. Už jen tím ležením v teple se mi udělalo líp.

Marek si nejdřív zase šteloval a čistil kolo (dávno už jezdí i v zimě), což dělá buď v dílně, anebo při mrazech doma u kamen. Pak si musel stáhnout mejlovou poštu, což dělá za jakéhokoli počasí v ložnici. Nejdřív psal cosi kamarádovi a jako poslední dobou obvykle chtěl, abych mu vyprávěla, co jsem dělala já. Pořád psal. Chvíli jsem mu vyprávěla, chtěla jsem se poradit o rozhovoru pro časopis, ale on pořád psal a ani nezvedl oči.

Zmlkla jsem.

Vzal si notebook z psacího stolu do postele. Pošta zase stáhnout nešla, pořád s tím nějak laboroval. Trvalo to už dost dlouho, řekla jsem, že mě to nebaví. Přemohla jsem se a řekla to vlídně. Chtěla jsem mu notebook (a pozor – něžně a významně) odebrat. Marek se naštval: Musí si stáhnout poštu a taky si ji stáhne!

Zdá se, že jsem zase moc jistá. Měla bych se vzbouřit – ale tak, aby si toho Marek konečně všiml! Já tady se sebou vedu boje o věrné milování a zatím je to stejné: Když jsem vzorná manželka a trčím doma, nikdo se se mnou nebaví a nikdo si mě nevšímá. Když mizím, nevracím se a jsem nezávislá, hned je tu zájem, přímo kolosální. (Přemýšlím, kdy tady ten kolosální zájem vlastně byl?)

Až hodně za dlouho se mu podařilo stáhnout a odeslat poštu. Cinknutí oznámilo příchod zprávy. Marek mi chtěl přečíst dopis od kamaráda, cyklisty.

Nečti mi to, mě to nezajímá! (Intonace odpovídající situaci, už žádné vlídné okolky.)

Nečetl. Všechno si pomalu a klidně vybavil, notebook vypnul a zavřel, podíval se na mobil, vymazal pár zpráv a taky ho vypnul, zadíval se na sudoku, co ho má stále připravené u postele, dlouho přemýšlel, napsal pár čísel, upravil si polštář.

Nastal čas na něhu.

Mě to nezajímá! Dělej si to s kolem! Máš na gelovým sedle takovou akurátní, hodnou, péči nevyžadující, mlčenlivou a vždy připravenou...

Pičku!

Dočetla jsem Slobodovu *Uršulu*. Zpočátku mi to přišlo rozhárané, kostrbaté a ne moc dobře napsané, ale pak se příběh ustálil a mě to vcuclo a musela jsem číst, dokud jsem nedočetla. Sloboda musel být nespoutaný živel, silný, velmi originální a svéhlavý, hrozně citlivý (až přecitlivělý), a tím pádem stejně zranitelný (a zraňovaný). Byl velmi nevyrovnaný a život s ním musel být šílený. Ve svém ponoru do lidských duší a především do své nesmlouvavý. Nesmlouvavý i při jejím uměleckém „vytěžení". V jeho psaní není zrnko falše, natož kalkulu. Velký spisovatel.

Proč ho nejsou plné knihkupecké pulty?

Jedním dechem jsem přečetla i jeho *Rubato*. Síla! Kromě toho, že mi to bylo blízké tím, že je to příběh ženy po čtyřicítce (hrdinky Uršuly z předešlé prózy), která hledá svoje místo na světě a hledá ho složitě (a jinak než teď já), cítila jsem spřízněnost s hrdinkou. Taky se mi to líbilo stylem a formou, vším.

Je vidět, že ženskou ich formu psal muž a konkrétně Sloboda. Kdybych nečetla jeho *Rozum*, možná by mi to nepřišlo, ale takhle jsem velmi silně cítila mužský Slobodův rozum v Uršulině ženském těle. Přesto tam jsou popsané pocity ženy, které bych si mohla odškrtávat. Taková schopnost vcítění muže do ženské duše. Jak je to možné? To já bych za muže psát nedokázala.

Kdybych vůbec ještě dokázala psát!

Asi nejvíc mě vzala Uršulina touha změnit život. Ačkoli ve všech jejích činech byly už předem nejen pochyby, ale vlastně jistota: Nejde to. Před osudem neutečeš. Před sebou neutečeš.

Osud je nám dán. Odbočky, jež máme jakoby v rukou, nás jen v té neodvratné cestě k němu pozdrží. Anebo nás i oblaží. A třeba nás na nějakou dobu ošálí. Ale jinam nedovedou! Osud.

Pro Uršulu, stejně jako pro Rudolfa Slobodu, prokletí. Jeho literární hrdinka mír najít dokázala, když svůj osud přijala. Jak to bylo s autorem?

Kromě alkoholismu, z něhož se prý čas od času léčil, trpěl hlubokými depresemi. Že neumí vyhovět době. Nepíše na první pohled líbivě, nepodbízí se, nekamarádí se na správných místech, odrazuje a kazí si naděje a možnosti svou sebevražednou upřímností, většinou nevhodnou. Vždy nevýhodnou! Sám sebe vyčleňuje ze společnosti úspěšných, plně vytížených umělců v rozletu, kteří pracují – na své prezentaci. Sám sebe přesvědčuje, že mu to nevadí, že si jde svou cestou rád. Ale stejně chce být uznáván, hýčkán… Propadá se na (ekonomické) dno. Za to se skoro každý myslící tvor stydí – a obzvlášť přecitlivělý umělec. Nemůže se od toho dna odrazit, protože… Neumí vyhovět době! Kruh.

Sloboda z něj vykročil sebevraždou.

Našel svůj mír?

Znovu jsem si říkala, že bych se měla pustit do prózy, že bych tak strašně chtěla, potřebovala do něčeho se zase ponořit, ale současně se bojím, že pokud budu chtít napsat, co nejvíc prožívám, tak nemůžu.

Jenom tyhle zápisky, které tu nadrásám a honem pryč. Abych se v tom nemusela topit.

Uvědomila jsem si, že přestože jsou dny krátké a všechno mé úporné snažení o nějakou pracovní realizaci a o záchranu uměle vytvořené rodiny jsou stále beznadějné… Už se s tou strašnou tísní ze života, jež mě svírala jako krunýř, nebudím.

Poté, co jsem se naposledy vypsala ze svých citů, abych je v sobě nějak uzavřela, vzdalování se mi stejně nedaří. Ale snažím se. V *Rubatu* jsem mimomanželský poměr hodně prožívala a znovu si říkala, ještě že! Znovu jsem si uvědomovala, jak dobrého mám muže. Přes všechny rozpory a hádky, které se mi, abych pravdu řekla, někdy skoro hodí. Abych si nepřipadala tak špatná. Abych měla víc rozumných důvodů obhajovat si své nemístné, tajné touhy. Stýská se mi. Jsem nevděčná. Rozpolcená. Schovat se do Markovy náruče. Schovat se do práce, která mě pohltí. Schovat se celá. Pustit si od Zuzany Navarové blues o paní z pekárny = pakárny, co se má čím dál stejně. Ihned provedeno. (Skvělé.)

Sněží. Předtím pršelo – na zmrzlou zem. Cesta z kopce vypadala nebezpečně. Auto jsem nechala v garáži a šla pěšky na autobus, abych se nějak dostala do města do divadla. Šla jsem zasněženou cestou, kde nebyla jediná stopa. Přede mnou bílo a bílo. Za mnou (jen moje) šlépěje. To si vždycky vybavím Čapkovu povídku a bojím se, aby ta šlépěj náhle neskončila...

Sněžilo stále hustěji, krajina kolem byla tichá, dálnice zadušená. Jen mírný svistot prozrazoval, že žiju v civilizaci a že nejsem na světě sama.

Do města jsem se dostala, zpátky domů už ne. Nic nejelo. Kalamita. Silničáři jsou zaskočeni. V sobotu jsou ještě zaskočenější než ve všední den. Kdo by byl řekl, že zima nás bude v zimě zaskakovat stejně v socialismu jako v kapitalismu, úplně nezávisle na politickém uspořádání země, rok co rok?

Jak si dovoluje v prosinci, v sobotu, přesně podle předpovědi počasí, sněžit?

Dopoledne jsem prošla místa, kde by se dalo točit. Chodila jsem pěšky a to moje nohy, když nejsou v odpružených pohorkách, těžko snášejí. Bolelo mě všechno – nohy, za krkem, hlava.

Odpoledne jsem u mámy na chvíli odpadla, z chození i z nočního venčení její fenky. (Chodí s ní průběžně celou noc, protože si to fenka přeje, chodí přes pokoj, kde u ní spávám.) Odpadla jsem, vzbudil mě telefon, volal kameraman, spolurežisér. Měl mít schůzku s režisérem, naším supervizorem, jsou spolupracovníci, přátelé. Režisérovi se scénář nelíbí, má výhrady. Supervizi neslíbil, ale kameraman to přesto vidí nadějně. Protože jak se pak o možném filmu bavili, režisér vymýšlel obsazení a začalo ho to bavit.

Lapla jsem po dechu. Polkla pokud možno tak, aby to v mobilu nebylo slyšet. Snažila jsem se v sobě zklamání i naštvání zadržet, být diplomat, být pokorná, hned všechno zase nezkazit. Já od režiséra-supervizora očekávám podporu, radu při režii. Ale jinak...

Ať mi do toho nekecá!

Ze zkoušky Mišpachy jsem šla rovnou do divadla. Stálo za starou belu. Štěstí bylo, že (špatný) hlavní představitel před druhým jednáním umřel nebo zkolaboval, odvezla ho sanitka. Mohla jsem zdrhat na metro a na poslední noční autobus dřív.

Přijela jsem na nástupiště pět minut po. Další spoj jede až ráno. Ne, už nikdy do města o víkendu nepojedu bez auta! Konkurence autobusových dopravců nám nejprve přichystala hody, a když se vzájemně vybila, zas je to bída s nouzí.

Vyprávěla jsem Markovi (přijel pro mě, co mu zbývalo), jak strašně jsem z režiséra-supervizora otrávená. Jak jsem otrávená celkově. Dnešní divadelní hra byla slabá, plochá, stejně jako ta včerejší. Proč nemůžu uspět se svou adaptací *Silnice*? Je to silný příběh plný emocí, co geniálně napsal a natočil Fellini a já předělala pro divadlo. Divák by mohl zažít sílu prožitku, katarzi.

Proč to nikdo nechce? Volala jsem na Marka a bylo mi do breku. Proč mě nikdo nechce?!

Já prosím jo. Řekl a pohladil mě. Po duši. (Anebo těsně vedle?) To už jsme byli doma, nejspíš v posteli. (Anebo těsně vedle.)

Usnula jsem skoro smířená. Ze spánku mě vzbudil hlas. Cyril na mě křičel, jako bych provedla něco neodpustitelně strašného, křičel na mě jako na vražedkyni:

Charakter postavy se neprojeví jejím popisem, ale v dramatické situaci!

Co? Kdo? Co je? Haló?

Žádný sen už. Zvonil pevný telefon. V telefonu, jak jinak, průser. Patrikova kurátorka, které jsem se minulý ani předminulý týden nemohla dovolat, abych se z výslechů jednou provždy omluvila, mi sdělila, že Patrik, jak jinak, na výslech nedorazil. Příšerně naštvaná vyšetřovatelka stanovila náhradní termín a současně dala pokyn k zatčení. Jenže policie neví, kde má Patrika zatknout. Nemohla bych jim poradit?

Na uvedené adrese kdesi na okraji města se nezdržuje, u kurátorky už taky dlouho nebyl. A je to s ním pořád a úplně na hovno. Ale to jsem řekla já. A taky, že jsem už neměla v plánu jít na minulý a nepůjdu ani na žádný další výslech. Jestli bude chtít jít Marek, nevím, nemůže si dovolit brát čtyřikrát za měsíc v práci volno, aby si šel posedět do vrátnice. Pozítří máme soud kvůli Lukášovi, a to nám bohatě stačí.

Kvůli Patrikovi už nikam nejdu! Vždycky, když ho nevidím, nějak si celou věc zidealizuju. Chci si k němu zachovat ještě nějaký vztah, zbytek lásky. Musím se z toho zklamání vyléčit tím, že se nezúčastním věcí, které neovlivním, nezměním, nezlepším. Které mě akorát naštvou, vytočí, roztřesou, rozpláčí, zavalí. Rozloží na kusy.

Kdyby to mělo smysl, obětovala bych se.

Nakonec jsem to dělala celých sedmnáct let, protože jsem asi patnáct let pevně a nezdolně věřila, že moje na osudu vyvzdorovaná rodina je největší hodnota mého života.

Nejhorší jsou zbytečné, nesmyslné oběti.

Jestli není každá oběť zbytečná?

Bohužel ani vyšetřovatelce, ani policii, ani téhle hodné kurátorce

– čím dál překvapenější z logiky, respektive nelogiky Patrikova chování, neporadím, kde ho mají zatknout, protože to nevím. A i kdybych to věděla, neudělala bych to. Jsou přece jenom jisté meze.

Takové probuzení po ránu. A pak čím dál stejněji.

5. prosinec

Kdysi, ještě docela nedávno, k nám chodil Mikuláš. Kdysi, ještě docela nedávno, jsme všichni seděli u stolu a louskali buráky a byli napjatí, jestli opravdu dorazí.

Někdy totiž Mikuláš s čertem zasněžený kopec nevyjeli (v našem případě museli být motorizovaní a i oni se často nechali zaskočit zimou), a to si pak kluci připravovali na noc ponožky k posteli. Patrik si vždycky opatřil největší, tátovu. Lukáš si honem zajistil druhou z páru. Matěj brečel, že když je nejmenší, musí mít ponožku malou. I pro něj se ale našla jedna velká.

Někdy jsme si vyrobili tu trojici sami – z vlastních a kamarádských zdrojů. Když dělal Mikuláše Marek, taky ho prozradily boty a zrovna Patrik ho podle nich usvědčoval – boty vůbec hodně prozradí.

Kdysi bylo ještě docela nedávno.

Dnes nám Marek v televizi pustil přes půjčenou kameru záznam, co tu před pár lety natočil. Jedenáctiletý Patrik cvičí (povinně) na kytaru. Hraje klasiku a moc dobře – každý den jsem s ním u toho seděla. Je soustředěný, ale jen dohraje, honem kytaru odkládá a pryč, řádit se sedmiletým Matějem. Házejí po sobě polštáři, zahrabávají se mezi ně.

Desetiletý Lukáš sedí u stolu v obýváku, já kus od něj vařím. Má kolem sebe rozložené knížky a sešity. Píše úkoly, děláme je spolu, berou v češtině mužské vzory životné a neživotné. Chtěl by taky do polštářů.

Hokejista bez hokejisty – jako… Lukáš přemýšlí. Dělá, že přemýšlí. Strčí si tužku do pusy. Pak se s ní drbe za uchem. Ťuká si do hlavy a pořád kouká k pokojíčku, odkud létají polštáře. Opakuje nahlas zadání. Strčí tužku do škvírky na stole (píše na starém šicím stroji) a zlomí tuhu, a pak celou tužku. Napovídám mu. Snažím se ho přivést logicky ke vzoru. A on na to konečně nadšeně přijde: Hokejista bez hokejisty – jako stroj bez stroje! Střih. Kluci zalézají v pyžamech do postelí, tehdy ještě spali všichni tři v jednom pokoji. Stále nevybouřená energie propuká naplno. Marek je klidní, ale neuklidní. Střih. Čtení pohádky. Četli jsme jim každý den deset let! Většinou četl Marek, já byla večer už bez hlasu a bez síly. Marek čte, hlas mu slábne, pomlky jsou čím dál delší. První a jediný usíná. Na to kluci vždycky čekali. Začíná bugr. Záznam se třese, je vzhůru nohama… Žili jsme tu jako rodina.

Lukáš byl u soudu s námi. Přála si to soudkyně a s Markem jsme si taky řekli, že je dost velký, aby se stání zúčastnil, když se ho výslovně týká. Byl nervózní. My taky. Návrh na ústavní výchovu jsme zamítli oba, Marek i já. Díky vzpomínkám, co nám je včera připomněla kamera.

Ani nevím, jestli mě to těší, jestli jsem ráda, že jsme v sobě s Markem našli zbytek víry na zlepšení stavu. Anebo už je to jen čirý romantismus? Anebo jen touha ještě Lukáše neodepsat? Přece jen se poslední dobou jakž takž snažil. Anebo je to touha neodepsat všechny roky, které jsme oběma darovaným klukům věnovali?

Soudkyně Lukáše varovala: Má poslední šanci. Lukáš nervózně kýval, ano, bude se snažit, chce zůstat s námi, doma.

Když jsme vycházeli z budovy soudu a zase se rozjížděli každý jinam – Marek do práce, na výjezdní dvoudenní zasedání, a my s Lukášem na nákup a domů (Lukáš vystoupil ve vsi), přišla mi od mámy SMS, že bude v jedenáct v rádiu rozhovor…

Poslouchala jsem ho, chytrého, bezvadného. A na jednu stranu jsem byla docela pyšná, že se do mě (na chvíli, po deseti pivech) zamiloval, než se mě úplně (za střízliva) lekl. A na druhou jsem zeslábla něžnými city. Ale spíš jsem zeslábla tím, že jsem ani tady neuspěla. Ani nikde. Kdo mi poslal na pevnou linku esemesku o tom, jak na mě moc myslí, objímá mě a líbá – a tím spustil stavidla mého bláznění? (On to jistě nebyl, neumí posílat esemesky.) Nestačí, že mi ji někdo poslal? Neměla bych s tím jít už někam, nebo do práce? Copak můžu jít do práce? Nemůžu opustit tenhle dům tak, aby to Lukáš předem věděl, aby s tím počítal. Vrátili bychom se do čtyř holých stěn. Proč jsme zrušili ústavní výchovu, když od soudu běžel rovnou do doupěte ke Štěpánovi? Opravdu věříme, že to může být jinak? Proč si Marek tu kameru půjčil zrovna teď? Proč odjel na dvoudenní zasedání?

Proč mě tady nechává napospas rádiu a jeho krátkým vlnám?

Nebuď přizdisráč!

To jsem napsala tomu velebnému pánovi ze svého snu. Co si to dovoluju? Jen Marek vytáhne paty, začnu mít roupy.

Ze všeho nejdřív jsem napsala pochvalu za povídání v rádiu. Krátký, seriózní mejl. Ale pak jsem si několikrát přihnula z láhve Old Smuggler. Byla jsem tu v noci (když nepočítám kluky) sama a měla na všechno široké pole působnosti a s narůstajícím množstvím alkoholu v krvi rostla moje odvaha, ale i naštvání. Jak to, že mě nemiluje? Jak si to dovoluje? Uráží mě to. Teď bych ráda dodala, že mě to uráží jako ženu. Ale to napsat nemůžu, protože žena jsem Markova. (Že se nestydím? Stydím se!) Uráží mě to jako cokoliv.

Nebuď přizdisráč odesláno.

Ježišmarja!

A ten mejl je tak rychlý.

A už se nedá zrušit, ježišmarja!

Přihýbám si pořádně.

Ještě v noci mi přišla na mobil zpráva, že mám v poště odpověď – a za chvíli cinkla další pošta. Moje odvaha se vypařila nezávisle na whisky. Vůbec se mi nechce poštu stáhnout a přečíst. Už nikdy. Praštit přes prsty bych potřebovala, dát si pár facek. Zrušit mejl! Vytrhnout z anténky internet, zrušit počítač, praštit s ním o zem. Ledové nohy, hlava hoří. (Stydím se za sebe, víc a víc a přihýbám si taky tak.)

Jsem přizdisračka.

Nemám ani odvahu notebook otevřít. Dají se v Outlooku smazat mejly bez čtení? Jsem poplašená. Co to dělám? Co mám v hlavě za piliny? Jsem poplašená, poplašená. (Lokám si z láhve, už si ani nenalévám do skleničky.)

Zase jsem si pustila Zuzanu Navarovou. Přesně před rokem umřela. (Záviděla jsem jí!) Tak talentovaná a pilná. Vytrvalá ve své kvalitě.

Měla už vodu v břiše, znamení brzkého konce a stejně se postavila na pódium a ohlášený koncert odzpívala. I přídavek. Když ji ve svém pořadu v rádiu nepustí Klára, nehrají ji, pitomci. Takovou zpěvačku. Nehráli ji za živa a nehrají ji ani po smrti – a přitom smrt bývá pro umělce v Čechách požehnání.

Jak ji tak poslouchám a je mi teskně, jak se dívám s odstupem roku na svoje starosti dnešního dne, vidím, že... Vždyť já nic nevidím! Všechno je rozpité, všechno se kymácí. Stůl, notebook, polštář i peřina.

Škyt.

Kdo na mě myslí?

Škytškyt.

Kdo to je?

Piliny bolí.

Na Patrikův výslech jel Marek. Vzápětí volal, že Patrik zase nepřišel. Pak volal ještě jednou, že se na policejní oddělení vrací, protože tam přišel s obvyklou taktikou hodinového zpoždění a vyšetřovatelka všechny obvolala a poprosila, aby se k ní vrátili. (Není v tom žádná dobrá vůle, chce mít konečně uzavřený případ.)

Na výslechu bylo jediné pěkné, že se Patrik nesnažil hodit všechno na dva spolupachatele, zato oni na něj všechno vesele hází.

Ani se ale nesnažil a nesnaží nějak se z toho čestně vysekat, udělat vstřícné gesto. (Radili jsme mu, ať se jde do vykradeného klubu omluvit, například, nabídnout se tam pro nějakou práci.) Marek k nám Patrika pozval na Štědrý den. Nevím, jestli si to přeju.

Měla jsem šrumec – a to jsem regulérně nemocná. Byli tu z ženského časopisu na focení. Nechala jsem se šéfredaktorkou na rozhovor umluvit. Slib zněl, že bude o všem možném, nejen o tom, jak nám to s kluky dopadlo. Paradoxně bylo focení dřív, než bude rozhovor. (To pak nebudu moci odmítnout?)

Kromě šéfredaktorky, fotografa a jeho asistenta k nám přijely ještě dvě mladé holky – jedna, vizážistka, na obličej a druhá, stylistka, na šaty. Obě se mě snažily narvat do různých modelů oblečení, protože časopis je i o životním stylu a tak my, ženy, s kterými tam bude rozhovor, máme být na každé fotce jinak nastrojené, jinak vyfintěné (být trendy!) a samozřejmě namalované a načesané, jak si vlastníci časopisu přejí.

Takhle mě kdysi fotili pro jiný ženský časopis v jejich ateliéru a tehdy jsem se ještě poddala, abych to měla rychle za sebou. Nechala jsem se navléknout do nóbl saka, v němž jsem se cítila strašně, nechala jsem si uvázat na krk šáteček, jako si ho nikdy nevážu, cítila jsem se ještě hůř, nechala jsem se načesat a nalakovat, zmalovat, abych byla šik a pak jsem si nechala páčit hlavu, jak mi kdo řekl – ramena doprava nebo doleva, hlava naopak, koukat do objektivu, oči mít dokořán, usmívat se – proč přitom neukazuju zuby?, zuby ven! Horší fotku neznám.

Trendy holky s sebou přivezly deset ramínek kabátků, kalhot, svetrů s perličkami, rukavic, kabelek – co kus, to značka. A jako že začneme s oblékáním, česáním, malováním…

Šéfredaktorka mě moc nechránila. Tím, že do časopisu s jasně daným zadáním nastoupila, musela tuhle strategii přijmout. (Proto já nikdy nikam nastoupit nemůžu, leda jako švadlenka.)

Proč mají být lidé, kteří v životě něco dokázali (jinak by s nimi nebyl veden rozhovor), navlečení do svršků, které k nim nepatří, a dokonce jsou v rozporu s jejich osobností? Já na sebe žádnou značkovou věc nemám. A nikdy jsem neměla. A proto si nic z toho na sebe nevezmu! Holky byly zpočátku neústupné, ale tentokrát už jsem stará na to, abych se do podobných věcí nechala nutit. A protože byly jinak milé a taky abych nevypadala moc povýšeně, udělala jsem s nimi kompromis. Připustila jsem jeden šedý rolák a jednu vestičku (zakryla na roláku perličky), normální oblečení, které mi celkem sedí. Podřídila jsem se s barevnými palčáky a namalováním, ačkoliv namalované oči mi začnou brzy slzet. (Oči bych si malovala zrovna ráda, ale vzhledem k alergii to nejde.) Česání jsme zkusily, ale zrušila jsem to hned, jak jsem se viděla. Diblík! Kdybych byla popová hvězda, tak prosím... Změnu oblečení na každý druhý záběr jsem opět musela odmítnout.

Hele, řekla jsem šéfredaktorce, já stejně tuším, skoro jsem si jistá, že přestože mi tady slibuješ, že bude rozhovor o všem možným, stejně bude jenom o adopci. A bude vážnej a k tomu se nehodí, abych tady pózovala jako nějaká nána, posedlá módou. Buď mě budete fotit takhle, takovou, jaká jsem, anebo nijak, promiň.

Honili mě celý den po lese, pořád další a další fotky, támhle si stoupnout, opřít se o strom, usmát se (to nešlo, byla jsem vymrzlá), jít támhle, koukat se támhle – teď smutně a zamyšleně. Objímat strom (odmítla jsem). Opřít se a koukat do nebe (nemohla jsem všechno odmítnout, vyhověno, ale nemám to ráda, ty pózy). Foukal ledový vítr (přičísnout! nalakovat!, lakování připuštěno), zas jsem pěkně prostydla.

Byla jsem ráda, když po osmi hodinách odjeli. Uondaná, vymrzlá, bolavá od nohou, nemocná. (Chudinky fotomodelky.) Měli jsme na večer koupené lístky do městečka na koncert. Dělat si radost vším, vším!

Vlezla jsem do postele a honem chřadla.

* * *

Abych se vychřadla a mohla jít. Nikdy předtím jsem je neslyšela živě. Takovou legendu: *Krausberry*.

Kraus vypadal hned na začátku, že má dost. Nevím, jestli jen piva, měl s sebou na jevišti půllitr. Byl napohled vyžilý a mluvil rozjetě – s ajfrem až euforií, které předcházejí rychlému úpadku, blábolivé opici. Dostala jsem strach, že se z toho vyklube trapnost, ale vydržel být stejně rozjetý celý koncert, být odvázaný a drsně vtipný a nespadl pod tenkou hranici, která dělí příjemnou nametenou (či jinak posílenou) radost od ostudy. Zpíval senzačně.

A kytarista jako by byl brácha toho, který mi zpilinovatěl mozek (jako dvojče, ale mladší). Stejně kulatý obličej, vousy a dokonce černé brýle. Stejně stoický výraz, aby na sebe nic neprozradil, ach.

(Závěrečné ach.)

Když je s námi Lukáš doma, je buď naštvaný – a štve tím nás (tomu se nedá ubránit, ať se člověk snaží sebevíc), anebo je vstřícný a nepřetržitě mluví. Dnes se mě pořád na něco ptal.

Kde je táta? Já přitom na rozdíl od něj, který je v přízemí a má tedy přehled, kdo kde je, nebo není, ležím nahoře v posteli. Hrozně mě dnes bolí v krku, chřadnutí se vrátilo v silnějším provedení.

Má zhasnout v koupelně? Nechci kus suku? Viděl, že jsem si svůj právě snědla, proč bych měla jíst kus od něj? Kam táta šel? Byl jako každé ráno tam, co vždycky, prošel kolem Lukáše, ale asi mu to nehlásil.

Pak přišel nahoru i Marek a ptal se, co se má koupit – nachlazená a vymrzlá z focení jsem nákupy na víkend vynechala.

Kupujeme dvacet let to samý, proč se mě ptáš? Podívej se do lednice, co tam není, a kup všechno, co tam obvykle je.

Tak mi to nadiktuj.

Ty mi taky nediktuješ, jakej mám koupit benzin.

Lukáš dole vstřícně píše, co se má koupit, říká to nahlas: Chleba. Ale pak vznese dotaz: Chleba?

Podívej se, kolik ho v piksle je! Odpovím mu shora z postele. Neni žádnej.

No tak chleba. To se snad ani nemusí psát, ne? Chleba se u nás kupuje pořád! Dva bochníky, abysme vydrželi do pondělka. A dvacet až třicet rohlíků.

Marek mu přenechá iniciativu a někam se – bez hlášení, ale cestou kolem Lukáše, zase vytratí. Ten pokračuje v pátrání po věcech, které chybějí, je to úplná detektivka. Volá na mě: Máslo? Podívej se do lednice, odpovídám a snažím se potlačit podráždění. Máslo neni. Volá čím dál vstřícněji.

Tak máslo, sakra! A sejra, vajíčka, salám, jogurt.

Jugort, opakuje.

Zacpávám si uši, abych nezačala šílet. On se nikdy nenaučí říkat jogurt! Místo kakao říká kakalo. A není to sranda z dětství. Je to vážně kakalo. Mrkvi říká okurka, ale spíš si nemůže vzpomenout, jak se to nazývá. Všechno je TO. Já se zblázním. Ani závity, co v hlavě má, nechce namáhat. Zajímavé ale je, že slovo DISKRIMINACE používat umí! A dokonce ho říká správně! A to v přesném významu, to znamená vždycky, když se po něm něco chce. (Když chtěl mistr v učňáku, aby po sobě vyčistil kolečko od malty, řekl, že je to diskriminace Romů.)

Lukáš se mě – stále z přízemí – znovu ptá: Kde je táta? A pak: Táta už přišel?

Tlačím na uši větší silou, abych už nic neslyšela, ale stejně křiknu dolů, protože to nemůžu vydržet: Neptej se pořád tak blbě! No jestlis ho neviděla?

Vstřícnost dnes nezná hranic. Když jsem tu sama, je to hrozné, protože tu třeba i patnáct hodin nikdo nepromluví, nikdo nejde kolem, nikde nic, pusto prázdno.

A když jsme tu všichni, je to ještě horší.

Píšu!

Musím. Musím se ze všeho vypsat, aby se mi ulevilo. Píšu a hned mi naskočily čtyři stránky. Začínám být šťastná.

To bylo ve dne. V noci všechno mažu.

* * *

Mažu dřív, než něco napíšu. Bojím se o sebe.

NEMÁM SE ČEHO CHYTIT!
POTŘEBUJU SE NĚČEHO CHYTIT!

Za deset dní jsou Vánoce. Nechci je slavit, nemám žádný dárek, nic jsem neupekla. (Kam bych to před Lukášem schovala?) První cukroví jsem přitom dělávala už kolem Mikuláše.

Jedu s Matějem na kožní. Udělal se mu před časem ekzém na tváři (mně taky) a prudce se mu to zhoršilo po koupání v bazénu, plném chlóru, kam jel se školou. Ještě prudčeji se mu to zhoršilo poté, co jsem ho nutila, aby se mazal mou mastí (mně zabrala). Předevčírem se mu vysel ekzém pod nosem a po tvářích až k očím.

Seděli jsme spolu v narvané čekárně. Normálně to nesnáším. Ale teď jsem byla ráda, že s Matějem musím něco řešit, že nemusím v prázdném domě volat o pomoc, že jsem mezi lidmi.

Cítím se tu sama před sebou v bezpečí.

Takhle skvěle napsat o neschopnosti něco napsat!
Bože. Jak já si to užila. Jak já se skvěle bavila. (Jak strašně smutné to bylo.)
Viděla jsem divadelní hru Ernsta Jandla Z cizoty.
ŠŤASTNÁ.

Jasného film Všichni dobří rodáci jsem si pustila dvakrát za sebou. Poprvé jsem přece jen byla víc vtažena do děje (vše scenáristicky tak dobře připravené, přitom nenápadné), ale napodruhé už jsem se koukala na celé provedení, na detaily a celky, na střih.
Jak ráda bych viděla technický scénář. Je to možné?
Jinak je to se mnou přesně jako u Jandla ve hře. Já se tak smála, když spisovatel, co chtěl (potřeboval) psát a nešlo mu to a pořád pořád před ním trčel bílý papír, který každou chvíli obřadně natočil do stroje – a nic! Tak ho ze stroje vyrval a zmuchlal a vyhodil. A pak znovu (ještě obřadněji) natočil bílý papír do stroje. A zase nic.

Vymlouvání na hrdličky (já na ně mám prak, ale netrefím se), na hluk dětí, na určitou hodinu, na kafe, na chlast, na cigaretu – rituály, sloužící k správnému tvůrčímu chvění, a pak! A pak... A pak... NIC!

Vytrhl ten stále bílý papír ze stroje, vyrval zmuchlal vyhodil, hrdličky děti kafe, NIC! Pořád neměl to SLOVO. MUČENÍ CHTĚ-NÍ. A pak, aby se nezbláznil...

Udělal na papír kaňku.

Od rána fičela vichřice a do toho lilo. Na noc hlásili prudké snížení teploty a sněžení. Bála jsem se odtud vyjet (taky jsem si strašně blbě obarvila hlavu – zkusila jsem jinou zrz a vyšla z toho příšerně červená – matka představená z bordelu). Hlášení v rádiu o haváriích nemělo konce. Varovali řidiče, aby nevyjížděli, pokud nemusejí. Volala jsem Markovi. Několik telefonátů o situaci, v Praze to tak strašně nevypadá.

Nehysterči a přijeď.

Cestou autem do města jsem míjela vichrem převržené kamiony, ležely na dálnici jako krabice, jako velké domino. Vichr je položil na bok, naštěstí v protisměru. Za nimi několikakilometrová, nekonečná kolona aut. Vypadalo to na hodiny čekání. Když jsme s Markem vcházeli do divadla, začínalo na mokrou dlažbu sněžit.

Dávali hru Artura Schnitzlera Duše – krajina širá. Vraceli jsme se domů po půlnoci. Z města, sice naklouzaného, ale jakž takž sjízdného, jsme vyjeli na ledovou dálnici. Led schovaný pod „cukříkem" sněhu. Všude kolem auta v příkopě, samé bouračky.

Šinuli jsme se pomalu, nejvýš třicítkou, ale když těsně před námi dostal smyk kamión, otočil se na štorc a zatarasil dálnici, měli jsme co dělat, abychom to ubrzdili motorem, ukočírovali bez smyku a zastavili.

Naštěstí se to stalo těsně před sjezdem na starou okresku. Pomalu jsme se tam odsunuli a serpentiny, jež nás díky předčasnému sjezdu čekaly, jsme jeli krokem. Na silnici by se dalo bruslit. Sobotní zaskočení silničářů pokračuje i v druhé půlce prosince. Ani jeden sypač.

Nakonec bylo všechno naopak a poslední tři kilometry k nám do lesa, kterých se obvykle děsím nejvíc, byly sjízdné nejlíp. Měli jsme „posypáno" napadanými, ulámanými větvičkami z odpolední vichřice.

Přijeli jsme kolem jedné, půl druhé z rána. Doma na nás čekal na jídelním stole kromě obvyklých drobků a zbytků jídla i chuchvalec Lukášových vlasů. (Chuchvalce vlasů se poslední dobou válejí všude, nejen v koupelně.) Lukáš asi tráví svůj čas česáním, má vlasy husté a dlouhé až pod ramena. Proč musí být vyčesané vlasy právě na stole? A proč je máme pořád uklízet my?

Video ještě běželo, televize byla sice vypnutá, ale teplá, Lukáš od ní nejspíš vystřelil, když slyšel parkovat auto. Když kouká do chvíle, než slyší auto, mohl by vstát, uklidit po sobě a říct ahoj. Přišlo by nám to normální a docela příjemné, ale když tedy dělá, že spí, budeme to dělat taky (a všechno za něj uklidíme).

Marek usnul ve vteřině. Mě celou noc přepadala tíseň z rozhovoru. Proč jsem se do toho nechala navézt? Proč zase musím řešit své problémy s dětmi s masou neznámých čtenářů (čtenářek)? Proč se mě na to pořád všichni ptají? (Buď se mě všichni ptají na tátu, nebo na adoptované děti.)

Je fakt, že vývoj našeho adoptivního rodičovství (a moje postoje k němu) by se dal krásně vystopovat z rozhovorů, co se mnou kdy v časopisech vedli. Myslím, že jsem nikdy neřekla, že je to procházka růžovým sadem, ale všude jsem ten způsob mateřství hájila a své děti jsem vždycky bránila. Nepochybovala jsem, že z kluků vychováme čestné, slušné lidi.

Co z mého dlouhého povídání šéfredaktorka vybere? Namluvily jsme předevčírem dvě hodiny. Jak to asi vyzní, když jsem tak hluboce zklamaná a zraněná? Každá hodina každého dne je těžší.

To vědí zas jen adoptivní a pěstounští rodiče. A myslí si, že to vědí ti, co přijali do života děti svého nového partnera z předchozího manželství, ale to je omyl. Ti taky nevědí nic. Je to úplně jiné, ačkoli i tam se musí vztah složitě a opatrně budovat. (Který vztah se budovat nemusí?)

Uměle vybudovaný rodinný vztah lidí, kteří jsou z úplně jiných sociálních skupin, z odlišných emocí, ze zcela rozdílných inteligencí a genetických kódů... Ne, nedá se to říct. Se svou věčnou upřímností... Mám to zapotřebí?

Budila jsem se.

Ze všeho. I z úleku, jak blízko jsem měla k tomu, abych s Markem hrála hru. (Vliv Duše – krajiny širé, tam je téma manželství a nevěry na dřeň.) Jsem ráda, že se to nestalo, je mi líto, že jsem pořád rozpolcená, i když to zvládám.

Vysvobodilo mě ráno.

Začalo pěkně. Marek mě objal a já hladila jeho ruku: Jak ses vyspal?

Dobře.

Ty se máš.

Do přízemí ke kamnům, vyčistit je, vynést popel, přinést dříví, rozhořet. To dělal Marek. Já stírala v podkroví střešní okna stěrkou. Když mrzne, sráží se na nich zevnitř litry vody a pak všechno mokvá a na rámech se dělá plíseň. Celou zimu je musím každé ráno stírat (šest oken!) a vysušovat rámy.

Ještě před snídaní jsem začala třídit prádlo na vyprání, z nepřetržitě ohromné hromady. Sebrala jsem špinavé z předsíně, kam si roznošené věci věší Marek. Vešla jsem k Lukášovi, protože on do špíny taky nic nehází. Do nosu mě uhodil odér jak z mužských dělnických ubytoven.

Válela se tu hromada oblečení, nikoli na židli, ale na zemi. Lukáš vymyslel novou metodu oblékání. Nosí naráz pět až šest triček s krátkým rukávem, a pak teprve mikinu. Objem prádla k praní mi několikanásobně narostl. Kromě jiného se tu válelo jedno pěkné nové tričko – celé přetržené. Na půl. To mohlo vzniknout jen tak, že ho Lukáš rozerval.

Probudila jsem ho otázkou: Co to znamená? Odpovědí byly naštvané kecy. Do pokoje vtrhl Marek: Jak to s mámou mluvíš? Křičíme. Křičíme. Řveme. Nechte toho! Buďte ticho! Ticho! Křičí Matěj, který zatím sešel dolů mazat si chleba k snídani.

Křičeli, řvali jsme dál. (Nedá se to zastavit.) Marek popadl Lukáše za tričko, spal samozřejmě oblečený.

Pořád za tebe uklízíme tvoje prasáctví, pořád s tebou něco řešíme, máma pořád někde lítá, aby za tebe urovnala tvý problémy, kupuje ti nový věci, protože všechno zničíš a ty nic měnit nebudeš? Budeš načuřenej, že se nám to nelíbí? Cloumal s ním, já cloumala s Markem, obvyklá domácí mela. Matěj utekl do svého pokoje.

Když jsem Marka od Lukáše vystrkala, stoupl si ke kredenci, domazával Matějův krajíc a celý se třásl. Nařídila jsem Lukášovi, ať si probere věci, přinese, které chce vyprat a přijde k snídani.

Šla jsem pro Matěje. Usilovně si četl.

Pojď snídat. A jestli máš nějakou špínu…

Pořád řvete! Pořád tady jenom řvete! Ráno řvete, v noci řvete…

V noci jsme byli zticha, tak nekecej.

A dneska budete zas celej den řvát!

Nejlepší bude, když budeš řvát i ty! To bude úplně nejlepší. Jestli myslíš, že nás to baví…

Tak proč furt něco řešíte?

Já to taky nechci. Pojď jíst. Už řvát nebudeme.

Mlčel. Potom řekl: Dočtu stránku.

Sedli jsme si s Markem k snídani sami. Přišel Matěj. I Lukáš ze svého pokoje vylezl a začal si mlčky mazat chleba. (Už to za všechny nedělám, namazala jsem jim krajíců, že by se jimi obtočila zeměkoule.) Mračil se. Než se k nám posadil, hodil krajícem na dřevěnou desku stolu z co největší výšky. To jsem pro změnu nevydržela já.

Ještě něco takhle hodíš a nebudeš jíst!

Neodpověděl. Sedl si.

Jíst společně – tak se pozná opravdová rodina.

Hezké ráno pokračovalo. Marek začal Lukášovi říkat, co nám vadí a co by chtěl, aby bylo jinak. Jde nám o slušnost a dodržování určitých pravidel. Nic víc.

Tenhle dům jsme s mámou postavili a máme právo v něm žít tak, abysme se tu cejtili dobře. Když nám některý tvý způsoby opakovaně vaděj, jsi přece dost velkej, aby ses snažil je nedělat, ne? Těsně před soudem ses snažil...

Docela hezky, skočila jsem Markovi do řeči.

Ale teď je to zase nějak rychle zpátky.

Mluvil klidně. Snažil se promluvit Lukášovi do duše. Zatímco mu vysvětloval naše představy o slušném soužití, Lukáš vstal, znovu hodil svým (nedojedeným) krajícem na stůl, otočil se a beze slova odkráčel do svého pokoje a práskl dveřmi.

Marek vylít. Matěj taky – utíkal s rukama na uších do svého pokoje. Marek běžel k Lukášovi. Já za ním.

Nech ho! Prosila jsem. Nech ho už! Já takovej víkend nepřežiju! Prosím tě!

Zastavil se a přemáhal rozčilení. Zpátky ke stolu si sednout nemohl. Šel do koupelny a začal si čistit zuby. Vtom jsme uslyšeli z Lukášova pokoje (sousedí s koupelnou a dveře vedou do obýváku) ohromnou ránu. Vystartovali jsme tam oba.

Postel byla na dvě půlky. Lukáš na ní – proborené na zem – ležel. Marek nemohl mluvit, v puse měl zubní pastu.

Nemohl mluvit, tak na Lukáše plivl.

A jak to bylo dál, pohádko?

Lukáš si s řevem utíral pastu do peřin. Já odvedla Marka z pokoje. Brečela jsem a křičela na celý dům a na Marka.

Já tady nechci žít! Nechci tady žít! Prosila jsem tě, abys ho nechal! Já to tady nevydržím! Nechci to tady takhle! Nechci! Nechci mít takovej hnusnej zasranej zkurvenej domov!

Zalezl do koupelny. Zavřel se tam. Začala jsem uklízet po

snídani. Hlavně nemít na kredenci drobky. Opakovala jsem si v duchu a z očí mi kapaly slzy. Nechci mít takovej hnusnej zasranej zkurvenej domov s drobky na kredenci.

Marek vyšel z koupelny. V obličeji měl vepsané totéž co já. Zoufalství.

Zastavila jsem ho. Objala. Objali jsme se. A drželi se.

Takový kraviny, řekl zničeně.

Řekla jsem: Stokrát nic.

Drželi jsme se jeden druhého.

Marku, já tady takhle nemůžu žít.

Já taky ne.

Čtu Schnitzlerovu *Duši*... Na papíře mi to přišlo mnohem lepší než na scéně. Přišlo mi to skvělé. Přece jen mi v divadle, které se bez nápadu vleklo, unikly detaily, které vlastně detaily nebyly.

Jak je to připravené! (To mě stále učil Cyril – nic nemůže ve filmu ani v divadle spadnout z nebe jen tak, všechno se musí připravit.) Jak se osobní tragédie chystají, jak vypadají nevinně, jak je to jen takové řečnění kolem, mírné čeření hladiny – a přitom se později ukáže, že co věta, to „kláda".

Autor nám vždycky naznačí jen trochu, pomalu odkrývá falše, přetvářky, odcizení, pomaloučku se dozvídáme historii figur, jejich propletenost – mnohem hlubší a osudovější, než se zprvu jeví.

Beznaděj vztahů, lásky, manželství, beznadějná beznaděj.

Co jsme si tu před lety říkali s Rainerem, když za námi v sobotu jezdíval? Sám rozvedený není, ale se ženou léta nežije. Hledá vztah, touží po lásce, ale současně v ni nevěří. Pořád jako by se utvrzoval, že láska není možná, že je to jenom představa, kterou nelze naplnit. Podle něho je manželství vždycky jen kalkul výhodnosti či nevýhodnosti spojení. Ekonomika.

To teda nesouhlasím! Jsi cynickej jen proto, že se sichruješ proti nezdaru. Vztah sice hledáš, ale pořád máš zadní vrátka. Jsi ženatej, ačkoli tvrdíš, že spojení s tvou ženou byl největší omyl tvýho života a že s ní nechceš a nikdy nebudeš žít. Hledáš lásku, ale jen takovou, která tě nechá bez závazků, odpovědnosti. Lásku odtud potud. Když se k tobě přece jenom přiblíží, neoddáš se jí, protože pořád zkoumáš, co za tím je. Bojíš se, aby ses nezranil. Jenže bát se předem – to je rovnou prohra!

Rainer se hádal: Neznám manželství, který se nerozpadne, anebo nevyhoří. Deset let! Dýl spolu nikdo v lásce nevydrží. A co my? (Tehdy jsme byli s Markem spolu patnáct let.) Vy se rozpadnete, až se vám to rozpadne s kluky. Až na to budete mít čas.

Vsadíme se?

Probuzení do tísně. Bude to někdy jiné?

Za chvíli se budu brodit sněhem na autobus. Zasněžená zima je sice krásná, ale mně to kazí plány na cesty do města, kam jsem chtěla jezdit na filmy a divadla, abych se tady nezbláznila.

Dali jsme si s Markem sraz vpodvečer v nákupním centru. Nakoupím dárky na Vánoce. A taky pár kil mouky na vánočky. A prací prášek, který nám nebude dělat na tvářích ekzém. Marek tam přijede autem z práce a nabere mě.

V nákupním centru davy. Davy a koledy. Řev koled – z každého krámku jiný, strkanice lidí ověšených taškami. Jak se hnali od krámu ke krámu, vráželi do sebe, do druhých, nadávali si. Prodavači podráždění (koledy jim bez přestání znějí v obchodech už od října).

Koupila jsem prášek na praní a mouku. I na chleba jsem zapomněla, nemohla jsem vydržet davové šílenství, strkanice, fronty, koledy. Marek zase nejel a nejel. Přijel o hodinu později a než jsem se stihla rozčílit, řekl, ať mlčím a podívám se ven.

Strávil na parkovišti čtyřicet minut hledáním místa k zastavení. Netušili jsme, že budeme za chvíli popojíždět dvě hodiny k výjezdu na dálnici, dvě hodiny trvalo ujet půl kilometru. Popojížděli jsme metr po metru. Všude auta, auta, auta. Troubení. Vytáčení motorů do obrátek. Skřípění brzd. Nervozita. Agrese. Chytráci, kteří to vzali někudy přes odnož parkingu a vecpali se zprava před nás. Vybavila jsem si příhodu s režisérem Krejčíkem, jak ji jednou vyprávěla máma, která s ním kdysi pracovala v televizi. Nějaký řidič před ním se nechoval podle pravidel, asi se před Krejčíka vecpal. Na červené, jež je oba zastavila, Krejčík vystoupil, šel k řidiči auta před sebou, otevřel mu dveře, slušně ho pozdravil, dal mu facku, rozloučil se, zavřel dveře… Tady už mě do svátků nikdo neuvidí.

I kdybych měla dát všem k Vánocům jen hladkou mouku.

Matěj dělal těsto na cukroví, na vanilkové rohlíčky. Sice blbě, ale. Řekl, že chce mít Vánoce takové jako vždycky. Přidali jsme se. Všichni.

Chceme mít Vánoce.

Pečeme.

V poledne jsem měla ve vsi sraz s novým sousedem (zajel tam o polední pauze z práce z městečka) a šli jsme zkusit varhany v kostele. Bude tam na Štědrý den hrát. Jarčiny holky budou hrát koledy a soused slavnostní úvod a závěr. Vybrali jsme Bacha.

Na pěší cestu do vsi jsem si vzala lopatku, malou, na niž se mete smetí a sypala. Obec cestu nesype, protože tu nikdo ze zastupitelstva nebydlí. (Jsme lesní stochatový útvar, z něhož se vyždímají peníze za daň z nemovitosti a za odpad, prodá se veškerý obecní majetek – pod cenou, ale zas se tu usadí nový, starostovi oddaný občan, a pak ať si všichni zdejší obyvatelé trhnou!)

Posypala jsem všechny kopce a zatáčky v kopcích. Nadřela jsem se. Malá lopatka se brzy pronese. Měla jsem si vzít kolečko a pořádnou lopatu a ne takhle blbě nosit před sebou plnou lopatku štěrku jako svátost. Jasně, bydlí tu i muži, kteří by cestu posypali raz dva. Ale nedělají to.

Nemohou.

Zadali by si.

Přece neposypou cestu i sousedovi? A tak to už dvacátý rok sypu já. (Vždyť nikde nepracuju!) Dokonce i jako rizikově těhotná jsem cestu sypala – a štěrk (tehdy škváru) nosila málem v polévkových lžících, abych z toho nepotratila. (Patrik s Lukášem mi po tom v nestřeženém okamžiku jezdili na sáňkách.)

Odpoledne měl Matěj besídku ve škole, sypala jsem, abych tam dojela. Abych přijela zpátky. Byla to jeho první účast na besídce, vždycky byl jinak nemocný. Sice na jevišti skoro nic nedělal, tentokrát byl nemocný při nácviku, jen držel loď a kýval s ní, ale moc mu to slušelo.

Na předvánoční besídky jsem jezdila k Lukášovi do zvláštní školy. Byly moc hezké. Naposledy nacvičila učitelka s dětmi příběh o narození Ježíška. Pobavilo a potěšilo mě, jak důstojně hrál Lukáš Josefa a jak mu to slušelo s Marií nad kolíbkou s miminkem...

Na konci školního roku už ale přestal s učitelkou i se školou komunikovat, měl trojku z chování s podmínečným vyloučením kvůli záškoláctví, kradení nářadí (pravidelně odcházel z pracovního vyučování a za pasem kalhot měl zastrkaná kladiva, šroubováky, vrtáky), za pití (kradeného) alkoholu místo tělocviku, za kouření v prostorách školy. A tak podobně.

Když do zvláštní v šesté třídě nastoupil, stal se primusem! V sedmé to ještě šlo, ale v osmé a deváté už ho nikdo nedonutil cokoli dělat, kromě besídky, která mu až zas tolik nevadila. Na konci devítky už ho měli všichni plné zuby.

Strašně si na Lukáše stěžovali. Pro spravedlnost dodávám, že byl jediný Rom, který vyšel AŽ Z DEVÁTÉ třídy! A který si do školy ještě tu a tam chodil zakouřit. Většina spolužáků jeho národnosti už na povinnou školní docházku nedocházela, potkávala jsem kluky, jak jezdí s naloženou kárkou do sběrných surovin, holky tlačily kočárek s novorozenětem, většina Lukášových spolužáků už do školy nedocházela vůbec, tak si na ně nikdo z učitelů nemohl stěžovat. Komu taky? Byla jsem z rodičů jediná, kdo si tam pravidelně pro nášup stížností chodil.

Jednoho dne jsem s tím taky přestala.

Jednoho dne přestanu se vším.

Adventní věnec jsem dělala poprvé v životě – v krámku Petry, pod odborným vedením Lenky. Zatímco ostatní ženy ze vsi se mořily s jedním, já udělala věnce hned čtyři. Jeden pro mámu, jeden pro kameramanovu ženu (byla taky zvaná, ale má po operaci stehy v podpaží a nemůže hýbat rukou) a dva pro nás – malý věneček na stůl a velký na dveře.

Teď jsem mámě svůj výtvor přivezla. Líbil se jí. Na věnečku jsou svíčky, sušená pomerančová kolečka, jablka, ořechy i suché květy. (Jestli věnec chytne, bude hořet fest!)

Čtrnáctiletá fenka chodila po bytě a urputně hledala místo na hnízdo, v tlamě plyšového panáčka. Nosila ho s největší opatrností, má falešnou březost. Máma ji pozorovala s velkou něhou. Pomáhala jí hnízdo dělat.

Chudinka, tak by chtěla mít miminko, podívej, jak je smutná, jak trpí, že ho nemá. Mě to dojímá až k slzám.

Když jsem toužila a nemohla mít miminko já, tak tě to nedojímalo, řekla jsem. (Proč vlastně?)

Nedojímalo mě to, protože ty sis nenosila panáčka.

První náčrt rozhovoru o panáčkách. Šéfredaktorka vytáhla podstatné, má to hlavu a patu. Ale stejně jsem všechno předělávala. Tady je každé neopatrné slovo nebezpečné. Tady se musí měřit a vážit. Tak to dělám, jakože jinak nikdy neměřím ani nevážím. (Všechno od oka – i vánočky tak zítra budu péct.) Věc spěchá. Odeslala jsem opravy ještě večer, docela uklidněná. V noci jsem znervózněla.

Bojím se.

Neboj! Neotisknu nic bez tvého souhlasu.

Den ve znamení příprav na zítřek. Lukáš jel do města předat kapra. Máma dělá Vánoce pro sestru a její syny a my naporcovanou, vykuchanou rybu dodáváme. Kapra má na starosti Marek. My s Matějem udělali škopek bramborového salátu. A ten já mám moc dobrý, jednoduchý, balkánský. Takový, jaký dělá máma. Brambory, vajíčka na tvrdo, okurky (musela jsem pro ně jet honem do vsi, všechny láhve ze sklepa zmizely), cibuli, olej, pepř a sůl. Ani majolku nedávám, ani žádnou další zeleninu. Upekla jsem dvě kilové vánočky, málem vybouraly troubu. (Jednu jsme večer všichni hned ochutnali.) Celý den práce, úklid, vaření. Alespoň nemůžu myslet ani na rozhovor, ani na scénář, ani na to, kam schovám bramborový salát.

Máma asi dala Lukášovi za donášku peníze, když s Markem večer přijel, byl prokouřený skrz naskrz. (Jeho plíce musejí být už teď v hrozném stavu – ale co my s tím můžeme?) Jinak byl celkem ochotný, tu hodinu, co s námi unaveně pobyl. Šel spát v osm. Říkala jsem, ať nechodí, že spal na dnes určitě patnáct hodin, tak aby mě ráno zase nevzbudil, ale šel stejně. Televize neběžela, tak co by dělal?

Na internetu jsem si našla kontakty na protidrogová centra, budeme se tam muset vypravit, Lukášovo chování se mi zdá divné i dnes, ačkoliv je „jen" unavený. Z čeho? Potíž je v tom, že už nikde nechci recitovat celou dlouhou legendu k jeho životu, nechci zase všechno rozebírat. Mám alergii na psychology.

Všichni, s nimiž jsem se za naši dlouhou éru problémů s kluky potkala, všichni byli mimo. Romantici s naivními teoriemi, které se asi dají uplatňovat v případě nějakého mírného výkyvu dítěte z normální, běžné rodiny. Nikoliv v případě našem. Jejich rady a porady (například ta o důvěře) nikdy nefungovaly. Všechno se nám pak zhoršilo a my s Markem se topili v pocitech selhání. Už nikam nechci.

Ale budu muset.

Lukáš je divný, i když se nemotá. Má prázdný pohled. Jako obal bez vnitřku.

Večer mě bolely nohy. Zase jsem cítila skříplý sval na zadku nebo sedací nerv nebo co já vím, co to je. Pořád mě bolí, tu víc, tu míň. Když jsem si v noci lehla, začalo v tom tepat. Bolest v nepravidelných intervalech vystřelovala pod levé koleno.

Taky dobrá zábava pro noční bdění.

Potkali jsme se na hřbitově. Vždycky chodíme na Štědrý den zapálit (pra)babičce a (pra)dědovi svíčky. Zatímco jsme tam s kluky odcházeli – a vždycky na ulici čekávali na Marka, než najde klíče a domeček zamkne, přicházel k nám právě tou dobou Ježíšek, rozsvítil vánoční stromek a nechal nám pod ním dárky.

Vracívali jsme se za stmívání. Kluci se netrpělivě hnali k proskleným dveřím na terasu – celou cestu jsme vždycky řešívali, jestli na nás letos Ježíšek nezapomene a jestli nám dá, co si přejeme... Koukali dovnitř a volali, že opravdu, že jo, že Ježíšek přišel!

A pak užasle hleděli na všechny tajemné balíčky a jednou byl jeden dárek nezabalený, byla to umělohmotná motorka-tříkolka, která zabalit nešla. Patrik nadšeně volal, že Matěj dostal motorku úplně stejnou jako oni s Lukášem (zapomněli jsme z ní sundat všechny jejich nálepky i opravy izolepou), akorát je úplně, úplně nová! Tak kouzlu Vánoc věřívali.

Sníh byl mokrý, na cestě břečka, louže a špína, jak jsem to posypala. Patrik přišel s Lukášem, který musel dopoledne nutně do vsi. (Táhly z nich cigarety na sto honů.) Patrik byl napohled i na nádech docela čistý (když pominu cigarety), byl určitě čistší než Lukáš, i docela normálně oblečený. Bunda pěkná a teplá, ale dámská. (Nikdy by si dámskou, když s námi ještě žil, na sebe nevzal, nikdy.) Boty měl tenké a děravé, ale to vůbec nevadí, všechno je v pohodě.

Pohoda především!

Zapálili jsme svíčky, položili na hrob kytičku a šli domů. Už cestou jsme se s Patrikem chytli. Marek říkal něco o jeho občance, Patrik obvykle odpovídal, rychle jsme se dostali do obrátek, pořád neumíme být proti jeho způsobu života imunní. Už jsme do toho spadli zas, hádali jsme se.

Já chci normální Vánoce! Chci normální Vánoce! Vánoce, svátky klidu a míru chci! Křičela jsem. Ztichli. Ztichla jsem i já.

Patrik pak Matějovi vyprávěl děj nějakého krváku, který viděl u kámoše na videu. Matěj měl oči navrch hlavy, měl vždycky z Patrikových historek a vyprávěnek oči navrch hlavy a děsně mu všechno baštil. Lukáš taky poslouchal, kráčeli jsme k domovu v klidu a míru, ale tam se naše řeči zase rozjely.

Na pianinu ležela kupa výzev, aby si Patrik vyzvedl v bance přichystanou platební kartu. Výzvy a výzvy. Pak přišlo strohé oznámení, že se karta ruší.

Proč žádáš o kartu, když si ji pak nevyzvedneš? Hučím. A přitom si zacpávám uši a vykřikuji své právo na normální svátky. Zase jsme ztichli.

Do nastalé pauzy hlasitě říhnul Lukáš. Chtěl se před Patrikem předvést, ukázat, že i on tu umí být pánem. Vrhla jsem se k němu, ví, že to nesnáším. Jsem v tomhle domě jediná žena a mohla bych to poslouchat od rána do večera, kdybych se proti tomu nebránila. Zařvala jsem mu do ucha:

Bacha!

Lukáš se urazil. Nic přitom nerozlámal. (Marek mu postel předevčírem spravil.)

Bacha!

Štědrý den.

Lukáš přestal být uražený a všichni kluci se spolu zavřeli do Patrikova pokoje. Marek zapůjčil notebook, dívali se společně na film na počítači a kecali. Já dvě hodiny smažila kapra a řízky a přemýšlela, co k tomu množství masa budeme jíst za přílohu, protože Lukáš ráno – vzbudil mě brzy, přesně, jak jsem si předpověděla (neměla bych se živit předpovídáním?) půl škopku salátu snědl. (Z pochopitelných důvodů jsem ho nemohla schovat pod postel.)

Marek pustil desku Benny Goodman spielt Mozart a v křesle u gramofonu pochrupával, protože co já smažila, on s Matějem naklepávali, solili, pepřili a obalovali.

Cinkylinky večeře.

Až za dlouho jsme si vzpomněli, že máme i nějaké dárky. Rozdali jsme si je. Nejúspěšnější byl přehrávač MP3, který si přál Matěj. Všichni rodu mužského se shromáždili u malé mašinky, co toho tolik umí, a pořád empétrojku zkoušeli, byli celí vedle a vydrželi si s tím hrát až do půl desáté, kdy jsme odjeli do vsi zpívat koledy. Letos měli kluci koledy povinně. Odmítli jsme tu dnes zamykat pokoj a hrát nedůstojné šachy se schováváním všeho možného i nemožného.

Lidí přišla spousta, což se mi nejdřív zdálo hezké. Jenže to byli lidé, kteří do kostela asi nikdy nechodí. Pokrývku hlavy sundal z mužů málokdo, omladina na sebe hulákala vtipy, rachot. Bachova fuga, co ji hrál soused tak, aby varhany bouřily právě při příchodu lidí do kostela, nebyla slyšet.

Věřící nevěřící, shromáždění v kostele (ze 14. století) má mít nějakou úroveň. Teď dovnitř dokonce vtrhli kamarádi ze vsi, chlapi zhruba v našem věku, ve veselých čepicích se sobími rohy, s flaškou vodky, jakože si všichni lokneme na zdraví. A já, věčná řešitelka, jsem chtěla, aby v kostele rohy sundali, flašku schovali. Nevyslyšeli mě.

Na Štědrý den už tady do kostela nepůjdu. Anebo půjdu, až mi bude všechno jedno. Až dokážu být lhostejná – jak si pořád přeju.

Zpívání začalo. Skončilo. Venku jsme si přáli, nakonec i s Alešem (s rohy) jsme si z láhve vodky připili na zdraví, potřásli jsme si rukama s našimi věrnými kamarády, jen jedna kamarádka s rodinou chyběla. Byli jsme si s Markem u ní vylít srdce po plivacím dopoledni, zničení sami ze sebe, vypili jsme s ní láhev vína a moc nám to pomohlo. Kde je?

Šli jsme k autu a výjimečně Patrika nehledali, ačkoliv mizení „v pravý čas" byla jeho doména. Nastoupili jsme bez rozčilení a jeli domů.

A začalo to nanovo.

Nemůžeme neřešit Patrikův život. Stále nikde nepracuje, nikde není přihlášený, rostou mu dluhy za zdravotní pojištění, měl svrab, teď má nateklý prst na ruce.

Měl bys s tím jít k doktorovi, abys nedostal otravu krve! Varovala jsem ho. Může se taky stát, že dostane zánět slepého střeva a bude muset ihned na operaci, a pak bude operaci splácet, když si pojištění neplatí.

Patriku, jsi teprve na začátku života a asi to nehodláš hned zabalit, ne? Tvůj život bude přece pokračovat – takhle bezprizorně nemůžeš žít věčně. Kdykoli se ti může něco stát.

Já slepák nedostanu.

Myslíš, že je to věc rozhodnutí?

Já ho prostě nedostanu.

Jsi těžkej alergik.

A co? V městě pyly nejsou.

Spát!

Jinak bychom nikdy neskončili. Po dlouhé době jsme tu byli na noc všichni, celá naše rodina, jak jsme ji s Markem léta budovali. A tohle jsme z ní vybudovali.

Dobrou noc.

Padla jsem utahaná a umluvená do postele, bolela mě hlava, bolel mě mozek, bolelo mě v krku, bolely mě nohy, páteř, sedací nerv, bolelo mě všechno. Sevřená jak kleštěmi. Přesto jsem usnula bez prášku. Sotva se mi to podařilo, vzbudil mě randál. Matěj k nám do pokoje vrazil jako splašený. Jako když se dusíval a byl vyděšený, protože se nemohl nadechnout. Hned zase utekl a dusal do přízemí. Utíkala jsem za ním. Zvracel.

Prý se mu v hlavě pomíchaly empétrojky.

Nemůžu tomu věřit!

Je 11,52 a ještě mě nikdo nenamíchl. Pohodička. Asi proto, že ještě všichni spí, kromě Lukáše, který ráno zas velmi podezřele spěchal do vsi.

Lukáš se vrátil, zřejmě vylít, jen aby utratil stovku, co jsem mu dnes dala z pěti, co včera dostal mimo jiné pod stromeček, abych dodržela slovo. Sice je všude zavřeno, ale to nevadí, u Štěpána je otevřeno pořád a pořád se tam fetuje. (Musím zjistit, co se dá pořídit za stovku.)

Pohodička, nikoli moje.

Lukáš stojí, opírá se o kamna a kouká. Patrik sedí za stolem (v obýváku, ne u sebe) a taky kouká. Nebo sedí oba na schodech, civí a ani je nenapadne něco číst, něco dělat, něco! Nejdřív si toho nevšímám, ale uvnitř se zase dostávám do varu. A přitom musím dávat do varu, co vařím, takže nemůžu ze společného prostoru uniknout. Když civění trvá hodinu a začne trvat další, už se z toho můžu úplně zvencnout. Přece s nimi nebudu mezi kynutím a vařením knedlíků hrát *Člověče, nezlob se*, abych je zabavila? Stejně by to nepomohlo. Tahle aktivita se jmenuje:

Čekání na notebook.

Ten má dnes Marek a nehodlá ho dát. Tuším, že dělá grafy ujetých kilometrů za celý minulý rok, že si na speciálním programu počítá průměry a poloměry jednotlivých měsíců, týdnů a dnů, počítá, který den z týdnu byl na kole nejvíc – a já to vím i bez grafů.

Snídali jsme až po dvanácté, Matěj šel ke kamarádovi, dohodli jsme se, že oběd vynecháme a sejdeme se až v půl páté na božíhodovou večeři.

Čekání na notebook pilně pokračovalo.

Marek znovu zopakoval, že ho dnes klukům nedá. A já svůj nedávám od té doby, co mi Lukáš smazal verzi scénáře a všechno mi rozhodil. Od dob totality mám schízu z toho, že mi rozepsanou věc někdo vezme a já ji už takhle nenapíšu. A protože u nás žádné dohody neplatí, nemůžu riskovat. S mým notebookem nikdo počítat nemůže. (Proto ho musím, vždycky když odcházím, dobře schovat a zamknout.)

Zapněte si svůj počítač, her tam máte dost.

Ale starejch. Řeknou oba. Vytrvale pokračují ve vše prostupující nudě. Mohli by vyvenčit psa, ale když je to nenapadne, radši to neříkám, aby nenastalo vzbouření, my se s Markem třeba zase neudrželi, byla by tu zase mela a to už bych musela utéct z domu, i když nemám kam.

Jak je možné, že po jejich řádění, po všech Patrikových zvědavostech – pořád byl na něco zvědavý a pořád chtěl něco prozkoumávat, zbylo jen úplně úplné prázdno? Kde jsou všichni kámoši? A třeba by mohly nastoupit i nějaké kámošky, věk na vztahy mají a kde nic, tu nic.

Když civění do prázdna trvalo třetí hodinu, řekla jsem klukům rovnou, ať odejdou a přijdou až na večeři. Lukáš měl kecy, jež jsem pro jistotu přeslechla. Nezvykle poddajný Patrik se zvedl. Otráveně odešli. Dovařila jsem. Honem jsme s Markem a se psem vyrazili na rychlou několikakilometrovou procházku do údolí a nahoru ke křížku. Potřebovali jsme rozchodit úplně všechno. Vaření a smažení, pečení, jedení, čučení a hlavně neustálé mentorování. Potřebovali jsme rozchodit své permanentní nasrání a permanentní zklamání. Rozchodit, vydýchat se z toho.

Vrátili jsme se příjemně unavení, s hlavou vymetenou od donekonečna opakovaných pravd. Zařekli jsme se, že to vydržíme a nebudeme pořád hučet. Zapřísahali jsme se.

Hned po nás přišli Lukáš s Patrikem, jako kdyby čekali za rohem. A zase to samé: Nuda. Nějak jsme to překlepali do půl páté. Začala jsem chystat slavnostní večeři. Hezky prostřený stůl, dokonce ubrousky, zapálené všechny svíčky na věnci, nóbl skleničky. Všechno jsem měla hotové, všichni kluci byli u stolu, jen Marek chyběl. A to jsem mu několikrát vzkazovala, že bude jídlo za chvíli, Marek nikde! (Posílal mejl.) Znovu jsem ho zavolala. Nešel. (Pořád posílal mejl.)

Dobré teplé jídlo na stole je koneckonců za posledních dvacet let můj jediný hmatatelný tvůrčí výsledek. A on jím takhle pohrdá, když nepřijde včas!

Hrozně mě to namíchlo. Stoupla jsem si na schody a zahulákala do patra: Tak už jdi fakt do prdele! (Přijímal mejl.) Přišel dolů a posadil se ke stolu jako monarcha. Jídlo bylo studené. Jdi do prdele! Oddupala jsem nahoru já. A taky pěkně bouchla dveřmi. A když pro mě Marek přišel, abych nedělala naschvály... (Hovno! Nasrat! Rozmazat!)

U slavnostního božíhodového stolu jsme se všichni nesešli.

A proč chyběla na koledách kamarádka s rodinou? Zavolala mi, že o Štědré noci vezli s mužem dceru do nemocnice, kde jí ihned operovali slepé střevo.

Přestala jsem trucovat a seběhla k snědenému stolu. Znovu jsme s Markem začali o slepém Patrikově střevu. Kolovrátci. Hučeli jsme, aby si dal věci do pořádku a dověděli se, že občanku stále nemá a ztratil i pas! Nemá žádný doklad totožnosti. Nemá ani rodný list – ten mu pro změnu ukradli.

Ty nás svým nezodpovědným chováním ohrožuješ!

Proč? Co se jako děje, když si někdo přečte vaší adresu? To nikoho nezajímá.

Ohrožuješ nás, protože se pohybuješ ve špatný společnosti a tam se pohybujou i naše jména s plnou adresou! Rozčileně jsme na něj s Markem (zase) křičeli.

Nás už to strašně nebaví! A protože jsme tě pozvali na svátky a ty končej, zejtra po obědě se rozloučíme. Dokud nebudeš žít jinak!

Pohodička toho dne skončena ve 23,48.

Chtěla jsem dát před odjezdem Patrikovi teplé zimní boty. Ale nechtěl. Upozornil mě, že své zimní, co jsem mu loni koupila, nechal ve výchovném ústavu. (Má své věci roztroušené po všech adresách, kde za poslední půlrok bydlel. Nestará se o ně.) Byly to dobré a drahé boty. (Patrik věci neničil, noha mu už nerostla, dostal dobrou kvalitu.)

Boty jsem mu tedy nedala, stejně bych je musela vzít Lukášovi a tomu koupit nové. Peníze mu nedáme z mnoha důvodů:

a) koupil by si za ně u Štěpána drogy

b) nesplnil žádnou podmínku, takže peníze, co jsem mu našetřila, nedostane

c) čím dřív spadne na dno...

d) nic dalšího mě nenapadá

e) i tak je to drsné, hnusné

A přesně takoví jsme my s Markem, je mi špatně, všechno mě bolí.

Dala jsem mu darem mobil, abychom na něho konečně měli

spojení. SIM kartu jsem mu ale věnovat nemohla. Nerada bych, aby se moje staré číslo ocitlo v nepovolaných rukách. Kartu si kup sám, když říkáš, že si škváru vyděláš. Předpokládám asi správně, že z těch pěti stovek, co jsi dostal předevčírem k Vánocům, už nemáš nic.

Nemám. Tak dík. A zdar!

Ahoj, dala jsem mu pusu. Byla bych ráda, kdybys nám svý číslo poslal co nejdřív.

Ahoj, potřásl mu rukou Marek: Byl bych rád, kdybys vzal svůj život za lepší konec.

No jo. Tak čus, řekl Patrik Matějovi.

Čau, odpověděl Matěj. Taky si potřásli rukama.

S Lukášem se neloučili, šli do vsi spolu. Co z toho asi bude, když je Lukáš ochotný Patrika doprovázet? Nic dobrého to nevěstí, strašně se ráno pohádali. Ale Lukáš dostal ze svých peněz naráz dvě stovky, že půjde do kina.

A Novej rok ti přeju lepší! Zavolala jsem za Patrikem, ale hned jsem si uvědomila ten nesmysl. On je tak, jak žije, úplně spokojený. Lepší to nemůže být.

Co? Křikl od branky.

Kam půjde? Mezi řečmi se zmínil, že ztratil i klíče od bytu kluka, co u něho teď bydlí. Ale to je v pohodě.

Je mi to zase líto. A přitom vím, že už to nesnesu. Co vlastně chci? Být na Patrika hrdá.

Smutek. Výčitky.

Proč? Proč to tak dopadlo? Marek mi připomněl větu, kterou jsem mu citovala mockrát v podobných situacích. Větu ze *Šťastného Jima* od Kingsley Amise, knížky, kterou mám moc ráda.

„Když si někdo nechce nechat pomoct, nemá se mu pomáhat!"

Protože jsme v sobě pořád řešili ten nezdařený pokus o návrat k rodinným časům, dodali jsme si ještě, co řekl indický mnich. Byl tu na návštěvě u souseda, který vede jógu. Přišel se na nás podívat zrovna, když výjimečně cvičil i Marek. A my s ním pak o našem problému s kluky mluvili.

„Rodiče mají být jako luk. A děti šípy. Luk šípy vystřelí do světa, když je čas."

Výčitky. Smutek.

Sněží. Jsme zavalení sněhem. Stromy, cesta, dům, všechno je bílé, zasypané.

Pohádka.

V noci jsem se budila. Pořád jsem psala v duchu mejly. Od půl sedmé už jsem nespala vůbec. Nikomu jsem žádný mejl nenapsala, neposlala. Ani jemu, ani šéfredaktorce, že rozhovor ruším. Vydržím a počkám. Musím se naučit nedramatizovat věci předem. Počkám, uvidím, chce se mi brečet, neumím si s tím poradit.

Zase jsem dostala strach, že podléhám momentálním emocím, že jsem moc pesimistická. Nic není tak strašné. Kluci si hledají své místo na světě a dělají to jinak, než se mi líbí. Jsem k nim nespravedlivá.

Nevyspalá a podrážděná.

Jak jsem ráno uviděla Lukáše v jeho unuděném, zoufale prázdném postoji u kamen – kdyby aspoň vynesl popel a kamna rozhořel, ale to ne, jenom se opírá, zase mě to sebralo. (Ne, není to lepší. Je to hrozné.) Čekání na notebook už samozřejmě bere i Marka, samozřejmě mu ho půjčí, a když Lukášovo hraní trvá čtyři hodiny, zase mu ho vezme a opět následuje čekání. Marek je s námi po dlouhé době od rána do večera, má dovolenou.

Jakmile jsem uviděla Matěje – taky ho nenapadne jít a sám od sebe něco udělat – nanosit dříví, třísky, brikety, odklidit sníh kolem domu, taky jsem vypěnila.

To vám musíme všechno říkat? Anebo máme s tátou pořád všechno dělat sami? Není vám to už blbý?

Matěj vstal a udělal, co jsem mu před chvílí vyčetla. Lukáš ho vzápětí následoval. Rozlámal hrablo.

Mohli jsme jet na hory, mohli jsme tam být pár dní, jenže ne-můžeme, protože tu musíme trčet s Lukášem. Ten na hory ani omylem (lyžování je námaha) a já s ním už taky ne, protože když jsme ho naposledy povinně vzali s sebou, každé ráno si nechal koupit permanentku na nejbližší vlek za dvě stovky, a když jsme odfrčeli na vlek vzdálenější, protože tenhle byl skoro na rovině, zašíval se celý den v chatě. Pobyt na horách nás finančně vyřídí na půl roku dopředu i dozadu. A to tam sama vařím. A jsme tam natřískaní po šesti v pokojích. A teď mě napadlo, že po mě už strašně dlouho nechtěli fejeton.

?

Sedla jsem přece jenom k mejlu. Ptám se. Dozvídám se, že jsem s fejetony skončila. On mi to nikdo nenapsal? Tak to pardon, to asi tím předvánočním shonem. Noviny už ode mě nic nechtějí. Musí šetřit a zařídí se z vlastních zdrojů.

Fejeton *Boží a jiná muka* byl nepředpokládaně můj poslední, haleluja. Přitom se mi tak dařily. Všechny, co jsem tam jednou měsíčně poslala, všechny jsou dobře napsané, nadčasové. Je to literatura. Jak nad vším jinak strašně váhám a nevím nic, tohle vím. Jsou to dobré věci. Ale už je nechtějí. Musím se vyrovnat i s tím. Tak jo. Beru to na vědomí a koukám z okna.

Běžím nasypat sýkorkám. Krmítko je jimi ověšené. Je krásně nasněženo. Pod nulou. I slunce. Všichni máme běžky. Jakmile slyšel Lukáš nabídku jít s námi na běžky, ihned shrábnul poslední stovku (spíš jednu navíc, ale oba děláme, že jsme si nevšimli) a rychle se vypařil. Matěj by normálně jel, baví ho zatím všechny sporty, ale ještě než začalo sněžit, dohodl si s kamarády ze školy sraz v měs-tečku, tak tam vyrazil.

Vyjeli jsme s Markem sami. Trasu, co jezdíváme na kole, jsme razili hlubokým sněhem. Ty scenerie. Vršky a údolí všude kolem až k řece, chvílemi zařízlé mezi skalami, jsou nádherné. Z kola, z koně i z dolíku s lyžemi nad hlavou po vydatném držkopádu.

Dorazili jsme do restaurace *Nad řekou*, dali si pivo a brambo-ráček a zpátky domů přes hospodu *U Krobiánky*. Popovídali jsme s ní (naše krevní skupina, po dvou větách mám pocit, že se známe léta) a unavení jsme jeli k domovu. Silnice byla protažená, ale neposypaná, dalo se bruslit jako při světovém poháru, ale já už neměla sílu se odrážet. Z údolí jsme to vzali prudce nahoru, po červené, pěšky. Domů jsme přišli za tmy, děsně utahaní (tedy já, Marek je v jiné kondici), ale spokojení.

Matěj už byl zpátky a hlasitě harašil ve svém pokoji, jako by stěhoval. Zula jsem si boty, šla nahoru a praštila sebou na postel. Oči se mi začaly rychle klížit tou nejpříjemnější únavou.

Klepnutí na dveře.

Matěj nakoukl do pokoje a zeptal se, jestli jsme mu nevzali z peněženky dvoustovku, co dostal na Štědrý den. Jestli jsme si ji nepůjčili?

Ne. Probrala jsem se: Cože? Tobě zmizely prachy?

Já nevím.

COŽE?

Nemám je.

Viděla jsem, že si do peněženky bankovku dal. A protože jsme tu všichni pořád nějak byli, úplně jsme zapomněli, co dávno jinak děláme: že si Matěj dává peníze k nám do pokoje, který pořád vycvičeně zamykáme. (Otvor teplovzduchu nad kamny, kterým se k nám do pokoje naučil Lukáš z přízemí prolézat, je zamřížován, zašroubován.)

Prohledej si, prosím tě, všechno.

Všechno jsem si prohledal.

Pořádně!

Nikde není.

A dneska jsi byl v městečku za co?

Měl jsem naštěstí v kapse pár drobnejch. Že prachy nemám, jsem zjistil až na zastávce, já se předtím nekoukal. Aspoň jsem zaplatil autobus tam. Na zpáteční mi pučili kluci.

Prohledej to znovu!

Hledala jsem s ním. Nic jsme nenašli. Nahoru přišel vysprchovaný, dobře naložený Marek.

Oznámila jsem mu: Tak nám s Lukášem začalo další kolo.

Dokud domů nepřišel, střídavě jsme se klepali vzteky a zase se vzájemně uklidňovali. I když tu byl Patrik, je z obliga. Patrik dělá všechno možné, co nám vadí, ale zloděj tu je pořád jen jeden! To máme za léta, kdy to stále dokola řešíme, mnohokrát vyzkoušené, ověřené.

Lukáš přišel celkem brzy, příšerně prosmrděný nikotinem – což bylo ihned cítit až do podkroví (míra prosmrdění je úměrná míře objemu financí). Matěje jsem zahnala do jeho pokoje s tím, že si vyprošuju, aby mě přišel okřikovat. Lukáše jsem zavolala k nám. Na hlase mi jistě poznal, že se něco děje.

Stoupl si ohleduplně mezi dveře. Řekl, že ví, že smrdí a rád by se vysprchoval.

Kdy jsi ukradl Matějovy prachy?

Ty jeho oči, to je kapitál! Kdo ho nezná, všechno mu zbaští, všechno, protože jeho oči jsou velké, krásné, hluboké a dívají se na vás přesvědčivě a neuhnou. Peníze nevzal.

Poslala jsem ho z domu. Dokud si nevzpomene. Bylo minus tři, vzpomněl si hned. Ukradl je, když doprovázel Patrika.

Ten den jsi dostal dvě stovky. Ty jsi potřeboval mít čtyři? Za co jsi je utratil? S Patrikem jsi nikam nejel, v kině jsi nebyl, co sis koupil?

Cíga a pivo a tak.

A jak tak?

Normálně.

(Ach tak.) Vem si bundu, jedeme na drogový testy.

Já nikam nepojedu!

Copak můžeme takového siláka násilím strčit do auta? Stejně je cesta nesjízdná. Stejně nevíme, kam večer jet. Adresy, co mám v počítači, takovou nepřetržitou službu neinzerují. Nebo jsem ji nedokázala najít.

Cos měl?

Trávu.

Jenom?

Když mi nevěříte!
Tobě? Věřit?!

Lukáš si jako pokaždé myslel, že když se vyspíme, je to za námi. Snaha něco napravit? Pokus nějak se s námi či s Matějem dohodnout, jak se vyrovnat, jak ukradené nahradit? Všichni přece víme, že nic nemá, všechno utratil. Tak o čem by měla být řeč? Vyspali jsme se a je vyřešeno, uzavřeno, dnes je dnes a dnes ještě nic neukradl. Možná. Třeba. (Ještě nevíme.)

Začal si chystat snídani. Ani kamna nevyčistil, aby udělal něco vstřícného. Samozřejmě cítil, že jsme naštvaní. Byl naštvaný taky. Přece s ním nemůžeme jednat, jako by se nechumelilo. Jakože nechumelí, jen mrzne.

Řekli jsme, že jestli nemá potřebu nějak věc napravit, ať se sebere a jde.

Ihned odešel. Spěchal. Nevrátil se. Ale to jsme ještě nevěděli. To jsme začali řešit až po půlnoci.

Mrzlo, až praštělo.

Abychom si snad nemysleli, že to u nás někdy bude jinak! Lukáš včera celý den a celou noc – bylo minus devět, domů nedorazil. Nic jsme o něm nevěděli.

Jestli zmrzne, budu to mít na svědomí! Já měla včera hlavní slovo.

Marek mě uklidňoval, že Lukáš určitě nezmrzne, že se má moc rád a že je jistě někde v té své pohodě, v hospodě nebo u Štěpána.

Od půlnoci jsem se chodila dívat kolem domu a na ulici a přemýšlela, jestli nemáme jet autem projíždět po okolí, ale Marek to zamítl. Byla zima, cesty ledové, akorát se někde nabouráme.

Po půlnoci jsem si ani nedovolila někam volat, kam vlastně? Co já vím, jestli se někde nesrazil s Patrikem a nejel s ním na tah? Nebylo by to poprvé.

V půl třetí jsem se musela pořádně nafetovat, abych usnula a přežila do rána. Hned ráno telefonáty na všechny strany. Dozvěděla jsem se, že byl Lukáš včera ještě kolem desáté večer viděn ve vsi, jak někam jde s Karlem. Tak jsem ke Karlovi zavolala. Už podruhé. Poprvé koktal, že o Lukášovi nic neví. Podruhé to zkoušel taky. Skočila jsem mu do řeči. Ví neví, ať mu ihned vyřídí, že nebude-li doma do hodiny, hlásíme ho na policii jako nezvěstného. Není plnoletý, my jsme za něho odpovědní, a proto nebudeme čekat ani o chvíli dýl.

Přišel za čtyřicet minut. Byl zválený, jako býval po mizení Patrik, a oči měl krhavé, ale spíš z nevyspání. Podle mluvy a pohybů nám nepřišlo, že by byl zdrogovaný (já na tom byla určitě hůř), ale co my víme? Šel hned do postele. Nechali jsme ho. Už žádný výslech, žádné další jitření. K čemu? Aspoň silvestrovský den prožít bez toho.

Na jednu stranu jsem byla ráda, že Lukáš nezmrzl. Na druhou už se pořád jen klepu. Proč jsme ho neposlali do ústavu? Vždyť to nemá žádný smysl, žádný. Žádný!

Přijela máma, že u nás bude přes Silvestra, protože v městě pořád bouchají rachejtle a petardy a fenka je z toho vyděšená. Když viděla, jak jsme z Lukáše zničení, řekla:

Jiný to nebude. Prostě to má v sobě. Takoví jsou Romové, musíte to brát, jak to je, musíte se s tím smířit.

Všichni přece ne! Všichni Romové takoví nejsou!

Smířit se?

Nemůžeme žít s peněženkami schovanými v podpaží, s neustálým zamykáním, schováváním věcí, s napětím, co zase zmizí a hlavně s tím strašným zklamáním, že nás kluk, kterého jsme v jeho jedenácti měsících přijali za syna, při každé příležitosti okrade, a pak si s námi sedne ke stolu? S tím se žít nedá. Nikde, natož doma. Nemůžeme přijmout tenhle způsob života, do něhož nás Lukáš vnutil, protože Romové jsou takoví.

Nechci, aby byl můj syn takový.

Nikdy se s tím nesmířím!

* * *

Jak nečekaně máma přijela, tak nečekaně zase odjela. I u nás byli nedočkavci a ve dvě odpoledne tu začalo dunět. Fenka běhala sem a tam a zoufale se snažila někde schovat.

Pes by běhal taky – každoročně jsem trávila Silvestra tím, že jsem s ním ležela v pelechu a pořád ho hladila při petardách, co bouchaly všude kolem a dávala mu piškoty a on se třásl a klepal, jako my včera a předevčírem a pořád.

Loni jsem mu dala svoje antidepresivum. Spravedlivě jsme se o prášky podělili a když to tu začalo burácet, motal se pes s pantoflí v hubě po domě a byl klidnější než já.

Teď jsem mu už taky dala jeden prášek a další připravila na noc a nabízela prášek i pro fenku. Stačila by půlka. Jenže máma jí prášky dávat nebude, není to zdravé.

Lukáš spal celý den. Matěj jel k Fandovi – u Martina s Lenkou měla být celá kamarádská klučičí sestava. Měli jsme se později připojit taky. Nejdřív potáhneme procházkou všichni ke Krobiánce. Hromadná veselá procházka pár kilometrů do hospody měla vypuknout ve tři. Takový byl plán, který vymyslel a zorganizoval Marek, má prvního ledna narozeniny a dělá si potěšení v mírném předstihu, který do narozenin doběhne.

Po poledni si sedl v přízemí ke stolu a začal cosi chystat, párval nějaké klíče se zlatými ozdobnými knoflíky, svazoval je k sobě červenou bavlnkou. Já připravovala slavnostní oběd na zítra. Už dnes jsem byla nevyspalá, zítra bych nic nezvládla určitě. Pekla jsem maso a vařila bramborové knedlíky (na čočku jsme se vykašlali, stejně nám žádné peníze nikdy nepřinesla) a zeptala se Marka, co to vlastně dělá.

Asi jsem to řekla podrážděně, protože podrážděnost je moje hlavní charakteristika na celé tyhle svátky.

Mlčel.

Něco jsem se tě zeptala.

Zase mlčel.

Ty se mnou nemluvíš?

Odpověděl, že neví, proč by mi měl všechno říkat a že s tím něco dělat bude a to je všechno.

Já jsem se tě úplně normálně zeptala, co máš v úmyslu dělat s klíčema, nevím, co jsem udělala tak hrozného?

Budu s tím dělat NĚCO!

Dobře, já na to.

Anebo: Aby ses nepotentočkoval!

Anebo: Pardon, že jsem promluvila…

Na manželku se mluví vlídně jen u Krobiánky, jen ve společnosti – jak je Marek ve společnosti výřečný, jak je vstřícný, jak všem dělá jen a jen radost, jak každou otázku slyší a rád na ni odpoví, jak je galantní a vtipný a hrozně moc citlivý. A já se ho na něco zeptám a buď mlčí, protože mě vůbec neslyšel (neslyšel mě, protože mě nebere na vědomí), anebo mi odpoví holou větou. To mi musí jako domácímu inventáři ve formě manželky stačit, ne?

Myslela jsem, že spolu komunikujeme. Aspoň my dva. Ale dobře, nebudeme spolu mluvit. Buď budeme vyšetřovat, anebo mlčet. Anebo si budeme odsekávat v holých větách.

Mlčeli jsme.

Půl třetí. Řekl Marek dvěma slovy.

Mlčela jsem. Lukáš vstal, najedl se a že by rád za kámoši. Že by tam byl přes Silvestra.

Jo. Klidně. Jak chceš. Chtěla jsem ti dát na silvestrovskou oslavu peníze, předpokládám, že žádný nemáš…

Lukáš koukal, jako když žádné peníze nemá.

Anebo máš?

Ne.

Ale jistě uznáš, že ti po tý krádeži žádný dát nemůžu.

Uznal to. Co měl dělat jiného?

Ještě mi řekni, kdy přijdeš. Rozhodni si to sám, ale chci to vědět, abych zase netrnula strachy.

Přijdu do dvou, jo?

Vypálil. Ani jsme si nepopřáli. Ale to by stejně dopadlo tak, že bychom začali říkat, co a jak si přejeme. A to už nesnášíme všichni.

Marek se začal oblékat. V kapse bundy mu cinkaly klíče s knoflíky.

Budou tři, houknul na mě další dvě slova.

Mlčela jsem hrdě dál. Když nemluvit, tak nemluvit. Ani jsem se nehnula, podlévala jsem maso a krájela uvařené knedlíky a nezvedla od nich zrak.

Tak dělej. Oblíkej se. (Dvakrát dvě slova.)

Nejdu. (Jedno slovo stačilo.)

Nebuď uražená.

Nejsem uražená.

Ale jsem! Jsem uražená! A pořádně! Jsem pořád každou chvíli pořádně uražená. A dnes už mám překonávání špatné nálady zrovna dost. Mám se jít dívat, jak všichni ostatní Markovi za odpověď – rozvitou až příliš – stojí, jen já ne? Já měla v květnu taky narozeniny a nikdo mi ten den nepopřál. Přijela jsem domů z první oťukávací schůzky s producentem a režisérem, na stole hromada špinavého nádobí, kluci u televize, Marek u mejlu. Udělám to stejně. Proč ne? Budeme to tak dělat pořád. Ať je to tady ještě lepší, než to je! Budeme si odsekávat holé věty. Anebo ani to ne. Nebudeme tu vůbec mluvit. Pošleme si mejl!

Jdi si slavit Silvestra sám! A všechno nejlepší k narozeninám! Pěkně si je...

Klaply dveře.

Běžela jsem se (nenápadně) podívat z okna.

Už byl za brankou a spěchal pryč. Byly skoro tři.

Tak.

A mám to.

Jsem sama.

A just mi smutno nebude!

Vypnula jsem mobil, aby mě nikdo nemohl přemlouvat k silvestrovské veselici, kdyby náhodou chtěl. Pustila jsem televizi. Stokrát přežďímané scénky. Vypnula jsem ji. Pustila jsem rádio. Stokrát přežďímané scénky. Vypnula jsem ho taky. To ticho. Strašné ticho.

Nalila jsem si pivo a začala vařit špenát. A just mi smutno nebude!

Pustila jsem si Zuzanu Navarovou, blues *Je mi fajn a je mi skvěle*...
Jak mně bylo smutno. Vypnula jsem ji, abych nebrečela. Jak mám
do hospody za Markem a kamarády jít a neztratit svoji hrdou manželkovskou čest? Přece tu nezůstanu sama?

Začalo mi být všechno líto. Nejvíc mi bylo líto sebe. Jsem nebohá. Osud je ke mně krutý. Nikdo mě nemá rád. Nikdo! Zhroutila
jsem se psovi do pelechu. Měl v něm Markovu pantofli. Já si snad
vezmu druhou a budu ji prosit za odpuštění.

Zazvonil (pevný) telefon. Běžela jsem k němu, málem se cestou přerazila: Haló! Řekla jsem chladně odměřeně, aby si Marek
nemyslel. Vždycky se jinak hlásím křestním jménem. Ale Marek to
nebyl, volal Daniel. Prý mi zkoušel volat na mobil. Prý přijeli z města jenom kvůli mně, prý jich jde údolím celá kupa – a kde jsem? Co
dělám doma?

Vařím špenát.

Snad nevaříš špenát?

A budu ho vařit pořád!

Celej život?

Až do smrti.

Nemáme si všichni trhnout nohou?

Hlavně ať si trhne nohou Marek, že mu to vzkazuju!

Byl tady, ale už tu zase není. Nevíš, kde je?

To už Marek vcházel do domu. Před oknem přešlapoval Mirek,
kterého si s sebou vzal jako morální podporu.

Co je? Zeptala jsem se stroze. Zapomněl sis bavlnky?

Jsme si pro tebe přišli. Tak už se oblíkej a poď.

Ani mě nenapadne! Řekla jsem a běžela pro teplé punčocháče
a teplé ponožky, aby mi cestou nebylo zima. Za chvíli už jsme
kráčeli do hospody *U Krobiánky* společně.

Tam nic nefungovalo. Nebo fungovalo, ale nikdo nic nestíhal.
Krobiánka byla však v naprostém klidu. (Proč nemám takovou povahu? Já bych se zvencla, kdyby tu na mě volalo objednávky třicet

lidí a já je nestačila obsloužit.) Martin byl – jako odpovědný podnikatel – naštvaný. Takhle si tedy hospodu nepředstavuje. Už tu sedí tři čtvrtě hodiny a objednané pivo pořád nedostal! Šla jsem mu ho načepovat. Celý večer jsem točila pivo, objednávky směřovaly rovnou ke mně. (Neměla bych se živit točením piva?) Štamgast vzal kytaru. Zpívali jsme všichni, zpívali jsme a vyřvávali. *Bednu od whisky, Pramínek vlasů, Bratříčku, zavírej vrátka...* Přišel kamarád, co měl s Alešem v kostele na hlavě rohy, a všechny nás podaroval lucerničkami a silvestrovskými čepičkami. Poházel nás konfetami. A my v hospodě dokonce tancovali – kluci s klukama a holky s holkama.

Marek rozdal klíče. Musel vysvětlovat, že jsou ke štěstí. Bylo skoro jedenáct. Abychom stihli přípitek u Matějovy party, museli jsme vyrazit. Vyšli jsme ven se zapálenými svíčkami v lucerničkách. Broučci. Po mrazivých jasných dnech bylo v údolí teplo a mlha.

Šli jsme po červené k nám na kopec. Chtěla jsem dát psovi ještě jedno antidepresivum těsně před půlnocí, než vypukne největší rachot. Začalo pršet. Na promrzlou zem padal déšť. V lese to ještě šlo, ale vyškrábat se mírným kopečkem od branky ke dveřím domu? Lezli jsme po čtyřech, drápali se jako opilci, lezli jsme nahoru a zase sjížděli zpátky...

Domů jsme přilezli zvalchovaní jako po bitce. Bylo jasné, že se odtud na půlnoční přípitek nikam nedostaneme. Zavolali jsme kamarádům a dohodli Matějovo přespání. Všichni jsme si po telefonu popřáli:

Hezkej!

Novej!

Zavolala jsem mámě, ale telefon nebrala. Pár esemesek...

Zůstali jsme sami. Dvanáctá se blížila. Marek zalovil v kapse. Dal i mně klíč se zlatým knoflíkem na červené bavlnce. Poděkovala jsem a věnovala mu na oplátku hrnec se špenátem.

Sundala jsem si teplé ponožky.

A leccos dalšího jsem si sundala.

A oblékla si černépunčoškyčernéšatičkyčernélodičky. Navoněla jsem se vůní s názvem *Happy*.

A?

Na rtěnku jsem málem zapomněla.

Rachejtle. Půlnoc. Petardy. A my se do Nového roku...

Neděle 1. ledna 2006

Před démonem zachráněno šest slepic!

Ve dvě ráno mě vzbudil Lukáš. Ptal se v telefonu, jestli může být ve vsi dýl. (Ach) Jo.

Ve čtyři mě vzbudilo vyděšené, poplašené kdákání slepic od sousedů. Něco se děje – to my, kohouti, poznáme hned! Zorganizovala jsem záchrannou akci. Pokoušela jsem se vzbudit sousedy telefonem, zatímco Marek se psem běželi podél společného plotu k jejich kurníku. Dvě slepice s ukousnutou hlavou. Zbytek poplašený k smrti, která by nastala každým okamžikem, protože když kuna řádí a v kurníku nejsem já.

„V Číně se udržuje víra, že kohout má moc zažehnat zlo, že odhání démony..."

V devět mě vzbudil Marek. Zdál se mu sen. V neznámé rodině měl vyšetřit, proč se u nich zjevuje duch. Zahájil pátrání a brzy zjistil, že se duch zjevuje vždycky, když se otevře lednička. V té ledničce byla klobáska.

Všechno nasvědčovalo, že zjevování duchů má na svědomí právě klobáska. Marek se rozhodl, že využije nejmodernějších metod šetření a dá ji do laboratoře na rozbor. Klobáska byla z lidského masa!

Probudil se zpocený.

A tak ráno udělal, jak říkal, čtyři otčenáše a sedm zdrávasů. To znamená, že zacvičil čtyři pozdravy slunce a sedm pozdravů katu...

V jednu mě slavnostně vzbudil novoroční oběd. A my se u stolu sešli všichni čtyři.

My čtyři, co jsme tu z původních pěti zbyli.

* * *

Markovi je dnes sedmačtyřicet!

Piškotový dort. Ve tři odpoledne jsme na dortík a kafe pozvali Martina s Lenkou, Mirka s Jarkou, ti cestou vzali nového souseda, který zrovna venku štípal dříví, my zavolali přes plot sousedy, co jsem jim v noci zachránila slepice a k tomu se sami nečekaně pozvali taky Olin s Evou.

Olin přivezl láhev staré myslivecké, poprvé, co ho znám, si párkrát nalil panáčka. Nejdřív vyprávěl, jak si dal schůzku s rozezlenými diváky – kritiky, ba přímo odpůrci svého televizního seriálu *Zpět k pramenům*. Jak se svorně opili pramenem zvaným becherovka a setkání skončilo tím, že diváci/kritici/odpůrci nesli Olina na ramenou k naší nejopěvovanější řece, aby si na jejím břehu, pocákaní vodou, potykali.

Potom začal zpívat evergreeny svého = našeho mládí. A tak nás zblbnul, že jsme s ním všichni, úplně všichni, co jsme seděli kolem stolu, do nastupujícího roku 2006 na plné pecky s plnými panáčky vyřvávali:

Buď vsegdá bůdět máma
buď vsegdá bůdět pápa
buď vsegdá bůdět sólnce
buď vsegdá...
Bůdu já!

Tady jsem škrtla celou větu. Tady taky. Nemusím přece říkat, že jsem se mýlila, je to z toho jasné. Ráda bych slovo s *přijatými* než s *cizími*. A ani jedno dítě nebudu jmenovat jménem, přece jen, jsme živí lidi, takže bych prosila zachovat nejstarší, prostřední, nejmladší – jak jsem tu opravila, to stačí. *Sedmnáct let s <u>cizími</u> dětmi* určitě ne. *Sedmnáct let s <u>přijatými</u> dětmi.* Nebo vymyslíš lepší titul?

Rozhovor je hotový. Musely jsme krátit a krátit – kvůli fotkám přece. Snad nevypadly nějaké fatální souvislosti? Už to ani nepoznám. Už mě to ani tolik neděsí.

Nemůžu přece za to, jak to je?

Anebo za to můžu.

A stejně to tak je.

Dostala jsem se zpožděním přání k Novému roku, pohled. Našla jsem ho ve schránce až dnes, přestože byl odeslán 29. prosince.

„…už ta adresa tě předurčuje k životu na výsluní!" C.

(moje trvalá adresa: Na výsluní 100C.)

Zemský ráj to napohled!

Tak začal kameraman a spolurežisér svůj mobilový hovor. Scénář si znovu poctivě přečetl, má k tomu jen pár drobných věcí, ale jinak je to skvělé.

Fakt?

Bylo mi hned moc dobře, bylo mi dobře skoro dvě minuty. Dokud nezazvonil pevný telefon z učiliště od Lukášova ředitele. Nechodí. Nebyl v prosinci a nepřišel ani v lednu. Nerozhodli jsme se náhodou, že se třeba na zedníka učit nebude? Je ještě žákem učiliště?

Lukáš odcházel každý ráno v půl šestý do školy! V prosinci i teď v lednu. To je teda dobrej. A kam tak brzo chodil?

Domů přišel tenhle dobrej ve tři čtvrtě na deset. Anebo na jedenáct? Dávná dohoda byla, že ve všední den bude chodit domů do osmi – když ráno brzy vstává a když se tak těžce budí. Dělal, že je všechno v pohodě. On v pohodě určitě byl. V takové té divně žvanivé, tlachavé, s červenýma, krhavýma očima. Byl v pohodě, dokud jsem nevyrukovala s otázkou, kam každý den chodil místo školy.

Do školy.

Zase se ve mně všechno sevřelo vztekem.

Volal mi dnes tvůj ředitel, nechodil jsi tam ani v prosinci a nechodíš tam teď. Kde jsi dnes byl?

Ve škole.

Zvyšuju hlas do obrátek.

Pokud mi to neřekneš, nepustím tě do domu! Vyhodím tě.

Vyrazil zprudka ven. Bouchl dveřmi.

Ze svého pokoje vylezl Matěj: Mami, já chci spát!

Promiň.

Zase zavřel. Byla noc a on chodí do osmičky, rád by měl dobré vysvědčení.

Začala jsem uklízet, abych se nějak z obrátek vysvobodila, abych čekání, až si Lukáš vzpomene, kde celý měsíc místo školy byl, nějak rozhýbala, aby se ve mně nehromadilo rozčilení a vztek. Protože nemrzlo, trvalo dlouho, než se vrátil a sdělil mi, že byl za školou. Proč? Proč do školy nechodíš, když říkáš, že se chceš vyučit? Nechodíš do školy ani na praxi. Proč?

Nevim.

Co teda chceš? Skončit to? Já tě nutit do učení nebudu, ale nevím, kdo tě kdy zaměstná. Jak se budeš chtít v životě uživit?

Já se vyučit chci.

Tak proč do učňáku nechodíš? Nebyl jsi minulej rok klasifikovanej, v letošním čtvrtletí jsi měl trojku z chování za áčka a teď tam nechodíš vůbec. Myslíš, že tě tam nechaj? Po trojce z chování už je jenom vyhazov. Co s tím chceš dělat?

Nevim.

Kde jsi byl? S kým?

S Karlem.

Karel dnes ve škole nechyběl.

Aha. Tak jsem s Karlem nebyl. Já zapomněl.

Peníze na týdenní jízdenku utratil. Tím pádem žádné nemá. (Ještě nikdy neměl peníze v peněžence dýl, než jak dlouho trvá cesta do vsi.) Jenže já mu tentokrát další nedám. Já mu peníze na týden dopředu dala, ať si to zařídí jak chce, ať si od někoho půjčí, zítra a pozítří ve škole bude.

A varuju tě, jestli ne!

To už jsem zase křičela. Matěj vyběhl v pyžamu na schody a křičel na mě, ať nekřičím! Ať zase nekřičím! Chce spát! Chce se vyspat! (A co mám dělat, nevíš?! Jak to mám vydržet, nevíš?! Promiň! Promiň, že je to doma tak hnusný, promiň, ale já jinak nemůžu, nevydržím to, nesnesu, musím křičet, abych nepraskla celá, já to nesnesu!)

Křičela jsem: Varuju tě, Lukáši!

Stáli jsme proti sobě. Jak na mě koukal prázdnýma krhavýma očima, chňapla jsem mu po uchu, v němž měl náušnici – stříbrný kroužek. Chňapla jsem po tom kroužku a sebrala ho. Ani jsem mu neutrhla ucho, dokonce ani lalůček neutrpěl, kroužek byl mnohokrát zohýbaný, sotva v uchu držel.

Tu náušnici ti beru! Abys aspoň jednou poznal, jaký to je, když ti někdo něco sebere! Ale já ti ji beru před tebou, nekradu! Zakřičela jsem na něj a hodila náušnicí za sebe. (Ani to necinklo.)

Za všechny ty sebraný věci a peníze a...

A Lukáš se po mně ohnal. Se zpožděním. Špatně si to vyměřil. Špatně koordinoval pohyby. Možná, že se po mě neohnal, jen si chtěl vzít náušnici, jen se chtěl pozdě bránit. Stál proti mně s rukama od sebe a zaťatými pěstmi. Oči mu ožily, sršely z nich blesky. Zejtra jdeš do školy! Zařvala jsem mu do obličeje. Taky ze mě sršely blesky.

Mami, nech toho! Zakřičel znovu shora Matěj.

Ty toho taky nech! A zahuč do pokoje! Křičím na Matěje.

A ty taky zahuč do pokoje! Křičím na Lukáše. Křičím na celý dům, který měl být domov a je jenom past.

Nnechte mmě vvv… vvšichni bbejt!

Nnechte už mmě!

Ddržtte hhuby!

Zahučeli jsme každý do svého pokoje.

Je ticho.

Mám strach.

Bojím se, aby ticho noci, kdy jsme tu sami, protože Marek odjel na hory… Jsme sami se silným omámeným Lukášem, který mě určitě strašně nenávidí. Co když mu vztek teprve dojde? Co když mu trhání triček a lámání postele nebude stačit?

Bojím se.

Teď, kdy proti sobě nestojíme, kdy ležím v posteli a brečím a nechci žít.

A přitom už ani nechci umřít.

Co máme dělat s robotem, který se jmenuje Lukáš?!

Bojím se.

Mám jít schovat všechny nože?

Co ještě můžu psát?

Napíšu tohle: Přestože mě režisér ujistil, že zařídí, aby nikde na jeho scénáři můj titul nefiguroval, dověděla jsem se, že s ním soutěží dál.

* * *

Mráz. Místo cesty ledovka. Jela jsem na sociálku do městečka zjistit, co s Lukášem. Odtamtud do města do právního v literární agentuře vymyslet, co s režisérem. Šourala jsem se z kopce na jedničku a byla z ledu i všeho ostatního úplně vynervovaná. Už se třesu nepřetržitě. Ve městě v tramvaji mě omylem kopla paní, co seděla za mnou. Anebo jsem o její nohu zavadila já? Omlouvaly jsme se jedna druhé. Řekla mi:

Mám moc ráda vaše knížky.

Pátek třináctého:
Návrh na nařízení ústavní výchovy nezletilého
Návrh na zahájení řízení
a návrh na vydání předběžného opatření podle § 76 odst. I O.S.Ř

Dne 4. 11. 2005 podal Městský úřad podnět k zahájení řízení o ústavní výchově našeho syna Lukáše pro dlouhodobé výchovné problémy, které jsme několik let marně řešili. Dne 6. 12. 2005 jsme u Okresního soudu žádali, aby se řízení zastavilo, protože jsme se domnívali, že tento podnět bude mít na našeho syna takový účinek, že se bude snažit, aby k ústavní výchově nedošlo (jako se před soudem opravdu snažil!). Měli jsme za to, že si Lukáš, který s námi u soudu byl a byl předsedkyní senátu varován, vážnost situace uvědomí. Bohužel se tak nestalo, naopak.

Litujeme, že jsme řízení o zahájení ústavní výchovy sami zastavili. Žádáme proto nyní o jeho obnovení a prosíme o vydání předběžného opatření podle § 76 odst...

Poprvé v životě jsme Lukášovi neřekli, co chceme udělat. Pokud soud náš návrh za oprávněný uzná, díky žádosti o předběžném opatření rozhodne rychle, do sedmi dnů.

Ráno zmizel z předsíně, co slouží v zimě taky jako špajzka, celý nákup. Mimo jiné devět piv a dva litry vína. Všechno pryč. Naráz. Musela jsem si nahlas zopakovat: SEDM DNÍ.

* * *

Čím jsem starší, tím víc mě dráždí manipulace, na níž je praktikování víry založené. Tenhle kněz mluvil tak hloupě, až jsem se styděla, že je to vůbec možné. Takové fráze! Místo dojetí jsem pociťovala odpor. Ale pak jsem se od jeho řečí dokázala odpoutat a vzpomínat. Vybavila jsem si příval odhodlání, smíchu, radosti, sebeironie, lidské slušnosti a taky odvahy mít vlastní názor, nehledě na dobu. Zavzpomínala jsem i na své dětství, protože Jana Nováková-Horáková byla kamarádka z vedlejšího domu.

Zádušní mše, sobota, první den.

Cestou na zkoušku Mišpachy jsem se málem srazila se sousedem. Potkala jsem ho pod kopcem na rovince, zledovatělé jako kluziště. Nejel rychle, ani já ne. Ale tím, že se mi ulevilo, protože jsem dokázala sjet bez úhony velký kopec, přestala jsem být obezřetná. Tondovo auto na mě vybaflo v (neprořezané) zatáčce. Jak jsem se lekla, zareagovala jsem automaticky, automaticky blbě. Dupla jsem na brzdu.

Auto se na ledu stočilo na stranu a neovladatelně se šinulo bokem přímo na jeho (nové) auto. Až za pár vteřin se mi podařilo zařadit rychlost. Zastavili jsme 10 centimetrů od sebe (Tonda měl z okýnka vystrčenou ruku, jakože mé auto když tak od svého odrazí).

Na Židovské obci, v jejímž krásném sále zkoušíme, jsem si zase vzala na klín šéfčino miminko. (Na klíně ho jedna z členek Mišpachy mít musí, aby mohla Helenka hrát na klavír). Miminko se na mě nejdřív řehtalo, pak se děsem ze mě rozplakalo a nakonec mi – maminkou nakojené, blinklo na rameno a usnulo.

Nacvičovali jsme pilně, příští týden budeme mít zase koncert. Zpívání s Olinem nějak ustalo, nikdo nás nikam nezve, držím se tedy Mišpachy, držím se zuby nehty. Za hodinu a půl jsem si z hlavy všechny trable vyrezonovala.

Dokud jsem se nevrátila domů.

* * *

Lukáš přišel přede mnou, vypadal prý zas úplně mimo, jako vygumovaná ovce. S Karlem a ještě jedním spolužákem se údajně celý den procházeli. (Nedávno jsem spolužáka zahlédla u Štěpánova brlohu, nemohl se udržet na nohou.)

Zjišťovali jsme s Markem na policii v městečku, co se dá dělat s feťáckým doupětem, o němž všichni víme a všichni děláme, že žádné není. Dříve nebo později tam končí a skončí většina dětí ze vsi. Nedá se dělat nic. Feťáci jsou znalí a protřelí, a nic se jim nedá dokázat – pokud je policisté nechytí přímo při činu, což znamená pouze a jenom při vaření drog. A i když je při činu chytí a množství je menší než malé – nebo jak zní ta alibistická formulka... Nedá se s tím dělat taky nic.

Marnost nad marnost. Stejně se říká, že kdo drogy chce, vždycky si je obstará. A to je Lukášův případ. Přišel, zahučel do postele, ani nechtěl jíst. Zřejmě mu stačí odnesené pití. V půl deváté večer už spal.

Jsem ráda, že se Marek konfrontaci s ním vyhýbá, prosila jsem ho o to ve strachu, že mu v posledních dnech, které tu možná společně žijeme, ještě něco udělá a půjde sedět sám. A to by byl ještě skvělejší konec naší náhradně-rodičovské pouti.

Vydržet. Vydržet i druhý den.

V pondělí, třetí den, to vydržet nemůžu. Volali z učňáku. Lukáš tam nechodí.

Čtvrtý den onemocněl Matěj. Cesta k nám je stále samý led. Ještěže už z dušení vyrostl, aspoň nějaká úleva. Šla jsem pěšky do vsi na nákup. Všechno, co nakoupím, schovám do pokoje. Přece sem nebudu tahat na svých ženských zádech nákup, který Lukáš druhý den celý odnese?

Budu spát na jogurtu.

Vrátila jsem se a ve schránce mě čekal časopis s rozhovorem o adopci. Marek ho večer poprvé přečetl.

Připadal mu temný.

* * *

Když se dnes, to jest ve středu, oba dostavíme k soudu a zřekneme se odvolání, Lukáš půjde v pátek do diagnostického ústavu. Dostavili jsme se k soudu. Marek podepsal papír a spěchal do práce. Zůstala jsem ještě se soudkyní.

Jak se Lukáš do diagnosťáku dostane?

Odvezou ho soudní vykonavatelé.

Kde ho seberou? Sami nevíme, kde se celý den toulá a nevíme ani, kdy přijde domů. Jednou je to po půlnoci, podruhý v sedm večer.

Většinou to dělají tak, že rodinu, které se taková věc týká, přepadnou vykonavatelé v pět ráno. To je nejjistější hodina. Seberou kluka rovnou z postele. Vypadá to trochu drsně, ale problematický kluk i rodina, která ho většinou kryje, aspoň vidí, že je to vážné. Představila jsem si to. Ranní tma, zvonek, zběsilý psí štěkot… To si nikdo z nás nezaslouží.

A nejmíň Matěj.

Prší. Mrzne. Šestý den.

Na dnešek jsem spala u mámy. Ještě včera večer jsem se pěšky vypravila na autobus, abych se dostala do města a mohla dnes na koncertě zpívat. Meteorologové varovali před nebezpečným náledím (u nás na kopci je od Silvestra) a já zpívat musím, nesmím zůstat doma. Moje napětí je obrovské, nemůžu tam být.

Včera u soudu jsem se seznámila s mužem a ženou, kteří exekuce mladistvých vykonávají. Starší pár. Vypadali seriózně a důvěryhodně. Podali jsme si ruce. Poznali na mně, jak jsem rozrušená.

Nebojte, řekli mi. (Hned jsem se rozvzlykala. Už jsem zase stále na pokraji slz a obzvlášť, když je na mě někdo laskavý.) Nejsme ranaři. Víme, že je vaše rodina nestandardní. Pokud budete připraveni, nemusíte se bát.

Nakonec jsem se s nimi dohodla jinak. Milosrdněji pro nás i pro

Lukáše, který nic netuší. A protože s ním nic poslední dny neřešíme, má pocit, že nás má na háku. Rozjetý je naplno. Do školy nechodí, krade všechno, co najde, domů přichází v noci nebo k ránu a je mimo.

Dopoledne jsem šla do kina. S mámou jsme si všechno řekly už večer, neulevilo se mi, nechtěla jsem sedět v jejím bytě a počítat minuty, hodiny do podvečera, kdy bude v sále sraz na rozezpívání.

Slavný francouzský Godardův film *U konce s dechem*. Jako by to bylo o Patrikovi. (Ne příběh, ale charakter figury.) Hrdina neměl žádné mantinely, žádné emoce – a když, tak jen k sobě. Neznal soucit. Ani vztek. Přitom byl vlastně milý a ve své upřímnosti až dětsky čistý. Dokonce měl rád, tak nějak po svém, bez vášně, mladou krásnou Američanku a nakonec jí neublížil, ačkoliv k tomu měl důvod, protože ho práskla.

Pro uspokojení svých momentálních potřeb udělal zcela bez logiky a bez souvislostí cokoli. Odstranil (zabil!) kohokoli – bez motivu. Bez nenávisti. Zastřelit někoho, kdo se mu připletl do cesty, do níž se mu náhodou připletla i pistole, bylo nejjednodušší momentální řešení. A pak už se průsery nabalovaly samospádem. Momentální nejjednodušší řešení bez motivů a bez emocí – jak to od Patrika znám a jak, vybavena jinou emocionální složkou – tomu nikdy neporozumím.

A hrdinův konec! Když umíral, udělal akorát trapnou grimasu. Ksicht. Ani tehdy nebyl schopen emoce! Patrik. Přesná psychologie postavy mě vyděsila.

Cestou z kina jsem po deseti, možná patnácti letech narazila na chodníku na svého prvního muže, dnes spisovatele. Skoro jsme se srazili čely. Vřele jsme se pozdravili.

Ty jdeš podpořit ke grantový komisi režiséra? Řekl mi na uvítanou. Člověče, já tam zrovna měl slyšení kvůli svýmu filmu – prvnímu v životě! – a teď je na řadě on. Má od tebe scénář, viď?

Já snad začnu tyhle náhody sbírat.

Potkám po tolika letech bývalého muže (talentovaného pro všemožnou uměleckou tvorbu, nikoliv pro manželství) a ten mi řekne, že právě teď je režisér u grantové komise, kde má slyšení kvůli svým dvěma scénářům, z nichž jeden… Pojď na pivo, odpověděla jsem. Nemohl. Spěchal. Vyměnili jsme si mobilní čísla. Musíme se sejít a probrat životy. (On byl na neuvěřitelné náhody vždycky expert.) Pěšky po hlavní třídě k divadlu. Třeba potkám Cyrila? Pozvala jsem ho na dnešní koncert, ale nepotvrdil mi to. (Náhoda se nekonala.) Pokračovala jsem pěšky k mámě. I ve městě byla většina chodníků nebezpečně zledovatělá, obzvlášť ten na mostě. Ale já se potřebovala vychodit. A vynadívat na domy a ulice a tramvaje a lidi a řeku. Na to zprofanovaně krásné, co se nad řekou přenádherně tyčí.

Pimpim. Pimpim…

Na mobil mi začaly přicházet zprávy o obdržených mejlech, jedna, druhá, třetí, čtvrtá, pátá, šestá… Do časopisu se hrnuly reakce na rozhovor a šéfredaktorka mi je pilně přeposílala.

„Nevím, jak začít…" (víc mobil neukázal).

„Všichni z časopisu…"

„Váš časopis čtu…"

„Jsem pravidelná čte…"

„Chtěla bych vám…"

Před koncertem jsem jako vždy žehlila celé Mišpaše šály. Vymyslela jsem je jako součást koncertního oblečení a sama z hedvábí vyrobila a nikdo, kromě naší vzorné nejstarší členky, je nedokáže přinést nezmuchlané. (Žehlení v šatně na zemi na ručníku se stalo mou hlavní předkoncertní činností.)

Cyril seděl na prostředním kraji jedné z řad a nenápadně si rukou přidržoval horní víčko, aby mu nespadlo. O přestávce jsme si chvíli povídali. Poprvé jsem dnes cítila radost. Nezkazila jsem to. Můžeme se vidět, můžeme spolu mluvit, trochu to bolí, není to na mě poznat, co mě dnes nebolí?

Přišli za mnou přátelé, které jsme s Markem před lety poznali u moře, v domě spisovatelů, byli jsme tam se všemi kluky. Domluvili jsme se, že si po koncertě někam sedneme. Klouzala jsem s nimi podél zdí, kde nebyla ledovice.

Pozdě v noci jsem bruslila od tramvaje k mámě. Všechno pokryl led. Mě pokryla tíseň. Tíseň nové kvality. Hluboká, zoufalá. A nadějeplná!

Nespala jsem. V pět ráno jsem Markovi poslala esemesku, aby se Lukáš oblékl do čistého. Měla jsem pocit, který jsem znala naštěstí jen z filmu nebo literatury. Svítá. Odsouzenec si obléká čistou bílou košili bez límce…

NEBOJ, UZ JE OBLECENY, ZA CHVILI JEDEME.

Dohodla jsem to ve středu tak, že Marek Lukáše k budově – nikoliv soudu, ale Městského úřadu, kde se dá dobře zaparkovat, přiveze ráno sám a teprve tam ho soudním vykonavatelům předá. A tak to taky udělal a Lukáš do poslední chvíle nic netušil.

Klimbal v autě, na nic se neptal, hlavu vymetenou doupětem. Zastavili ve dvoře, otupělé klimbání pokračovalo, byl se mnou u kurátorky za poslední tři roky mockrát. (Kurátorka mluvila, já mluvila, on mlčel, zíval a na konci řekl své JÁNECHTĚL a dodal JÁUŽNEBUDU.) Dávno se nebál, naše bububu ho ani trochu nevzrušovalo.

Teď přišel k autu muž v uniformě a čepici, s pendrekem a pistolí za pasem, aby ho odvedl. Lukáš se probral. Zesinal. Roztřásl se tak, jako jsme se z něho vždycky třásli my.

Marek brečel.

Jela jsem domů z města brzy. Autobusem. Než jsem vyšlapala všechny kopce! Nevyspalá, slabá, pořád ještě bez úlevy.

Matěj, stále nemocný, ležel v posteli. Netušil, že se ten den stal svým způsobem…

Jedináčkem.

„Ahoj rodiče

tak jak bylo na horách doufám že se vám nic nestalo že jste to přežili zdravý a nic si nezlomily. Prosím potřeboval bych prosím ty mé sešity a učebnice abych se tady mohl učit do školi a jak to se mnou vypadá jak dlouho tady budu už bych chtěl být doma. Je to tady bezva ale není tady volnost. Už nekouřím přes tíden a zatím mi to nechibí to je super né ze se asi tadi vodnaučim kouřit.

Asi za dva tídny bych mohl mít dovolenku a nato setěším nejvíc až budu doma. Doufam že mě tam budete chtít. Zatím se tady snažím a doufam ze mi to vydrží. Pozdravujte Mateje a rad bych vas vyděl i babičku. Ta prej se tadi taky může zastavit a potěšilo by ně to zatím pá pa.“

Brzy skončí *Rok kohouta*. Navštívili jsme Lukáše. Jen Marek a já. Matěj s námi nechtěl. Jezdil do diagnosťáku skoro přesně před rokem navštěvovat Patrika – to jsme tu byli vždy o víkendu všichni, celá rodina, abychom ho podpořili. Abychom Patrikovi ukázali, že o něho stojíme – pokud on bude stát o nás (a něco pro to udělá). Jezdit teď zase za Lukášem Matěj odmítá. Nenutím ho.

Za poslední rok se to u nás ještě víc zhrůzostrašnilo a veškerá podpora v podobě citové investice je zbytečná, zraňující. Matěj stále odmítá o klucích a o našem životě v posledních dvou letech cokoli říct. Nenutím ho. Jen se občas zeptám jakoby mimocho-dem, jen ťuknu, aby měl možnost, kdyby mluvit chtěl. Byla bych nerada, kdyby si v sobě uzavřel problém a ten ho dusil.

On kluky za bratry měl! A nebylo v tom žádné jenom a žádné jako a žádné já jo a vy ne. Byli bráchové se vším všudy, než se to takhle zkazilo. Nechci, aby dopadl jako já, aby mu všechno dobré, co jsme spolu za léta prožili, spolklo tohle peklo. Já už si nic hezkýho nepamatuju. Matěj to taky neměl lehké. Až mě rozesmálo, když jsem se kdysi dozvěděla, že na toho modrookého blonďáka křičí děti: Cikáne!

Nedávno jsem zjistila, že na dřevěné ceduli obecní vývěsky, co stojí přímo u stanice autobusu, odkud každé ráno spolu s dalšími dětmi odjíždí do školy, je křídou napsáno: ...JSOU CIKÁNI! (Za tečky dosaď naše příjmení.) Stál u nápisu každý den a nesmazal ho. Nikdo ho nesmazal.

(Až já.)

Dokud byli Patrik s Lukášem jakž takž dobří, dokud jsme je dobré udrželi, vždycky jsem to všem dokázala vysvětlit: Být Cikán (my říkali Rom, nebo někdy ve srandě zdrobněle a něžně cigoš) není nic špatného, nic, za co by se měl člověk stydět. Patrikovi s Lukášem jsem mockrát řekla, že jo, že Romové jsou (více nebo méně), a proto nemá žádný smysl se proti tomu bouřit anebo to brát jako urážku. Ať jsou si vědomi svých hodnot, a když je budou naplňovat, tak je hloupé řeči nemůžou rozhodit.

Dokud jsme kluky udrželi, se vším jsme se vypořádali. Pak začali do písmene naplňovat všechna klišé o Romech a všechny vyprávěnky o nevydařených adopcích Romů.

Matěj má právo nejet do výchovného ústavu za bratrem.

Zapomněla jsem napsat, že na návštěvě si s námi Lukáš povídal jako nikdy, nikdy poslední dva roky. (Stejnou zkušenost jsme udělali rok předtím s Patrikem.) Překvapilo mě, že má slušnou slovní zásobu. Až se divím, co všechno z něho vypadává. (Jako by se mu vyčistil mozek – a asi se mu opravdu vyčistil, sem, myslím, drogy neprojdou.)

Pokud si to nezkazí – udělá prý všechno, aby ne, příští víkend bude mít volno a pojede domů. Ještě pořád tam chodím s kabelkou pod paží, je to ve mně zaryté pod kůži, ale ostražitá nejsem, nechávám všechny dveře odemčené, otevřené, klíče jsem schovala do šuplete, notebook zůstává na stole, jídlo a pití, kde má být. Takhle by mi to stačilo. Bojím se, že když někdo krade a podvádí léta, je to v něm, nezmění se. Jen se může chvíli snažit, což Lukáš dělal před soudem a potom už ne. (Má to zřejmě rozmyšlené a pod kontrolou víc, než bych si myslela.) Je však dobře, že se ještě snažit umí. Samozřejmě ho podpoříme a návštěvu odsouhlasíme. Nepamatuju si, kdy z něho netáhl nikotin a smrady všeho druhu. Je doslova cítit, že nekecá a opravdu nekouří.

Třeba se na něj ještě dokážu těšit?

Zdálo se mi, že jsem šla se svým bolavým zadkem k praktické doktorce a ona měla v ordinaci nafukovací husy a kachny (chodily). Vyšetřila mě a předepsala nafukovací krávu. A hned ji pro mě v ordinaci připravila. Kráva se ale nějak obrátila naruby, měla vemínko na zádech...

Sny se mi splašily.

Zdálo se mi ještě, že jsem schůzku (mám ji s režisérem supervizorem odpoledne ve čtyři) prošvihla, že jsem přišla o den později, že už bylo půl páté a já byla pořád někde jinde, všude samé překážky.

Taky jsem vešla do jakéhosi obchodu a tam měli VÝPRODEJ DORTŮ. Koupila jsem Markovi kakaový s oříšky, strašně moc plněný a slavnostně jsem mu ho přinesla a on ho hned začal jíst a nechutnal mu ani trochu, všechno špatně.

Zbytek noci už jsem nemohla spát vůbec. Představy o tom, jak se mi možná blíží režie. Strach a těšení, přesně napolovic.

Prášek na spaní, přesně celý.

Slavnostní vyhlášení druhého a třetího místa ve scenáristické soutěži. (Můj scénář se dostal mezi šest nejlepších.)

3. místo: Režisér, co mi ukradl titul

2. místo: Já ne

První se vyhlásí na ještě slavnostnějším večeru, jsme čtyři uchazeči. Potkali jsme se v sále, kde byl raut.

Gratuluju. (Křeč v nervu. Zadkovém. Obličej klidný, jako z mramoru.)

Dík. Jsem samozřejmě rád, že jsem dostal cenu za třetí místo, ale tobě bych strašně přál... Jsem přesvědčenej, že tvůj scénář... Už mi, prosím tě, nic neříkej, jo? Nechci o ničem mluvit. Nechci o ničem mluvit s tebou.

Stejně řekl: Budeš první! Určitě budeš první.

A já ti to moc přeju.

V mejlu jsem našla zprávu, oznámení od Rainera: Má nádor v hlavě. Tedy nádor ne. Metastázy.

Šla jsem do kina na Rosselliniho film *Řím, otevřené město*. Stavila jsem se u mámy. Chytly jsme se. Říkala jsem jí, že jsem napsala mejl producentovi, že by měl začít pracovat na realizaci, když mám odkývnutou supervizi, a ona na mě vyjela, že jsem netrpělivá, zas to někam ženu, všechno zkazím, protože pořád něco chci. Oponovala jsem. Jestli má být film do srpna 2008 hotový, mělo by se začít s přípravou už dnes.

Já tě znám!

Nechtěla jsem se s mámou hádat, ale stalo se.

Poháda áme se teď skoro pokaždé.

Dopoledne jsem dočetla technický scénář k Formanovu filmu *Hoří, má panenko*. Hotový film vypadá jako improvizace – a přitom byla už ve scénáři každá věta! Zírám.

Zavolal kamarád, ctitel z dob začátků Charty. Šli jsme spolu na oběd. (Čas od času k nám přijede a společně s Markem propovídáme a propijeme noc.) Teď jsme se dlouho neviděli, a když se ozval, dohodli jsme se na pizze, ve městě, kus od jeho práce.

Jedli jsme a mluvili. Dala jsem si pivo a Jirka čaj. Udivilo mě to.

Jsi nemocnej?

Vylezlo z něj, že se snaží bojovat se závislostí na alkoholu. Nedaří se mu to. V poledne ještě dokáže pít čaj, ale večer nedokáže přežít bez dvou litrů vína.

Ty jo! A já, jak jsem byla loni v největším srabu, toužila jsem stát se aspoň alkoholičkou a přečkat kus dne ve zpitý němotě, ale vůbec mi to nešlo.

Já zas toužím obejít se bez pití.

Máš spoustu dětí, velkejch i malejch. Nebojíš se?

To víš, že se bojím. Ale doufám, že to ukočíruju. Daří se mi množství nezvyšovat. Mám to pod kontrolou. Na rozdíl od mejch kolegů se mi třeba ještě nestalo, abych v práci... Ale nedaří se mi množství snižovat nebo přestat úplně. Dokonce jsem to tejden bez chlastu zkusil. Bylo mi tak špatně, že jsem nakonec musel pro láhev, musel jsem pro ni běžet.

A co jít na léčení?

Nemůžu.

Proč?

Nevím. Nechci.

A žena?

Jirka pokrčil rameny: To víš, no.

Dopil čaj. Dopila jsem pivo. Venku lilo.

Ve tři jsem měla schůzku s Cyrilem, potřebovala jsem s ním probrat všechny novinky kolem scénáře a mé (spolu)režie a vůbec, chtěla jsem ho vidět. Na večer lístek na další Rosselliniho film.

Cyril seděl v hospodě už od dvou, se svým kamarádem a kolegou z fakulty. Měl vypitá čtyři piva. Začali jsme si povídat všichni tři, ale brzy si vzal slovo kolega. Přednášel mi o tom, co je to režie a proč si myslí, že na ni mám – ačkoliv mě skoro nezná. (Přiznal mi hned v úvodu, že mě předem nemá rád – kvůli otci! A je zvědavý, jestli svůj názor změní.)

Z jeho projevu, velmi erudovaného, bylo znát, že se rád poslouchá. Čím víc kolega mluvil, tím poctivěji Cyril mlčel a lámal do sebe další a další piva.

Všem přibývaly čárky, mně za malá piva křížky, ale Cyril v chlastání jednoznačně vedl. Jak šel čas, řešili jsme kde co. Karikatury proroka Muhamada, které zveřejnil dánský tisk a vyvolalo to protesty muslimů všude po světě. Kolega řekl, že je židovského původu, a proto karikatury, zesměšňující islám, schvaluje. Já zase, že nepovažuju za svobodu projevu, když někdo uráží něčí ikonu. Urážet náboženské cítění jiných kultur je nefér a dalo se spočítat, že si to arabská masa, která je náchylná k davové psychóze, líbit nenechá. Nemám ráda karikatury. Je to jen způsob výsměchu – nic víc. Je to srabárna.

To jsme se chytli poprvé.

Kolega mi začal vysvětlovat historii Židů a já že o tom nic nevím a nemůžu nic z toho chápat, a proto jsem na straně Arabů a kdesi cosi. Dost se divil, když jsem mu řekla, že chápat asi něco budu, protože zpívám v Mišpaše.

Pak jsme se v hovoru dostali ke komunistům a chartistům, asi proto, že jsme si říkali, jak je hrozné, že mají komunisti před blížícími se volbami takové preference.

Osmnáct procent!

Kolega i Cyril halasili, že se měli komunisti zakázat. Odpověděla jsem, že to bohužel hodně zvoral exprezident svým generálním pardonem všem – i komunistům. Nesouhlasím s tlustou čarou za minulostí!

Teď se do mě pustil Cyril, na účtence měl nejmíň dvanáct čárek. Exprezident nemohl nic dělat, protože byl obklopený lidmi, co tady komunismus kdysi budovali, kteří vyhazovali lidi z fakult a tak dále. Už v 68. roce byl reformní komunismus nesmysl, kterému ale i on sám na chvíli uvěřil. A neangažoval se pak v Chartě jen proto, že tam byli samí komunisti a byla to všechno jedna pakáž!

Já samozřejmě nevím, jakej kdo byl před rokem 68, bylo mi jedenáct, ale po okupaci a při Chartě urazili mnozí z chartistů-komunistů nějakou cestu a ta se taky počítá. A byla bych ráda, kdybys chartisty neházel do jednoho pytle, protože mě to uráží! Já byla taky chartistka a komunistka jsem nebyla, tak to, prosím, Cyrile, negeneralizuj. Mně to vadí!

Říkal, no, spíš na mě řval, že sám byl za normalizace jenom šedá zóna, ale že se na rozdíl od jiných sám uživil, jemu nikdo prachy nedával. Kdysi potkal svého kamaráda, básníka, co byl po okupaci odevšad vyhozený, a když se ho ptal, za co žije, tak básník odpověděl, že mu (pře)dává peníze (z ciziny) otec. (Rozuměj můj.) Takové hrdinství za prachy z ciziny! To se to proti režimu bojovalo! Mně nikdo žádný peníze nedával a už vůbec ne můj otec! To bys mohl vědět, když jsi se mnou pracoval na scénáři a probrali jsme kolem toho kdeco. Mě sice později mnozí chartisti taky zklamali (a hodně!), ale tehdy byli stateční a hodně! A tyhle kecy o penězích z ciziny, za který se to tak náramně bojuje, jsem slyšela v životě tolikrát! Pořád mi je někdo otloukal o nos... Nesnáším je!

Cyril připustil, že já to tedy odnesla a že jsem si vytrpěla svoje, ale disidenti v sedmdesátých a osmdesátých letech si ve vězení jen váleli šunky, koukali na televizi a kouřili cigára.

Že si ty šunky takhle chtělo válet tak málo lidí?! Křičela jsem na něj zuřivě.

A mně jde o vězně v padesátých, co fakt trpěli! Křičel na mě zuřivě taky.

Ví, o čem mluví. Jeho máma byla v padesátých letech zavřená, krutě to odnesla celá rodina.

Já s tebou souhlasím. Já se s tebou shoduju, souhlasím, že vězni v padesátejch letech trpěli nepředstavitelně, ale pozdější disidenti žádný lážoplážo taky neměli. To je nespravedlivý, co říkáš!

Řvali jsme na sebe, že spolu souhlasíme.

Kolega chtěl taky něco říct, ale Cyril ho přeřval. Křičel na mě a na celou hospodu.

Kdyby to tady komunisti nenastolili, tak jsem mohl být scenárista třeba v Holywoodu. Taky jsem mohl mít film, ale už je pozdě. Úplně mi posrali život! Celý život mi posrali!

Po něžný revoluci uběhlo spoustu let, tak se nevymlouvej, že ti komunisti zkazili celej život! Křičela jsem na Cyrila a na celou hospodu. V devětaosmdesátým jsi byl mladík. (Byl tak mladý, jako jsem teď stará.) Kdyby to tady komunisti neposrali, tak by ses možná nikdy nestal spisovatelem! A nedostal bys cenu za literaturu, z který máš takovou radost. Protože tvoje literatura je celá postavená na reflexi tý svinský doby! Cyril zaskočeně kýval.

Jak může říct, pomyslela jsem si, že mu komunisti zničili celý život? Vždyť mohl vystudovat, mohl pracovat u filmu – udělal spoustu výborných věcí (právě za komunistů, teď na své projekty peníze paradoxně sehnat nemůže), potkal svoji ženu, pomohl jí vychovat dceru, má s ní společnou dceru – a při pár zmínkách jsem vycítila, jak ji má rád a jak je na ni pyšný, mohl jezdit do ciziny. To se nepočítá?

Mně tohle ublíženectví vadí!

Křičel na mě něco zpátky, křičel i kolega, křičeli jsme všichni tři a já se divím…

Divím se, že nás nevykopli.

Vlastně jsem už dlouho při té trapné nesmyslné opilecké hádce přemýšlela, jak se zvednout a odejít. Nechtělo se mi odejít při urážkách ani těsně po nich. A navíc – kdybych odešla teď, už bych se asi s Cyrilem nikdy upřímně bavit nedokázala. Už bych mu to asi neodpustila, nevím.

Překonala jsem se a seděla s nimi ještě hodinu a prošvihla kino. Stejně bych tam už nešla. Cyril se mi začal omlouvat, nechtěl mě ranit. A jestli ho mám ještě ráda a jestli se ještě uvidíme? Padla mu hlava na stůl. Padla mu hlava přímo na nos a na brýle. Spal.

Teď se znovu dostal ke slovu kolega a jakoby bez přerušení pokračoval v lekcích z režie. Nedokázala jsem ho vnímat.

Bylo mi úzko z toho, že se proti mně po stole válí do němoty zpitý Cyril, že jsem to musela zažít. Bylo mi líto jeho alkoholické sebedestrukce, jejíž obří rozměry jsem nečekala, bylo mi líto, že jsem mu nestála za to, aby se neopil, prosila jsem ho od pátého piva, aby si další nedával, bylo mi líto všech jeho blbých řečí, že je jich vůbec schopen. Nemohla jsem komunikovat, natož o režii, když se Cyrilova hlava překulila z jedné strany na druhou a vzdychla, zabručela.

Co budeme dělat? Zeptala jsem se kolegy a kývla směrem k Cyrilovi.

Nic. Vzbudím ho.

Jak řekl, tak udělal. Cyril si promnul oči, upravil brýle, chytil mě za ruku, držel mě a ptal se, jestli se na něj nezlobím.

Konečně jsem mohla odejít.

Bolí to.

Celý den jsem četla ve skriptech o střihové skladbě. Urazila jsem skoro 100 stran a vybavovala si všechno, co mi vysvětloval Cyrilův kolega. Až teď to oceňuju. Samé přesné věci. Škoda, že se do toho přimotalo to ostatní, všechno ostatní, o čem odmítám přemýšlet.

V noci mě vzbudila křeč. Nechtěla jsem Marka rušit a snažila se vydržet do doby, než bude vstávat. Krčila a natahovala jsem nohy ve snaze nějak se křeče zbavit. Nepomohlo to.

Jako bych se celá zamořila jedem.

Začala zimní olympiáda. Nasněžilo. Slunce svítilo jako o závod. A jako o závod jsme s Markem jeli na běžkách do vsi na zabijačku. Kamarádka slavila čtyřicátiny. Rozhodli se s mužem, že koupí vykrmené prase a dvoudenní oslavy budou probíhat v pracovním duchu. Prase picnou a budou s kamarády zpracovávat na prvočinitele a přitom povídat a popíjet.

Nikdy jsem zabijačku neviděla a ani ji vidět nechci. Jeli jsme později, po desáté. (Porážka začínala v šest.) U téhle kamarádky jsme ještě nebyli, nevěděli jsme, kterými vraty se k nim vchází.

Našli jsme je podle krve na sněhu. Psa, kterého jsme vzali s sebou, jsme přivázali na místo na slunci, před statek. Od vrat nás dovedla krvavá pěšina k praseti, visícímu ve dvoře přesně jako na

Ladových obrázcích, za nohy a s břichem rozpáraným. Kolem se činili s obřími noži chlapi. Činili se s noži i s panáky, jež ženské každou chvíli nosily. Mrzlo. Marek zůstal venku, já šla do tepla stavení. Pach masa a střev.

Přestože uvnitř seděly za stolem samé prima ženy – krájely špek, dělaly klobásy a jitrnice, vařily zabijačkovou polévku a taky celkem vydatně panáčkovaly a o srandy všeho druhu nebyla nouze, nebylo mi tam dobře. Jsem na pachy přecitlivělá.

Zrovna když jsem se rozhodla, že odejdu (v televizi měl být první přenos z olympijského běžeckého závodu, kde jsme měli – jak miluju ten výraz – želízka v ohni), přišla k nám do místnosti omladina, obě kamarádčiny dcery a taky Eva, jediná dcera Aleše a Petry.

Páni, pomyslela jsem si, když jsem Evu spatřila. Ta je ale obrovská. A tlustá. Jak to může dopustit? Přitom by z ní byla krásná holka, má neuvěřitelně sytě modré oči a i teď pěkný obličej madony. Ta hora tuku pod ním! (Má to po kom dědit, Petra váží určitě sto třicet kilo a Aleš má jen o něco míň.) Kolik jí je let, že se nechala takhle vykrmit, že to připustila?

Celkem nedávno, asi před rokem či dvěma, srazilo Evu auto. Štěstí, že jelo pomalu a nezabilo ji, měla jen zlomenou ruku. Byli jsme do toho s Markem zataženi, protože k tomu došlo, když běžela přes silnici za Lukášem. Aleš nám tehdy volal a chtěl, abychom zakročili.

Tohle není možný! Dyť nám ten váš kluk holku zabije!

Lukáš se Evě odmalička líbil. Aleš z toho byl zoufalý: Ale jo, vy jste s Markem slušný lidi a Lukáš je hezkej a celkem milej kluk.

Ale když on je Cikán a já je nesnáším.

Vypravila jsem se odtamtud sama, Marek chtěl ještě u prasátka pobýt, ačkoliv ani jemu zabijačkový odér nevoněl. Vzala jsem psa, nasadila běžky a šinula se domů v domnění, že mě pes do kopců potáhne, jak to dělával zamlada.

Musela jsem táhnout já jeho a nejen do kopců. Očuchával ve

vsi každý metr a chtěl se vrhat na kočky, které se vprostřed ulice vyhřívaly a ani je nenapadlo před námi utéct. Musela jsem ho pevně držet na vodítku, do toho se mi pletly hůlky... Jak jsem pomalu lezla vsí, před svým domem mě přepadl jeden z šesti set zdejších obyvatel. A že když mě konečně vidí, doběhne si pro mou knížku, abych mu ji podepsala. Ať chviličku vydržím, bude hned zpátky...

Čekala jsem a docela se bavila, protože muž dělal v době, kdy jsme se s Markem do lesa nad vsí přistěhovali, kariéru u Státní bezpečnosti. (Tehdy jsem to samozřejmě nevěděla.) Ve zdejší vsi, kam jsem chodila na nákupy a na vlak nebo na autobus, se mi před dvaceti lety lidi spíš vyhýbali – a já se proto radši vyhýbala jim. (Dokonce se ke mně ze samoobsluhy donesl názor, že bych měla odjet žít do ciziny a nekomplikovat tak ostatním slušným lidem jejich existenci tím, že nevědí, jestli mě můžou pozdravit, jestli z toho nebudou mít průser.)

Ten muž se na mě vždycky mile usmíval, zdálky mě hlasitě a hezky zdravil a kdykoliv mě uviděl na zastávce autobusu (jezdila jsem do města uklízet), zastavil a svezl mě, mě jedinou. Řídil výborně.

Však taky začal u Stb jako řidič. A pomalu se učil na vyšetřovatele, ale vyučit se nestihl. Pokazil mu to devětaosmdesátý rok a sametová revoluce. Později mi kdosi vyprávěl, jak se kasal, že byl dokonce i u zásahů proti chartistům, u výslechů a domovních prohlídek a jak ho to bavilo. Teď přišel s mou knížkou a já jsem se mu podepsala a připsala k tomu...

Že ji ráda věnuji celé jeho rodině.

Koukala jsem na olympiádu, před usnutím četla ve střihové skladbě, tentokrát co o střihu napsal Ejzenštejn. Opět mě přepadla hrůza z natáčení. (Včera jsem poprvé do scénáře napsala ke kolonce režie své jméno.) Kupodivu jsem usnula bez prášku.

Vzbudil mě sen. Citovala jsem nějakého Čulikova, který měl

napsat skripta o filmovému střihu, a vytahovala jsem si přitom z tě-
la jehly na šití.

V ohromném množství jsem je měla zapíchané v břiše.

Při první konzultaci o mechanickém uvolnění kostrče jsme
se s velmi milým docentem neurologie dohodli, že už jsme se
kdysi potkali. Spolupracoval s paní Mojžíšovou, která vymyslela
sadu cviků na uvolnění a posílení pánevního dna neplodných žen –
a ony pak otěhotněly. Prošla jsem tehdy jejíma i jeho rukama,
velmi dobře si to pamatuju. Vždyť jsem v těch letech toužila po
jediném.

Otěhotnět.

A když se to poprvé podařilo, potratila jsem.

A když se to podruhé podařilo, bylo to mimoděložně.

A když se to podařilo potřetí...

Měli jsme doma dva adoptované kluky.

Byli jsme s Markem pozvaní na jazzový večer *Sextetu pana Jana*,
což je příležitostná formace profesionálních jazzových muzikan-
tů a jednoho profesionálního kameramana, mého spolurežiséra
(a výborného pianisty). Všichni hráli bezvadně a s velkou radost-
í a nejkrásnější skladba byla ta pro kameramanovu ženu. Složil ji
pro ni, aby jí dala sílu na překonání nemoci. Kdyby to v tom klubu
šlo...

Trsala bych hned.

Mnichov, nový film od Spielberga. Pro mě je to režisér – che-
mik. Všechno přesně odměřené, profesionální, herci jsou výborní,
vybraní tak, aby byl každý úplně jiný typ – jeden sportovní blonďák,
jeden černovlasý strejc, jeden takový a jiný makový, děj na správ-
ných místech zamíchaný, dynamický, napínavý. Všechno správně.
I erotika, i strach, taky krev, až moc krve.

Film jako by klade otázky o vině a trestu, o právu či neprávu na
odplatu, jakoby hluboké, kontroverzní. Nikomu se tu nestraní,

problém terorismu a jeho následků je ukázán ze všech úhlů pohledu. Ale! Všechno je to CHLADNÉ.
Kalkul bez srdce. (Ani jedna otázka.)

Poznámka na ráno: Vrátit do dveří klíče.
Po poledni Lukáš slavnostně odjel z diagnostického ústavu na první návštěvu. (Na cestu vybaven penězi z kapesného, které, kromě ošetřovného, jak se říká platbě za pobyt, ústavu platíme/ platí Marek.)
Připravila jsem mu jeho pokoj. Všechno čistě povlečené, oblečení vyprané a složené ve skříni. Uvařila jsem teplou večeři, Marek měl přijet domů ve slušnou hodinu, to znamená do půl sedmé. Opravdu jsme se u stolu sešli. My (biologičtí) tři.
Poznámka před spaním: Je půlnoc a Lukáš pořád nikde.

Dorazil domů, jak „setěšil nejvíc" v jednu zrána. Jestli ho tu budeme chtít nebo ne, to se mu cestou z města z hlavy vykouřilo, ale jinak se mu v ní hodně zakouřilo. A zahulilo. A kdoví co ještě. Byl sjetý!
Dorazil úplně podle svého zvířecího zvyku z poslední doby. Smradlavý hospodou, potem, nohama. Krhavý očima. Čuměl. My s Markem taky, takový průběh jeho snažení jsme při první návštěvě (zase) nečekali.
Jsme blbí.
Blbější!

Včera v noci, tedy zrána, jsme do Lukáše přece jen hučeli. Takhle si pokračování společného rodinného života nepředstavujeme a tak dále, pořád stejně.
On nám to odkýval a červené oči mu šilhaly z jednoho na druhého. Šel spát a spal, dokud jsem ho před polednem nevytáhla z postele. Najedl se, vypálil a přišel k ránu! V jakém stavu – to jsme s Markem odmítli jít zjistit. Smrad, co nastoupal do podkroví, na to odpověděl sám. Line se to domem jako mor.

Je neděle, půl jedenácté dopoledne a Lukáš spí. Marek s Matějem brzy ráno odjeli na fotbal (Matěj měl celodenní turnaj a trenér požádal všechny rodiče, co můžou dělat šoféry, aby se do odvozu kluků zapojili). Potřebuju odejít. Kamarád ze vsi nám nabídl udělat daňové přiznání – společné zdanění manželů, přece mu nezavolám, ať se nezlobí? Nechci tu Lukáše nechat samotného, abych nemusela počítat škody, nechci Lukáše v jeho pokoji zamknout, nechci ho ani budit, protože se bojím, že jen ho uvidím, začnu zuřit.

V půl dvanácté už jsem ho vzbudit musela. Vstal k obědu. V jídle se rýpal, ve směsi na makarónech objevil houby. (Tyhle houby mu vadí, ale halucinogenní houbičky zblajznul raz dva – jak v diagnosťáku přiznal.)

Až když jsme se v předsíni loučili, dokázala jsem se na něj usmát. Odešel. Jenže se od branky vrátil s nataženou rukou. Utratil všechny peníze, které měl na obě cesty, tak jestli chci, aby se do diagnosťáku vrátil, budu si muset dojít pro (schovanou a zamčenou) peněženku.

A já pro ni dojdu.

Chci, aby se do diagnosťáku vrátil.

Jela jsem z nemocnice z rehabilitace, řídila auto, když zavolal producent, že rozmnožil scénáře a teď dá dohromady kontakty na vybrané herce, abych je mohla oslovit.

Smál se: Dneska na ně telefony neseženu, odpoledne to nebude.

Dojela jsem do vsi, dál to nešlo. Zastavila jsem před Obecním úřadem. Dělá tam starostku Jarka (my v lese bohužel patříme katastrálně do jiné vsi). Vešla jsem do kanceláře a zeptala se, jestli bych si u ní mohla zaskákat radostí.

Pobaveně kývla. Čekala, co bude.

Skákala jsem, vyřvávala hurááá a juchúúú…

* * *

Posadila jsem se na zadek.

A sedím, konsternovaná.

Čumím.

Vrtím hlavou.

Ne.

Ne ne a NE!

Na deset třicet jsem byla objednaná na gynekologii. Chtěla jsem vyloučit možnost propojení bolestí páteře (mám je pořád) s něčím závažnějším, co by mohlo pocházet odjinud. (Propojení doktorem vyvráceno. Jsem tak v pořádku, jak bývají ženy v mém věku.) V jedenáct nula nula termín k zubařce, oba lékaři sídlí ve stejné budově.

Od rána jsem měla vypnutý mobil, přišlo by mi nezdvořilé, kdyby mi uprostřed vyšetření někdo zavolal. Pěkně jsem si poseděla v čekárnách.

Cestou od doktorů jsem jela na nákup. Ani jsem si nevzpomněla, že bych si měla zapnout mobil. Domů jsem se vrátila v půl druhé odpoledne. Začala jsem nosit tašky s nákupem z auta a v kuchyni věci třídila na svá místa, když na mě dvakrát krátce cinknul zvonek od branky. Takhle zvonívá Marek. Ale kde by se tady náš (samo)živitel ve dvě odpoledne vzal?

Vykoukla jsem z okna. Marek přicházel po chodníčku k domu. Zavolala jsem na něho vesele: Ty sis udělal volno? Co se děje? Máme líbánky?

Skoro. Spěchám, abych tady byl dřív než Aleš, zavolal na mě do okna.

Proč by tady měl bejt Aleš?

Protože nám jede rozbít hubu.

Marek zahnul za roh domu. Vešel do předsíně. Nechala jsem nákup nákupem a šla mu naproti.

Proč nám chce Aleš rozbít hubu?

Sundal si bundu, věšel ji na věšák: Protože Lukáš zbouchnul Evu.

Cože?!?!

Posadila jsem se na zadek.

Eva čeká s Lukášem dítě.

A sedím, konsternovaná.

Zbouchnul ji, když byla ještě pod zákonem. Patnáct jí bylo teprve na Silvestra.

Čumím.

Volala mi to Petra, říkala, že Aleš šílí a že si to s náma jede vyřídit ručně. Snažil jsem se tě varovat, ale tady to nikdo nebral a mobil máš pořád vypnutej.

Vrtím hlavou.

Eva je na konci čtvrtýho měsíce.

Já nehraju! Ne!

Lukáš by si mezi Evou a sledováním televize určitě vybral televizi. (A to nemluvím o fetech u Štěpána.) Ani náznak, že spolu... Vždyť se pořád vůbec nemyl! On si snad přitom ani nesundal...

Boty.

Jediná dobrá zpráva je, že k nám Aleš nedorazil. (Ze zoufalství se opil.) Volám Petře. Eva počítá s tím, že si dítě nechá, tak nějak bez Lukáše.

Je jisté, že je otcem? Proč tomu máme věřit?

Chvílemi se směju, chvílemi na Lukáše zuřím. Chvílemi mám pocit, že se osud (nebo Pámbu?) rozhodl nenechat nás nikdy vydechnout, nikdy zaživa. A pak mě to napadlo.

Je to lepší než rakovina.

Original message from...

11,24:

„...Včera jsem na tebe myslel a ty jsi dávala scénáře hercům! Na to jsem tedy nemyslel, ale vzpomněl jsem si na tebe v tom smyslu, kdeže je ta moje zpěvačka a proč spolu nikde nezpíváme.

... Kauza Lukáš je opravdu dramatická. Ani se mi nechce domýšlet, jako otci dcery, co bych dělal v takové situaci. Na druhou stranu, dítě není neštěstí a být babičkou je krásné, ať už vnučka vznikne za jakýchkoli okolností. Kdysi ses rozhodla ujmout dvou opuštěných, ale životaschopných kluků, a tím sis predestinovala celý život. Já si vzal o deset let starší ženu a mám s ní dvě děti a jsem rád a miluju je, i když žiju s jinou ženou. A tak se z toho vůbec nehruť, ber, co přichází a buď ráda, že vůbec něco přichází. Máš tak zajímavej život a já mám tak zajímavou zpěvačku (debutující režisérku-babičku), že si fakt nemůžu stěžovat :-)

...A neboj, když přijedeš s kočárkem na zkoušku, taky tě rádi uvidíme. Já se na to tedy docela těším..." *(zdraví tě tvůj zpěvák Olin)*

12,01:

„...Co se tvé vnučky týče (jsem přesvědčený o tom, že to bude holčička!), jak jsem z tvé odpovědi pochopil, tak partie je rozehraná až anticky. Dnes, cestou do práce, jsem poslouchal v rádiu, jak si pochvalují baby box. Už tam nějaká neznámá vložila první dítě. To si zapícháš, počneš, odnosíš a porodíš, a pak to odložíš do baby boxu a můžeš nanovo. Dovedu si představit i dvojici, která dělá děti do baby boxu jako koníčka. Takže řešení pro chvíli krize nejvyšší stát připravil. Ach, ta doba je tak blbá. Taky jsem cestou do práce slyšel, že nejčastěji se holky mezi sebou baví o své mámě jako o ‚té krávě‘. Úplně mi zatrnulo. Já snad v něčem takovém ani nechci žít, nechci se toho účastnit, podílet se na tom. Tvou chromost chápu a soucítím, protože mě tak bolí noha, že než někam dojdu, jsem celý zpocený bolestí. Právě teď sbírám odvahu zajít k doktorce, aby mě s tím poslala na ortopedii. Ale taky mi poslal nějaký jednadvacetiletý kluk krásný mail o tom, jak se mu líbil seriál *Paměť stromů*, i když jsem ho dělal, jak píšu na webových stránkách, pro starší diváky. Takže furt tu jsou nějaké důvody žít :-)

Tím hlavním důvodem je pak ta krásná chvíle společného zpěvu..."

12,38:

„...Otevři srdce a zamysli se. Někdo přichází na svět a měl by být přijat s láskou. Mysli na věčnost, pro kterou je narození a výchova nového člověka vteřina. Tam je spíš jiný aspekt nebezpečný a to, že za rok, za měsíc se to může opakovat s jinou a to aby sis pak založila jesle pro děti svých chlapců..."

Včera večer jsem znovu mluvila s Petrou. Samozřejmě už si leccos zjistila, například, že za Lukáše budeme muset platit alimenty my. A taky polovinu veškerých nákladů na těhotenství, slehnutí, miminko, a tak dále. A že když se my rodiče na financích dohodneme a nikde nic neřekneme, nebude Lukáš trestně stíhán.

Prostě jde o to, abyste se s Markem chovali jako slušný lidi a nedělali, že se vás to netýká.

Kde se to mělo odehrávat? Kde se spolu scházeli? Zeptala jsem se.

Petra tlumočila otázku dál: Evo, kde jste spolu spali?

Pod stromem za hospodou.

Kdy?

Od léta.

Oni spolu spali opakovaně od léta a celou dobu se nijak nechránili? A naposledy, dodala Eva, jak měl Lukáš na fotbale tu rozlučku na konci sezóny. Přijel večer z oslavy, já na něho čekala na stanici...

Horečně přemýšlím, kdy to asi bylo. Na konci října? Na začátku listopadu? To by délce jejího těhotenství odpovídalo. Každopádně si vzpomínám, že jsme Lukášovi dali peníze, aby si užil.

Proč spolu spát přestali? Vznáším přes Petru další dotaz.

Protože byla zima.

Aha. A potom co?

Potom nic. Oni spolu nechodili. Jenom spolu spali.

Takhle vypadala láska, z níž se za pět měsíců narodí dítě.

Dnes dopoledne, 25. února, jsme byli předvoláni k soudu. Mělo se rozhodnout o tom, zdali Lukáš zůstane v ústavní výchově. Jeho pobyt v diagnosťáku bylo jen předběžné, tedy krátkodobé, akutní opatření. Nemohli jsme s Markem novou zásadní skutečnost zamlčet.

Už proto, že neoznámení trestného činu je trestný čin!

Dostali jsme strach, že by mohli Lukáše propustit z ústavu domů. Pořád ještě se tam snažil – tam jo, i když kouřit už zase začal – prý to je pro něj výhodnější co se bodování týká, ale to je teď detail. Děsíme se, že ve vsi začnou děti vznikat geometrickou řadou, přesně jak se účastníci početí budou nudit, až se začne s jarem oteplovat. Nuda je ve vsi velká a spousta holek má dítě v sedmnácti. Aspoň AŽ v sedmnácti! Dvacet minut autobusem do města za kulturou je moc daleko, ještě dál je odjet někam do ciziny poznávat svět. Svět je tak úžasně otevřený, ale většina kluků a holek tu trčí v boudě autobusové stanice a nehnou se – kromě pár kroků, při kterých se buď omámí anebo oplodní anebo obojí. Zásadní poznámka: Lukáš prý byl ten večer omámený nebo opilý.

Seděli jsme v soudní síni. Soudkyně, státní zástupkyně, kurátorka a sociálkou přidělená Lukášova opatrovnice, co má zastupovat zájmy nezletilého v jeho nepřítomnosti. Zapomněli jsme na chvíli na úřad a povídali si jako lidi o možnostech pokračování toho příběhu.

Řekli jsme oba, Marek i já, že odmítáme rovnou přijmout jako fakt, že je otcem Lukáš jenom proto, že to Eva tvrdí. Ještě v čekárně na gynekologii tvrdila, že je panna. (Panna vyšla z ordinace s dvěma předpokládanými termíny porodu.) Odmítáme platit náklady před slehnutím, nemáme je z čeho platit. (Ale paní spisovatelko, neříkejte, že nemáte žádný příjem, vždyť vám nedávno běžel v televizi film…) Budeme chtít zkoušku otcovství. Ta se samozřejmě dělá až po porodu. Šok nastal, když nám soudkyně řekla, že stojí kolem dvaceti tisíc.

Lukášovi byla nařízena ústavní výchova do dovršení osmnácti let věku. To znamená do 1. srpna. Markovi byla nařízena platba výživného (na Lukáše) 3000,– Kč měsíčně.

Tak to je tedy gól!

Vzali jsme si Lukáše z (kojeneckého) ústavu, sedmnáct let jsme o něho pečovali na vlastní náklady, on nás za odměnu skoro zničil, posíláme ho zpátky do (výchovného) ústavu a musíme tomu ústavu platit výživné! Mně bylo výživné odpuštěno (ale se zdviženým ukazováčkem), když není, z čeho jeho výši vypočítat.

Dokud bude Lukáš v učení a dítě se narodí a pokud bude jako otec uveden (případně prokázán), budeme platit alimenty (a nejen) my = Marek. Kdyby Lukáš studoval nebo se učil deset dalších let (tenhle strach nemáme), budeme za něho platit deset dalších let. Kdyby mu něco v práci dlouhodobě bránilo (počítá se do toho lenost?), budeme platit pořád (strach máme, velký). Pokud nás Evini rodiče (budou muset po narození dítěte požádat o svěření do vlastní péče, když matka nebude díky nízkému věku schopna žádných právních úkonů) zažalují...

Odešli jsme od soudu jako spráskaní psi. Kráčeli jsme přes náměstí k lávce, k autu, zaparkovanému na druhém břehu řeky a pořád dokola naši situaci rozebírali. Za výlohou pod horní branou byly vystavené kočárky – od sedmi do sedmnácti tisíc. Pokud bude chtít mít Eva všechno nové, může se celková suma za nejzákladnější výbavu vyšplhat na desetitisíce.

Kde vezmeme peníze? Proč musíme nést i tyhle následky? A nepřála si to ta modrooká, světlovlasá Eva? Jí se z deváté třídy, kam jako nastávající maminka chodí, nikam nechtělo. Ani do učení, ani do práce.

A myslíš, Marku, že fakt nemohla spát taky s někým jiným? Vyspělá a vyzývavá je na to dost.

Bude zkouška otcovství, prohlásil Marek.

Takovejch prachů. Kde na to vezmeme? Přece se nezadlužíme?

Zastavili jsme se zrovna na rohu náměstí, kde má ve vedlejší ulici krámek Petra.

Marek řekl se vší vážností: Zkoušku Lukášova otcovství provedeme pohledem.

Podívali jsme se na sebe. A začali se šíleně smát. Úplně jsme se prohýbali v záchvatu nekonečného smíchu, nemohli jsme přestat a nemohli jsme jinak.

(Chudák děda Aleš.)

* * *

Vrátili jsme se z nejslavnostnějšího večera předávání filmových (a scenáristických) cen v půl druhé ráno. Doma nás přivítal Matěj, byl vzhůru, čekal nás. Přiznal, že když začali vyhlašovat první místo za nejlepší nerealizovaný scénář, udělalo se mu tak špatně od žaludku, že musel na chvíli od televize odejít.

Hmmm. Pohladila jsem ho.

Hmmm. Pohladil mě Marek: Taky mi dobře nebylo.

Hmmm. Pohladila jsem je oba: Tak si připijeme, ne?

Nalili jsme si pivo a ťukli si všichni tři:

Na prohru!

Ani na hokej se mi nechce koukat.

Zvoní pevná linka. Se sevřeným žaludkem přemýšlím, jestli mám telefon vzít. Když ho nevezmu teď, zazvoní za hodinu nebo odpoledne nebo zítra. Beru ho, ať to mám za sebou.

Dozvídám se od kurátorky z městečka, že je Evin případ nahlášen na policii jak jejich sociálním odborem, tak státní zástupkyní. Zástupkyně řeší i gynekoložku, která soulož pod zákonem nehlásila. Bude mít taky problém. Budeme mít problém všichni, už ho máme.

Musím to pořádně probrat s Matějem. Stojí s Evou každé ráno na stanici autobusu (má vlasy obarvené na modro a je prý šíleně rozjetá). Matěj nastraženě poslouchá každý můj hovor, ale stále o ničem sám mluvit nechce.

Včera jsem telefonovala s kamarády, pěstouny, potřebovala jsem si vylít srdce. Michal s Lucií říkali, že Pavla do diagnosťáku taky poslali – už jeho kradení nemohli vydržet. Jenže oni ho mají v péči, která může v jeho osmnácti letech skončit. My máme osvojení nezrušitelné a poneseme důsledky chování kluků celý život.

Další hovor.

Tentokrát jsem volala vychovateli v Lukášově novém ústavu, kam byl po rozsudku soudu převezen.

Zrovna když seděl v autě – nevěděli jsme, že to jde tak rychle a bez porady s námi, volal tam Marek, aby Lukášovi řekl novinu o dítěti. Vrátný vystrčil telefonní sluchátko z okna na ulici, Lukáš z auta vystoupil a dozvěděl se, že bude otcem. Eva kecá! Stihl říct do sluchátka.

Lukáš je skleslý, s nikým nekomunikuje a pořád jen kouká na televizi. Už ho přešla chuť vyučit se zedníkem (v diagnosťáku říkal, že jeho největší životní touhou je vyučit se – a oni mu to sežrali a poslali ho do ústavu s dobrým učňákem). Tak teď je v ústavu se zedničinou, ale učit se nechce, chce pracovat. Aby prý živil své dítě. Současně dál tvrdí, že s Evou nic neměl. Řekl, že až za ním přijedeme na návštěvu, tak u toho nechce být.

No bezva!

My tady s Markem málem čelíme Alešovým pěstím, Matěj čeká s Evou a hromadou dalších školáků na autobus a všichni kolem se dobře baví, že tam čeká s příbuznou, já musím vydržet Petřiny odsudky, ves nás drbe od rána do večera – o ničem jiném se tu už týden nemluví (Eva to jako správná hvězda těchto dní rozkecává všude, kam se vrtne, strašně ji baví být středem pozornosti), všichni se tady pořád budeme potkávat ať se nám to líbí, nebo nelíbí, ať chceme, nebo nechceme!

A on, který to svou naprostou nezodpovědností spoluzavinil…

Došla mi slova.

„Nic nepoznáš, nežli ve srovnání."

To říkají Rusové a mně to v mejlu napsala Klára. Včera jsme spolu měly jít na oběd, ale omluvila jsem se krátkým nástinem našich posledních dní. Jela jsem do města na neurologii, na uvolnění „ocásku". Bolesti se stupňují. Předtím lítání všude možně, abych zjistila, kdy přesně a jak se dělá zkouška otcovství a je-li její výsledek stoprocentní. (V éře DNA se o spolehlivosti pochybovat nedá.) Sice jsme se s Markem na tohle téma pěkně úlevně nařehtali...

Petra na nás tlačí a já to chápu. Chce svoji jedinou dceru (a své budoucí vnouče) maximálně zabezpečit. Škoda, že ona vůbec nechápe, jak je nám. Snažila jsem se jí to vysvětlit, ale nepodařilo se mi to.

V našem případě není ani srovnání možné. Platí jen osobní zkušenost. Ale kdo ji v nejbližším okolí má? A přitom jsme stále vystavení (přísným) soudům, pro něž nemá nikdo vlastní prožitek. A koneckonců – ani srovnání.

Cestou z neurologie jsem z tramvaje uviděla za výlohou v čínském krámku pěknou barevnou (hipísáckou) košili. Vystoupila jsem a šla se na ni podívat. Stála 299 korun a slušela mi. Rozhodla jsem se, že si udělám radost.

Přišla jsem k mámě a košili si hned oblékla. Máma se chystala na večeři se sestrou, která přijela na pár dní ze Švýcarska. Byla vyfiknutá v růžovém svetru. Moc jí to slušelo (sluší jí všechno). Hezký, řekla jsem jí a ona mi odpověděla, že musí bohužel jít

v tomhle hrozném svetru, protože jsem jí černý sebrala. (Skoro při každé návštěvě mě teď obviní z něčeho, co jsem jí sebrala, ačkoli mi to předtím dala.)
Mami, nemluv se mnou jako se zlodějkou.
Já s tebou mluvím jako ty se mnou.
Já s tebou takhle nemluvím.

V deset dopoledne jsem měla být na rehabilitaci. Vyjela jsem z garáže doprostřed ulice právě ve chvíli, kdy sem ze zatáčky vjelo policejní auto. Ani jsem se nesnažila uhnout ke straně. Dál než k nám jistě nejede. Měla bych si na to zvyknout. Ale nedaří se mi to. Sevřená. Že by už Lukáš utekl?
Hledali Patrika.

„…aj som sa Ti trochu bál písať, mám Ťa chlácholiť, alebo aj za Teba nadávať? Som rád, že si sa ozvala. Do poslednej chvíle som veril, že povedia Tvoje meno, no keď ho nepovedali, nemohol som tomu uveriť. Hovoril som si – nedali jej druhú ani tretiu cenu, tak musí dostať prvú, teraz si hovorím – nedali jej prvú cenu, ale ani druhú, ani tretiu? Čo za skvelé scenáre to tam majú, keď jej nič nedali? Strašne som bol z toho sklamaný – z toho podrazu…"
(Dušan)
Přiznávám se zpožděním. Prohra ve scenáristické soutěži se mnou zacloumala. Člověk může na neúspěchy trénovat věčně.
A vždycky ho srazí.

Čekala nás první návštěva v Lukášově novém působišti. Nechtělo se mi na ni. Nechce se mi nic, jsem podrážděná předem. Proč pořád dělám něco, co už vůbec nechci?
5. březen.
Nasněžilo. Od vánoc je sníh, nebo led. Silnice byla špatně sjízdná. Jeli jsme kopci a serpentinami po okreskách třetí třídy. Markova jízda je typicky mužská, před zatáčkami nepřibrzďuje. Nervy.
Výchovný ústav je v bývalém klášteře. Zvenku je to krásná

budova. Vychovatel, který měl víkendovou službu, nám stále něco vysvětloval. Bývalý bachař, strávil dvacet let na Bytízu.

Marek i já jsme před časem přečetli *Motáky nezvěstnému* od Karla Pecky, kde o lágru v Bytízu – a nejen o něm, píše. Četli jsme tu nádhernou smutnou silnou knihu po zimním lyžařském pobytu v horách. Do chalupy, kde jsme s kamarády týden bydleli, se jede silničkou přímo pod věží uranového dolu.

U ní je zrekonstruovaný kus lágru (zrekonstruovaný dobrovolníky), nejhoršího lágru pro politické vězně padesátých let, i s pověstnými schody, které museli vězni po těžké šichtě v podzemí – ničím nechráněni proti záření! – zdolat. Byly dlouhé a příkré jak přímka do nebe. A vězni k sobě byli natěsnaní tělo na tělo a svázaní do čtverce kovovým drátem... Anebo je tak k sobě vázali v jiném, vedlejším lágru? Dnes není v oficiálních informačních letácích městečka, prošpikovaném doly a lágry, kde zahynula spousta nevinných lidí, o tomto kusu historie ani zmínka!

Čekali jsme, než Lukáš přijde. Vychovatel se chtěl bavit. Říkal nám, jak je to tu postavené na hlavu. Kluci jsou hýčkaní, nesmí se po nich nic chtít. Kdysi museli alespoň sami uklízet společné prostory, ale to je dnes přímo z ministerstva zakázané. Dnes se jim ústav stará o vyučení a o zábavu. A všichni kluci, co sem nastoupí, vědí hned první minutu pobytu, jaká mají práva a přísně vyžadují jejich dodržování.

Vychovatel mluvil a mluvil. Přišel Lukáš, vypadal dobře, i když extra čistý nebyl. Vyžádali jsme si dovolení a jeli do městečka, vzdáleného dva kilometry. Hned na první pokus jsme našli příjemnou kavárničku *U velblouda* (pěkný interiér, pěkně hráli jazzík).

Bylo odpoledne, všichni jsme byli po obědě. Usadili jsme se do křesílek – každé bylo jiné, staré, osezené, a dali si horkou čokoládu, Marek s Lukášem ještě medovník. Příjemná část návštěvy tím skončila. Museli jsme přejít k podstatnému. Snažili jsme se dovědět, jak to s Evou bylo.

Bylo to normálně.

Normálně a tečka. Lukáš nám popisoval, co ho teď zajímá nejvíc:

Jak to chodí ve zdejším ústavu a jak on už všechno ví. Ale my s Markem se držíme svého tématu, taky chceme všechno vědět.
Se mnou nikdo žádný dítě nemá. Ani Eva.
Přísahám!

...Myslíš si, že si můj šéf, že tě mám
poslouchat. Zedral si mi život, nechals mě
do sraček nasoukat. Teď kvůli tobě musim
chránit kůži svou proti těm sviním
co proti nám jdou. Ale teď neřešim
sebe a tebe zavání to průserem a to mně
fakt jebe.
Už mně ty zkurvený zmrdi serou musíme
pochopit, že svobodu nám berou.
Hele mi na to máme nabijem zbraně mi těm
zmrdům dáme, hurá na ně.
Pořád meleš jak se chceš rvát a když na
to přijde umíš si jen do kalhot srát.
Nabij zbraně ty jeden grázle, dělej jdou sem
tak kde to vázne.(výstřel) Slišíš nabij
zbraně podej mi tu bouchačku toho jejich
šéfa rozstřílím na sračku.
Tak je to tady bitva mezi gangy začíná,
na ty co tu chcípnou se strašně rychle
zapomíná. Slišíš teď se budem na život a na
smrt prát, přece si od těch invalidů nenecháme
svobodu brát.
Jsou to jenom tupý namyšlený zmrdi
Jsou to buzny co doma do gauče prdí...

Zrušila jsem Patrikův pokoj. Našla jsem jeho školní sešit z předmětu *Zbožíznalství* s texty, které si překvapivě vytrvale psal. Nazval si to *Rep attak* a v podobném duchu popsal čtrnáct stran. (Divím se jen gramatickým chybám, obsah mě nepřekvapil.)

Všechno jsme s Matějem přestěhovali. Rozvrzanou postel jsme chtěli odnést po schodech do přízemí, ale nemohli jsme se vytočit a rohem jsme propíchli obraz na stěně. Tak jsme se vrátili do pokoje – a letěla ven oknem.

Nepotřebné věci, co tu zbytečně rok ležely, jsem naházela do pytle na odpadky. Učebnice ze střední školy a počmárané sešity půjdou do sběru (objevila jsem jeden sešit půjčený od spolužačky, který Patrik nevrátil, odnesu ho do jeho bývalé školy hned zítra s omluvou). Oblečení vezmu Lukášovi, kterému v ústavu zmizely nejlepší kalhoty (směna je jediná možnost, jak přijít rychle a bez peněz k cigaretám).

Do Patrikova pokoje, největšího klučičího, se stěhuje Matěj. Prohlížíme si, jak jsme to tu zařídili. Sedli jsme si každý na jeden psací stůl. Matěj byl nesvůj, že si Patrikův pokoj bere.

Rok čekání stačil. Patrik se nevrátí.

Hmmm. Odpověděl po svém.

Myslíš na něj někdy?

Řikal jsem ti, že o tom nechci mluvit.

Stejská se ti?

Po tom, co tady bylo poslední dobou, se mi nestejská.

Máš ho ještě rád? Máš ještě bráchy rád?

Mlčel.

Aspoň větu mi můžeš říct.

Vstal a odcházel. Mezi dveřmi utrousil, jakože mu to je jedno:

Někdy bych si s Patrikem pokecat chtěl.

Dáš lůze srdce a ona tě za to zničí.

Půjčila jsem si na kazetě Buñuelovu výbornou *Viridianu* a to je můj nejsilnější pocit.

Lůza nemůže jinak.

Celou noc mě ze spaní budilo zvonění pevného telefonu. Jen se mi to zdálo.

* * *

Líbí se mi doma.

To bylo včera. Včera není dnes.
Možná za to může počasí. Zima, sníh, do toho prší, pošmourno celý den. Šibe mi ze samoty. Psaní mi nejde. Padají kroupy s deštěm. V noci má přijít studená vlna, mráz. Zítra a příští týden sněžení. Nekonečná zima.
Že prý se planeta otepluje!

Ptáci ráno zpívali jako o život. A přitom sněží. (Skoro polovina března!) Ujíždím do města. Šla jsem s kamarádkou do divadla, nestálo za nic. V noci jsem se nemohla vrátit domů. Na hlavní třídě se srazila tramvaj s dodávkou, všechno stálo. Neměla jsem se jak dostat k autu, zaparkovanému jako vždy na okraji města, stanici před konečnou tramvaje. A to bylo štěstí. Všechno stojí, zasypané. Město, republika, Evropa, všechno je pod sněhem.

I dnes od rána hustě sněžilo. Čekala jsem u mámy na večerní koncertování Mišpachy. Uklidila jsem jí celý byt. Když jsem se do toho pustila, vadilo jí to. Pak byla ráda a líbilo se jí to. (Vztahy máme pořád podivné, nevím, co mám dělat, ať udělám cokoliv, vyvolám další napětí.) Pořád, pořád sněží.
V šest večer jsem zapadla do Židovské obce na purimové veselí se zpěvy, které jsme obstarávali. Před desátou jsem vyšla ven a zírala. Město bylo schované pod jedinou vysokou sněhovou čepicí. Nasněžilo půl metru! Kolem dokola bílo a jakoby vystěhováno – auta, chodníky, ulice, všechno zasypané. Mrzlo. Sníh se v nočním osvětlení nádherně třpytil. Všechno se třpytilo. Nikde žádný zasolený šlinc. (Zaskočení silničáři.)
Krása.
Krása nesjízdná.

Marek s Matějem předevčírem vyrazili na hory. Měla jsem jet taky, ale bála se kvůli zádům. A taky měl přiletět AJL. Jenže nepřiletěl, letiště celou neděli nepřijímalo, na nebi i na zemi sněhový chaos.

U nás už byli nastěhovaní na hlídání psa a domu naši správcové, Markéta s Honzou. Najednou mě mrzelo, že nikam nejedu. Rozsvítilo se slunce.

Ve městě jsem sehnala na záda pás z kočky. A odjela domů – cesta k nám byla poprvé za zimu protažená, aniž bych si musela stěžovat. Sbalila jsem se během třiceti minut, odjela zpátky do města, zaparkovala na sídlišti a s krosnou na zádech, baťohem na břiše a taškou lahváčů v ruce doháněla tramvaj. Ve dvě už jsem seděla v autobusu směr hory.

Marek a Mirek s Jarkou na mě čekali v hospodě nedaleko zastávky. Jejich Vincek a náš Matěj zůstali na chalupě, Vincek má horečku. To je špatné znamení. Vždycky všechno chytíme. Chalupa je odtud tři kilometry pěšky do kopce. Veškeré vybavení i jídlo se tam musí donést na zádech.

Šlapeme. Flašky piva cinkají.

Vincek jel s chřipkou domů – musel čekat dva dny, aby byl schopen na autobus dojít. Jen co odjel, ulehl v horečkách Matěj. Ošetřovala jsem ho a ostatní běhali po kopcích. Pomáhala jsem mu s převlíkáním (měl čtyřicítky a přitom si ani jednou nepostěžoval), dělala čaje, sušila propocené věci, stěžovala jsem si, vařila a sotva pletla nohama.

Když usnul a výjimečně strašlivě nekašlal, vyběhla jsem na kopec a udělala si na běžkách aspoň kolečko. Abych z těch chřipkových virů vypadla. Stejně už jsem byla načatá.

Na malé túře kolem chalupy zazvonil mobil. Kurátorka z městečka. Oznámila mi, že má na stole další žádost o uvalení vazby na Patrika, tentokrát ji podala pražská soudkyně, která ho nemůže předvolat k stání, když je nezvěstný. (Z mobilu, který jsem mu po Vánocích dala, se nikdy neozval.) Lukáš si pro změnu požádal o víkend doma a ona se ptá, jestli to může povolit. Povolit návštěvu? My jsme tenhle tejden na horách (jarní prázdniny) a Lukáš to ví. Náš dům hlídají kamarádi, nic jsem si neschovala a nezamkla, nepřipadá v úvahu, aby tam Lukáš sám přijel. My si do Evina porodu nepřejeme jeho návštěvu doma vůbec! Co z toho může vzejít? Další dítě? Bitka s Alešem? Celá ves čeká, co bude dál. V hospodě do Aleše rejou, bavěj se na jeho účet, a on střídavě pláče a střídavě chce zbít Lukáše nebo nás...

Eva má ve čtvrtek první výslech na policii.

Sporák, kredenc i umyvadlo, všude bylo něco odložené, na stole ztvrdlý chleba, ponožka, kalhoty, milión drobků. Binec, který vypadá hůř, než jaký ve skutečnosti je. Otrávilo mě to, protože já Markétě s Honzou zanechala čistý, útulný domeček. A teď musím uklízet. A není mi dobře (hlava třeští).

Luxovala jsem a opakovala si, že byl náš příjezd domů mnohem lepší než návraty za starých (klučičích) časů – tedy dokud jsme nepochopili, že vůbec nesmíme odjíždět.

Utírala jsem prach a vzpomínala, jak jsem před rokem při příjezdu z hor nenašla notebook, který jsem před Lukášem schovala a zamkla do skříně, jak byla skříň otevřená a taška na notebook prázdná, jak jsem brečela, že mi odnesl do bazaru všechny verze scénáře a všechny literární pokusy, prostě celou tvorbu, jak mi máma přiznala, že jí Lukáš ukradl klíče od bytu a zatímco ona tady jemu a Patrikovi vařila a topila a starala se o ně (kluci s námi na hory jet nechtěli), odjeli to k ní vybílit. Jak jsem zavolala na policii a nahlásila krádež a chtěla jet do okolních bazarů svůj notebook hledat, a pak si vzpomněla:

Schovala jsem ho jinam.

Po sedmé hodině večer začne kalendářně jaro. Jsme zavalení sněhem. Tři měsíce sníh a zledovatělá cesta. Pět měsíců nepřetržitě přikládám do kamen. Ale ptáci zpívají čím dál hlasitěji. Slunce svítí silněji.

A my jsme v posteli, všichni nemocní.

* * *

Ozval se mi zájemce o uvedení *Silnice* na jeviště. Mluvil chytře. Moji dramatizaci Felliniho chce, ale je přesvědčený, že je to pořád víc filmový scénář než divadlo. Mohla bych to napsat do slov? Určitě. Určitě! Chtěla bych začít hned. Jenže mám pořád horečku.

23. března se z nebe sypal sníh. Do hajzlu už! Zprávy od kurátorky: Eva u výslechu řekla, že spala s Lukášem sama od sebe a dobrovolně. Ta holčina ho má ráda, povzdychla si kurátorka. Lituju ji. A současně je mi protivná. Jsem nespravedlivá. Rozkrájená na cucky.

Co Lukášovi reálně hrozí? Vedu raději řeč naším směrem.

Vypadá to líp, než by se dalo čekat. Vyšetřuje to policistka z městečka. Má pochopení. Eva i Lukáš jsou mladiství, z pohlavního zneužití bude asi jen výchovné opatření – a to už Lukáš má, když je v ústavu. Možná nehrozí ani zápis v rejstříku trestů.

Nevím, jestli je to správné. Když bude mít Lukáš pocit, že se nic nestalo, nedá si bacha ani příště.

Zavolala mi známá z Charty. Teprve teď četla můj rozhovor. A taky reakce na něj.

Do časopisu přišel (a byl otištěn v následujícím čísle), kromě víc než čtyřiceti vstřícných, krásných dopisů, i jeden rozezlený.

Chceš ten dopis poslat? Ptala se mě šéfredaktorka. Abys mohla reagovat. Chystám teď číslo, věnované formám osvojení a samozřejmě musíme otisknout i nějaké dopisy, reagující na tvůj rozhovor. Ten rozezlený tam bude muset být. Tahle čtenářka si chce na tebe i na mě stěžovat všude možně. Syndikátu novinářů, Ministerstvu práce a sociálních věcí…

Nic mi, prosím tě, neposílej. Já už nic číst nechci a nebudu. Všechno jsem řekla v našem rozhovoru a dál s tím končím, nemám na to ani chuť, ani energii, nebudu na nic reagovat.

Jasně. Chápu. Za redakci na to odpovíme, musíme. Děkuju ti, jsi statečná.

No jo, no jo, já jsem tak statečná, že pořád brečím.
Nebreč!
No jo. Dobře. Už nebrečím.
Známá z Charty mi nabídla pomoc. Děkuju.
Nechci.

Marek se potkal s Petrou. (Já ji naštěstí zatím nepotkala.) Aleš pořád šílí. Křičí na ni, ať se rozhodne: Buď on, nebo Eva! (Lituju ji. A taky...) Eva čeká holčičku. Příští týden jde na zkoušku plodové vody, v těhotenství brala antibiotikum. K tomu omámený otec. Mám strach. Z plodové vody se všechno nepozná. Jestli se dítě narodí poškozené...! Pořád ležím a dobře mi není. Už ani nevím, co je za den. Aha, čtvrtek. Vlastně ne, pátek. Dnes přijede na víkend Lukáš. Ať chceme, nebo nechceme, ústav ho domů na víkend posílá – přece ho musíme v jeho úsilí o nápravu podpořit, nenechat ho v tom samotného... Nemáme sílu čelit ještě tomuhle tlaku, ačkoliv jsme stále dokola kurátorce i vedení ústavu opakovali, že se jeho návštěv bojíme.
V pátek chodí Aleš do hospody. V pátek vždycky. Co když se potkají?
Co když na něj začne řvát ty zasranej cikáne...

Pořád sním.
Nutím se myslet na Silnici, abych myslela na něco hezkého. Nevím, jak s tím naložím. Dokážu změnit, co jsem (tolikrát) napsala? Potřebovala bych dramaturga. Je strašně důležité mít druhý pohled. Potřebuju poučenou kritiku, s kterou mohu souhlasit.
Včera v noci dávali v televizi krásný anglický film Wilbur se chce zabít. Milostný trojúhelník – a všichni zúčastnění byli dobří. Ani jeden z hrdinů, kteří se vzájemně zapletli (dva bratři s ženou jednoho z nich), nebyl zlý ani podlý. A to je právě kouzlo dobrého umění – udělat příběh, kde nikdo není špatný, a přesto je to drama.

Zas a znovu jsem při filmu myslela na to, že už vím, jak se to někdy v duši semele, jak stačí impuls, bezčasí, kdy je v srdci kousek místa navíc z miliónu různých důvodů, poskládaných v nespokojenost. Anebo prázdnotu.

Marek se snažil chřipku rozchodit, ale dolehla na něj. Slunce už třetí den praží, ráno je náš pokoj s okny na východ i jih prozářený, meruňková barva, kterou jsem si stěny před rokem vymalovala, ho proteplila.

Slunce mi svítilo na tvář na polštáři, den jsme začali milováním. Udělala jsem pak Markovi snídani do postele, jsem přece jenom zdravější.

Připravuju se na Lukášův příjezd. To znamená, že se snažím nebýt už předem rozčilená, rozklepaná, napjatá. Nedaří se mi to. Večer zatelefonoval ze vsi, že tam chce zůstat. Kupodivu přišel po mém rázném NE! domů. Cestou se potkal s Evou.

A co?

Co – co?

Bavili jste se nějak?

Řikala, že se Aleš docela uklidnil.

No, táta slyšel něco jinýho. A dál?

Dál co jako?

Čekáte spolu dítě. Mluvili jste o tom?

Ne. Proč?

Vy jste se poprvé viděli a nic jste si o dítěti neřekli?

Já zůstal na návsi a čekal na Karla.

A Eva šla s holkama do hospody.

Lukáš má svátek. Popřáli jsme mu a dali mu stovku. Víc dát nesmíme, koupil by si trávu. Šel do vsi, viděla jsem ho z auta s Karlem a dalším spolužákem, jak si nesou z hospody flašky. Nezastavila jsem. Později jsem už spatřila jen spolužáka, opět se motal a nemohl jít.

Jela jsem do města za AJL. Konečně. AJL je jediný, s kým můžu mluvit o svých tvůrčích zmatcích. Píšu *Silnici*. Snažím se dát ji do slov. AJL zdůrazňoval, ať nezapomenu, že jsou oba, Gelsomina i Zampanó, pologramotní. Tak aby to ze slov neuteklo. Já na to, že pologramotného jsem měla možnost spoustu let studovat zblízka. Takže vím, čeho je taková figura schopna, co říct dokáže a co už ne. Lukáš přišel k ránu ve svém obvyklém, negramotném stavu.

Nemá na cestu do ústavu žádné peníze. Stovek měl celkem, jak vyšlo najevo, pět. Ubohou jednu od nás, dvě od mámy, čili babičky, kde se stavil a dostal je k svátku, a dvě z ústavu na jízdné. Platíme jízdné znovu. Začal letní čas. Čtvrt na osm večer – a ještě je světlo.

Za jiných okolností bych se radovala.

V noci jsem se budila. Jsem pořád stejné pako. Nemohla jsem spát očekáváním věcí příštích. Zítra se jdu podívat, jak točí oscarový režisér. (Dva prášky na spaní.) Vstávala jsem v šest. Koukání na place mi tentokrát dohodl producent. Všichni mnou oslovení herci roli přijali, producent mi dohaduje přípravu na režii, ale scénář si nekoupil, ještě jsem ho nestála ani seno, ani ustájení.

Režisér byl noblesní.

Čtu noviny, poslouchám v rádiu zprávy, dívám se na ně každý večer v televizi. Nezajímá mě to ani trochu, ale sleduju je stejně. Přitom mě každá špína, jichž je politika plná, odrovná, jako by to byl útok na moji osobu. Nemám žádné rezervy, všechno se mě strašně dotýká. Kdysi jsem byla přesvědčená, že etický marasmus tady způsobili komunisté.

Omyl.

Svítí slunce. Hrozí povodně. Sněhy tají, včera lilo, zítra má zas. Volal Rainer. Nastoupil před časem do nemocnice na první várku ozařování. Dnes se vrátil – nádor v hlavě nezmenšený. Teď přijde na řadu další várka, mnohem silnější. Je možné, že ji nepřežije, že už se nikdy neuvidíme ani neuslyšíme, mám si koupit černé šaty.

Černejch šatů mám dost. Nechci si je oblíkat!
Vyprávěla jsem mu příhody s Lukášem. Smál se. Smáli jsme se.
Když jsme se loučili, slíbil mi, že ať se s ním stane cokoli, dovíme se to. Než sluchátko položil, se smíchem uzavřel hovor svým okřídleným rčením.
Osuda je osuda.

Rainer umírá. Vím to.

„…Samé dobré zprávy, až na tu, že už nepiješ pivo. Full catastrophy! Když máš tolik času, že se můžeš svěřovat svému deníčku, tak bys ho mohla využít, na nic nečekat a zvolna si skicovat technický scénář. Vzít si třeba rodinnou scénu (vánoční) a zkusit si ji rozzáběrovat podle svých režijních představ. Teď na to máš ještě chvilku času, než producent sežene prachy a bude sestavovat štáb. Tak začni, režisérko…" *(Cyril)*
Bojím se začít dělat další práci a pořád nemít na žádnou z nich smlouvu. Ale dobrá. Budu vzdělaný švec, který je podle AJL a snad i nějakého vtipu či životní moudrosti mnohem lepší než švec nevzdělaný.
Víte, jaký je mezi těmi dvěma rozdíl?
Nevím. Žádnej.
Ten první je vzdělaný!
Chudák! Odpovídám. A víte, jak se na rozdíl od nevzdělanýho trápí? Jak o všem přemejšlí? Já bych byla nejradši šťastnej švec.
V rádiu vysílají celodenní relaci o alimentech. Vždy patnáct minut po celé pár informací a další zase za hodinu. V ranním rozhlasovém vysílání mluvil doktor práv Vojtěch Cepl, bývalý předseda ústavního soudu. Zapsala jsem si větu, jež přesně vystihovala náš problém s adoptovanými kluky a jejich přístup k životu.
„Když SE NECHCE je horší, než když to nejde."

Den jsme začali čistkou. Kolem domu, na zahradě, všude možně. Byl opravdový první jarní den. Teplo, slunce, občas přeprška.

Hrabala jsem mech z trávníku, zbylé listí, vymetla jsem všechny kouty, zametla chodníčky, záhony projela hráběmi, ostříhala uschlé kytky, pošolíchala kameny na krajích záhonů a hodně jsem se odrovnala.

Marek si dělal pořádek v dílně. Našel krabici s fotkami kluků, když byli malí. Večer je chtěl uklidit k ostatním, otevřel skříň plnou fotek, tak jsme je prohlíželi.

Kolik zážitků jsme klukům připravili! Nic si z toho nepamatuju. Nic hezkýho nezbylo. Jen fotky.

Nalila jsem si panák slivovice.

Zazvonil mobil.

Hlas v telefonu: Tady Ivan.

Jakej?

Passer.

Jé!

Vy jste mi pořád volala a nenechala jste mi na sebe žádný číslo, nic. A já vás sháním a teď jsem konečně trefil na někoho, kdo na vás má kontakt.

Já bych s váma tak ráda mluvila. Budete tu ještě? (Passer žije v Americe, je tu jen jako host filmového festivalu.)

Domluvili jsme se na zítřek.

Tak to přece jenom funguje – moje opravdická touha něco se dovědět přece jen platí i na tyhle fachmany. Volala jsem do hotelu Passerovi asi šestkrát, a pak si řekla: Končím. Už je to trapné. A teď… Moji andělé pořád fachčí!

Další panák.

Další krabice s fotkami. Kapou mi slzy. Pořád slzy. Už s tím taky končím.

Tohle je loučení.

Nepolíbená.

Passerovi jsem musela v krátkosti vysvětlit, proč mám možná před sebou režijní debut a proč jsem jakoukoli vlastní filmařskou zkušeností nepolíbená. Vyslechl mě pozorně a řekl, že si (taky) myslí, že na režii mám. Mám na ni odžito. Potom mluvil o konkrétních věcech při přípravě filmu a natáčení.

Seděli jsme v kavárně hotelu. Soustředěně jsem ho poslouchala, ale stejně se mě zeptal: Nechcete si psát? Zastyděla jsem se. Měla jsem u sebe akorát noty na Mišpachu, naštěstí z druhé strany čistě bílé. Popsala jsem tři listy poznámek.

Senzační den.

Vpodvečer jsme s Markem vyjeli na první letošní společný výlet na kole. Po břehu řeky, mírně zatopeném, bahnitém. Připojil se k nám Matěj, který byl zase poprvé za klukama a holkama ze třídy na fotbálku a řečech. Měl hlad. Vzali jsme ho na řízek do restaurace.

Cestou tam na nás ze své zahrady volal kamarád, ať zajdeme na kafe, ale odmítli jsme: Jedeme nasytit synka. Na zpáteční cestě se prudce zatáhlo, začalo lejt. Ohnuli jsme to právě k tomuhle kamarádovi.

Vzal nás do garáže, kde má mezi odloženým bincem taky bar a u něj spoustu dobrých vinylových desek – starých pecek. Nalil nám slivovičku. Přišla jeho žena, sušili jsme se a popíjeli a přečkali s nimi průtrž mračen i zbytek večera. Domů jsme se vraceli bahnem.

Zacákaní až za ušima.

* * *

Věšela jsem na zahradě prádlo, když zavolal režisér – zájemce o *Silnici*. Pokud se mi podaří napsat ji líp, je uvedení na divadlo stoprocentní.

Samou radostí jsem pověsila ponožky tak, že byly k sobě podle páru, podle velikosti, podle pohlaví. Podívala jsem se na své dílo z odstupu. Krásné. Všechno se mi dnes daří. Teď honem ke stolu. Psala jsem a psala.

Nic jsem nenapsala.

Na stanici autobusu jsem běžela nafintěná a v pohorkách. Začalo pršet, fičelo. V batohu na zádech jsem si nesla boty na parádu. Bývaly časy, kdy jsem zanechávala své igelitky s botami různě po vsi, tam, kam jsem se zrovna dozvonila a kdo bydlel při cestě. To k nám ještě nevedla asfaltka, cesta byla samá louže. Jinak než s přezutím to nešlo. (Jistá paní doktorka mi jednou dala tašku se zablácenými pohorkami k sobě do lednice, protože si myslela, že je to nákup, tak aby se mi nezkazil.)

V autobuse na mě padala únava, v tramvaji jsem sotva udržela oči otevřené a u mámy jsem odpadla úplně. Na šestou byla domluvená zkouška zpěvu u Olina, vůbec se mi nechtělo, odzpívala jsem, potěšilo mě to, vrátila jsem se pro mámu, abychom jely do kina společně.

Přicházely jsme ulicí, kde jsme se měly setkat s Markem. Na protějším chodníku stála herečka s mužem. Čekali na nás, usmívali se, mávali. Mávly jsme na ně zpátky. Zvláštní, protože muž s námi už pár let nemluví, nezdraví, ani na pozdrav neodpoví. Zapletl se před lety aktivně do tátova osobního sporu s mámou a já mu něco vzkázala a bylo.

Teď nás radostně očekával. Začaly jsme přecházet ulici a muž asi zjistil svůj omyl, protože utekl dovnitř, do kina. S herečkou jsme si podaly ruce, i pusy jsme si daly. (Mysleli s mužem, že máma je Květa Fialová.)

Měla jsem za to, že táta tu dnes nebude, alespoň tak to říkali pořadatelé slavnostní projekce filmového záznamu našeho dávného disidentského bytového divadla. Jenže v baru hned vedle kina jsme oknem zahlédly jeho ženu. Bylo jasné, že tady budeme všichni.

My všichni, co spolu nemluvíme.

Já tam nejdu, řekla máma.

Ale jdeš, řekla jsem.

Nemám to zapotřebí.

Mami, my jsme nikomu nic neudělaly. Já bych ten film chtěla vidět. Je to jedinej záznam mý herecký kariéry.

Třesu se.

Netřes se.

Čekaly jsme na Marka venku, měl jako vždycky zpoždění. Byla zima. Třásly jsme se obě. Šly jsem dovnitř. Ve foyer seděli všichni kolem jednoho stolu. Herečka s mužem (milovala jsem je moc; byli nám na svatbě za svědky), táta s Madlou (tou kdysi na hlavu padlou) a nějací další, mně neznámí lidé.

Přivítání se všemi a s nikým. (Tak je to nejlepší.) Našly se pro nás dvě poslední volné židle. Přisedly jsme si. Hovor ztichl. Ticho přerušil táta. Zeptal se, co je u mě nového.

Dala jsem k dobru, že se stanu cigošskou babičkou. (Vypráví se to líp, než žije.) Zasmáli jsme se. Přišla tátova žena, táta znervózněl, protože pro ni nebyla židle. A vůbec. (Postoupila jsem jí svoji.)

Šla jsem se přivítat s Markem, který si u pokladny kupoval lístek. I táta se s ním šel přivítat a vlastně znovu seznámit, viděl ho podruhé v životě, poprvé před šestnácti lety. (Nescházíme se, nesmíme.)

Shakespearův *Macbeth* v tátově úpravě, nebo-li *Play Macbeth*. Film mě dojal. A taky mě mrazilo – vždycky, když tam hrál a zpíval Třešňák. Ale líbily se mi i jiné vstupy, dialogy Lady Macbeth s Macbethem. Oba představitelé byli vynikající. Já strašně oplácaná, ale taky dobrá. Táta chvílemi moc snaživě herecký. Ale nekazil. Vše se událo před osmadvaceti lety. A vymyslel a zorganizoval to právě táta. A herečin muž, kameraman, to natočil skvěle! A v jakých podmínkách!

To by dnes nikdo nedokázal. Před projekcí vylezla na pódium strašně hubená teatroložka a sdělovala nám, co všechno o historii bytového divadla a filmu vypátrala. Měla jsem co dělat, abych se nezačala smát. Bylo to úplně postavené na hlavu. Proč pátrala, když věděla, že tu bude mít živé aktéry? Vypátrala dost blbin. Na závěr nám se vší vážností sdělovala své dohady o tom, co a jak bylo, nebo nebylo. Slíbila, že po promítání bude beseda, proboha.

Přišel i Macbeth Landovský, chyběl jen Třešňa. Docela ráda bych ho viděla, přestože mi za prodanou motorku slíbený obraz nedal. Maluje krásně.

Po promítání jsme předstoupili před diváky, bylo jich pár. Lanďák si sedl vedle mě, popadl mě za ramena a dal mi pusu na tvář. Teatroložka se pustila do nových neprobádaných závěrů. Ale pak už nás k nějakému povídání vyzvala a my tedy všichni něco řekli. Pochválila jsem kameramana, že to natočil dobře a že mi to přišlo silné – a to i bez ohledu na okolnosti vzniku toho díla.

Okolnosti byly pohnuté.

Bytové divadlo se hrálo rok po vzniku Charty 77 a film se točil poté, co nás ze všech bytů policajti vyhnali, případně nás do nich vůbec nepustili. Zatýkali nás, vyslýchali, honili.

Točilo se u herečky a její muž, kameraman bez práce, vyhozený odevšad, dělal všechno sám – aranžoval záběry, svítil, snímal a ještě nesměl nic natočit špatně, protože měl tak málo filmového materiálu, že musel mít první dobrou.

Bylo to celé strašně zakonspirované a v polovině filmu (měli jsme na to dva víkendy!) Lanďáka NĚKDO v noci přepadl. Byl jako oblíbený herec z oblíbených filmů stále velmi populární, ačkoliv léta nikde hrát nesměl, ani v televizi, ani ve filmu, ani v divadle. Čím radši ho měli obyčejní lidi, tím víc ho komunistická moc nesnášela.

Kdosi ho přepadl na mostě a chtěl ho hodit do řeky. Lanďák se zaklínil o zábradlí a byla z toho zlomená noha. Měl nechodící sádru. Točili jsme stejně. (O pauzách jsme se střídali v držení jeho nohy ve výši ramen.)

Michal Klíma dělal zvukaře. Bedýnku, co si k tomu účelu zhotovil, jako by právě sestrojil Edison. (Nikdo ze zpěváků pop music aparaturu na ozvučení nepůjčil – a to kameraman prosil všude možně!) Pořád byli kolem nás fízlové. Pořád jsme byli v ohrožení. Před vchodem do hereččina domu dvě nenápadně nápadná auta plná chlápků.

Film *Play Macbeth* má rozkolísanou kvalitu zvuku i obrazu, ale je silný.

Je to dílo.

Přišlo mi neuvěřitelné, že všichni žijeme. Herečce bude letos osmdesát, tátovi sedmasedmdesát. Besedovali a dobesedovali jsme s diváky. A rozešli se, aniž bychom si museli nepodat ruce, aniž bychom se museli nepozdravit, rozešli jsme se takovým pozvolným nenápadným milosrdným...

Rozptylem.

Bratrova vernisáž se konala v kavárně, za plného provozu. Byl tam takový šrumec, že jsem ihned zpívání s Olinem, kterým jsme měli vernisáž zahájit, odpískala.

Marek se mnou dnes nešel, musel odjet na poradu. Nebyl tu ani bývalý muž, co pořád chtěl vidět mámu, že na ni z našeho krátkého manželství vzpomíná nejvíc. Tak jsem si povídala s bratrovými starými kamarády, které jsem léta neviděla.

Přišel i producent. Trochu jsem kolem něho zprvu podbízivě skákala, ale pak jsem ho omylem polila minerálkou a zdravě se na něj vybodla.

Potykala jsem si s kdekým, taky se sochařem Petrem Kavanem. Mám na pianinu fotku jeho objektu – človíčka, jak utíká před šutrem, který se na něho valí. Léta už vévodí našemu interiéru.

Báječně jsme se všichni nakulili. Nejvíc máma, která svojí oduševnělou krásou, co nikdy nezestárne, zas všechny okouzlila. Dokonce pobláznila nějakého bulharského umělce, který tu dvacet let žije, pila s ním u stolku víno, mluvila bulharsky a kouřila jednu cigaretu za druhou.

Vedla jsem ji domů. Motaly jsme se obě. Šly jsme po nábřeží na tramvaj. Bulharský umělec ji balil, říkal jí, že by s ní chtěl mít sex a ona mu odpověděla, že ani náhodou, je jí už třiasedmdesát. Totálně zazíral. (Hádal jí padesát.)

Měla jsi mu říct, že máš jenom jedno prso, aby druhý nehledal.

Aha, no jo, já zapomněla.

Smály jsme se na celý pustý ostrůvek.

Tramvaj nejela a nejela a nám to bylo jedno.

Matěj spal poprvé úplně sám v celém domě. Sám v celé ulici. Skoro sám v chatové osadě. Ráno se spolehlivě postaral o zvířata. Vypravil se do školy – a taky do ní došel.

Doma bylo teplo a celkem uklizeno. Poslala jsem mu SMS s dotazem, jestli je živý? Zavolal mi o velké přestávce, a poprosil, abych ho odpoledne vyzvedla ve vsi.

Když nastupoval do auta, nepozdravil, nepromluvil, byl zakaboněný. Vzbouřila jsem se.

Neřekneš mi ani ahoj?

Mlčel. Mračil se.

Proč jsi načuřenej? Tohle mám děsně ráda, když ti dělám šoféra. Můžeš mi říct, co se stalo?

Promluvil těžce, se staženou tváří: Náš fotbalovej trenér je mrtvej.

Cože?

Zabil se dneska ráno v autě.

Takový fajn chlap, plný elánu, energie. Matěje často vozil autem domů – to když jsme pro něj nemohli na trénink. Zrovna minulý týden mu za to Marek vnucoval láhev becherovky. Nechtěl. Že prý se brzy sejdeme u něj na zahradě a láhev porazíme společně. Tak tenhle chlap, táta dvou kluků, nežije. Zavolala jsem to Markovi. A prosila ho, aby jel opatrně. Napsal, že mu tečou slzy.

Tekly mi taky.

* * *

Měla jsem to vidět před rokem! Ale pomohlo by mi to? V rámci retrospektivy filmů z šedesátých let promítali na filmovém festivalu, kam byla naše dávná disidentská herecká družina pozvána, černobílý snímek Evalda Schorma *Návrat ztraceného syna*. Psychologický příběh nepříběh o muži, asi tak pětatřicetiletém.

Film začal rozhovorem s primářem, skutečným psychiatrem. Mluvil civilně, neherecky, bez emocí: Žít se musí.

Muž: Ale proč?!

Proto. Člověk má povinnost žít. Musí chtít. A musí umět být sám, nehledat smysl života u jiných. Člověk je vždycky sám.

Svobodu má jen a jen v sobě.

Do hotelu jsem přišla v půl druhé ráno. Hlava mi hučela jako včelín, usnula jsem až za dlouho, s práškem, jak jinak. Před devátou jsem sešla do hotelové restaurace. Rozhlížela jsem se, jestli tu uvidím někoho, ke komu bych se na snídani přidala.

Režisér Krejčík! (Seděl u stolu s Honzou Burianem.) Byl na promítání Macbetha. Po projekci povstal a začal mluvit, nikdo jiný už se ke slovu nedostal. Přestože mu táhne na devadesátku, je v ohromné kondici, myšlenkové i fyzické.

Zeptala jsem se, jestli si můžu přisednout a byla jsem vítána. Jiří Krejčík, režisér, ale i opravdický šílenec a recesista. Vyprávěl a vyprávěl. O tom, jak měl mít jeho film *Svědomí* v padesátých letech premiéru v Sovětském svazu. Všichni tam směli, jen on ne.

Přesto byl do filmového týdeníku natočený šot, jak delegace odlétá do Moskvy. Všichni slavnostně nastoupili do letadla – herečky, herci i on. Po skončení záběru – jak dostává (od pionýrů?) kytici, ho z letadla zase vyhodili.

Řehtala jsem se nepřetržitě.

Burian odešel, přišel Lanďák. Seděli jsme na snídani do dvanácti v poledne. Kromě absurdních historek z profese v období socialismu vyprávěl Krejčík i svůj stále se opakující sen.

Jede autobusem. Je jich tam tak třicet. Všichni jsou hlídaní muži se zbraněmi. Zastaví na nějakém velkém prostoru, jako by to bylo náměstí.

Štěkot psů.

Vzdálená střelba.

Ženou je z autobusu. Vždy po třech.

Kolem běhají chlapi se samopaly. Povel zní svléknout se do naha. Tu a tam kolem přenesou někoho na nosítkách, ruce mu bezvládně plandají k zemi, je mrtvý.

Jeden chlap je beze zbraně, celý v šedém. Herec Švorc! Na rukách zelené gumové rukavice. Zdraví se s Krejčíkem – má milý dobrácký úsměv. Šaty, které si odsouzení svlékají, nabírá herec vidlemi a hází do velkých igelitových pytlů. Přitom říká Krejčíkovi s omluvou: To víš, já na tohle nejsem, ale nikdo to nechce dělat a já jsem v divadle vedoucí stranické buňky...

Nabere vidlemi i Krejčíkovy šaty, hází je do pytle.

Nám je to líto, ale udělat to musíme. Jsi odsouzený k trestu smrti, protože se trápíš!

V naší společnosti nemůžeme mít lidi, kteří se trápí, protože oni, protože vy rozséváte špatnou náladu!

Švorc podává Krejčíkovi kalíšek s vodou, říká laskavě: My jsme humánní. Zapiješ si jenom tenhle prášek. Je to úplně bezbolestné. Na.

Dá mu pilulku.

Festivalový řidič mě vyklopil po poledni ve vsi. Marek pro mě přijel autem, abych se doma honem převlékla na kolo a mohli jsme vyrazit na Matějův zápas. Matěj se nejdřív hádal, že nikam nepojede, když je trenér mrtvý, že nemají proč hrát. Přemáhal pláč. Vysvětlili jsme mu, že je to naopak. Kluci by měli hrát a smrt svého trenéra uctít právě tím.

Na srazu byli všichni – s černou páskou přes rukáv. I trenérův syn tu byl, hezký zrzek. Nevěděli jsme s Markem, jestli mu máme jít říct, že nám je to líto, anebo radši ne. On dělal, že je všechno jako vždycky, hrál v záloze jako vždycky, akorát, že měl taky černou pásku.

Kluci zápas vyhráli.

V televizi běžel dokument Miroslava Janka *Vierka*. Film o romské rodině, kterou zpěvačka Ida Kelarová vytáhla ze zcela vybydleného bytu (vytřískaná okna, holé zdi, vlhko, plíseň, zima) a dala jim šanci na nový, dobrý život. V rodině byla dvanáctiletá dcera, Vierka, bystrá a šikovná holka, velmi muzikální. Kelarová ji vedla k práci, k hudebnímu vzdělání. Rozpoznala její ohromný pěvecký talent a bylo jí líto zmaru, který ji čekal v ubohých podmínkách, v nichž se svou rodinou žila.

Velice rychle se ukázalo, že rodina z bídy nikam vytáhnout nechce. Kelarová se nestačila divit. Nestačila počítat, kam mizí peníze, všechno jídlo, krabičky cigaret. Nakoupila na týden, všechno zmizelo za den. Kde jsou banány, co jsem přivezla? Jak to, že zmizela láhev sirupu? Za odpoledne! Stále rozčileněji řešila prkotiny, které ji zavalovaly, protože neměly logiku – a nadto stály spoustu peněz, jež musela vydělávat jen ona sama.

Rodina bloumala domem. Otec, asi čtyřicetiletý bezzubý slovenský Rom, jen žvanil. Nedělal nic. Matka, zřejmě o něco mladší, naopak mlčela a nepřetržitě kouřila. Měla za úkol uvařit jednou denně teplé jídlo pro všechny – i pro Kelarovou, aby se po harcování na koncert a zpátky najedla teplého, ale neuvařila nic. Měla depresi.

Oba náctiletí kluci, bratři nadané zpěvačky, celé dny seděli a kouřili. Nepracovali. Mohli dodělat učňák, Kelarová jim dokonce nabídla, že když ho dokončí, zaplatí jim řidičský průkaz. Nadchlo je to jen na vteřinu, kdy nabídku slyšeli. Vykašlali se na obojí. Jedině Vierka zpívala – a ráda.

A tak to šlo pořád stejně. Prkotiny a domem bloumající unudění bánící Romové, čekající na to, až se jim přinese nákup, až se jim dodá kuřivo…

Kelarová jim mluvila do duše. Snažila se jít příkladem. Vytvářela podmínky. Možná se necítí dobře v jejím domě? Koupila tedy dům vedlejší a nechala ho připravit tak, že stačilo jen pár dodělávek. Čekala, že se ve svém rodina do práce pustí a dům si dodělá. Nestalo se. Jak šel čas a nic se nelepšilo, stále podrážděněji s nimi rozebírala týž problém: Proč se nesnaží hospodařit? Proč všechno snědí, vykouří a utratí hned, jak to dostanou? Proč si nerozvrhnou věci na víc dní dopředu? Proč něco nedělají? Proč nepracují? Nevydělávají? Proč se o sebe nechtějí starat sami? Proč, proč, proč?

Přišlo jí nefér, že jen ona valí těžký šutr za všechny, živí je, už pár měsíců úplně sama, je zadlužená. Přece se rozkoukali, zadaptovali – tak proč pořád nic? Tolik možností jim zařídila a nic?! Křičela.

Seděla jsem před televizí a klepala se jako osika.

Chvílemi jsem si zakrývala oči, chvílemi zacpávala uši, dokonce jsem televizi vypnula, ale hned ji zapnula znovu.

Potřebovala jsem vidět konec tohohle příběhu.

Přesně takové kravské prkotiny jsem pořád a donekonečna řešila s Patrikem i s Lukášem, prkotiny, které člověka úplně zničí – právě tím, že jsou to prkotiny, že se nelepší a že trvají čtyřiadvacet hodin denně. Klepala jsem se, protože jsem to tak znala, tak důvěrně jsem to znala, včetně pocitů zoufalství a vzteku, které se v člověku v téhle situaci stále střídají.

Po několika měsících Ida Kelarová, zklamaná a úplně bez iluzí, na konci dokumentu se slzami v očích řekla, že tomu nerozumí. Dala rodině šanci začít znovu a jinak. Dala jí své srdce. Nejlepší ze sebe jí dala. I spoustu peněz. Kus života. Už s tím nechce nic mít. Nic! Konec. Tečka.

Utekli. Utekli před ní, tajně a beze slova, neznámo kam. Dokumentarista je pro nás, diváky, vypátral. Rodina žila v městečku blízko německých hranic. Všechny živila Vierka zpěvem v nočních klubech pochybné pověsti. Kdy přestane zpívat a začne šlapat? Ida Kelarová je taky Romka.

* * *

1 1. dubna jsem se dívala, jak točí druhý oscarový režisér. O teorii režie bych mohla napsat knihu.

Nasněžilo. Všude je bílo. Fuj.

Večer jsme jeli s Matějem do divadla. Auto jsem zaparkovala tam co vždycky, do centra jsme jeli tramvají. Když jsme míjeli nákupní centrum, všimla jsem si, jak oba s napětím hledíme na hloučky feťáků a bezdomovců, usalašených nedaleko vchodu a hledáme mezi nimi Patrika.

Hrát se začalo v sedm večer a skončilo v jedenáct! Matěj během představení třikrát usnul. A přitom má fantasy rád. (Dramatizace Terryho Prachetta.) Jenže čtyři hodiny ve třinácté řadě?

Dvacet minut přestávky. Šli jsme do fronty na čurání, a pak na něco k pití. Všimla jsem si, jak si mě spousta lidí intenzivně prohlíží. Že by moje popularita začala z ničeho nic prudce stoupat? Psycholog, známý z odborných krátkých komentářů v televizních novinách, na mě přímo zíral. Bedlivě. Pozdravili jsme se.

My se známe? Zeptala jsem se.

Já vás znám.

Víc nedodal.

Na velikonoční prázdniny včera přijel Lukáš. Domů dorazil samozřejmě až v noci, divný. Dnes dopoledne za mnou přišel a ptal se, jestli může jít zítra na trénink a v sobotu na fotbalový zápas. Jestli nám nebude vadit, když bude zase hrát...

Nám nikdy nevadilo, když jsi chodil na trénink a na zápas. Nám vadilo, když jsi tam nechodil.

No já jenom, aby vám to nevadilo, že tam pudu. Jako, že bych zase chodil.

Lukáši, budu jenom ráda.

Večer jsem jela po delší době na jógu, i když mě neurolog varoval před cvičením v chladu. Mohla jsem si zánět sedacího nervu cvičením jógy v chladu pěkně přiživit. A my máme na sokolce zimu právě od podlahy. Ale bolesti ustupují a já mám potřebu zacvičit si a psychicky se uvolnit. To hlavně. Cítím, že jsem zase stažená, neklidná.

Vzala jsem si tři deky, dvě pod sebe a jednu přes sebe na relaxaci a jela. Bohužel je sokolka kus od Štěpánova domu, bohužel jsem parkovala kousek pod ním a potkala Karla, jak od Štěpána odchází, skoro po čtyřech.

Neklid se zvýšil.

Celou jógu jsem myslela na to, kde a s kým Lukáš je a v jakém stavu přijde domů. A co uděláme? Co ještě můžeme udělat?

Lukáš tu bude pět dní. Uklidnit se mi nepodařilo. Místo na rilex jór houl bády... jsem přemýšlela o tom, jestli bych nenašla odvahu vtrhnout ke Štěpánovi a zjistit stav věcí.

Odvahu jsem nenašla a po józe odjela domů. Marek měl dnes jednání na notářství kvůli tátově závěti. Věděl, že tam bude čekat, a koupil si na čtení noviny, názorový týdeník, jehož nové, patnácté číslo vyšlo před dvěma dny. Teď mi dal týdeník do ruky.

Tady si něco přečti. Možná se nejdřív najez.

Přečetla jsem si to několikrát. Přečetla jsem si článek spisovatele, mladšího kolegy a kamaráda z disentu. Byl o adopcích, o prokletí nechtěných dětí, o mně. Nevěřila jsem svým očím. Zavolala jsem mu.

Proč jsi to udělal?

Co?

Ten článek!

Měla jsi se mnou mluvit. Měla jsi mi dát rozhovor...

Já jsem ti dlouze a poctivě vysvětlila, proč už nechci s žádnejma novinama o adopci mluvit. Nabídla jsem ti, ať ve svým článku vycházíš z rozhovoru pro časopis, ale to, cos napsal... Proč jsi mi to udělal?!

Kroutil se, že do redakce odevzdal jiný článek, ale editorka ho předělala bez jeho vědomí.

Tobě, uznávanýmu spisovateli, kterej má týdeník zachránit před krachem, přepisuje editorka text bez tvýho vědomí? Můžeš mi, prosím, říct její jméno? Můžeš mi poslat telefon na šéfredaktora?

Za chvíli ti to zavolám.

Nezavolal.

Telefon nebral.

Nevypnul ho. Nebral.

Ani po půlnoci Lukáš domů nepřišel. Chtěli jsme zamknout dům, a nemohli (nemá klíče). Jak bude vypadat, až se přikrade, jestli se přikrade?

Stejně jsem nemohla spát.

Znovu a znovu jsem si ten neuvěřitelný text, ten článek, tu reportáž o tom, jak jsem já, „bývalá královna adopcí, vyslala do společnosti signál: Černé nebrat!", jak jsem řekla, že „Romové jsou nevychovatelní", jak kvůli mně zůstávají opuštěné (romské) děti v ústavech a kdyby byli všichni stejní, kolik osudů by bylo zmařeno…!

Psal to opilý, zfetovaný? Chtěl se mi pomstít jen proto, že jsem odmítla o našich traumatech znovu mluvit? Ale je tu přece ještě vedoucí vydání a šéfredaktor!

Kdybych neslyšel, jak vysvětluješ, proč s ním mluvit o klucích nechceš, kdybych vedle tebe nestál, myslel bych si, žes to sama nějak zvorala. Ale tohle nechápu… Přidal se k mým hlasitým úvahám Marek.

Já to taky nechápu. To je tak zlý, tak podlý.

Zavolala jsem šéfredaktorce a ptala se, jestli čtenářky její časopis bojkotují, jak taky kolega spisovatel napsal – a nic! Nic takového. Je to výmysl. Stížnost přišla opravdu jen jedna a ta pak vyvolala stížnost následnou. Jinak nic!

Seděla jsem na posteli a pořád nechápavě vrtěla hlavou. Jak může něco takového udělat kamarád, kolega, spisovatel? Jak může něco takového udělat respektovaný týdeník? Vždyť to není bulvár, jsou to seriózní noviny.

Vykašli se na ně, utěšoval mě Marek. Akorát se tím budeš ničit. Nech to vyšumět.

NEMŮŽU!

Sedla jsem k notebooku a napsala mejlovou prosbu o pomoc knížeti. Napsala jsem mu postupně několik proseb. Týdeník vlastní. Jediný majitel! Vím, že se všemi novináři ze svého listu léta kamarádí.

Neozval se.

Na svoji obranu jsem psala celou noc. V duchu. Dva prášky na spaní a jedno antidepresivum. A pak ještě jedno.

Omámilo mě to.

Kolem druhé zrána přišel Lukáš. Zvíře. (Zalezl do nory.)

Nespala jsem ani minutu.

V půl sedmé ráno jsem mobil zapnula a našla v něm SMS s omluvou kamaráda, kolegy, spisovatele: TAKYNECHTĚL.

Zavolala jsem mu, telefon vzal. Vymlouval se, že mi kontakt na šéfredaktora neposlal, protože zapomněl. Telefon nebral, protože ho pro změnu neslyšel.

Můžeš mi říct jméno editorky, co ti článek změnila?

To sis vymyslela ty, že mi to někdo změnil, já to nikdy neřek! A taky jsem se ti omluvil, tak nevím, proč to eště řešíš.

Já beru omluvu jen na stránkách týdeníku! Dáš mi telefon na šéfredaktora, nebo ne?

Celý den, celý Velký pátek jsem se s šéfredaktorem hádala.

Mejly.

Telefony.

Mejly.

Telefony.

Mejly.

Telefony.

Mejly.

Telefony.

Výsledek byl takový: Šéfredaktor moji odpověď (napsala jsem

postupně tři, stále mě nutil do změn) neotiskne, rozhovor z časopisu nepřevezme. Jeho týdeník se nesníží na úroveň časopisů pro ženy, protože jeho týdeník čtou INTELEKTUÁLOVÉ! Ať jim dám ten odmítnutý rozhovor...

Vám?!

Zavolal fotbalový trenér. Potkal se včera s Lukášem a ten mu nadšeně říkal, jak strašně chce zase hrát a že přijde na trénink. Počítal s ním na zítřejší zápas. Proč se dnes na tréninku neukázal? Chtěla jsem mu odpovědět, aby se zeptal v týdeníku. Ale řekla jsem slušně, ať s Lukášem nepočítá, on jenom kecá.

Jak jsem stála a mluvila poprvé s někým jiným než s šéfredaktorem, ucítila jsem mokré teplo v klíně. Krev se mi začala proudem řinout na stehna, úplně mimo program.

Křeč mě zlomila do dřepu, na kolena.

Vyhodili jsme Lukáše z domu.

Vyhodili jsme ho, přestože jsme ústavu podepsali odpovědnost za celé svátky. Ať nás zavřou, když se mu něco stane.

Ať nás noviny roznesou na kopytech!

Upekla jsem mazance.

Dopoledne pomlázka, odpoledne jsme jeli na kolech doprovázet Mirka, který s dcerou sjížděl na lodi rozvodněný potok, vinoucí se údolím až k hospodě *U Krobiánky*. Cestou jsem píchla, což ovšem Marka nijak nerozhodilo, duši sundal, defekt našel, zalepil. Za pár minut už jsem v jízdě pokračovala.

Mirkova žena Jarka jela taky, Matěj s Vinckem to perdili daleko vpředu. Snažíme se před Matějem věc s Lukášem a všechno kolem neřešit, ale cítí, že se zase něco děje a je stažený do sebe víc než obvykle.

U Krobiánky se objevili Martin s Lenkou. Nejdřív jsme se jim s Markem zničeně vypovídávali, ale postupně se začal náš hovor přesmykávat do drsna. Začali jsme na nejčerstvější téma našich posledních dní vtipkovat. Vyprávěli jsme, jak jsme předevčírem Lukáše vyhodili z domu. Až po přečtení „mých vět" z týdeníku nám došlo, co jsem sice nikdy neřekla, ale teď už to vím: Naši dva Romové jsou nevychovatelní!

Jestli ty náhodou nejsi rasistka? Řekl Martin. Jestli ty náhodou neraźíš heslo: „Černé nebrat!"

Jasně že jo! A na branku si dám nápis: „Schwarze raus!"

A já se vyfotím s vyceněnejma zubama a pod to přidám: „Tady hlídám já!" Dodal Marek.

Večer koncipoval dopis, mejl spisovateli, mému kolegovi. Začal vzpomínat, jací kluci byli, když jsme si je přivezli domů. Nebyli to žádní romští sígři, jak v týdeníku kolega napsal. Byla to vykolejená, ze všeho vyděšená, jakoby hluchoněmá batolata a přitom stroje na přesnost. V kojeneckém ústavu začínal denní režim v šest ráno a ani o minutu později.

Rozbrečel se.

Vzbudil se horečnou diskusí s adresátem včerejšího dopisu. Dostal střevní potíže. Vypravoval se na kolo, do práce. Odjel. Za půl hodiny ho přivezl Martin, aby si vzal na sebe místo cyklistického oblečení civil.

Odvezl Marka do práce autem.

Brečím, kudy chodím.

Moje hlavní herečka, kterou jsem pro svůj film nedávno oslovila, mi nabídla, že se mnou udělá velký rozhovor do deníku (kromě hraní i píše), ale poděkovala jsem jí. Musela bych rozebírat naše rodičovské peripetie zas a znovu a to já už s nikým a nikde nebudu. Snad mi porozumí.

U ní o tom nepochybuju. Ke svým třem dětem se ujala ještě dvou dětí odjinud, ví, o čem takové přijetí je. Napsala mi do mejlu: My jsme to aspoň zkusily!

Neznámí lidé mi v novinách nabízejí prostor k obraně. Když

nechci mluvit o své rodině a o adopci, můžu napsat pojednání o eti-
ce novinářů…

Všechno odmítám.

Jela jsem do města vrátit přátelům do filmového archivu kazety
s půjčenými filmy na svoji režisérskou samouku a půjčit si další.
V tramvaji mě napadlo, že zajdu do senátu, vyhledám knížete a ze-
ptám se, proč mi na moje zoufalé dopisy neodpověděl. A co si
myslí o týdeníku, který vlastní?

Napudrovala jsem si nos, namalovala pusu. Přivoněla jsem se. Celá
se vypnula a vykročila.

Spletla jsem si senát s poslaneckou sněmovnou.

Ale pak jsem se dostala na správné místo. Samozřejmě se mi
klepaly nohy a vyschlo mi v krku. Nepozná se na mě nic, nic. Jsem
ledově klidná, jako jsem kdysi bývala při výsleších.

Kníže-senátor měl jednání. Jeho asistentka věděla, oč jde. (Do-
pisy s prosbami o pomoc jsem mu posílala na senátní mejlovou
adresu, kterou jsem našla na internetu.) Řekla, že ho zavolá.

Hned to nebylo. Kníže musel být v senátu, každou chvíli se
mělo o čemsi důležitém hlasovat. Asistentka mě vzala do předsálí.
V kantýně jsem si koupila džus, abych svlažila krk a mohla promlu-
vit. Dvě deci džusu stály šest korun! Takové socialistické ceny mají
v naší tržně kapitalistické republice jen poslanci a senátoři. My, lid,
platíme za dvě deci džusu kdekoli minimálně osmnáct dvacet ko-
run. Psalo se o té nehorázné cenové disproporci výhradně pro
zákonodárce už před lety v novinách, ale já to viděla až teď.

Kníže za chvíli na chvíli přišel. Představila jsem se mu a řekla,
že jsem za ním přišla, protože na moje mejly neodpověděl, a taky
proto, že si myslím, že se ho můj problém jako vlastníka týdeníku
a člověka s vysokým morálním kreditem týká.

Omlouval se, byl o Velikonocích na cestách, křtil vnuka, a dnes
jel 600 kilometrů, aby stihl schůzi. K mejlům se vůbec nedostal,
referovala mu o nich asistentka. Jasně a rázně dodal, že týdeník ne-
může a nebude tisknout celé odpovědi, protože by se toho všichni

politici chytli a nic dalšího by se do novin nevešlo. A že pokud je informován, tak moje odpověď právě dnes vyšla.

Vám se zdál spisovatelův článek o mně v pořádku?

Nezdál. V pořádku nebyl, ale... Kníže mávl rukou, jakože všichni máme právo někdy ulítnout.

Ale mně to strašně ublížilo, poškodilo mě to! Váš šéfredaktor se mnou hrál nechutnou hru, několikrát porušil autorský zákon. Očekávám, že se mi spisovatel i týdeník na stránkách svých – vašich novin omluví!

Já jako vlastník přece nemůžu zasahovat do chodu novin? To jistě uznáte.

To uznávám.

No tak vidíte.

Ale stejně se vás to týká! Čekám ve vašich novinách omluvu a doufám, že mi k ní pomůžete.

My máme pro tyhle nerozhodné případy postup, že když jsou dvě strany ve sporu, oslovíme Ivana Medka a požádáme ho o názor. A tím se pak řídíme. Já vám na něj dám telefon, zavolejte mu v té věci.

Znám Ivana Medka osobně, ještě z dob Charty, než musel odjet do ciziny. Je to slušnej člověk a já si ho vážím, jen nevím, proč bych mu měla volat? Ale dobře. (Opsala jsem si od knížete z mobilu Medkovo telefonní číslo – musela jsem si na to půjčit knížecí brýle.) Třeba mu zavolám. Ačkoliv to není nerozhodný, ale jen sprostý. Poslala jsem tu věc ještě na Velký pátek mimo jiné i Syndikátu novinářů, etický komisi, tam se taky třeba dozvím, co je správně... Já jsem z toho článku zničená.

Hlas z reproduktoru v rohu místnosti naléhavě opakoval, aby senátoři ihned přišli do jednací síně hlasovat.

Kníže vstal: Zavolejte panu Medkovi určitě a dejte mi vědět. Já si mezitím pročtu vaše mejly...

Podali jsme si ruce.

* * *

Celý den jsem rozmýšlela, co dělat. Na nic jsem nepřišla. Jak jsem tak chodila po městě a intenzivně se snažila zaměstnat mozek něčím jiným, čas od času jsem zatoužila vejít do redakce týdeníku (nevím, kde sídlí), říct Dobrý den, přistoupit k šéfredaktorovi (nevím, jak vypadá), vrazit mu facku, říct Nashledanou a odejít. (Kolegu spisovatele bych minula bez povšimnutí, jako vzduch)...

Co mám dělat?

V noci jsem na to přišla: Neudělám nic.

A najednou je mi všechno fuk. FUCK!

Vzbudila jsem se vedrem. Nevětráme střešním oknem přímo nad hlavou, jak jsme větrávali. Kvůli štěkotu psů a zvonění zvonečků, které si naše nejbližší sousedka zavěsila nad terasu. Při sebemírnějším větříku cinkají.

Jako obvykle mě spánek přešel. Zakázala jsem si myslet na týdeník (fuck mi to samozřejmě není ani trochu). Zjistila jsem, že nemůžu se *Silnicí* udělat, co si přeje režisér. Mám pocit, že to jde proti duchu příběhu.

Vzpomínala jsem, jak krásná byla spolupráce s Cyrilem, ačkoliv zpočátku jsem byla taky ostražitá. Smět souhlasit – to je ráj.

Večer přišla SMS: CUS TOHLE JE MOJE NOVY CISLO PATRIK.

Navrhla jsem Markovi, že bychom mu mohli odepsat: CUS JE NA TEBE UVALENA VAZBA...

(Zamítnuto.)

Marek vypsal jarní brigádu, jako každoročně. Starosta na nás kašle v zimě, v létě, i na jaře. Totéž na podzim. Vždycky Marka obdivuju, že ještě brigádu organizuje, už to bylo poslední léta jen velké zklamání, skoro nikdo nepřišel. Navrhla jsem: Vypiš brigádu a vyvěs plakát doma. Aspoň nás to nezklame, stejně chodíme jen my.

Marek trval na svém. Plakát o brigádě vytiskl a vylepil na nepřehlédnutelných místech chatové osady, která má přes sto popisných čísel. Tušila jsem zklamání.

Největší rejpalové, co vás na cestě potkají a stěžují si horem dolem, pak stojí za plotem ve své zahrádce a hrabou trávník. A vlastně mají pravdu. Máme tu patnáct let jiný systém, ale pořád se počítá s dobráky, kteří udělají sami a zadarmo, co má obec dělat ze zákona jako službu – a nedělá.

Potěšilo mě, že se pár lidí sešlo.

Marek se sedřel. Když přijeli na návštěvu přátelé, nikam jsme nešli, ačkoli jsme měli původně procházku v plánu. Proseděli a propovídali jsme celé odpoledne. Svěřovali jsme si nejzoufalejší rodinné historky.

Svíjeli jsme se smíchem.

Vezla jsem Matěje na zápas. Poprvé by hrál za dorostence – jestli ho postaví. Byl z toho nervózní. Vrátila jsem se hned domů, bolelo mě v krku. Pustila jsem si Krejčíkův film Vyšší princip. Ale musela ho stopnout před koncem, protože zavolal Marek (jel se podívat na kole), že Matěj nastoupil na poslední minutu. A jestli pro něj můžu zajet?

Zajela jsem a Matěje přivezla. Na ulici byl zrovna soused, bývalý bachař. Kolem běhal malý voříšek, asi nový, protože ho neznám. Zdá se, že je nalezenec a zdrhá. Každou chvíli prosviští po naší ulici bez varování a mě to znervózňuje kvůli našemu psovi, rváči.

Soused vykládal prkna z přívěsu, zrovna měl v rukou tlustou, pořádnou fošnu. Voříšek se mu poplašeně motal pod nohama – a on na něho fošnu upustil. Schválně.

Pes začal naříkat. Utíkal pryč jako střela. Kvílel a kvílel. Rozléhalo se to ze stále větší dálky, ale se stejnou intenzitou.

Kretén! Řekl Matěj, zrudlý pobouřením.

Hajzl! Řekla jsem, ale k sousedovi jsem nešla, abych to s ním řešila. Měla jsem z toho špatný pocit. Matěj na mě taky koukal. Takovou mě nezná.

Už se nechci do všeho montovat, vysvětlila jsem mu. Už nechci pořád všechno řešit. Kdybych mu něco řekla, akorát by si vylil vztek na pejskovi.

Dokoukala jsem *Vyšší princip*. Strašně jsem brečela. Tak strašně, že kolem mě Matěj chodil a nenápadně se díval, jestli neumírám. Smrkala jsem a smrkala, až jsem se uklidnila.

Pomyslela jsem na Rainera.

Měla bych zavolat do Berlína, kde měl podstoupit ozařování a ně-kdy teď ho skončit. Bojím se. Bojím se, že už ho neuslyším. Bojím se – a vytáčím číslo jeho ženy, jež mi Rainer pro jistotu nadiktoval. Dlouho bylo obsazeno. Pak to žena vzala.

Hallo, spreche ich mit Inge? Ja? Ich möchte wissen, wie ist es mit Rainer?

Rainer ist hier, neben mir...

Předala mu sluchátko. Promluvil česky, hlasem, který bych nepoznala, jak byl slabý – a jiný.

Přežil jsem to.

Rainere, to je úžasný!

Nevím, jestli to k něčemu bude, ale přežil jsem to.

Venku hřmí jarní bouřka.

Pořád krvácím.

V noci si Marek stahoval mejlovou poštu a našel v ní odpověď od kolegy spisovatele. Nadále tvrdí, že jeho text skoro není o mně a že jsem signál černé nebrat vyslala. Ale už je z toho taky strašně otrávený, protože mu denně chodí množství mejlů...

Z dopisu vyplývá, že mu volal kníže (když jsem si prý za ním došla!) a ptal se, jak to hodlá vyřešit. A pak už následovala jen patetická slova o tom, že když my budeme chtít, on z týdeníku odejde! Ať si to rozhodneme! Ať mu dáme vědět!

My?

* * *

26. dubna jsem nemocná. Před dvaceti lety vybuchl Černobyl. Těsně potom jsem otěhotněla.

Kdyby jaderná elektrárna nevybuchla.

„...Tak jsem si to všechno přečetl – prosím tě, vysvětli těm filmařům, že se snažíš zobecnit své autobiografické zkušenosti a odkrýt kus ze soukromí tobě dobře známých či dokonce biologicky blízkých osob, ale to přece neznamená, že budeš na diváka ukazovat holý zadek nebo si dělat na hlavu.

I film je stylizace a zobecnění, které nestojí na skandalizování skutečných lidí, nehledě, že by všechno skončilo u soudu (a to si piš!) a film by se nikdy nepromítal. Jestli si myslí, že bez skandalizování konkrétních osob, bez kolportážní senzace ten scénář nestojí za to realizovat, je to jejich pohled na uměleckou kvalitu scénáře.

Proto jsem nedovolil zfilmovat svoji knížku z útulku, protože bych se podobným necitelným přístupem k stylizovanému materiálu (a k tomu by určitě došlo, vidíme na plátně, jak se mladí chovají naivně a bezohledně k historické realitě) hezky nasral, to raději nic. Máš naprostou pravdu, že jen slepý a úplně blbý by neidentifikoval postavy na plátně a přitom by se skutečně o nich něco nového dověděl. Nehledě, že recenzenti nebudou dělat nic jiného..." (*Zdraví tě a drží palce Cyril*)

Lije jak z konve.

Ještě jsem brala antibiotika, ale zvládla jsem to. (Mám příšerně červené vlasy, našla jsem doma jen starou tubu z Vánoc. No co. Vlasy ještě nejsou nejhorší, i když jsou příšerné.)

Když jsem se viděla na monitoru televize, lekla jsem se. Stará, strhaná. Můžu se donekonečna přesvědčovat o tom, že už jsem s životem srovnaná. Stačí se na mě podívat.

Všechno mám vepsané v obličeji.

* * *

Matěj jel na svůj první mejdan přes noc. Důvěřuju mu. Ale stejně jsem mu před odchodem šeptla: Pozor, aby z toho nebylo dítě.

Mami, mně eště není ani patnáct!

Vrátil se podle dohody.

Celou noc jsem měla agresivní sny. Pořád jsem se s někým prala. Probudila jsem se, usnula a prala se zas. Ráno jsem byla podrážděná, podrážděnější než obvykle. Jak mně se nikam nechce! V deset dopoledne je v ústavu schůzka o Lukášově budoucnosti. Jedeme s Markem oba, přijede i kurátorka z městečka. V ředitelně se nás sešlo i s Lukášem jedenáct. Seděli jsme v kruhu. Každý se měl postupně vyjádřit. Co si o Lukášovi myslí, proč to tak asi je, co dál? Postupovalo se proti směru hodinových ručiček – my s Markem byli na řadě poslední.

Odhadli ho tu přesně. Je milý, má dobré sociální jednání, pokud je před ním umeteno a pokud se po něm nic nechce. Vypadá, jako když neumí do pěti počítat, ale jen se člověk otočí zády, je jako štika v rybníku. Umí se přizpůsobit okolnostem a najít cestičky, jak se dobře orientovat, jak se absolutně nenamáhat, jak proplout, aby měl klid a mohl si dělat své...

Neučí se, vůbec nic při vyučování nedělá, propadá. V ústavu být nechce, vyučit se nechce. Má na kontě první útěk, ale měl štěstí, za dvě hodiny ho policajti chytli (kluk, s nímž se vypravil, je na útěku stále). Pokud nezabere v učení a nezakončí druhý ročník, nepostoupí do třetího. A protože nemá kam propadnout (obor zedník se neotevřel), nevyučí se.

Třeba po Lukášovi všichni chceme nemožné, řekl ředitel v následné diskusi.

Ať nemožný chceme, nebo nechceme, fakt je, že se nejspíš stane v červenci otcem. Kdyby nic jiného, bude muset na dítě patnáct, ale spíš osmnáct let platit. Ačkoli doufáme, že se bude chtít starat i jako táta... Řekla jsem, když na mě došla řada.

Naše podmínka je, dodal Marek, že dokončí druhej ročník a postoupí do třetího a vyučí se v oboru. V tom případě jsme ochotní, obrátil se přímo na Lukáše, tvoje závazky za tebe platit, stejně jako budeme rádi platit ústavní výchovu, pokud se tu budeš snažit.

Když neprojdeš, pokračovala jsem v řeči já, a my víme, že když budeš chtít, dokážeš to, když neprojdeš a v ústavu skončíš teď v létě bez výučního listu, s naší pomocí a péčí nepočítej. Říkám to tady přede všema, abys pak nemohl tvrdit, žes to nevěděl a že jsme tě podvedli.

Já tady nebudu! Vykřikl Lukáš.

Nevydržela jsem a křikla na něho zpátky: A co jsi udělal pro to, abys tady nebyl?

Já si na sebe vydělám!

Jak? Zeptal se ředitel. Nikdo Roma bez výučního listu nezaměstná. Taková je pravda.

Vydělám si. Normálně.

Začal brečet. Za jeho problémy může nějaký kluk, s nímž je na pokoji.

Když mu Lukáš nedá půl cigarety...

Smutno ze všeho.

Tuším, že se Lukáš vynasnaží dotáhnout to do naprostého průseru, aby to měl takzvaně za sebou. Překonat se jednou, to se vydržet dá. Ale překonávat se měsíc a půl do závěrečné klasifikace?

Vyčerpalo nás to. Pořád se s Markem někde duševně obnažujeme, pořád se zpovídáme, ke změně k lepšímu to nevede, skončit s tím nemáme sílu ani odvahu, skončit se to tak jako tak nedá.

Nezrušitelné osvojení.

Chtěli jsme to nejen kvůli režimu, který se rád mstil v nejintimnější rovině, protože v jiné některé lidi zlomit nedokázal. (Bála jsem se, že mi dítě svěří, pak mi ho vezmou, budou mě vydírat nejistotou...)

Chtěli jsme to i proto, že jsme kluky přijali do svého života úplně a se vším a dělat si předem cestičku zpátky nám přišlo nemorální.

Ano, já bych osvojení a obzvlášť nezrušitelné – zrušila! Ať je jen pěstounství, ať je identita každého, přijatých dětí i náhradní rodiny, jasně dána, ať ji nikdo neztrácí. Na principu přijetí a dávání to nic neubírá, může se to nádherně povést.

A když se to nepovede...

Já bych osvojení povolila pouze do plnoletosti osvojeného dítěte. Potom ať se všichni znovu svobodně rozhodnou, děti i rodiče, jestli v tom chtějí pokračovat. Anebo jestli se jejich cesty rozejdou, bez následků!

Pominu-li bolest v duši.

Jela jsem ráno na trh pro kytky. Konečně. Něco jsem zasadila do truhlíků, něco nechala na záhon a honem do města, kde jsem měla mít oběd se svým čtenářem, Čechokanaďanem. Bylo to fajn. Pak rychle zpátky domů, kde je Matěj opět nemocný. (Ukázalo se nakonec, že nemocný není, ale silně alergický na jarní pyly.) Čekal tu na mě vzkaz, že si mám jít k pošťačce pro dopis do vlastních rukou. Co to asi bude za lahůdku?

Oznámení o zahájení trestního stíhání proti Lukášovi pro provinění pohlavního zneužití. Pozvánka k výslechu. Už jsem u žádného dlouho nebyla, tak abych nevyšla ze cviku.

Od pošťačky jsem se dověděla, že je Eva nastydlá, má komplikace a je v nemocnici. Hned mě napadlo, jak by bylo úlevné, kdyby příroda zařídila...

Je mi ze sebe špatně.

Říkala jsem to večer Markovi. Zas začal pořád jezdit na kole, vrací se vyždímaný, vysušený, hádáme se. Odpověděl mi, že bychom měli za Alešem a Petrou zajít.

Proč prosím tě? Vyhrkla jsem.

Abysme se projevili lidsky.

Dovedeš si představit, jak by to asi proběhlo? Obzvlášť s Alešem.

Marek pokrčil rameny. Po chvíli dodal: Abysme nestrkali hlavu do písku.

Ale my ji do písku nestrkáme! Eva s Lukášem od léta souložila, až z toho otěhotněla, a my se za to máme jít kát?

Já nemyslím kát. Myslím projevit se jako lidi.

Ale jak? Jak by to lidský projevování mělo vypadat?

Marek mlčel.

My se k tomu miminku musíme přihlásit buď se vší odpovědností, anebo se stáhnout a nedělat nic. Jít si tam jen poklábosit, to nejde! Oni čekají jasnou řeč. Ale já jim nejsem schopná říct nic. Nic hezkýho, nic vstřícnýho. Jejich budoucí vnouče nemiluju o nic víc než jakýkoli jiný miminko, který kolem mě projede v kočárku. Je to se mnou dokonce horší, protože miminko na Mišpaše si k sobě přitisknu s něhou, ale s tímhle, co se má Evě narodit... Dusím se strachem, že mě zavalí povinnost předstírat vztah, kterej v sobě nemám!

Marek mlčel.

A ty? Chceš se o to miminko starat jako dědeček? Chceš tam chodit, chceš si ho brát, chceš mu ze sebe dávat, co jsi dával klukům? Máš v sobě tuhle touhu?

Ne.

Tak vidíš.

Ale stejně si myslím, že bysme tam měli zajít.

Proč?

Abysme se nebáli je potkat.

Já se je nebojím potkat!

Já je potkat nechci.

Lukáš utekl.

Do města přijel Dušan. Po letech, kdy si jen píšeme, jsme se viděli. Šli jsme si včera s Markem poslechnout jeho čtení a besedu. Pak následovala projekce filmu podle jeho scénáře s krásným titulem *Ja milujem, ty miluješ*.

Pozvala jsem Dušana k nám na oběd. Dohodli jsme si desátou ráno na konečné metra. Fofr, abych to stihla (doma nebylo nic, z čeho bych mohla vařit).

Povídali jsme o filmování, o psaní i o našich klucích a adopci vůbec. (Dušan se ženou nemohli mít děti, ale k adopci odvahu nenašli.) Povídali jsme dlouho. Balzám pro moji duši, uštvanou sprosťárnami.

Večer jsem se vrhla na zahradu, vysela petržel a kopr, připravila záhony na rajčata a okurky a salát. Je krásně, ale fičí vítr, země vyschla, u nás je sucho po pár dnech. Všechno máme žluté od pylů stromů, hlavně břízy, co nám roste hned za domem. Kýchám a smrkám s Matějem. Jak je asi Patrikovi? I jemu začala pylová sezóna. Kdo ho ošetří, jestli napuchne?

Lukáš je pořád na útěku. Tentokrát zdrhnul sám. Začíná se profesionalizovat. Už je svobodný dva dny.

Kde asi je?

Dostali jsme pohled z Madridu od Markéty a Honzy, co nám tu vždycky hlídají dům a psa. Putoval týden. Večer jsme si ho četli nahlas. Chtěla bych se do Španělska podívat. Madrid je prý krásné, uvolněné, pohodové město, kde se snoubí moderna s historií a vše do sebe zapadá.

Ujet odtud, to bych chtěla.

Pořád se budím za tmy. I dnes. Zpíval první ptáček zpěváček, postupně se přidávali další. Kosi a odkudsi zdáli i kukačka. Nakonec začala vyřvávat hrdlička a všechno překřičela. Běžela jsem zavřít okno. Ještě se mi podařilo usnout.

Vyšlo najevo, že Marek spal s Markétou. Ani to nepopíral, konstatoval, že se s ní vyspal jen dvakrát a čistě fyzicky a že se ani nelíbali. Bouchala jsem do něho pěstmi a byla strašně nešťastná. Vlastně mě vzbudilo, že jsem se nemohla nadechnout, jak jsem byla nešťastná.

Po chvíli uklidňování jsem usnula zas. A ocitla se na snídani v hotelové restauraci. Seděla jsem u stolu s Waldemarem Matuškou, který si objednal pivo. Číšník ho přinesl ve skleněné kouli (akváriu), nebylo ani trochu napěněné. Upozornila jsem, že je pod míru a bez pěny a číšník začal pivo pěnit prstem. Tvářili jsme se, jakože je to normální. Walda mi pak ukazoval na papíru seznam prací, které má od své ženy za úkol. Na pátém místě bylo napsáno: Služebník koupelny.

Hned po probuzení se mě Marek zeptal, jestli jsem Markétě poslala kontakt na sousedy, kteří sem nejezdí. Chtěli by jejich pozemek s chatou koupit. Přitulila jsem se k němu a řekla si o lásku. (Hezčí a hezčí.)

Markéta s Honzou se tu objevili, možná, že Marek zaesemeskoval Honzovi. (Může s ním jezdit na kole stejně šíleně, jako jezdí sám.)

Vyprávěla jsem jim svůj sen. Ten druhý.

Přijel kamarád. Známe se asi dvacet let, ale dlouho jsme se neviděli. Přijel se svým desetiletým synem Františkem. Vnímala jsem intenzivně jejich vzájemnou komunikaci, založenou na podobném intelektu, povaze. Důvěrná pohoda, souznění. Žádné nervy, žádný střeh. Ani si neuvědomují, jaký je to dar, tenhle rodinný mír. Přijel, protože chtěl vědět, jak to s námi a s kluky je.

Seděli jsme u ohýnku, opékali buřty a povídali. Matěj se Františka, kterého to s námi brzy nebavilo, ujal jako starší brácha, zmizeli spolu, mohli jsme mluvit otevřeně, ale to my děláme vždycky.

Kamarád měl za sebou dvouhodinovou divokou diskusi se známou, přiznal, že mu velmi rychle došly argumenty. Přečetla si v týdeníku o prokletí nechtěných dětí a já ji svými názory strašně pobouřila.

Já jsem svými názory v týdeníku taky pobouřená, vyřiď to, prosím, svý známý, jo?

Zatímco s Markem donekonečna vysvětlujeme, vyprávíme a ustavičně se drásáme…

Lukáš se propracoval do celostátního policejního pátrání.

* * *

8. květen, státní svátek.

Nečekaně a bez ohlášení se brzy odpoledne stavili další kamarádi. (Všichni chtějí na vlastní oči vidět, jak vypadá bývalá královna adopcí.) Mezi povídáním se zmínili, že zahlédli Lukáše ve vsi před hospodou.

Cože? Řekli jsme s Markem naráz.

Když odjeli, měla jsem spěchat na zkoušku Mišpachy, posunutou o den, a řešila, jak se zachovám, jestli Lukáše cestou do města potkám.

Sevřený žaludek.

Viděla jsem ho stát v hloučku kluků před Štěpánovým domem, jak jinak. Když jsem ho míjela, čuměl na mě, ani se nesnažil nějakým gestem vstřícně anebo omluvně zareagovat, ani se přede mnou nesnažil schovat, všichni na mě čuměli. Bavili se.

Hajzl!

Zmetek!

Hajzl!

Zmetek!

Hajzl! Hajzl! Křičím v autě nahlas, abych se nezbláznila, abych nepraskla. Dát Lukášovi pěstí! Cukají mi ruce. Jedu dál, nezastavuju a přitom nemůžu řídit.

Za vsí jsem zastavila. Zavolala jsem Markovi. Potřebovala jsem se vymluvit, abych do města dojela, chtěla jsem za každou cenu na zpívání. Nejdřív jsem rozrušením nemohla mluvit, začala jsem koktat, ale i to jsem zvládla a nějak Markovi situaci vylíčila. Prosila jsem ho, aby nic nedělal, protože se bojím. Bojím se, že když to Marek vyhrotí, Lukáš se přijde pomstít. (Máme tu být s Matějem dva dny sami.)

V noci mi Marek vyprávěl, holil se a strašně se rozčilením pořezal, že mu to nedalo, sedl na kolo a do vsi sklouzl.

Lukáše potkal spolu s Karlem. Marek jel na kole přímo proti nim a Lukáš dělal, že ho nezná. Zastavil před ním, Lukáš ho minul. Marek ho zavolal. Velmi neochotně se obrátil a přišel.

Jak to, Lukáši, myslíš? Křičel.

Co jako?

Jak si to představuješ?

Co?

Kde jsi byl od středy?

U Patrika.

Jak jsi ho našel?

Potkal jsem ho před obchoďákem.

Odkdy jsi tady? Víš, že jsi v policejním pátrání? Že máš bejt z rozhodnutí soudu ve výchovném ústavu? Víš, že máš mít za dva dny první výslech kvůli pohlavnímu zneužití a jedině to, že jsi v ústavu, tě ochrání před větším trestem?

Mně je to jedno.

Kolem se shromáždili diváci, pár zástupců místní mládeže, holdující zábavě se Štěpánem.

Marek křičel: Ale mně to není jedno! Dávám ti čtvrt hodiny, aby ses vypravil na autobus zpátky do ústavu.

Já tam nepojedu.

Pojedeš!

Nepojedu!

Máš peníze na cestu?

Ne.

Tak se mnou teď pudeš domů pro peníze.

Nikam nepudu. Mě to nezajímá.

Jestli se mnou nepudeš, zavolám policajty.

Mně je to jedno.

Marek vytočil sto padesát osm. Lukáš stál jak ovce a čekal. Marek taky čekal. I diváci čekali. Držkovali, že je Marek udavač.

Policejní hlídka přijela za chvíli.

„...O čem by měla přemýšlet neromská rodina, která uvažuje o přijetí romského dítěte? Určitě o tom, že bude žít s dítětem, které pochází z jiného kmene. (Je to, jako kdyby si rodina kočky domácí vzala na vychování kotě pumy... Máma puma a táta puma by si s ní poradili, ale co si s odrůstající pumou počne kočička?) Malá puma bude možná potřebovat, aby se kočky občas chovaly jako opravdové šelmy a daly jí pevně najevo, že ji zvládnou. A kočky musí myslet na to, že až tohle přijaté mládě jednou vyroste, bude jiné než jejich vlastní děti a možná uteče ke svým bratrům a sestrám. Nemůže asi jinak a poučený náhradní rodič se tomu nebude divit. Ví, že dal romskému dítěti to, co nutně potřebuje každé dítě, ale nemohl mu dát romství. A to může být ve skutečném životě zatroleně těžké." (*Co si počne kočka s pumou* – pár námětů k úvaze pro náhradní rodiče, týdeník č. 18.)

Co si s odrůstající pumou počne kočka?
Co zmůže kočička, když od ní pumu včas neoddělí?
Když s ní musí být dál v jedné kleci!

Zavolala jsem kurátorce, která má být na dnešním Lukášově výslechu, abych se jí omluvila. Popsala jsem poslední zážitky a řekla, že se s Lukášem vidět odmítám. Nezúčastním se výslechu, nebudu ho svou přítomností zaštiťovat.

Kurátorka všechno věděla, z ústavu ji informovali. Když ho policajti přivezli z útěku, udělali mu testy na drogy. Našli mu nejen velké množství marihuany, ale i pervitinu.

Nedivím se (stávám se stále poučenějším náhradním rodičem). Odhlaste ho. Co nejdřív, poradila mi kurátorka, přímá ženská, která „své" děti hájí, dokud to jde.

Už v tom moc a dlouho jede a nemá chuť cokoli změnit.

Odhlaste ho, nebo vás zničí.

Marek je zase pořád v trapu. Dva dny byl kdesi pracovně (s kolem samozřejmě), dnes přijel pozdě večer (píchl duši), začal kolo opravovat, mazat, štelovat, jedno kolo, druhé kolo (třetí kolo už je skoro postavené), zapsal si ujeté kilometry, dokreslil sloupce výkonnosti, propočítal průměr rychlostí za poslední týden...

Může se to stát.

Může se to stát i teď.

Zamiluju se jinde! Horečně přemýšlím do koho. Nikdo mě nenapadá. (Ale možná by stačilo fouknout do uhlíků.)

Abych tu netrčela jako (staré) zboží na skladě, seběhla jsem odpoledne se psem do údolí a vyšplhala ke křížku. Je odtud nádherný výhled, ale já se nekoukám, mám závrať. Zpátky dolů. A k nám nahoru. Měli jsme toho oba dost, pes i já. Doma jsem žuchla do postele a usnula jak dřevo.

Konečně sprchlo, smyl se nános stromového pylu, k večeru vyšlo slunce, krajina kolem se čerstvě leskla. A já hrdě trucuju a vůbec mě to nebaví.

Spát jsme šli v tichu. Nejhorší je přetáhnout hrdost až do noci. Házela jsem sebou na posteli a doufala, že se Marek ohradí, že něco řekne a já budu moci taky promluvit a usmířit se.

Někdy je tak těžké natáhnout ruku a dotknout se.

Donesla jsem mámě růži. Mně včera pogratuloval Matěj, až když máma zavolala a řekla mu, že je svátek matek. Já pak pogratulovala jí, ona mně...

Jedu na otevření obnovené synagogy v pohraničí. Už nebude sloužit modlitbám, ale setkávání Čechů, Němců a Židů, kteří tu byli doma před druhou světovou válkou. Součástí prostoru je i výstava fotografií. Pohraničí tu půl století fotili jedni manželé. Před válkou i poté – po odsunu Němců.

Předtím tu byly vesnice s kostely a statky. Pak všechno zmizelo, beze stopy. Vyhozené do povětří. Odvezené do posledního kamene. Na fotce, zabírané ze stejného místa, je jen louka se stromy. Jako by tam nikdy nic nebylo.

Kdyby komunisté jiné zločiny nespáchali – tak tohle stačí! Spláchli ze země staletá sídla lidí – i s jejich hroby.

(A to se nedávno zmlácený poslanec za Komunistickou stranu bezostyšně ukazoval s monokly před kamerami a žaloval, že ho kdosi zřídil za to, že je komunista. I kdyby to někdo udělal – spíš to vypadalo na rvačku připitých, tak tenhle poslanec za stranu, jež se od své minulosti nikdy nedistancovala a mlátila své odpůrce a odpůrkyně dnes a denně, mlátila a likvidovala, beze zbytku, má mlčet.)

Sešlo se tu hezké společenství. I několik politiků, kterých si docela vážím. Narvaný sál. Stála jsem po straně, opřená o zeď. Mladší muž na židli přede mnou mě chtěl pustit sednout. Poděkovala jsem a odmítla s tím, že jsem z autobusu naseděná dost. Mluvilo se, zpívalo.

Vycházeli jsme ven a ten muž mi řekl, jak krásný a životaplný mám smích! Hlasitě jsem se smála, když nový předseda PEN klubu zpíval v synagoze píseň...

O zamilovaných neonacistech.

Je to příběh o touze po lásce, o hledání, o nemožnosti té lásky. O přijetí vlastního osudu. Nemyslím, že by se Zampanó svým pláčem na konci změnil. Tyhle animální typy, žijící ze dne na den a uspokojující jen své tělesné potřeby, nejsou proměny schopné. Ale, že si po letech na Gelsominu vzpomněl a zaplakal nad její smrtí, je silné. A ona, spíš ťululum než žena, dokázala vzpomínku vyvolat.

Silnice.

Odeslala jsem novou verzi dramaturgovi, kterého mi dohodil režisér. S radostí jsem zjistila, že mu můžu věřit, jeho názory se mi líbí, že mám zas štěstí na spolupráci.

Blázen říká Gelsomině v jedné tiché scéně tuhle větu:

„Na světě není vůbec nic zbytečnýho."

Na neurologii jsem byla opět mechanicky uvolněna. Zbytečně. Bolesti mám pořád.

To může být ze stresů, řekl mi docent. Ne nadarmo se říká mít stažený zadek. Radím vám stres zcela odbourat.

Souhlasím.

Odbourávám stres takhle: Poprvé od doby, kdy budeme papíroví příbuzní, jsem včera potkala Aleše. Vycházel z pošty, já ze zeleniny. Tak tak, že jsme do sebe nenarazili. Skoro jsem ho nepoznala. Byl holohlavý, bez vousů, přibral. Pozdravila jsem ho první, odpověděl mi. Rychle jsme zdrhali každý do svého auta.

Srdce mi divoce bubnovalo.

Nezastavilo se, ani když jsem druhý den jela pro změnu na poštu já. Z auta jsem zahlédla na návsi Evu s velkým bříškem. (Vypadala hezky.) Jela jsem honem dál, jako bych měla namířeno jinam. Kam mám namířeno?

Přitom je mi Evy líto. Je mi líto, že bude mít v patnácti dítě. A ještě s Lukášem.

Slavila jsem s předstihem poslední narozeniny se čtyřkou na začátku (správný termín se nikomu nehodil). Ale jako by se tenhle rok nepočítal, všichni mluví o mých nadcházejících padesátinách. Byli tu máma, kamarádka Zuzana, obvyklí přátelé, co spolu pořád kamarádíme, a my tři. Pozvala jsem tátu, jako vždycky nemohl.

Marek, se kterým jsme se pod tíhou okolností brzy usmířili, do mě celý můj narozeninový večer ryl, nevím proč. Všem říkal, že mi nemají přát, když je sobota a já mám narozeniny až ve středu, že jsem fakt už moc stará na to, abych se dožila padesátky, že by jako bylo lepší, kdybych se jí radši nedožila... A tak podobně děsně vtipně.

Kdyby to řekl jednou, možná by mi to jako sranda připadalo, ale protože tuhle myšlenku rozvíjel poctivě celý večer, vadilo mi to. Přitom se ani jednou nezvedl, aby místo mě udělal kafe, servíroval jídlo, sklidil ze stolu špinavé nádobí, pomohl.

Když v noci všichni odešli a já uklidila (židle odnosil Matěj), umyla křehké nádobí, které se nedává do myčky a všechno upravila, protože ráno chci přijít do hezkého, převlékla jsem se do noční košile a mlčky (už zase) zalezla do postele. Přitom mi to dnes tak slušelo.

Měla jsem na sobě hedvábný hacafrak, co jsem si sama ušila a obarvila, do barvy jsem měla i korálky kolem krku a jinak jsem byla v černém. Všichni mě chválili, jen u Marka se to setkalo s větou, že v zástěře vypadám líp...
Bacit mu do řídítek palicí.

Jeden den se milujeme, druhý den masíme. Jeden den se masíme a druhý milujeme. Někdy se to střídá po hodinách. Celou hodinu se milovat nevydržíme.
S hádkami jsme na tom líp.

Pronájem dělohy!
Tak se jmenuje nový byznys, který se ve světě zdárně rozmáhá. Znamená to, že si ženy, které z nějakých důvodů nemohou otěhotnět (případně si nechtějí kazit postavu), mohou pronajmout dělohu u jiné ženy. Podmínkou pronájmu je věk náhradní matky od 25 do 37 let a samozřejmě fakt, že je zdravá. Do lůna se jí přendá ženino vajíčko, oplodněné, kým si klientka – nájemkyně dělohy přeje a koho si v žádosti zadala a pronajímatelka jí dítě odnosí a porodí.
Skvělý nový byznys.
A bude se prý jistě s přibývajícími poruchami plodnosti stále více rozmáhat. V USA se za podobný obchod platí až pětadvacet tisíc dolarů, v Indii pět.
Je na to živnostenský list?
Úplně si představuji (umím to plasticky), co z toho podnikání může vyrůst. Co vyroste z plodu, který nosí žena, lhostejná k životu, jenž se v ní vyvíjí? Jiná než lhostejná být nesmí – pokud má porozené dítě odevzdat. Když lhostejná nebude, dítě nedá!
Co všechno jsem v těhotenství prožívala a cítila.
Kolik myšlenek jsem svému miminku věnovala.
Pronajatá děloha dítě vyklopí a předá biologické matce, která snad po dítěti touží (jinak by takovou sumu neplatila), takže by k další citové deprivaci dojít nemělo. Ale stejně.

Chybí tu minimálně devět měsíců vztahu.

Jela jsem do města. Slunce, teplo 28 stupňů. Ve Filmovém archivu jsem si u kamarádky vyzvedla kazetu s Formanovým *Přeletem přes kukaččí hnízdo* a šla si s mámou sednout na slunce do hospůdky u parku, před nímž pětapadesát let bydlí. Daly jsme si malé pivo, já se slunila, máma se uchýlila do stínu. Chvíli jsme si povídaly, ale postupně stále poctivěji poslouchaly řeči dvou asi šedesátiletých dam u našeho stolu, notně nametených.

Byly opálené jako od moře, hodně namalované, draze oblečené, prsaté, ověšené množstvím zlatých šperků. Život měly v malíčku, chlapy na háku, manželství (s těmi svými trouby) pod kontrolou, dcery celkem dobře provdané (za trouby), zdravá vnoučata. Pohoda.

Zdrhala jsem na schůzku s prvním mužem. Stál na místě pár minut přede mnou, čímž mě potěšil. Už si ani nevzpomínám, býval-li přesný, anebo jestli je to dnes výjimka. Měl přijít i Marek (s prvním mužem mě seznámil on), ten přesný není nikdy a dnes to opět potvrdil. Nečekali jsme na něj (pošlu mu SMS) a šli najít hospodu, kde budeme moci sedět venku.

Marek se k nám brzy připojil. Ve třech jsme probrali všechno. Od života, přes vztahy až k dětem. První muž vyprávěl, jak se před pár lety seznámil se svým dvacetiletým synem.

Ale jak to, že ho máš? Přece jsi za mejch časů prošel testy (podle tvaru hlavy, atd.) a co si pamatuju, anebo cos mi tehdy tvrdil, tvý otcovství se neprokázalo, to jest bylo vyloučený.

(Byla jsem jeho v pořadí druhá manželka a syn vznikl/nevznikl s manželkou první, v průběhu jeho vojenské základní služby.)

Vzpomínám si, že jsi byl na základě tý zkoušky zproštěnej placení alimentů.

No jo, no.

Tak jak to?

Nevím.

A je to opravdu tvůj syn? Nepřeješ si to jenom?

Kdybys ho viděla...

Jakej je?

Člověče, dobrej!

Celý den jsem se pokoušela psát. Všechno smazáno. Večer jsme se s Markem šli projít. Bylo půl osmé a náhle vysvitlo slunce, ten den poprvé. Ozářilo stráň, po níž jsme kráčeli, a zvláštně nasvítilo kopce kolem. Krása.

Drželi jsme se za ruce.

24. května 2006 je bilance taková:

rodina v kélu

nervy taky

víra v lepší příští nula

příjem nula (minus povinné platby)

realizace hotových věcí nula

psaní nových nula

adaptace čehokoli a zvláště Rudolfa Slobody nula

naděje tu a tam (*Kopečná* přijata v televizi, avšak práva nevyjednána, zatím nula s nulou)

Dnes je mi devětačtyřicet.

Volali z agentury, kde s producentem konečně jednali o smlouvě na můj scénář. Nedohodli se. (Včera sněmovna opět smetla pod stůl zákon o kinematografii. Stát film i nadále nepodpoří.) Producent mi zaplatit nechce.

Čtvrt antidepresiva.

Trvá to třetí rok – a jsem na tom jako na začátku. Mlhavé přísliby, konkrétně nevyjádřený zájem, ačkoli je scénář definitivně hotov, odevzdán, přijat. Připravuji se na režii, sám voják v poli a vůbec nevím, jestli to zase není jen zbytečně vynaložená energie, jež mi nepřinese ani uspokojení, ani výdělek. Trapná narozeninová bilance.

Zapíjím další čtvrtku.

Píšu *Silnici* a nemám v ruce žádný papír, že se má práce SKUTEČ-

NĚ zrealizuje a že mi za ni zaplatí. Jsem jako panáček – šašek na pérko, které se každé ráno natáhne (obzvlášť teď, když musím cvičit, abych nebyla chromá), a pak kmitá do ulehnutí – s výsledky šaška. Kašlu dnes na psaní.

Zkouším číst rozhovory s Godardem, ale jen mě to drásá. Na rozdíl od Godarda nemám co řešit. Dívám se střešním oknem na mraky, letí po nebi ohromnou rychlostí. Jakou mají barvu? Ještě půlka antidepresiva.

Poslední prášek je v tahu, víc nemám. Godarda odkládám. Beru si střihovou skladbu a šprtím, připravenému štěstí přeje.

JAK RÁDA BYCH POSLALA DOPRDELE
svých čtyřicet devět krásných jar!

Na večer jsem pozvala sousedy, co tu bydlí trvale. Seděli jsme pod pergolou a mrzli. Ale vydrželi jsme. Aspoň jeden večer venku. Povídali jsme, popíjeli. Sousedka vyprávěla o lidech a minulosti chatové osady.

V noci mě vzbudil sen. Už se mi natáčel film, ale změnil se v gangsterku. Drsní chlapíci mě zavřeli do stísněného, tmavého prostoru, kolem samí mrtví. Objevila se tam paní Přibylová (živá chatařka přes ulici – sousedka o ní večer vyprávěla). Svěřila se mi, že se strašně trápí, už padesát let. Umřelo jí dítě, vinou její nedbalosti.

(Leželo pod stromem a spadla na něj hruška.)

Sluncem prozářené ráno.

Za hodinu už po něm nebylo stopy. A venku zima – jako by byl podzim. Včera jsem dostala od Marka k narozeninám pepřový sprej (přála jsem si to). Toulá se tady čas od času zaběhlý obří pes, tak abych se mohla bránit, kdyby se do mě nebo do našeho psa pustil. (Tady se člověk ve všední den pomoci nedovolá, možná ani o víkendu.)

Přišla mi od Marka SMS, jak sprej dobře funguje.

Vrátila jsem se z městečka od zubařky. Když jsem u ní byla naposledy, byla vynervovaná, uplakaná troska. Rok jí na rakovinu umíral manžel. Nedávno umřel – a ona rozkvetla. Přitom se měli rádi! Rozkvetla, protože skončilo mužovo utrpení, jemuž nemohla zabránit ani ulevit. (Rozkvetla bez výčitek. A dobře udělala.) Dávala jsem do lednice nákup. Zrak mi padl na můj pepřový sprej, položený v košíku na lednici. Vzala jsem ho do ruky a jen tak na zkoušku stříkla trochu do vzduchu, směrem ke koupelně. Myslela jsem si, že se tu trochu zapáří – jako když se lakují vlasy.

Ze spreje ale vystříkla žlutozelená kaše, hnusný šlem, jímž jsem pocákala shrnovací dveře do koupelny a kus zdi vedle. Vypadalo to, jako kdyby hodně velký expert zvracel nad sebe. Honem jsem začala zeď i dveře utírat papírovým kapesníkem, takže jsem se pepře pěkně zblízka a pěkně zhluboka nadechla.

Hodinu jsem běhala po domě a snažila se popadnout dech, kašlala, kýchala, smrkala, chrchlala, pila, plivala, větrala a zase kašlala a kýchala a mohu Markovu esemesku plně potvrdit.

Zrovna když jsem se jakž takž uklidnila, zazvonil mobil, neznámé číslo.

Patrik.

Volá z pevné od kámoše, číslo mobilu, co nám před časem poslal, už neplatí (my víme). Popřál mi k narozeninám. Spletl se o den – ale stejně mě překvapil. Nakonec mi k narozeninám nepopřáli jen Lukáš s Matějem, který je teď stále pubertálně zakaboněný a protivný.

Patrik bydlí ve městě, v centru. Pracuje v nočním podniku. Občanku nemá, ale vyrábí se. Včera ho kontrolovali poldové a všechno je v pohodě. V databázi ho nemají, kurátorka kecá, žádná vazba na něho uvalená není.

Tak Lukáš prej bude otcem! Já chcípnu! Řekl a šíleně se rozchechtal, skoro jako by se i on dávil pepřovým sprejem.

A já dnes ve městě koupila dupačky.

* * *

Na poslední rehabilitaci do nemocnice. A rychle jet na oběd s Klárou. Vyprávěla mi, jak byla se synem a jeho dívkou (on dokumentarista-režisér, ona výtvarnice) u moře a teprve tam jí došlo, že si lidi od kumštu nikdy neodpočinou. Nikdy si hlavu úplně nevyčistí. Pořád něco vymýšlejí, čekají na reakce, trápí se. Nekonečně napjatí.

Večer běžel v televizi literární pořad *333*. Nervózně jsem očekávala svých pár minut. Přede mnou tam mluvil táta. Díky obrazovce jsem viděla, jak bydlí. Překvapeně jsem si spočítala, že jsem k němu domů nebyla devětadvacet let pozvaná.

Zavolala jsem k televizi Matěje, ale on ze svého pokoje nedorazil. Aspoň Marek se podíval se mnou.

Hlavu jsem měla fakt příšerně rudou, obličej strhaný (jedno oko větší, druhé menší), ale myslím, že jsem mluvila dobře. Obrátila jsem se na Marka s touhou po ujištění. Jenže od televize vstal a šel si beze slova lepit duši. (Jinak než s pumpičkou už ho doma nevidím.) Šla jsem za ním.

Mluvila jsem docela dobře, nebo ne? Řekla jsem si nápadně nenápadně o pochvalu. (Pořád po ní toužím, ještě mě to nepřešlo).

Mluvila jsi normálně, jako obvykle.

Jo. Aha.

Rovnou k lednici. Dopila jsem mastiku (od narozenin). Oddupala jsem nahoru do pokoje a praštila sebou na postel. Skopla jsem z nohou pantofle a jednou hodila po otevřených dveřích (odrazila se od nich a letěla do přízemí) a zakřičela do éteru, aby mi všichni políbili!

Éteru to bylo jedno.

Jestli nenaplňujeme Rainerovu předpověď o rozpadu?

Jestli Rainer žije?

Je sobota.

Hystericky mlčím.

Hystericky ležím v posteli.

Vykašlala jsem se na filmařské teorie a vzala si ke čtení knížku, kterou mi včera věnovala Klára (chválila ji).

Hystericky si čtu.

Nevařím. Ať si dají k obědu brzdu s ráfkem.

Čtení mi šlo rychle. Brzy jsem začala vynechávat. Kromě pár osobních věcí v závěru mě kniha moc nezaujala.

Rychle jsem začala přelétávat očima i deníkové záznamy, staré patnáct let, ani to mě nebavilo číst. Poctivě jsem přečetla jen současný deník, který měl povídání rámovat. Překvapil mě (relativní) upřímností. Ten dušezpyt mi přišel smutný a v něčem podobný pocitům, které zažívám. Přitom s úplně jiným odrazovým můstkem, s naprosto rozdílnými možnostmi realizace, se zcela rozdílnou vnější zkušeností a skutečností. Hledání, tápání. Nejistota, věčné pochyby. A velká touha po pochvale – to mě překvapilo nejvíc. Vždyť jeho chválí celý svět!

A máma přitom kvůli němu málem umřela.

Dlouho předtím o něm stále mluvila. Pořád se nás ptala: Proč mě škrtnul? Co jsem mu udělala?

Mami, to je úděl všech bývalejch milenek. Vždyť je to dávná historie. A ty jsi žila svůj život, tak jako on žil svůj. Těžko můžeš čekat, že si bude zvát na Hrad svoje bývalý lásky v zástupu a že se s nima bude jeho nová žena radostně vítat?

Já jsem je spolu seznámila – a ani to mi nepřiznal. Proč? Opakovala. Pořád kombinovala. Pořád vymýšlela teorie (spiknutí). Měla několikaletý stihomam, který se předloni v zimě prudce zhoršil.

Tehdy ve své funkci končil, noviny a časopisy byly plné rozhovorů – a samozřejmě v nich byly odchylky od skutečnosti, kterou právě máma dobře znala.

To ona ho vodila do divadel v době totality. (Pokoušeli se ji za to vyhodit z práce, deklasovali ji těsně před důchodem, následky nese dodnes.) To ona předjednávala jeho setkání s herci. Když se nebáli (mnozí raději hned po představení utekli), přicházela s ním do divadelních klubů a navracela ho k dialogu, který se sám začít ostýchal, aby herce nekompromitoval...

Dlouho se ptala proč.

A pak přestala mluvit.

Četla jeho staré dopisy, stále dokola. (On všude říká, že nikdy milostný dopis nikomu nenapsal. Napsal – a krásně!) Začala brát prášky na spaní.

Polykala je v noci, polykala je ráno, pak i v poledne, byla čtyřiadvacet hodin zfetovaná, přestala vstávat z postele (tvrdila, že je nastydlá, ale to byla čtvrt roku předtím), když vstala (vždycky nejdřív několikrát spadla, než se udržela na nohou), tak jen proto, aby šla na dvorek s fenkou – neučesaná a v pyžamu, jen si přehodila kabát (ona, která byla vždycky šik!), anebo když si šla někam zařídit další prášky na spaní.

Dělala to mazaně. Jednou řekla, že si prášky zapomněla na chalupě, jednou šla k jiné doktorce, něco si půjčila od sousedky, měla po šuplíkách poschovávanou baterii fetů. Nejedla, nepila – kromě zapíjení prášků, nedbala o sebe, půl roku ležela v posteli, bez vůle k životu. Kolem sebe dopisy, napsané před čtvrt stoletím.

Takhle může vypadat bolest ženy, na kterou se zapomnělo.

Ne, tuhle knížku máma číst nesmí, myslím si hystericky, protože už je nad věcí. Z umírání na těžkou depresi ji zachránil zase dopis – psaný týmž rukopisem. Stačilo málo: aby napsal, že ji má pořád rád a že na ni nezapomněl.

Bylo tak těžké zařídit, aby se dověděl, že to napsat musí!

To je divné, říkal do telefonu, že lidé, kteří se mnou byli šťastní, jsou ze mě teď nešťastní, jak to?

Jakmile mámě jeho dopis přišel, několikrát si ho přečetla. Vstala z postele, učesala se, namalovala.

Celý rok u sebe dopis nosila a všem nám ho stále znovu četla.

Uzdravená.

„Milé dámy, paní... je svou ‚upřímností' vyhlášená. Před lety házela špínu na svého otce, dnes se zase dovídáme o dětech se

‚špatnými geny'. Vyrůstat s jinou matkou, mohly být třeba jiné. Pokud jste četly její knihy, poněkud si v nich protiřečí a spoustu věcí účelově nedopoví. Když si vezmu jejího otce, ony se ani ty vlastní děti nemusí vždy povést, že?"

„Mňa by len zaujímalo, prečo bol vlastne celý tento článok uverejnený. Čo mal dať čitateľovi? Iný pohľad na adopciu? Zložiť ružové okuliare? Somarina. O pani... nevieme vôbec nič. Predniesla nám svoj jednostranný pohľad na vec, teda na svojich (hlavne nie jej vinou!) nevydarených synov. Nepripomína vám to rodičov, ktorých deti sa stali narkomanmi a oni nevedia, kde sa stala chyba? Hľadajú vinu navôkol, ale nehľadajú vinu v sebe. Veď urobili pre svoje deti maximum! (Ako pani...) Chcela by som nahliadnuť do minulosti, do rodiny a vidieť ‚ako to vlastne bolo'. Okrem toho, protirečí si... Do adopcie by ešte raz šla, ale nikomu ju neodporúča. Má tá žena v hlave jasno? Ak má byť tento článok ako príbeh jednej obyčajnej ženy, tak to beriem. Prečítala som ho, nič mi nedal, ide sa ďalej. Ak to má byť výzva na zamyslenie sa, či adopcia áno alebo nie (pozor na zlý genofond vašich budúcich detí), tak to určite odmietam."

„Plně souhlasím. Je to házení viny na stát a na druhé za to, že se jí nevyvedly adoptované děti. Samozřejmě, nevlastní děti je vždy těžší vychovávat než vlastní, ale... Viděli jste film *Smradi*? Vždyť tam VŮBEC nikde nebylo nic o tom, že by ty děcka vychovávali!!!!! Oni ti kluci něco provedli, např. zapomněli přilbu na kolo, někomu nadávali atd., a vyvození důsledků, neřku-li trest, nikde! Jestli vychovávala tak, jako ve filmu..."

Chtěla jsem si svůj rozhovor v časopisu stáhnout z internetu, uložit do paměti a poslat některým přátelům. Přála jsem si, aby ho četla Klára, protože i ona mi řekla: Proč mluvíš, prosím tě, do tak pofidérních plátků?

Četlas to?

Za koho mě máš?

Četlas to?!

Tohle já si, holko, vážně nekupuju...

Bohužel se mi to nepodařilo. Bohužel se mi podařilo přečíst si pár reakcí z následné internetové diskuse.

Dnes je papež Benedikt XVI., následník Jana Pavla II., na návštěvě Polska. Lidé šílí. U nás chtějí křesťanští demokraté zpřísnit (proti)potratový zákon. A jestli se sociálním demokratům podaří přihodit tisíce na porodné – vznikne i u nás nový skvělý byznys. Kolik dětí se narodí jen díky přání matek shrábnout porodné – a pak nazdárek? Tak si na život vydělávala Lukášova máma. Co vím, porodila nejmíň pět dětí.

A všechny šly rovnou do kojeneckých ústavů.

Zazvonil zvonek. U branky neznámá holka na koni.

Ahóój, volala na mě mile vesele. Jak se máš? A co dělaj kluci?

Teprve, když mi říkala, kdo je její máma, došlo mi, kdo to je.

Narodila se v sedmém měsíci a nevážila ani jako pytlík mouky. Vyhlídky na život minimální. V inkubátoru ji „dopekli". Mohla být slepá, ale nebyla, mohla být zpožděná. Když ji pustili k mámě domů, tolikrát ji zapomněla v kočárku před hospodou, večer, v noci, dokonce i v zimě...

Tohle šikovné droboučké stvoření mělo ty nejčernější vyhlídky. A teď je u nás v ulici, sedí na koni, který je v porovnání s ní obrovský, a nadšeně mi vypráví, jak koně miluje a na statku u městečka je každou volnou chvíli, každý víkend, každé prázdniny – aniž by svoji mámu, bydlící v podstatě za rohem, chtěla navštívit.

Žije ve městě u babičky. Vzpomínám, jak se k nám kdysi její máma s malýma holkama (starší sestra se narodila osmisetgramová – a i z ní je krásná chytrá gymnazistka) přišly koupat do našeho bazénku. Koupili jsme ho kvůli klukům, abychom je naučili plavat – sama jsem je nemohla na plovárně uhlídat.

Vždycky jsem mámu těchhle holek vídala jen u jejich domku (bez elektřiny), jak oblečená v pánské košili dře na zahradě a u zvířat (ačkoli pila, všechno měla vždy bezvadně udržované). Teď byla v plavkách. Zírala jsem, jak nádherné měla tělo! (Tak nádherné ženské tělo jsem nikdy nikde, ani v žádném časopise neviděla. Urostlé, pevné, zlaté...)

Když ještě bydlela ve městě – odjeli pryč s mužem, tehdy modrookým dlouhovlasým pěkným klukem, dnes padesátiletým bezzubým chlapíkem s červeným nosem. Odjeli do chaty nad městečkem proto, aby neměli blízko do hospody.

Ve městě jí říkávali madona. Nedivím se. Měla krásnou i tvář. Vůbec to byla zajímavá, nekonvenční holka, stejně jako byl její muž zajímavý netuctový kluk – dokud nezačal alkohol tvořit své dílo. Hospody nehospody, flaška byla vždycky po ruce. Přitom byli stateční! Podepsali Chartu v dobách, kdy ji lidé podepisovali převážně jen proto, aby si požádali o vystěhování a odjeli. Podepsali Chartu a zůstali, byli tu široko daleko jediní, kteří se nebáli kamarádit s námi.

U branky sedí na koni jejich dcera, které jsem kdysi nepřála, aby přežila.

Ahóój, zavolala na mě na rozloučenou. Obr pod ní pobídku od drobečka poslechl a vyrazil kupředu. Na konci ulice mi zamávala. Myslela jsem, že medicína někdy pomáhá přežít až nadmíru.

A teď přede mnou seděl na koni jeden z jejích zázraků.

Pořád spolu doma nemluvíme. I Matěj už komunikuje jenom dvěma slovy: Přivezeš mě/odvezeš mě? Jinak je zavřený u sebe. Marek nahoře poslouchá jazzík a chystá se na kolo. Kdy mě naposledy oslovil jménem? Nepamatuju se. Neslyšela jsem jedinkrát, že je to tady hezký, že mám krásnou zahradu, že je tu útulno, že mi to sluší, že jsem něco udělala dobře. Že mám nějakou cenu.

Mně má stačit k životu, že žiju.

Pustila jsem rádio. Na plné pecky. Až se dům zatřásl: Mluvení.

Matěj vyběhl z pokoje: Co se děje?

Nic. Buď v klidu. Zalez k počítači a o nic se nestarej, srabe. Ještě pořád jsi mi nepopřál k těm mejm zasranejm narozeninám, křičela jsem nahoru ke schodům, kde udivený stál, nepodal jsi mi ruku, nedal jsi mi ani blbou čokoládu, abych viděla, že na mě někdy myslíš! Dárky se totiž dávaj právě proto. Ale ty na mě myslíš, jenom když stojíš ve vsi a chceš odvízt od autobusu, srabe! Matěj přišel dolů a beze slova rádio ztišil. Ještě než došel zpátky do pokoje, otočila jsem knoflíkem znovu na maximum. To už vylezl i Marek. Můžeš mi říct, co děláš za akce? Proč to tak řve? Křičím, přeřvávám rádio: Chci slyšet lidskej hlas!

Nakonec jsem včera všechny své pocity na Marka vykřičela – a neulevilo se mi. Odjel. Vyhodila jsem z okna černé lodičky (co je mám jen do postele) a odjela taky. Starý strach, aby mě nenapadlo střelit to do stromu, když jsem takový cvok.

Chtěla jsem v Praze zůstat až do večerní Mišpachy. Začalo lejt. A kde mám do šesti být, když nechci s nikým mluvit? Vrátila jsem se domů. Má tá žena v hlave jasno? Velmi případná otázka. Byla jsem tak unavená. Na chvíli jsem na posteli usnula, samé zlé sny o producentovi.

Jsem vytočená na maximum obrátek, už nevydržím čekat, už nemůžu hrát hru na film, kdy nemám v ruce ani písmeno, ani floka, ani nic – a to se přitom producent v agentuře při hádkách o můj honorář uřekl, že ho jeho závodní koně stojí ročně patnáct miliónů! A já běžím vytrvale třetí rok přes překážky a nic?

V noci na spaní kinedryl. Nic jiného jsem nenašla. (Abych nezačala polykat jako máma?) Bylo to k ničemu. Mozek jel na plné obrátky. V pět ráno už jsem si sedla k počítači a začala psát producentovi mejl.

„Chci si tě vážit. Chci si vážit i sebe. Chci mít ze scénáře a z naší spolupráce ještě nějakou radost. Trvám na své umělecké, ale i lidské hodnotě. Tento týden se musí smlouva uzavřít!"

V Indonésii je zemětřesení. Pět tisíc mrtvých. A já nemůžu spát kvůli pitomému filmu. Nestydím se za to. Ba ne, stydím se, že všechno tak prožívám. V šest ráno jsem mejl odeslala. A zpátky do postele – dohnat spánek. Ale to by se můj mozek musel umět zastavit. V hlavě se mi mlely věty věty věty.

Marek se ke mně obrátil a pohladil mě. Chtěl napětí mezi námi smazat milováním, ale já toho nebyla schopná. A přitom jsem byla tak ráda, že mě hladí a objímá. Že mě má rád...

Vstal a šel si připravit snídani a tak, jako každé všední ráno. Ležela jsem v posteli a usilovně jsem se pokoušela usnout. Ale jak jsem byla do krajnosti rozjitřená, najednou jsem sama sebe viděla: Obrys těla – kostí, schovaných pod dekou. Ven čouhá jen šošole vlasů. Viděla jsem sama sebe, jak ležím, jako bych se shora od kleštin zabírala kamerou (polocelek z nadhledu).

Vyděsilo mě to. To vypadá na regulérní šílenství.

Honem jsem vstala a sešla dolů a s Markem se objala. V předsíni jsme se potkali všichni. Marek s Matějem se obouvali, já hladila psa, který tu má pelíšek.

Ten je krásnej, viď, zavtipkoval Marek a pohladil mě. A hned dodal, že se mu to nesmí říkat.

Ale to je omyl, řekla jsem. To se má říkat. A nejen psovi. Pochvaly se maj říkat a ty víš moc dobře, jak jsem tě chválila, když ses pustil do čištění nádrže, jak jsem ti říkala, že ti ty nový kalhoty se sakem slušej, má se to říkat, taky lidem! Lidem hlavně!

Tobě to sluší, řekl mi Marek zrovna, když mi ale vůbec neslušelo. Zmuchlaná, vycukaná, stará ženská.

Matěji, pamatuj si, že si mají lidi občas říct...

Mami, nestihnu autobus.

...že se maj rádi.

Bude to eště dlouhý?

Nikdy nevíš, kolik příležitostí k tomu budeš mít.

Nechceš mi rovnou napsat do žákovský omluvenku?

Umyla jsem všechny podlahy a celou koupelnu a chtěla si jít lehnout, ale spaní mi ani trochu nešlo. Rozjela jsem se k praktické doktorce, dát si napsat prášky na spaní a uklidnění. Nedá se svítit, pomoct si musím.

V čekárně byla spousta lidí, já byla tak šestá, vůbec to neodsejpalo. Měla jsem být v jednu v městečku na očním (horší se mi zrak) a v půl čtvrté v městě s divadelním dramaturgem. Jak to vydržím? Modlila jsem se, abych byla na řadě co nejdřív, abych si mohla vzít prášek a aspoň na dvě hodiny si lehnout.

Do čekárny přišla maminka s malým chlapečkem. Byla nastydlá. Chlapeček to v čekárně nemohl vydržet. Ona ho sice velmi laskavě uklidňovala, ale zlobil čím dál víc, byl ospalý a měl za sebou injekci, naproti na dětském.

Vybavila jsem si, jak jsem ke každému svému doktorovi musela vláčet všechny tři kluky. Byla jsem nemocná a musela to s nimi (hyperaktivními, nezklidnitelnými) pročekat, dokud jsem nepřišla na řadu. Nepamatuju se, že by mě někdo pustil před sebe.

Sváděla jsem vnitřní boj – jestli té mamince ukážu, aby šla do ordinace místo mě a oddálím si tím možnost dohnat spánkový deficit. Nebo vyhraje moje únava a otupělost? Chlapeček se zrovna zabavil, tak jsem se přesvědčovala, že je nepustím, ať to udělá některá ze tří důchodkyň po mně.

(Pustila jsem je.)

Večer mi Matěj popřál všechno nejlepší k narozeninám. Dal mi bonboniéru.
Snědli jsme ji společně. Celou. Hned.

Producent to vymyslel takhle: Zaplatí mi zálohu – jak nelítostně po letech spolupráce (s jednou menší pauzičkou) požaduju. Když peníze na film do roku nesežene, celou zálohu mu vrátím. S podpisem smlouvy chce počkat až do letního filmového festivalu. Uvidí-li, že mu na film nikdo nedá, nezaplatí mi rovnou nic.
Konečně je návrh smlouvy na světě.

Etická komise Syndikátu novinářů mi dala v hodnocení článku kolegy spisovatele a dalšího postupu týdeníku ve všem za pravdu.

Dnes mi přišlo její posouzení mejlem. Před časem vyšla v týdeníku, v rubrice *Dopisy*, osobní omluva knížete.

Ne že by mě to nepotěšilo. Ale po prvotním šoku, kdy jsem se splašeně obracela o pomoc na všechny strany, a tedy na Syndikát i na knížete, jsem všem později napsala, aby se tím nezabývali, že už to řešit nechci.

Rány byly tak jako tak zasazeny.

A přestože sebe i ostatní utvrzuju v názoru, že už je mi všechno jedno, pravda to není.

Nesrovnala jsem se s ničím. Nemůžu se vzpamatovat. Krvácím pořád.

Vnitřně.

„...Váš interview je vynikající, statečný, velice si Vás vážím. Ještě víc..." *(pohled od AJL z Paříže)*

Jedeme na kole volit. Nejvíc se raduje náš pes. Může se zjančit hned jak zmerčí, že saháme na řídítka a neříkáme: Ty tady budeš čekat!

Začne skákat radostí, do mordy nabere co najde (šišku a botu a hadřík na leštění ráfků, všechno naráz) a přitom tou přivřenou hubou dokáže štěkat vysokým euforickým štěkotem. Jedeme s Markem volit do sněmovny psovi pro radost.

Na cestě zpátky jsme v zahradě bývalého kláštera – ve dvacátých letech tu byly lázně, v padesátých věznice milionářů, v sedmdesátých výcvikové středisko a archiv Státní bezpečnosti a dnes tu sídlí vyšší pedagogická – uviděli ředitelku školy s manželem okopávat záhony.

Tak koho jste volili? Houkli na nás od motyky a sami hned dodali: My modré ptáky.

My zelené ptáky.

To bude zase ve sněmovně ptáků!

Jen aby bylo, vypadá to na plichtu se sociálníma demokratama a komunistama.

Mají nám nabídnout někoho, koho bysme volili dobrovolně, rádi a ve velkým.

Ptáci!

Už druhý týden jsem měla na stole u postele cedulku s telefonním číslem na Rainerovu ženu. Ale nedokázala jsem jí zavolat. Včera jsem si dala cedulku na stůl, že to udělám dnes. Dnes v devět

ráno jsem se ujišťovala, že je moc brzy. V deset jsem si položila cedulku přímo k telefonu a seděla nad aparátem a ruka se ne a ne pohnout.
V tu chvíli Inge zavolala.

I když jsem se zapřísahala, že nebudu pořád brečet.

„Obžaloba mladistvého Lukáše..., který v přesně nezjištěné době nejméně od 17. 7. 2005 do listopadu 2005 opakovaně v mnoha případech a na různých místech v katastru obce..., okres... vykonal pohlavní styk na nezletilé Evě..., ačkoli věděl, že dosud nedosáhla 15. roku věku, přičemž nezletilá..."

Tak Lukáš věděl, že Evě ještě není patnáct. A ona co? Ona to nevěděla? Nevěděla, že je ještě pod zákonem? Proč se v paragrafech o pohlavním zneužití nebere v úvahu i přístup holky – když souložila dobrovolně ze svého rozhodnutí a myslím, dokonce jsem si jistá, že i z hlavní iniciativy? Proč taky nenese odpovědnost?

Eva u výslechu uvedla, že se Lukáše vždy před stykem ptala, jestli má ochranu a on řekl, že jo.
Úplně tu konverzaci slyším.

Mám cenu asi o 99,3 procenta nižší, než mají producentovi koně. Neblížím se bojem o zálohu...
Ani nozdře jednoho z jeho ušlechtilých zvířat.

Večer s divadelním dramaturgem. Jela jsem se podívat na jeho adaptaci *Petrolejových lamp* Jaroslava Havlíčka a omrknout soubor, kde by se měla dávat *Silnice*. Dramaturg-autor sem z města vozí svým autem a ve své režii kritiky, aby představení divadla, vzdáleného sto kilometrů, vůbec viděli. A oni ho pak celou cestu zpátky tepou.
Úžasné představení.
Pavla Tomicová je velká herečka. Podala takový výkon! Figura

Štěpy je sama o sobě krásná a její příběh silný. Ale všechno se dá zkazit a obzvlášť silný příběh.

Štěpčino neštěstí bylo v tom, že se vždycky lišila. I proto nemohla najít muže. Když ho konečně našla, nikdy nepoznala, jaké to je, mít ho. Toužila, aby se s ní miloval, udělal jí dítě. A byla tak statečná, když pochopila, že se to nestane (muž byl syfilitik) a ona bude jen pečovatelka. Krásná chvíle, když pomohla na svět telátku, chvíle štěstí z nového života, o němž věděla, že ho sama nikdy v těle mít nebude... Slzy se mi koulely po tvářích.

V noci, spíš k ránu, kdy jsem konečně dorazila domů, jsem všechno vyprávěla Markovi. Řekla jsem mu, že se mi ještě nestalo, abych takhle brečela.

Vždyť brečíš třikrát tejdně, odpověděl mi.

Ale ne v divadle! Mně bylo v životě stejně. Jako bych měla za muže syfilitika...

Marek mě objal.

Aspoň, že spolu to telátko máme, viď?

Telátko mělo zápas ve fotbale, já koncert Mišpachy a Marek jel na kole navštívit Lukáše. Nejdřív se stavil u Michala a Lucie – bydlí nedaleko. Ti teď mají Pavla taky ve výchovném ústavu (pro menší). Nakonec dostali odvahu poslat ho tam. Okolí na ně kouká skrz prsty. (Copak ten kluk dělá něco hrozného? Vždyť vás JENOM okrádá.) Na sezení u psychologů (taky absolvovali kdeco jako my) působí Pavel exoticky: Je chytrý a umí mluvit, aby se zalíbil. Michal s Lucií z toho vycházejí zlodušsky.

Musíte přece počítat s tím, že Rom krade, proč jste překvapení? Říkají jim psychologové jako terapii.

Lukáš byl u internetu, kde tráví veškerý volný čas, pokud nespí. Prý spí skoro pořád, je unavený. (Jestli náhodou neholduje drogám i tady?) Tenhle výchovný ústav je ústavem jen tím, že se odtud nedá kdykoli odejít. Jinak je tu naprostá benevolence.

Kluci se hlavně zabavují – vychovatelé je vozí do posilovny, do bazénu, na bowling. Chápu to, co kdyby se těm třiceti namakaným chlapcům, kteří neustále hlídají svá práva (když o víkendu dlouho ráno spí, musí kuchařka čekat se snídaní, dokud se neprobudí a neodkráčejí se najíst, jinak si ihned stěžují na porušení svých práv a ředitel má nepříjemnosti), co kdyby se jim nahromadila agrese a vzali by do rukou tyč?

Lukáš se naučil chatovat. Má kontakty na kluky ze vsi. (S námi si nepíše, ani se nedivím, ještě bychom mu zase dodávali ty svoje pravdy.)

Prochatoval se i na Evu a tak si „popovídali".

Eva mi poslala takovou tu fotku to tó, no jak se tomu řiká... takovej jako obrázek toho mimina, oznámil Markovi.

Fotku z ultrazvuku?

No, ale byly to jenom takový šmouhy.

A bude to fakt holka? Zeptal se Marek.

Prej jo.

A jak se bude jmenovat?

Eva mi to napsala.

No a?

A já to zapomněl.

„...Když máte chuť něco vyslovit, nezbývá nic jiného, než vyslovit to." (J. L. Godard)

Vyslovuji producentovi: Zítra třináctýho do tří hodin odpoledne.

Anebo nikdy nikdy už nikdy!

Zahajuji výstavu kamarádových plakátů. Včera jsem si k tomu napsala fejetonek a měla jsem z něj radost. Vymyslela jsem i happening, reagující na výsledky voleb. Patem bohužel opravdu dopadly a teď se vítězové s poraženými a naopak hádají, kdo je vítěz a kdo poražený a naopak. (Kdyby tomu někdo nerozuměl, tak je to správně.)

Úleva z vyslovení sice včera nastala, ale dnes ji pohltilo napětí z „konečného řešení". Bylo tak nesnesitelné, že jsem hned ráno mobil vypnula, aby se mnou producent nemohl nic projednávat, aby mi zase neříkal, jak jsou ty ženské v agentuře hrozné, protože on mi každou chvíli volá a vážně se se mnou radí, co má udělat proto, aby mě co nejvíc ožulil.

Dnes, nebo nikdy.

Ze zimy skok do vedra. Jela jsem do města už před polednem, abych se netrmácela autobusem v největší výhni. Šla jsem támhle, šla jinam, tuhle jsem si sedla, co já vím? Ve čtyři jsem mobil zapnula, dýl už to vydržet nešlo. Na displej mučivě pomalu naskakovalo přivítání výrobce. Konečně byl přístroj aktivní. Vždycky se mi dřív zamknou klávesy a pak teprve cinkne zpráva. Cinkne? Mejl z agentury.

Předmět: HURAAA!!!

Smlouva na scénář je podepsána. Třetí rok jednání, třetí týden dohadů. Kde je radost?

(Voli ji vypili.)

31 stupňů.

Sedím pod pergolou. Mám hotovou *Silnici*.

Klid a mír.

Přitom se mi v noci zdálo tohle: Matěj (mnohem menší, než je teď, asi tak osmiletý) zavraždil kamaráda, postiženého kluka, který nemohl chodit. Hráli si a ten kluk upadl na meč a nabodl se na něj. A protože strašlivě sténal, Matěj zpanikařil a aby jeho trápení ukončil, probodl ho!

Nikdo nevěděl, že to udělal. Ale já tušila, že se to stalo. Smrt chlapce se začala vyšetřovat. Matěj měl jít k výslechu. Prosil mě, aby tam nemusel. Řekla jsem mu, že vím, že to udělal. A že se musí přiznat.

Šli jsme spolu za maminkou mrtvého kluka a já jí to řekla. A objala jsem ji a strašně brečela a z toho breku jsem se probudila.

Novinka: brečím ze spaní.

* * *

„...Komunikace má svou hloubku, v ní se střetávají protikladné ‚nároky na pravdu', obsažené v hlediscích různých ‚lidských skupin' a zakotvené v kulturních kontextech, do nichž patří. Má ale také svůj povrch, ten je udělán z pachů, z překřikujících se hlasů a z úzkostí v přelidněném prostoru, v němž si naše těla navzájem překážejí, dráždí nás jejich trapně nepatřičná materiálnost, stydíme se za ni...

...Už nevím, ve které inscenaci Vodňanského a Skoumala je parodie rozhlasového přenosu z představení jakési opery, v němž se do sboru z Aidy připlete medvěd z Prodanky, zpěváci se navzájem vyhánějí z jeviště, reportér si zoufá... Podobně se rozdražďuje povrch komunikace v přelidněném prostoru. Samozřejmě, lidé nikdy nejednají v prázdném prostoru, ale v situacích, které mají význam. A každý význam je inscenovaný větší či menší příběh, jehož ‚postavami' jsme. Když se inscenované významy vyprazdňují, místo aby se potvrzovaly, když si naše těla jen překážejí, protože patří každé do jiného příběhu, povrch komunikace se rozdráždí a to rozdráždění vyvolává abnormální reakce..." (Václav Bělohradský: Soumrak multikulturalismu)

Přijela máma. Jedeme se všichni podívat na Matějův poslední zápas, který rozhodne, jestli tým vyhraje jarní okresní přebor. Kluci měli štěstí. Slunce se dopoledne schovalo za mraky (v noci byla bouřka, která přírodu nádherně osvěžila) a právě když zápas vítězně dohráli, spustil se slejvák.

Měli bychom jet na návštěvu za Lukášem, když odmítáme, už zcela nekompromisně, jeho pobyt ve vsi, ale nemůžeme se k tomu donutit. Ne, nejedeme nikam. Nejde to.

Odpoledne hráli na Mistrovství světa ve fotbale naši s Ghanou. Tristní pohled. Kam se ti nagelovaní reprezentanti s pěšinkami učesanými podle poslední módy hrabou na kluky z Matějova týmu! Kdyby náš Čech nechytal tak skvěle a kdyby Nedvěd jediný nedával do hry všechno (a víc), bylo by to šest nula. Takhle jsme to projeli jen o dva góly.

Proč nestřídáš? Křičela jsem na trenéra do obrazovky.

Marek oponoval, že střídá, jak může.

A nekřič pořád! Uzemnil mě.

Strašně mi vadí, řekla jsem, když říká, že náš tým má v úmyslu hrát s Ghanou na nulu. Mít předem takovou strategii – ať jde do háje! A co má jako dělat? Křičel Marek a najednou mu nevadilo, že tady křičíme.

Má hrát na vítězství!

Tak mu to napiš!

Taky že jo!

Večer hráli Američani s Itálií. Outsideři s favoritem. A přestože to byl zápas s mnoha kartami a nakonec hráli Italové v deseti a Američani v devíti, oni i v devíti hráčích bojovali jako o život! A to mám ráda.

Bojovat jako o život.

A jako o život taky prohrát!

Šli jsme spát. Mezi milováním jsme s Markem řešili trenérův alibismus s nulou. Já pak tiše kráčela do přízemí do koupelny, tiše, abych nevzbudila mámu. Jenže ona stála v kuchyni a přežvykovala. Zapomněla si s sebou vzít léky na snížení krevního tlaku a napadlo ji, že libeček, co jsem večer dávala do guláše, by taky mohl tlak snížit.

Snědla lístky i se stonkem.

919 km na kole (od loňska).

Na chvíli jsem se potkala s kamarádkou ještě z gymnázia – seznámila mě kdysi s Markem! Přijela na dva týdny ze Států, kde žije a učí na univerzitě. Té to zatím s adoptovanými dětmi dopadá dobře. (Přála a vzala si holčičky.) Nejstarší dceru porodila, prostřední adoptovala z Indie, nejmladší má odtud. A s ní bude mít možná dost potíží.

Až já jsem kamarádku upozornila, že má její holčička lehkou mozkovou dysfunkci, poznám to už na dálku. Pozdější vyšetření to potvrdila. Zatím se projevuje jen tím, že je hyperaktivní, přelétává sem a tam a na nic se nedokáže soustředit. Poletuje, lítá, mizí a člověk musí být pořád ve střehu, protože nápady jsou rychlé, nelogické a ihned realizované.

Kamarádka má strach, ale já už to beru jinými měřítky. Za prvé z toho může vyrůst, tahle naděje je vždycky. Někomu mozek v pubertě dozraje, někomu se indispozice zhorší. A za druhé: Hrozí jí kriminál?

Plný kostel lidí. A mezi nimi i my s Markem. Absolventský koncert syna našeho kamaráda. Opustil rodinu, když byl syn malý. Ten zdědil po otci pianino a hudební talent. Nejdřív se učil sám, pak začal hrát v umělecké škole. Přešel na varhany. Je posedlý muzikou.

Když ho otec opustil, došel syn k rozhodnutí, že jakmile to bude možné, opustí otcovo jméno. V plnoletosti přijal příjmení své mámy za svobodna, to jest jméno dědy, u něhož s mámou (a sestrou) vyrůstal a který mu otce – dokud žil, nahrazoval.

Koncert se konal v kostele u Sv. Klimenta. A byl výborný. Kamarádův syn hrál senzačně – jako kdyby vystupoval odjakživa. Poslouchala jsem nadpozemskou hudbu varhan (všechno vyšlo bez jediné chyby), podanou s ohromným citem i espritem klukem, který u nás jako malý s Patrikem a Lukášem řádil. Byla jsem naměkko. Že je tak nadaný. A pilný. Vytrvalý. Že tak nekompromisně nevybranou touhu po otci vyřešil, aby utnul trápení na pokračování, jinak nekonečné.

Plný kostel lidí. Jen jediný člověk chyběl. Bylo mi to líto, ale pak jsem si řekla, a co?

Má výborného syna.

V ordinaci byl ještě jeden doktor, mladý. Asi docentův žák. Veškerá vyšetření dělal on. Prorupal mě, uvolnil skoro bezbolestně. Nabídl mi „jehlu". Nevěděla jsem, co to má být, ale řekla jsem, že pokud by mi to mohlo pomoci, ať dělají, co uznají za vhodné. Mladý mi zabodl jehlu do místa, které jsem předtím označila jako možný bod, z něhož bolesti vycházejí. Vpichem naruší a rozruší místo, kde by mohl zánět či nějaký uzlík být.

Byla to soda. Doktor mi v tom rýpal, až jsem sebou pohazovala bolestí. Pak jehlu vyndal a já pro změnu málem omdlela. (Venku 32 stupňů, v ordinaci o něco víc.) Levá noha mě bolela, nemohla jsem se na ni postavit, natož abych odešla. Ale vzpamatovala jsem se a rozchodila to, i když jsem byla jako opařená.

Co se mnou? Potíže mám střídavě od října, někdy tak, že si připadám jako kripl. Jestli mě čeká režie (a zase to tak vypadá), nedovedu si představit, že bych měla trpět podobnými stavy. Lázně? Na jakou diagnózu?

Doktoři řekli, že bych měla do dvou dnů zjistit, jestli mi jehla pomohla či nikoliv. Pokud ne, objednají mě na magnetickou rezonanci, která by mohla odhalit plotýnku. Ale posunutá plotýnka fakt bolí.

Co když jsem tak dobrá, že bolest překonávám vůlí?

Mám i takového pacienta.

A když to plotýnka bude?

Operace.

Uvolnit se a klidně spát, to jsem potřebovala ze všeho nejvíc. Jenže jak to zařídit, když má Lukáš zítra soud?

A my tím pádem taky.

Úmorné stojaté vedro. (Nebylo divu, že jeden z přísedících celé jednání prospal.) Eva s Petrou už v budově soudu byly, když jsme tam s Markem přišli. Nervózně jsme se pozdravili a napjatě čekali, kdy Lukáše z ústavu přivezou.

Lukáš s doprovodem (milá mladá ústavní pracovnice) už v budově seděl, zašitý ve vedlejší chodbě a dělal, že Evu, s velikánským břichem, nevidí.

Eva tu měla svědkyni, kamarádku. Lukášova přidělená advokátka se nám před jednáním ani nepřišla ukázat, natož aby s námi probrala postup, co nejmíň bolestivý. Lukášovi, vydrbanému a pěkně upravenému (jak je člověku hned líp, když před sebou má kluka, který ho nedráždí tělesnými výpary), jsme radili, aby se nesnažil lhát, protože do lži se člověk nakonec vždycky zamotá.

Nejdřív mluvila Petra. Pak kamarádka. Shodně tvrdily, že Lukáš moc dobře Evin věk znal a navíc jí lhal, když uváděl, že se chrání... Soudce byl přívětivý. Státní zástupkyně přísná nebyla. Eva s pomněnkovýma očima, Eva měsíc před porodem, Eva, která s kamarádkou po vsi radostně hlásaly, že bude Lukáš sakra sedět, že ho do vězení dostanou, Eva řekla a hlas se jí zadrhl pláčem.

Já mám Lukáše ráda.

Pauza. Všichni jsme vyšli ven do chodby. Petra s Evou a kamarádkou stály na jedné straně, my na druhé a ti dva, co spolu budou mít brzy dítě (určitě ho spolu budou mít, už nemám o Lukášově otcovství žádné pochyby, Eva by jistě před soudem lhát nedokázala), se na sebe ani nepodívali, ani slovo spolu nepronesli. Byli jsme to my, kdo mlčení přerušili a zeptali se: Jak se bude miminko jmenovat?

Konečně k nám přišla advokátka. Poradila Lukášovi, aby svého činu litoval a on to pak udělal a to bylo dobře. Advokátku vystřídala kurátorka, aby nám sdělila, že advokátka Lukášovi, respektive nám, pošle požadavek na uhrazení výloh. Sedm tisíc.

Vyvalili jsme oči. Jak to, že se platí za advokátku ex offo, kterou má mladistvý dokonce přidělenou povinně? Taky budeme muset zaplatit výlohy soudu – zhruba čtyři tisíce. (A to nás čeká minimálně jeden další soud o výživné.) Ale můžeme se snažit, aby byl Lukáš, respektive my, zbaven povinnosti advokátku zaplatit. Soudní výlohy ovšem zaplatíme.

Jak Lukášovi teklo do bot a z dnešního soudu dostal strach, včera si požádal o prodloužení ústavní výchovy do devatenácti, to jest do vyučení.

Souhlasíte? Zeptala se nás pracovnice ústavu.

Zeptala jsem se.

Lukáši, máš Evu rád?

* * *

Po vyhlášení rozsudku jsme se sešli na chodbě, všichni.

Nechceš si s Evou něco říct? Obrátila jsem se znovu na Lukáše.

Toužila jsem změnit trapnou, smutnou situaci na nadějnější vyhlídky. Vždyť tu stála s břichem plným jejich miminka.

Lukáš si s Evou nic říct nechtěl.

Nějak jsme se s „protistranou" rozloučili i za něj a rozešli se. Šli jsme se v dopoledním vedru napít a posilnit do nedaleké cukrárny. Pracovnice z ústavu nám připomněla vyjádření k Lukášovu rozhodnutí.

Samozřejmě, že souhlasíme s tím, aby se vyučil, řekli jsme jednohlasně. A vydržíš tam? Obrátili jsme se na Lukáše.

Tradičně pokrčil rameny.

Můžeš přečkat trest v bezpečí ústavu, budeš k tomu navíc vyučený zedník a pokud se budeš snažit, práci pak určitě najdeš. Narodí se ti dítě, měl by ses o ně starat.

Lukáš se usmíval, pokyvoval hlavou a jediné, co nám řekl, bylo, že pearcing, co má pod dolním rtem, si dělal sám. (Myslela jsem si to, když ho měl křivě.)

Pracovnice nám sdělila, že ústav počítá s Lukášovými víkendy a prázdninami u nás.

Nezlobte se, ale dokud se dítě nenarodí...! My už ve vsi další problémy řešit nechceme. Lukáš k nám stejně nejezdil. Když ho policajti přivezli z posledního útěku, měl v sobě kromě marjány i pervitin!

To neni pravda! Já perník neberu! Jenom občas hulím.

Když jsi takzvaně doma, tak nepřetržitě fetuješ u Štěpána. A naposledy to prý byl pervitin.

Jak to víte? Zeptala se pracovnice. My zprávu o pervitinu nedostali.

My jo. Byla od vás z ústavu.

V noci mě začala brnět noha, až jsem ji přestávala cítit. Začala jsem do stehna bouchat pěstí, ale necítila jsem ho. Vyskočila jsem z postele (kupodivu mě noha nesla) a rozběhla se v panice po schodech dolů a křičela: Já necejtím nohu, mně ochrnuje noha!

Marek za mnou vyběhl: Co blázníš? Uklidni se! Zastav se!
Ze svého pokoje vystartoval Matěj: Co se stalo?
Necejtím nohu!
Tak proč tady lítáš? Lehni si! Počkej, až to přejde!
Necejtím nohu!
Holčička se bude jmenovat Viktorie.

Anebo Anežka.

Anebo nějak jinak.

Neochrnula jsem. Markovi volala do práce Petra. Byla naměk-
ko, soud ji vynervoval.
Copak vy, vy jste na to zvyklí, vy chodíte po soudech pořád, ale já
tam byla poprvý!
Petra neví, co chceme a proč se s nimi nebavíme.
No, vysvětloval jí Marek do telefonu, my nevíme, co bysme měli
dělat, máme s Lukášem problém a nemůžeme dělat nic jinýho než
to, co děláme. Nic.
Musíme se sejít, řekla Petra, všichni, musíme k tomu přitáhnout
Lukáše a Evu a pěkně je skřípnout a dovědět se od nich, jak si to
představujou!
     Když mi to Marek tlumočil, vzpomněla jsem si, že se Eva ne-
chala ve vsi slyšet (je pořád v centru zájmu početného publika), že
když já do žádné práce nechodím, jsem doma a nic nedělám, tak
jí budu dítě přes den hlídat, že mi ho sem vždycky hodí.
     Lukáš dal pro změnu na chatu k lepšímu, že ho Marek z otcov-
ství vyseká, že zařídí, aby mu u zkoušky krev vyměnili.
Proč si Lukáš nevzal prezervativ? Hořekovala Petra Markovi do
telefonu. Už máte na rozhodování jenom měsíc, plakala.
     A přitom pořád děláte, že nic?!

     Přišla pošta pro Patrika. Minimální mzda se zvedla, je nutné
platit víc za zdravotní pojištění. Zavolala jsem na pojišťovnu a ze-

ptala se, co mu hrozí, když si už rok nic neplatí, a navíc se tu a tam nechá v nemocnici ošetřit.

Roste mu dluh z neplacení a penále. To dělá desetinu dlužné částky za den.

A dál?

Budeme to vymáhat.

Když jsem byla v nepříjemném, rozhodla jsem se nic neodkládat a zavolala jsem Petře. Abych jí vysvětlila (znovu a znovu) nevysvětlitelné.

Z hovoru, už bez pobrekávání, vyplynulo, že jde o peníze. Petra chce, abychom se k nim přišli dohodnout, kolik budeme Evě platit.

My za Lukáše nic platit nechceme.

No ale jste jeho zákonní zástupci, takže budete muset!

Počkáme, až se dítě narodí.

Chceš teda zkoušku otcovství, jo?

Ne.

Ale chtěla jsi jí!

Jestli ji bude požadovat Lukáš, ať si ji zaplatí. Nám stačí, co platíme a budeme platit teď. Výživný ústavu, soudy. Další za něj řešit nemůžeme.

Takže vy budete dál dělat, že se vás to netýká?

Lukáš si musí na svý problémy vydělat, zdravej, silnej a urostlej je na to dost. V ústavu se může kdykoli přihlásit na placenou brigádu. Každej víkend, celý prázdniny, i přes rok, až se bude dál učit. Marek ze svýho platu další život platit nemůže. Já nevydělávám. (Kecám, dostanu od producenta zálohu – půl nozdry.)

Jo tak ty nevyděláváš? To vykládej někomu jinýmu. Ty jsi fakt dobrá!

Představ si, že bysme se s Alešem chovali stejně, že bysme udělali to, co vy?

Co jsme udělali?

Na všechno jste se vykašlali! Kdybysme byli stejný sobci, to dítě by nemělo vůbec nikoho. Bylo by úplně opuštěný! Eva je z toho, jak jedná Lukáš, hotová. On jí teď mejluje, že jí miluje. A ona je do něj zase zaláskovaná. Já nevím, co mám dělat? Buď ráda, vždyť s ním bude mít dítě. Ať má k miminku vztah. Lukáš prej říká, že si zrušení otcovství zařídí. Petro, to jsou kecy. Ale Evu to ničí! Když si vybrala Lukáše k pomilování, tak si holt musí zvykat i na ostatní. Kdybyste si Lukáše nevzali! Vy! Vy za to za všechno můžete! Vy jste k nám do vsi přitáhli Romy. Cikány!

DOPORUČENÝ DOPIS!
Výchovný ústav...
K rukám ředitele...
Otec ing...
Matka...
Ve vsi dne 29.června 2006

Podmínky k souhlasu s prodloužením ústavní výchovy Lukáše...

V den soudu, kde byl Lukáš souzen a odsouzen za pohlavní zneužití..., s kterou čeká dítě, jsme se dozvěděli, že si dal ve Vašem ústavu žádost o prodloužení ústavní výchovy do vyučení, tedy na celý příští školní rok 2006–2007, tj. ještě po dovršení své zletilosti.

S prodloužením ústavní výchovy Lukáše budeme jako jeho zákonní zástupci souhlasit pouze za předpokladu, že si Lukáš (na brigádách) vydělá na veškeré soudní výlohy (může je splácet podle splátkového kalendáře), které z jeho souzení vznikly (a možná ještě vzniknou), a že bude také sám pravidelně platit alimenty na dítě, jež se mu má koncem července narodit.

Jenom tak se může naučit odpovědnosti, která mu zásadně chybí. Rozhodnutí o prodloužení ústavní výchovy do vyučení přijal Lukáš až těsně před samotným soudem... Předtím prohlašoval, že se o sebe postará a že v ústavu po 18. narozeninách nebude.

Myslíme si, že jeho rozhodnutí je čistě účelové, ale jsme přesto ochotní ho ve vyučení podpořit. Myslíme si ale také, že pokud Lukáš nebude vědět, že má své závazky a povinnosti (na celý život), za něž musí (přinejmenším) platit, a pokud se svých závazků sám nezhostí, žádné odpovědnosti se nenaučí...

Protože jsme se dověděli, že Lukáš Evě, budoucí matce svého dítěte, v mejlech píše, že ji miluje, myslíme si, že jí to musí dokázat taky tím, že se bude o jejich dítě starat.

V případě, že si na své závazky nevydělá, případně vydělané peníze utratí jinak, nebudeme s jeho setrváním ve výchovném ústavu souhlasit.

Nejsme ochotní nést za Lukáše odpovědnost bez jeho vlastní odpovědnosti.

Vysvědčení. Začínají prázdniny. (Jako vždy prší.)
Matěj má jednu dvojku – z češtiny. A to jsem se mu ani jednou nepodívala do žákovské. Chválím ho.
Volám Lukášovi: Tak jak?
Dostalas ode mě mejl?
Nedostala.
Já ti ho ale poslal.
Mně nic nepřišlo.
Já ti ho poslal česky a on se mi vrátil anglicky.
No tak to jo. A co výzo?
Jednička z tělocviku.
Dál čtyřky a trojka. Prošel!
Řekla jsem mu, jaký dopis jsme s tátou do ústavu poslali. A co jsme si dohodli s vychovatelem. Na červenec ať se přihlásí na brigádu (mají nabídku s pobytem u vody). Má na to ještě tenhle týden – tak ať to rychle udělá. V srpnu uvidíme podle července. Když dokáže máknout a přispět Evě na miminko, rádi mu budeme s dalšími platbami pomáhat. Když se bude snažit, v ničem ho plavat nenecháme.
Eva mi mejlovala, že mě chcete odhlásit.

Eva má špatný informace.

Ty jsi to prej řikala Petře.

Já Petře řekla – a tobě to teď opakuju, že jsme byli rozhodnutí odhlásit tě odtud, pokud propadneš, nebudeš pokračovat v učení a budeš se jen někde flákat. Když ses rozhodl pro vyučení, tak tě samozřejmě neodhlásíme. Na alimenty si ale musíš vydělat sám.

Ale Eva psala...

Hele, já ti teď něco říkám.

Ale Petra...

Dejte mi všichni svátek!

Rozsudek jménem republiky

...Svědci Eva, Petra a... obžalovaného jednoznačně usvědčují z toho, že nepochybně znal stáří poškozené v době, kdy s ní souložil. Jejich výpovědi v tomto směru do sebe logicky zapadají a působí velice věrohodně...

...Při úvaze o druhu výše trestu soud zohlednil i tu skutečnost (na niž jsem poukázala ve své řeči, do níž jsem se soudu vysloveně vnutila), že obžalovaný je osobou trpící mozkovou dysfunkcí a na základě toho i poruchou osobnosti...

Půl roku odnětí svobody s roční podmínkou.

Tak máme v rodině prvního odsouzeného. Dostal nejnižší trest, jaký mohl soudce udělit. (Trest udělit musel.) Kdyby nebyl tak chápavý, mohl Lukášovi napařit mnohem víc, když byl tak věrohodně natřikrát usvědčený. Sazba pro mladistvé je od půl roku do čtyř let.

A Petra Markovi do telefonu pláče, na mě si otvírá pusu, chce nás vmanipulovat do pocitů viny.

Ne, já vinu necítím.

Už ne.

Marek včera zcela rozebral a zase složil, vyčistil, promazal a naleštil své i Matějovo kolo a nachystal si kufřík s první kolařskou pomocí. Měl tam všechno pečlivě přidělané, složené. Lepení a pumpičku na duši i na vidlici, klíče a matky, šroubky a náhradní duše... Zvenku přilepil na víko ceduli z Hnutí Duha O *jedno auto míň*. (To se mu to lepí, když je Martin do hor odveze.)

Pak tady s tím kufříčkem chodil a moc se těšil a my s Matějem jsme se bavili při pohledu na toho radostného Hurvínka, co jede do světa. Ale byl fotbal – a krásný. I ten jsme sledovali.

Dnes, v neděli dopoledne s Matějem odjeli. S Martinem, Lenkou, Mirkem a Jarkou a jejich dětmi na cyklistický týden na horách. A já tady trčím. Přitom bych tolik potřebovala vypadnout. Se svým chromým zadkem si podobný podnik dovolit nemůžu.

A ve středu a čtvrtek tu se mnou bude točit televize. Portrét do nahonem připravovaného cyklu k třicátému výročí *Charty 77*, jež bude příští rok. (Byla jsem prý svého času nejmladší chartistka.)

Vyšla na mě mladá dokumentaristka, Slovenka, která tu už nějaký ten pátek žije. Seznámily jsme se před týdnem, abychom si řekly, jak to asi pojmeme.

Myslela som, že tu budete mať kopu detí, řekla Kamila, když vešla do tichého, prázdného domu.

Mám hromadu rozsudků jménem republiky...

Rozesmály jsme se a potykaly si.

Trčím tu sama, peru ložní deky a polštáře a po každém praní musím jít nabrat všechnu vodu, která z pračky vyteče místo do ucpaného trativodu do sklepa. Bezvadná automatika. Po jednom praní naždímám pomocí hadru dva kýble vody. A to mě dnes čekají aspoň čtyři várky. Přemýšlím a peru.

Před pětadvaceti lety jsem nahrála s Emilem Pospíšilem (nadaný muzikant, chartista, směl pracovat jako noční hlídač) *Blues pro uklízečku.* Našla jsem mezi starými magnetofonovými kazetami autentickou nahrávku s textem svého prvního muže (nadaný na psaní, malování, směl pracovat jako noční hlídač). Nabídnu ji Kamile do dokumentu. Napadlo mě, že bychom mohly jít po místech, kde jsem ve městě dělala uklízečku a do toho by blues znělo.

V gumových rukavicích andělé našlapují
Na zemi dětské střevíce a voda s chlórem
V gumových rukavicích andělé tancují
Hučí větrák
A jeden každý z nich má tvoje oči…

Nemuselo by se říkat vůbec nic. Režim, který dovolil dvacetileté holce (nadané na herectví, tanec, zpěv), holce s maturitou a státnicí z angličtiny a touhou umělecky se realizovat a poznat svět, aby směla pracovat jen jako uklízečka, takový režim by se usvědčil sám!
Hurá do sklepa, v gumových rukavicích.

„…je to bieda, strašná úbohosť, tá naša nová vláda, ale na druhej strane, je to presný obraz myslenia hlupákov v tejto krajine. No predovšetkým – je to obrovská hanba, že sa znovu vyťahujú také zrudy, jediná nádej, na ktorú budeme čakať štyri roky, bude to, že ľudia konečne zistia, ako sa im za toho bývalého premiéra, ktorého si tu skoro nikto nevážil, pokojne žilo. Že ako tak fungovala normálna komunikácia, že sa nikto nemusel báť – to sa teraz zmení: vrátia sa poriadky luzy. Vlastne si to zaslúžime…"
(Dušan)
I u nás se možná rýsuje něco podobného jako pořádky lůzy. Ale

já si to nezasloužím! Vždyť jsem posekala zahradu – osmdesát krát osmnáct metrů.

Tak jsem se zruchala, že jsem v poledne v největším vedru odpadla. Spala jsem jak zabitá, a když jsem se probudila, četla a dočetla jsem Slobodu. (Dočetla jsem, ačkoliv jsem se to snažila oddálit, jak nejvíc to šlo.)

„...Ale když si představíme, že spisovatel má kromě normálních myšlenek, řekl bych veřejných, i myšlenky, které se bojí vyslovit – a to nejenom politické (bojí se proto, že se mu zdá, že by je někdo mohl považovat za protistátní, že by nepochopil jejich poctivou ‚kritičnost‘), ale i myšlenky o rodičích, ženě, dceři a ty myšlenky by rád zapsal, jeho ambicí totiž je, aby se o něm jednou neřeklo, že byl povrchní hlupák, anebo ani ne tak kvůli ambicím, nýbrž jenom tak, čistě ze záliby. Když je tedy napíše, musí je někde ukrýt, aby si je mohl občas prohlédnout jako filatelista své známky. Když si představíte, že nejhlubší snahou rozeného spisovatele je dělat právě toto – totiž odhalovat všechny zdroje lidské činnosti, zvěrstva v duši, zrady, touhy po vraždě – nebudete se divit, že zatouží po nějakém trezoru, kde by si takové zápisky mohl schovávat.

A taková skrýš musí mít i svou odvrácenou stranu: musí být přístupná lidem, těm vyvoleným, budoucím.

Můj přítel Š. má malý trezor, do něhož schovává své básně, aby mu je prý nezničila manželka. Kdo toto nepochopí, tak ještě není básník. A tak přemýšlí spisovatel nejen o ideálním bytě, ve kterém by mohl psát – kdy se mu zachce – nerušeně, kolik chce, ale i o bytě, kde by si mohl svobodně přemýšlet o svých věcech. Pravdivě zapsaná myšlenka je něco víc než obyčejná pomyslná myšlenka.

V určitých situacích, kdy je spisovateli těžko, přijde vhod zjistit, jak přemýšlel ve světlých okamžicích. Paměť, mocně ovlivněná v takovýchto situacích citem, není schopna objevit světlý argument – to může jedině spis, zápis, věta na papíře...

Proto si svoji pracovnu zamykám a nerad dávám někomu do rukou rukopisy: mám strach, že to nejlepší, to poslední, co jsem vymyslel, by mohlo někam zmizet a lidé by se nedozvěděli, že jsem to vymyslel já...

...Celá ta věc totiž vyplývá z předsudku, že nejtajnější myšlenky jsou ty nejlepší..."

Dušan říkal, že byl Sloboda některé měsíce pořád opilý. A sebevraždy páchal spíš demonstrativně. Možná i ta poslední, povedená, měla být jen demonstrativní.

Ale já, která jsem si celý minulý rok v myšlenkách tak zahrávala se smrtí, já cítím, že to JEN demonstrativní být nemohlo. Trpěl tím, čemu moc dobře rozumím: Neschopností vyjít se světem tak, aby to nebolelo. A třeba se mýlím. Třeba byl jeho úkolem úkol filozofa?

„... Úkolem filozofa mého typu proto je: zjistit, co doopravdy lidé chtějí.

Žena říká: Chtějí chlastat.

Ale já říkám: To může být jen zakrývání hlubokých potřeb, možná neuskutečnitelných, a tedy směšných, potřeb, které dřímají v alkoholikovi. Ze skromnosti obětuje zdraví, dezertuje, ale najde se jeden alkoholik, který najednou objeví, že...

Nebo souložit.

Společná touha...

Žena odešla z pokojíčku.

Že by skutečně tím nejdůležitějším bylo přesvědčit někoho, že máme pravdu, ať už je ta pravda jakákoliv?"

(Rudolf Sloboda: Láska)

Mým úkolem filozofa je vymyslet to tak, aby voda z pračky netekla zpátky do sklepa a já ji nemusela vytírat a vynášet v kýblech. Napadlo mě vyndat odtokovou hadičku ven ze sklepního okýnka – akorát to na délku vyšlo. Přidám starý okap, ještě jeden, pouštím vodu vedle domu. Prášku moc nedávám (pereme v dešťovce).

Stýská se mi.

Vzpomněla jsem si, že mi někdy minulý týden napsal Jirka, ten, co by chtěl přestat pít, že jeho estébák opět k soudu nepřišel, tentokrát dokonce bez omluvy.

„To je ta tlustá čára za minulostí!"

Napsala jsem mu dnes do mejlu. Obratem mi zavolal. Povídali jsme si a on, že je ve městě sám a že by přijel (s vínem) na pokec a přespal by tu do druhého dne. Odpověděla jsem, že jsem tu taky sama a myslím, že by se Markovi moc nelíbilo, kdyby tady byl se mnou přes noc chlap. (Ach, jak jsem najednou ctnostná.) A bolej mě záda...

Jirka měl taky nález na kostrči a hnutou plotýnku. Měl jít na operaci, ale dostal se z toho sám a to tak, že chodil s dětmi na hřiště a pokaždé se pověsil za ruce na prolézačku. A velmi opatrně se vyvěšováním postupně srovnával, až se srovnal úplně.

Odpoledne jsem jela do města. Předtím jsem ještě shrabala posekanou trávu (obrovské puchýře na obou rukách), vyplela záhony a tak podobně.

S divadelním dramaturgem jsme šli na nealkoholické pivo, oba řídíme. Závěr naší spolupráce na dramatizaci Silnice je, že se nedá hnát do zalidněných scén, když mi to nejde. Asi to takhle necháme. Anebo: zatím necháme.

Myslíš, že fakt jednou budu sedět v hledišti a dívat se na svoje první divadlo?

Budeš tam sedět příští rok na jaře. Je to dohodnutý.

Budu tam sedět příští rok na jaře, je to dohodnutý, opakovala jsem okouzleně jako Gelsomina.

Doma jsem si uvědomila, že se mi sice po Markovi a Matějovi stýská, ale není v tom tísnivý strach ze samoty, z života. Přitom jsem našla ve schránce vyúčtování z pojišťovny pro Patrika – za letošek má dluh jedenáct tisíc (plus penále). Za loňsko to bude podobné. Taky přišlo oznámení o Lukášově novém útěku, opět celostátní pátrání. V další obálce sdělení, že se druhý den vrátil.

Když zavolala paní Išová, moje sedmdesátiletá čtenářka, a já jí vyprávěla, jak Eva říká, že mi bude své dítě dávat na hlídání, pro-

tože nic nedělám, mohla se potrhat smíchy. A mě to takhle vyprávěné taky docela pobavilo. S dobrou náladou jsem se šla ještě v noci na nejbližší větev...
Pověsit.

Jako pracuju, ale moc mi to nejde. Právě ťukám do notebooku. Teď se zamyslím. A ještě jednou se zamyslím. Zamyslím se tak, jak by se měla spisovatelka zamýšlet – nepřítomným pohledem do dáli. Vysílám takový pohled – a štáb mě přitom tak ruší! Pořád se něčemu němě směje. Kameraman mě zabírá a já v zorném poli zamyšleného pohledu vidím Kamilu, jak ukazuje zvukaři moji keramickou kočičku (vyrobenou pod Lenčiným dohledem, se značným množstvím Martinovy slivovice v krvi) a prohýbá se smíchy. A zvukař zas ukazuje Kamile rybku s velkýma ušima (vyrobenou Markem pod dohledem červeného vína). Přitom na mě mávají, abych tvorbu nepřerušovala, abych ťukala a zamyslela se znovu, pořádně.
Tohle už by mohlo stačit.
Tohle taky.
A tohle.
A.

Nejdřív jsme natáčeli rozhovor a musím říct, že se Kamila ptala dobře, že se mi dobře odpovídalo. Jen možná trochu víc humoru? Ale k tomu se musí nějak dojít. A třeba tam bude?
Co mi vlastně dala *Charta 77*?
Pocit, že mám přese všechno svůj život ve svých rukou a že se dá i v nesvobodě žít svobodně. A taky jsem se o sobě leccos dozvěděla. Po dvou dnech v cele předběžného zadržení, kdy jsem nevěděla, jestli mě nezavřou na dýl a do pořádného vězení, jsem zjistila, jak je krásné, že po městě jezdí tramvaje, například.
Potom – a to jsem ráda, chtěla Kamila po kameramanovi, aby nasnímal zahradu. (Pochopila hned, že kytky ke mně patří.) Už včera jsem udělala piškotový moučník s jahodami a šlehačkou, dali jsme si ho dopoledne ke kávě. Po poledni jsme dostali hlad. Se

zvukařem jsme se pustili do přípravy salátu, protože on je prý přes jídlo (a zvlášť řecké, balkánské) fajnšmekr.

Seděli jsme s celým štábem pod pergolou, kde jsem před chvílí předváděla tvorbu (kdyby věděli!), a najedli se. I piva jsem dodala, takový jsem udělala veřejnoprávní televizi servis. Odjeli k večeru. Měla jsem toho dost. Bylo třicet stupňů. A já musela být skoro hodinu chytrá!

(A sedm hodin zamyšlená.)

Budíček po šesté ráno. Abych stihla vyvenčit psa a byla v osm ve městě před vchodem do filmové školy. Na téhle vejšce (o jejímž studiu jsem loni na podzim uvažovala) jsem někdy v osmdesátých letech dělala uklízečku. Jen jeden, zkušební měsíc. (Přece jen to byl značný masochismus – smět na vysoké pouze uklízet.) Nemohli by mi to uznat jako studium?

Začali jsme tam točit. Postavila jsem se před budovu školy do pozoru. V gumových rukavicích, s rekvizitami, jež jsem televizi (zdarma) zapůjčila, aby byl smeták vymetený a koště taky, aby byl kýbl plechový, otlučený, autenticky totalitní. Rozesmála jsem projíždějící tramvaj.

Kamila můj nápad, že navštívíme většinu uklízečských štací, přijala. Jen se divila, že jsem přijela dělat uklízečku ve žlutých šortkách a žluté (indické) haleně a vypadala jsem v tom neuklízecsky noblesně (asi jako kanárek).

Měla jsem dokonce původně v úmyslu jet na dnešní natáčení v dlouhých hedvábných šatech a s korály na krku, aby byl kontrast ještě silnější, ale má být 33 stupňů, tak jsem od toho upustila.

Tak za prvé už dvacet let nejsem uklízečka a za druhé jsem se snažila nikdy nepřistoupit na to, že jsem společensky degradovaná, takže jsem svá podřadná zaměstnání vykonávala pokud možno jinak než v uklízečském oděvu (aby si komunistická moc nemyslela, že mě dostala).

Další štací byl *Ústav pro matku a dítě*, porodnice. Tam na mě zavolala kádrovačka policajty, neboli příslušníky Veřejné bezpečnosti, aby mě vyvedli. Trvala jsem na tom, že mi musí dát písemně rozhodnutí, že už v porodnici nesmím vytírat podlahy.

Moji vzpouru, kdy jsem se v kanceláři té agilní dámy zapikolovala a tvrdila, že bez papíru neodejdu (hrozil mi paragraf o příživnictví, když neprokážu, že jsem pracovat chtěla). Kádrovačka na mě nejdřív zavolala údržbáře, aby mě vyhodil, bylo mu to trapné, tak mě jen hlídal, zavolala na mě ředitele, taky mu bylo trapné mě vyvést, zavolala kdekoho, proudily tam davy, aby se podívaly, co se to děje v kanceláři porodnice, kde seděla jedna holka, jen příslušníci pořád nejeli...

Moji hrdinskou vzpouru zakončil po dvou hodinách nehrdinský důvod: Chtělo se mi čurat. Jakmile jsem odešla na toaletu, zapikolovala se v kanceláři kádrovačka – už jsem se tam vrátit nemohla. A hotovo.

Domy ve čtvrti původního bydliště, kde jsem dělala domovnici – mytí schodů, sklepů, zametání přilehlých chodníků, odklízení sněhu.

Natočili jsme leccos, chvílemi jsem se i trochu rozšoupla. Například když jsem měla jít ulicí tam a tam, aby měla Kamila natočenou chůzi, nedalo mi to a trochu jsem ji cestou zametla. A na náměstí za rohem jsem s koštětem tančila. Koneckonců, jako tříletá jsem si hrála s koštětem na manžela (byli jsme nerozlučná dvojice), jako bych si tím předpovídala svoji budoucí pracovní i uměleckou realizaci. A vlastně i manžela.

Má vlasy žluté jako koště metení.

From: Lukas **Sent:** friday, July 07, 2006 8:15 PM **Subject:** odepis

„Ahojky mami jak se mas doufam dobre jim to jde na kolech. A co zado us je to dobry nebo se to lepsi. Zatim ji stesti preje mi kazdy den jezdi me se koupat do lomu. Us jsem skocil deseti metrek seltam pozadu a dopat jsem dore na nohy. Jinak pozdravuj babicku a vostatni zatim pa mejtese hesky"

Odpověděla jsem mu hezky a zvesela. Taky o jeho skocích z deseti metrů.

„...Je moc kluků, kteří pak zůstali celej život na vozejku. Tak z takový vejšky raději neskákej. Sice nebudeš takovej frajer, ale na vozejku pak taky nikdo není už nikdy frajer..."

Když tu Lukáš není, můžu ho mít zase ráda.

Jela jsem na poštu vyzvednout doporučené psaní. Oznámení o doporučeném psaní ve mně vyvolává stejné pocity, jako když dopoledne zazvoní pevný telefon.

Předvolání k soudu. Kolikáté za poslední dva roky? Petra má pravdu. Jsme s Markem u soudu pořád.

„Agentura ...

překlady a redakční úpravy, lektorská a poradenská činnost, kurzy pro překladatele a redaktory, příprava knih, korektury odborných periodik, kurzy češtiny a tvůrčího psaní, otázky pro kvízy...

Na těchto stránkách jste správně, jestliže:
Hledáte vynikající češtináře pro redakce či korektury, potřebujete někoho, kdo vám na objednávku napíše celou knihu, sháníte copywritery (autory drobnějších i větších textů podle vašeho přání) nebo překladatele či odborné lektory. Obraťte se na nás i tehdy, pokud chcete někoho, kdo u vás bude vyučovat kurzy moderní češtiny či tvůrčího psaní. Nabídka v levém sloupci vás nasměruje na jednotlivé sekce...

Otevřený dopis redakci časopisu..., vydavatelství... a Syndikátu novinářů k prošetření causy

Vážená redakce,
reaguji tímto na rozhovor s..., uveřejněný v únorovém čísle Vašeho časopisu...
– Článek je rasisticky zaujat proti dětem jiné než bílé pleti (,Také

bych asi víc váhala nad tím, zda vychovávat dítě jiného etnika.')

Nejsem si jista, jestli to není naplnění skutkové podstaty trestného činu šíření poplašné zprávy nebo přinejmenším rasová diskriminace, a věřím, že to prošetří nějaký nezaujatý právník.

– Nikdo nemá právo vydávat vlastní životní příběh za obecná fakta (generalizace) – v interview nebyl dán prostor druhé straně, nebyli přizváni odborníci, nebyl nabídnut komentář, byla představena pouze jedna strana příběhu.

– Článek postrádá základní aspekty spravedlivého novinářského řemesla: šéfredaktorka/interviewující neklade investigativní otázky, ona jen pokorně přizvukuje. Vrcholem je např. ,otázka': ,To si nedovedu představit.' Neklade otázky po výchově dětí, proč byly jednou přestěhovány na venkov a pak zase zpátky do velkoměsta, neptá se, proč jsou adoptivní děti líčeny pouze na černo a bílé biologické je prostě super, nesnaží se o komentář s odstupem novináře, nepídí se po obecně dostupných faktech spojených s adopcí.

– Paní... je zde líčena jako oběť, děti nedostaly šanci se bránit, v interview chybí pohled psychologa a sociologa!!! Navíc autorka zřejmě nekontaktovala žádnou z desítek českých organizací, které se snaží dostat děti bez rodičů do rodin, jimž tento článek jejich práci zase o něco ztížil. Měli jste je kontaktovat a chtít od nich grafy, tabulky, fakta – a ty jste pak měli zároveň s rozhovorem publikovat, nikoli pouhé dojmy a emoce! Nebo jste si je mohli stáhnout třeba na www.adopce.com, když už ,nebyl čas' na pořádnou přípravu článku.

– Interviewovaná se vůbec nevyjadřuje k tomu, za jakých okolností děti vychovávala. Je obecně známo, že se jedná o dceru disidenta a první dítě adoptovala ještě za starého režimu. Nepadla zde ani zmínka o tom, že jí z těchto důvodů mohlo být opravdu nabídnuto dítě, které mělo za sebou například tak traumatické první měsíce života, že si následky nese po celý život.

– Naprosto jste nevzali v potaz, že je z psychologického pohledu přinejmenším divné, že se ,nepovedli' oba adoptovaní synové –

přitom každý je z jiné původní rodiny, tudíž má různé geny!!! Není to trochu velká náhoda? Proč se na to novinářka nezeptala?

– Dále jste pominuli fakta o zdravotním stavu jejího biologického syna, který v prvních letech života trpěl (a možná ještě trpí) záchvaty astmatu, což je nemoc, která z psychosomatického pohledu souvisí s citovými problémy. Připadá Vám tento můj argument drastický? Pak si přečtěte, co drastického jste o dětech, které se nemohou bránit, pustili tímto rozhovorem do éteru Vy – konkrétně o NAŠICH dětech!!!

– Ačkoli v celém článku šalomounsky nepadlo ani slovo o Romech, je jasné, na jaké etnikum… naráží: jednak je její příběh skrze filmy i prózu dobře znám, jednak pasáže o kradení atd. jsou tu už jednostranně proflákľé právě směrem k Romům. Ale i kdyby tím mínila oranžové, červené nebo černé děti, je to jedno – rasistický podtón je strašlivý vzhledem k jakémukoli člověku.

Summa summarum jste ublížili mnoha lidem a nikomu jste nepomohli – snad jen… tím, že se vykecala.

Zato jste hodili rukavici určitým vrstvám českého obyvatelstva, jichž není málo, které se nestydí za své rasistické postoje k minoritám žijícím v naší republice. Věru, nejenže bych nechtěla být Romka v naší republice, ale ani Vietnamka či Ukrajinka, protože jsou zde a priori špatní. Za rasismem tu stojí jediné – nezkušenost s jinou barvou pleti. Domnívám se, že média by měla být tím, kdo zkušenosti bude přinášet – Vy jste to ale provedli přesně opačným způsobem.

Ačkoli se jedná o rozhovor s jedinou osobností, dopad na čtenáře může být katastrofální – pokud na základě rozhovoru byť pouhých 10 čekatelů na adopci dá přednost bílému dítěti před ‚barevným‘, možná jste tímto těm deseti zkazili život. S takovým pocitem bych nechtěla žít… Přitom o adopcích obecně se dost mlčí, a když už se někde objeví článek – jako v tomto případě – je to jako kopanec pro všechny, kdo se kolem adopcí pohybují, ať již adoptivní rodiče, psychologové, pracovníci kojeneckých ústavů a dětských domovů atd.

Uvědomte si, že Vy jste neublížili těm, kdo se provinili – a tedy rodičům opouštějícím své děti (ačkoli i tam mohou být k takovému kroku vážné důvody!) – ale dětem. Té vrstvě obyvatelstva, která se jako jediná nemůže bránit... jste na svou práci hrdi?
S pozdravem
Mgr...(s manželem máme adoptovanou romskou holčičku)"

Konečně jsem si to přečetla.
(Dopis byl v nabídce agentury v pravém sloupci.)

„...Jsme s manželem vystudovaní literární historici, což je důležité v tom ohledu, že o životopise... leccos víme. Rozhodně to není žena pocházející z ukázkové rodiny...
Osobně se nebojím toho, co bude z naší malé, prostě proto, že pevně věřím ve výchovu – což neznamená, že to nemůže dopadnout blbě. Ale 50 % máme v rukou my, rodiče, 50 % ona. A dopadnout blbě to může úplně stejně i u biologického dítěte...
Její bulvární zpověď vše pouze komplikuje – zase na nás budou lidi čumět o něco pitoměji, a i kdyby si adopci romského dítka po jejím psaní rozmyslelo jen deset žadatelů, zasloužila by si za to pořádný kopanec do zadku...
Jinak včera večer jsme koukali na náš rok a půl starý poklad, jak nám tu radostně a nevinně lítá po pokoji a vrhá se na nás s láskyplným dětským objetím, a kdybych tady tu ženskou měla po ruce, vyřídila bych si to s ní hned. Srdečně... " (ta samá Mgr. na www.diskusi)

Padla na mě tíseň.
Přepadl mě vztek.
Měla jsem chuť napsat téhle srdečné magistře do její zasrané agentury, která umí napsat celou knihu na objednávku, že ví o životě kulový.
Kulový hovno!
Ale vydýchala jsem to. Vždyť ona s mužem si museli projít tím, čím

my s Markem. Marným přáním mít dítě. A stejně jako my dostali odvahu změnit tu marnost adopcí. Vzali si romskou holčičku, další velká odvaha. A teď se za své odvahy a přesvědčení bijí. Nemám si u ní objednat knihu, když nemůžu psát?

Jela jsem se podívat do obchoďáku s nábytkem, jestli tam pro sebe neobjevím nějakou židli či sedátko, kde by mě sezení nebolelo – když se chci zkusit pustit do dalšího scénáře. Objevila jsem stolek pod notebook, který je výškově nastavitelný, tj. můžu u něj sedět i na balónu, můžu u něj klečet a tak. Koupila jsem ho.

Cestou domů jsem se konečně stavila u kamarádky. Pětadvacet let může hýbat jen maličko pravou rukou. Pětadvacet let leží. Když jsem u ní šla na toaletu (sotva jsem se zvedla ze židle), prohodila jsem nahlas, aniž jsem si uvědomila, co říkám: Mě tak strašně nebaví bejt chromá.

Naprostou nevhodnost svého sdělení jsem si uvědomila až po chvíli. Koho to baví? Ona si nikdy slůvkem nepostěžovala!

Probraly jsme leccos. Vzpomněla jsem si, jak jsem u ní byla v zimě ještě v depresi a vážně jsem v duchu přemýšlela, jestli bych se k ní neměla přihlásit na pomoc, abych byla v životě opravdu platná. (Nepřihlásila jsem se, nezvládla bych to.) Možná, že jsem se k ní chtěla uchýlit, abych si uvědomila, co znamená těžký úděl, který člověk skutečně nemůže změnit – a přesto v něm dokáže být silný!

Teď jsem jí vyprávěla, co nás potkalo a že je to tak šílené, až se člověk musí smát. A my jsme se fakt hrozně smály, asi jako paní Išová.

Představila mi svoji chůvičku (musí mít někoho k ruce dvacet čtyři hodiny denně). Její rodiče si vzali do pěstounské péče kluka a prožívají s ním totéž co my. Okrádal je, nedoučil se, odešel z domova, toulá se, ale chodí se k nim najíst.

Zatímco chůvička pak v kuchyni myla nádobí, povídaly jsme si najednou i o mých zimních srdečních záležitostech a kamarádka jim rozuměla. Ona snad rozumí všemu. Za svého manželství (skončilo po autonehodě, manžel její stav neunesl a opustil ji) si prožila něco podobného. Byla svému muži věrná, jak řekla, na 99 procent.

Spěchala jsem domů, vracejí se mi košťatoví blonďáci. Řídila jsem známou cestou a těšila se a přemýšlela, jestli tuhle ženu nějaký muž za čtvrt století, kdy je ochrnutá, políbil, pohladil? Myšlenky, city ani touha po lásce jí přece neochrnuly. (Přivítání. Láska. Milování.)

Horký den. Teplá noc. Piju. A myslím na to, jestli už je Cyril po operaci a jestli se to podařilo. Měli mu včera otevřít lebku a šťourat se v ní, aby mu něco udělali s nervem, co mu tlačí na oko. Úspěšnost zákroku je osmdesátiprocentní. Bojím se o něho.

A taky myslím na Drahu Šinoglovou, neviděla jsem ji spoustu let. Dnes s ní televize točí její historii žen v *Chartě*. Je půl desáté večer a ještě je světlo. Teplých nocí teď byla spousta, ale všechny s fotbalem, člověk si to venku ani neužil.

Jak je tu krásně.

Sedím na terase na balónu, před sebou nový nastavitelný stoleček. Pracuju. (Nejde to, pořád mi to nejde, ale pořád se snažím.) Ještě tu létají poslední roháči. Samci s velkými kusadly.

V přehrávači je puštěný Stan Getz, jsem naměkko. Mísí se ve mně radost ze života a spousta lásky. Myslím taky na mámu. Jak právě ve spojitosti třeba s Drahou, ale i se mnou a s mými (disidentskými) aktivitami nikdy neřekla ne.

Kolik lidí u nás za totality přespalo, kolik využilo její byt, její chalupu. A ona, tak naprosto nepolitická a neheroická, vždycky v těžké době obstála!

Ty se máš, že ji máš, řekl mi mockrát Marek. A řekl by mi to i teď, kdyby nenapouštěl dřevěné zábradlí nad vnitřními schody nějakým sajrajtem, protože nám to tu zase něco žere, asi tesařík. Nocí se nese chroustání.

Mám se, že mámu mám. A že je právě taková.

Čekám na terase na Marka. Čekám, abychom si připili. Marek

přišel, připili jsme si, sedíme na terase oba. Pozorujeme naši kočku, jak si brousí drápky o strom.

Nabroušeno – a teď do práce, okomentoval její činnost Marek a mě to rozesmálo, protože její práci znám. To je skok na okno a naštvané mňoukání na mě. Ona chce dostat žrádlo hned jak dosedne na parapet a chytit si je nehodlá. A už vidíme, že je kočka v práci – přesně podle mého scénáře. (Aspoň někdo nějaký můj scénář realizuje!) Je na okně a chce žrát. Pes leze na terasu a strká do nás mordou s vyplazeným jazykem. Funí vedrem. Olízne můj do whisky namočený prst. On by whisky klidně chlemtal, ožrala. Odstrkuju ho dál od svého obličeje, ale on se nedá a pořád otravuje.

Popíjím a nahlas přemýšlím o životě a jeho smyslu.

Jdi do piči! Říkám v nepřerušeném ušlechtilém monologu nevzrušeně psovi a Marek se diví, co si to vzal za hrubiánku. Pijeme. Na život!

Marek říká neodbytnému psovi: Jdi do piči!

Noc s hvězdami.

(Na poště další dopis do vlastních rukou.)

Producent na filmovém festivalu žádné peníze na můj film nesehnal. To se mi v noci zdálo. A teď právě zavolal a potvrdil mi, že byl můj sen správný. Nesehnal ani korunu. Nikdo nic neví, protože nikdo neví, kdo bude vládnout a jestli na svém fleku i nadále zůstane. Všichni se opíjeli z žalu.

Je vedro. A to je teprve dopoledne. Teď trochu zavanul vánek, tak se to dá pod pergolou vydržet. Co mám dělat, když nemůžu psát a chtěla bych? Dnes na mě zase padá tíseň. Čím ji zaženu? Vařím, peču a přitom se smažím. Bolest zad.

Na odloženou návštěvu přijel Jirka. Udělala jsem musaku, Jirka pil víno (ředil si je vodou, aby vydržel s množstvím, které si přivezl) a my s Markem pivo. Seděli jsme u mého nového swimming poolu (metr třicet krát pětačtyřicet centimetrů), v němž se přes den snažím chladit, ale vejdu se tam jen po půlkách. Povídali jsme si o estébácích.

Jak žádný nebyl potrestán. A přitom jeden konkrétní kdysi Třešňákovi pálil prsty. A jiní zmlátili v bytě Zinu Freundovou. A Jirka se jedné noci doma probudil – a tam tiše našlapovali tihle chlápci (otevřeli si sami, bez zvonění) a hledali, co je zajímalo a co by mohli proti němu, jeho bratrovi nebo jeho mámě – tu na rok zavřeli, těžce nemocnou! – použít. Vytrvalou buzerací Jirku, jeho bratra, Zinu, Třešňáka, mého bratra, moji sestru a mnoho jiných vyštvali k emigraci.

A támhletoho kluka odvezli v noci do lesa k západním hranicím a řekli mu, ať se rozběhne a on nevěděl, jestli do něho nezačnou střílet, jakože se pokoušel nelegálně státní hranici překročit. A tohohle staršího pána zmlátili, naložili do kufru auta a v lese ve tmě a za městem spoutaného pohodili… A pak tu máme jednoho opravdicky mrtvého. Soudkyně, co ho v osmdesátých letech těžce nemocného poslala do vězení, a tím ho zabila, stále soudí!

Nikdo nebyl potrestán, ani morálně odsouzen.

Samozřejmě, že co je to proti padesátým létům, kdy se tu věšelo a zavíralo jako na běžícím pásu? A taky nikdo nebyl potrestán! (Jsme lidumilové a nejsme jako oni.)

Hrozně teplá noc.

Stejně je to, kluci, skvělý!

Co?

Že spolu sedíme u swimming poolu, chladíme si šlapky…

A povídáme si.

Na dnešní magnetickou rezonanci jsem se připravila dobře. Už půl hodiny předtím jsem zapila půl uklidňovadla a těsně před ještě druhou, menší půlku. A do tunelu, který měl otevřené konce, což klaustrofobik mého typu ocení jen mírně, ale aspoň předem nezešílí, jsem zajela se zavřenýma očima a neotevřela je, dokud nebylo hotovo. V ruce jsem pevně svírala hadičku se zvonkem, kterou mi paní doktorka dala – kdyby něco.

Zvuky, které focení kostrče vydávalo, byly jako minimalistická hudba. Nepravidelné tóny, klepání, pak jakoby tlukot srdce a zas tu a tam tón a skřek a skřípání, přežila jsem to.

Přijela jsem domů, Matěj ležel bledý v posteli a stěžoval si, že ho od noci i celé dopoledne při vyučování bolí břicho a jestli to není slepák? (Brali to zrovna ve škole.)

V nejhorším odpoledním vedru jsme jeli do nemocnice na pohotovost. Vběhli jsme do ordinace a milý doktor, co měl službu, se smál: Kdo má akutní zánět slepého střeva, určitě nepřitančí po dvou! Ten vypadá jinak, miláčkové...

Jen to Matěj slyšel, břicho ho bolet přestalo. Chodili jsme spolu po obchoďácích a dívali se, kolik stojí (přiměřený) bazén, kde bych se mohla ponořit do vody nikoliv po částech, ale celá. Marek mě za to do telefonu sejmul. Neví, proč bychom měli kupovat bazén, je to jen starost. Poslal i esemesku.

JSEM ZASADNE PROTI!

Vpodvečer volal znovu. To jsem z vedra odpadla a zvonění telefonu mě vzbudilo doma v posteli a jak jsem se prudce probudila, zpitoměle jsem nemohla vyzvánějící mobil najít, přestože ležel na vedlejším polštáři.

Marek myslel, že telefon neberu, protože jsme bazén koupili a stavíme ho. Hlásil, že přijede pozdě, shání pro Mirka kolo.

Pro Mirka sháníš kolo dneska, pro Martina jsi ho sháněl celou neděli, jenom pro mě se nenamáháš a já ti přitom pořád říkám, jaké je mi vedro a jak ho špatně snáším a co bych si přála, když ani vanu nemáme...

Jsem proti koupi bazénu, zopakoval znovu.

Ať jde do piči! Můj bazén by nestál ani tolik, co stály jedny posraný cyklistický šortky!

Když večer dorazil, šťastný, protože na kole, vypálila jsem na něj od boku: Kdyby sis toho náhodou nevšimnul, tak s tebou nemluvím!

A hned jsem sáhodlouze spustila, proč.

* * *

Je po dešti. Rozhodla jsem se jít posekat zatáčky, které od mého posledního sekání na počátku léta (nikdo to nezaregistroval, ale já měla pak ruce o metr delší a námahou dva týdny namožené) zase pořádně zarostly. Abych nebyla naštvaná, že to dělám sama a za obec, napsala jsem předtím zastupitelstvu stížnost.

Napsala jsem stížnost a šla ji promptně vyřešit. Málem jsem si začala zpívat do kroku, jak jsem kráčela (v černém) s kosou přes rameno do zatáčky U Slečen.

Eště si nás neberte, my jsme eště mladý! (Potkala jsem dva neznámé cyklisty.)

Puč si na obci křovinořez, pude ti to rychlejc. (Potkala jsem jednoho známého/našeho zastupitele.)

Potkala jsem myslivce, Tondu. Myslel, že jsem srna – zrovna jsem prostřihávala křoviny v zatáčce v kopci, stmívalo se, nabil a namířil na mě pušku. Málem jsem se bazénu, který Marek přivezl, nedožila.

Všichni tři jsme ho hned začali stavět. Nejdřív jsme rýčem a motykami oddrnovávali podloží. Matěj pilně pracoval (já se taky snažila, i když jsem měla ruce po kosení zase skoro bezvládné), ale zarazil se, zapřemýšlel, zeptal se: Mami, kolik jsi říkala, že stály tvoje nový plavky?

Blmlblml… Kopej a nekecej.

(Stály tolik, že jsem to milosrdně zapomněla.)

Krajina je kolem lomu nádherná. Lukáš vypadá jako Ital. Dotmava opálený, urostlý, s dlouhými vlasy (pecku pod pusou už ztratil). Na paži nové tetování. Tentokrát profesionální, trvalé.

Přišli jsme za ním na plácek, kde byla vyznačená tři malá hřiště. Místní tu s kluky z ústavu hrají turnaj v mini fotbale. Zrovna byla pauza. Jako vždy vedro.

Posadili jsme se k němu a něco si říkali, ale Lukáš za chvíli vstal a odešel někam s kámoši. Ukázalo se, že se šel vykoupat. My se zatím seznámili s vychovatelem, co měl víkendovou službu. (Vypadal jako Václav Klaus v roce 1989.)

Lukáš se nevracel, tak jsme vzali tašky (každý jsme měli jednu s doklady a jedna byla dohromady s ručníkem a karimatkou a pitím) a šli za Lukášem.

Byl u vody. Čekal, až k němu dojdeme, vypnul se, napružil a předvedl nám salto pozadu, z šesti a půl metru. Skočil pěkně, nadaný na všechny sporty. Vylézt z vody se z lomu dalo na jiné straně, než se skákalo. Nevěděli jsme to. Čekali jsme tady, marně. On už mezitím zase seděl u hřiště.

Jako dva tajtrlíci jsme vzali tašky a karimatku a boty a hromádku s oblečením (svlékli jsme se do plavek) a šli k hřišti. Jeho tým byl právě na řadě, Lukáš v brance. Hrálo se tři na tři, s brankou menší než hokejovou. Lukáš se o ni unaveně opíral, asi jako doma o kamna a občas vystrčil nohu, aby nezabránil gólu.

Marek nevydržel a spustil: Proč stojíš a jen se opíráš? Když hrajete jenom tři, tak bys měl jít do útoku i ty, ne?

Lukáš řekl, že se takhle dohodli a dál se ani nehnul.

Protihráči makali všichni tři a sázeli mu jeden gól za druhým. Týmy se vystřídaly. Lukáš si přisedl. Probrali jsme moje záda a jeho dítě.

Pořád si s Evou chatuješ?

Jo.

A už je nějaký definitivní jméno?

Ona to furt mění. Ale mně se stejně žádný nelíbí.

A dal jsi návrh?

Jo.

Jakej?

No… To… Podíval se na Marka: Jak se jmenovala ta holka předloni na táboře? Ta hlavní vedoucí. Jak byla u autobusu.

Nina.

Jo. Nina. To se mi líbí.

To je hezký jméno. A co Eva?

Jí se nelíbí.

Kdy má první termín?

Dvacátýho osmýho července.

To je za chvíli. Ten den budeme my tři zrovna u soudu. Kolik máš na kontě?

Já?

Ušetřil jsi něco, když budeš mít možná už za deset dní dítě? Kolik máš?

Co?

Tak máš něco, nebo nemáš?

No, já du teď na brigádu.

Kolik máš?

Nulu.

Marek už chtěl zase začít prudit Lukášovi do duše, ale podařilo se mi to v zárodku zarazit. Už to nesnesu. Akorát bych se přidala a začala koktat.

Zatímco jsme se s Markem vzájemně okřikovali a klidnili, Lukáš dohodl s kámoši, že si půjdou zakouřit. Vstal a odešel – aniž nám něco řekl. Seděli jsme u branky sami dva.

Hele, Marku, proč tady vlastně jsme? My sem jedeme za Lukášem na návštěvu a on se chová, jako když jsme se sem jen přijeli koupat.

Ale stejně jsme šli (zase se všemi věcmi, neradno nechat je bez dozoru) za ním. Chtěli jsme ho pozvat na pivo a zeptali jsme se vychovatele, jestli můžeme.

Do osmnácti ne.

Pozvali jsme ho na Fantu. Pivo si koupil Marek, dvanáctku. Posílen alkoholem, šel si s Lukášem skočit. Nejdřív šli na desetimetrovou skálu. Ale naštěstí si to rozmysleli. Marek pak dlouho stál nad okrajem šesti a půl metru a rozhodoval se. Nakonec hupsnul do vody po nohách. Lukáš nám předvedl další salto pozadu. Zase zmizel. Tak jsme si řekli, že pojedeme domů.

Marek si dal ještě jednu dvanáctku. Přivezli jsme Lukášovi sandály a krásnou, průhlednou, pokreslenou žlutou košili. Ohromně mu sluší. (Před rokem v ní nejspíš poprvé přeřízl Evu.) Vyhledali jsme ho, šel k autu pro věci s námi. Všimla jsem si, že má přední zuby černé.

Lukáši, musíš si je pořádně čistit, aby se ti nedělal zubní kámen.

To mi udělala zubařka.

To ti neudělala zubařka.

Já si zuby čistim dobře.

Lukáši, zvýšil Marek hlas, ty si je nečistíš vůbec!

Čistim!

Nečistíš! To bys je neměl tak černý.

Jsou to jeho zuby!

Čau!

Čau!

Čau!

Jeli jsme domů. Řídila jsem já. Marek mával třetím kelímkem s pivem a nad krajinou vůkol namazaně básnil.

Ty vole… Tý vole…

Zastavili jsme se u Michala s Lucií. Ze všech dětí v pěstounské péči mají teď doma jen jedenáctiletou dívku (šikovná a pilná) a jejího rodného bratra, čtyřletého Jardu.

Jára je neuvěřitelné dítě. Vůbec nemluví. Ale je pozitivní, milý a manuálně šikovný. Lucie s ním zběhala všechny možné odborníky – foniatry, logopedy, neurology a psychology, lékaře z ORL a ti nepřišli na nic, co by Járovi bránilo v mluvení.

Neřekl nikdy víc než: Éééé.

Ale zabarvuje to podle naléhavosti – a naléhavé je to skoro vždy. Zdá se, že kdyby mohl, mluvil by, vyjádřit by se slovně chtěl.

Byl odebrán matce, alkoholičce, hned po porodu, a protože se kojenecký ústav zrovna přestavoval, strávil první půl rok života na infekčním oddělení – v úplné izolaci.

Michal s Lucií už nechtěli žádné dítě, tím míň tak malé. (Bylo jich doma i s dětmi odjinud sedm.) Sociální pracovnice však chtěly spojit biologické sourozence, tak jim Járu k sestře vnutily.

Nelitují.

Když jsme seděli a jedli zmrzlinu, zarazilo mě, že Jára sedí v křesílku a má nohu přes nohu, což je pro dítě jeho věku dost netypické

(sedělo se mu blbě, byl nakřivo a zmrzlina mu padala na břicho).
Pak jsem si všimla, že Marek i já máme nohu přes nohu...
    Marek se Járovi líbil (vypadají jako otec se synem, Jára je blonďáček). Řekl mu naléhavě: Éééé, vzal Marka za prst a odvedl ho do stanu, který mu hodinu předtím Michal postavil. Malé áčko. Dívali se spolu, jaký je to pěkný stan. Marek si lehl dovnitř. Jára si taky lehl dovnitř. Marek si dal spokojeně ruku pod hlavu. Jára udělal to samé. Za chvíli si Marek ruce vyměnil. A Jára si je za chvíli, jen tak, jakoby mimochodem, vyměnil taky...
    Michal s Lucií dnešní den vydechovali. Vypravovali dnes Aničku i Pavla (už je zpátky z diagnostického pozorování pro krádeže, nic se nevypozorovalo) na tábor a po dlouhé době si mohli odpočinout od stresů, které s sebou domácí zloději nesou. (Anička už taky krade.)
Já jsem úplně vysátá, jak musím bejt pořád ve střehu, ulevila si Lucie. Je to taková nepřetržitá hluboká únava.
Svorně jsme se zeptali: Má to cenu?
Svorně jsme si odpověděli: Na Járovi a jeho sestře vidíme, že to cenu má.
Jenže na ostatních není vidět nic, řekla Lucie. Vyhozený roky života, dodala skepticky, ale bez rozhořčení.
    Berou si s Michalem na návštěvu na víkendy nebo na Vánoce ještě dvě děti z dětského domova. Poznali je na dovolené a bylo jim jich líto.
Představ si, že ten kluk (je mu teď 14) pak žaloval, že ho nutíme pracovat! Byli tu se sestrou čtyři dni, vzali jsme je na výlety, na Hrad a do zoologický, všechno jsme platili – a to jsou pěkný pálky, vstupný a dobroty a oběd v restauraci a jídlo tady doma pro tolik dětí. Pak jsme tu všichni hrabali listí. Na týhle malý zahradě. A on za to chtěl dostat zaplaceno. V děcáku si pak na nás stěžoval. Přišli nás prošetřovat ze sociálky...
Proč se na ně nevykašlete?
Nám je to blbý, když jsme si je začali brát.

Nemůžete přece zachraňovat všechny opuštěný děti, zvlášť, když sami nechtějí.

Je to marnost, dodala unaveně Lucie. Totální marnost. My jsme tak věřili, že děláme dobrou věc! Skoro jsme se nevěnovali vlastním holkám, protože jsme byli – a pořád jsme – úplně vyždímaní. A přitom…

Nedopověděla.

Taky mám pocit, že je to marnost. Z toho je mi smutno nejvíc.

Marek řekl: Díky klukům máme Matěje.

A kde ho vlastně máte?

Dnes odjel na cyklistickej tábor. Co se nedusí, táborů si užívá. Kolo ho, bohužel, taky raplo.

Michal řekl: Ptal jsem se sociálních pracovnic, který nás sem choděj ustavičně kontrolovat a mají na nás pořád tak trochu pifku, ať mi řeknou procento úspěšnosti nebo neúspěšnosti adopcí či pěstounství romskejch dětí. Že bych to rád věděl. Protože my máme problémy jen s těma romskejma. Mě fakt mrzí, že to musím říct!

A co? Odpověděly ti?

Vždycky se nějak vymluvily.

Zmlkli jsme, pohroužení do marných myšlenek.

Co si vlastně myslíte o multikulturalismu? O problémech s jinejma lidma, jako to mají v Dánsku nebo ve Francii. Jak to může dopadnout? Já z toho někdy ani nemůžu spát.

Co blbneš?! Řekla jsem Michalovi, já, která nezamhouřím bez prášku oka.

Michal je zničenej, protože vidí, že se s těma lidma nedá nic dělat, dodala Lucie.

Řekla jsem jim o článku Václava Bělohradského. A že právě to si myslím i já. „Jiní" lidé se musí integrovat do společnosti a přizpůsobit se, jinak to lepší nebude. Tahle jinakost nikoho neobohacuje…

Jára seděl při rozhovoru střídavě na klíně Michalovi nebo Markovi. Usměvavý chlapeček.

Ééééé, halasil nadšeně a složitým otvírákem, jehož princip jsem nepochopila, znovu a znovu soustředěně vyndával z láhve od vína špunt, jak mu to předtím Michal ukázal. Když ho vyndal, museli jsme špunt zandat... Jára má při své smůle velké, velikánské štěstí. (Ale to měli naši kluci taky.) Ocení jednou, co pro něho Michal s Lucií udělali, když si ho vzali? Právě zmizel s prázdnou zavřenou plastovou láhví do kuchyně. Z šuplíku – pozorovali jsme ho oknem, vyndal složenou igelitovou tašku, zkušeně ji vyklepl, aby se rozevřela, opatrně ji odložil, vzal láhev, odšrouboval víčko, láhev sešlápl, víčko zašrouboval, sešláp-nutou láhev dal do tašky a připravil na odnos do kontejneru. Pak se k nám vrátil. Je tak milý. Bude takový i velký?
Anebo z něho nakonec taky vyroste robot?

V neděli jsem na kole překročila první tisícovku.

„...Řekli mi, žes volala první, neměla's to dělat. Přečetl jsem si *Uršulu* (námět-synopse pro film podle Slobody, pořád se snažím o nějakou adaptaci jeho románů). Bolí mě ještě lebka a dělají se mi mžitky před očima..."
Cyril operaci přežil! Můj pokus o další scénář ne.
(Radost, štěstí, že to není naopak.)

Lukáš je na čtvrtém útěku – zmizel v neděli, den poté, co jsme do něho v lomu mimo jiné hučeli, aby si teď, když je v podmínce, dával pozor. (Utekl ve žluté košili, kterou jsme mu přivezli.)
Nemůžu sedět ani u svého nově zakoupeného polohovacího stolečku, jak mě všechno bolí. Tak klečím. Pořád se snažím psát. Nebo že bych přijala nabídku našeho starosty, který mi jako od-pověď na moji (vyřešenou) stížnost navrhl, abych přestala remcat, přiložila ruku k dílu a prořezávání a prosekávání dvou a půl kilo-metru cesty si vzala na starost.
Vždyť nic nedělám! Jenom si stěžuju!

* * *

Marek přijel hladový, byl bez oběda, zavřeli jim na čtrnáct dní závodní zjídelnu. Honem jsem mu vzorně chystala večeři. A pak ho volám a volám a Marek nikde. Kam se zašil? Dvacet let mi vadí, že chodíš ke stolu pozdě! Dvacet let! Jednadvacet. Opravil mě, když jsem ho našla.

Byl v bazénu, lebedil si, potápěl se, jak jen to v sedmdesáti centimetrech hloubky jde, a nechtělo se mu ven.

Vlezla jsem si k němu.

Lukáš je z útěku zpátky. Jen si přes noc odskočil na diskotéku. Vy se divíte? Je mu to v ústavu dlouhý...

Když si ho neberete domů!

V půl sedmé ráno už začínalo vedro. Šla jsem se psem a za chvíli ho, servaného, táhla zpátky. Zahnala jsem ho naštvaně do boudy. Začal si!

„Milá a vážená...,

je to souhra náhod nebo kdovíčeho, že jedno pitomé AŤ, poslané pro radost všem, způsobilo, že si takhle píšeme: ze všech těch všech reagovali tři – a mezi nimi – dnes už to vím, myslel jsem si, že jste jiná...

Časopis jsem četl – a je to inspirující půda k povídání. Víte, znám nějaký ten nemluvňák (kojeňák to není, tam se většinou nekojí) a měl jsem to štěstí s některými nemluvňaty mluvit a dozvěděl jsem se, že i chvilka zájmu a pocitu sdíleného bezpečí je nadějí i poté, co se geny začnou hrnout navrch a projeví se „daný stav" (jak říkáte).

Tedy: že u vašich dvou kluků je díky těmto chvilkám – tj. díky zkušenosti, která je nesmazatelná – jejich (a teď přicházejí fyzici – když je to nesmazatelné, že) gravitační interakce navždy sytější o naději (říkejme ‚naděje', je to jasnější, než mluvit fyzikálním jazykem). Já z některých příběhů vím, že se ta naděje projeví až poté, co si tihle kluci a holky vyzkouší všechny ‚interakce elektromagnetické', dané genetickým podložím…

Ale to jsem se rozkecal – aspoň vidíte, jak jednoho rutinního sociálního rodinného terapeuta přivedli jeho klienti až k fyzice (kterou předtím moc neuměl a neumí ji ostatně dodnes, jen je z ní s ouctou vykulený).

Adopce (je-li konáním dobra) je dar, který dává (ať dopadne jakkoli) adoptovaným dětem minimálně tolik, kolik dětem vlastním (pozor: nemluvím o adopci páchající dobro). Buďte na sebe s manželem hrdí – dali jste těm klukům, co by nikdy nedostali: zkušenost a naději.

Nikdy není pozdě. TO a TA zůstává.

Omlouvám se za mírně patetický tón – my, kteří se setkáváme s příběhy, v nichž se Ikarové poutají chmýřím svých křídel k zemi také proto, aby nabídli světu metaforu vzletu, k tomu máme dispozice." *(Zdeněk R.)*

34 stupňů Celsia.

Přišel za mnou pes. Kulhá. Sotva leze. Na uchu i krku stopy po kousancích. Krev z nich neteče, skrz to není.

Můžeš si za to sám! Odpálkovala jsem ho bez slitování.

Neprotestoval. Stál a koukal, shrbený, slabý, starý.

Ani mě nenapadne, aby mi tě bylo líto! Uložila jsem ho do pelíšku v chladu domu. Vedle něj misku s čerstvou vodu. Zabrumlal na mě láskyplně a čekal, až ho pohladím.

Ani mě nenapadne hladit tě! Pohladila jsem ho.

Zabrumlal zas. Sedla jsem si k němu a hladila ho.

Řekni, mají se náhradní rodiče po odevzdání zkušenosti a naděje…

Zmuchlat a vyhodit?

Dnes má být pro změnu 36 stupňů.

A je.

Doporučení (vlády?), aby zaměstnavatelé povinně dávali zaměstnancům tekutiny, případně je dnes pustili domů; Markovi se dostalo obojího. Já nedělala jako vždy nic – a byla z toho jako zmlácená.

V pokoji, kde spíme, jsem v deset večer naměřila přes třicet stupňů. Marek se rozhodl, že přespí v dolním pokojíčku, v přízemí je chladněji. (Zítra jde normálně do práce, tak aby to přežil.) Kde budu spát já?

Rozhodla jsem se zkusit terasu. V půl jedenácté se ochladilo natolik, že se člověk mohl začít pohybovat, aniž by zkolaboval. Odnesla jsem ven na dlaždice molitan, polštář, tenkou deku. K ležení jsem si přinesla chlazenou vodu, jelení lůj, kapky do nosu. Vrátila jsem se pro baterku, spíš svítilničku (je na kolo). Šla pro indulonu. Pro noční košili, i když původně jsem chtěla spát nahá.

Lehla jsem si a hleděla na nebe. Pořád po něm něco jezdilo. Kdy jsem naposledy spala pod širým nebem? Napadlo mě, že si půjdu pro notes a nenechám si ten zážitek jen pro sebe.

Vykonáno. Notes je na terase. Musím pro propisku. Žádnou jsem nenašla. Chodila jsem po špičkách a svítila si nenápadně svítilničkou. Marek nechal dveře do pokojíčku otevřené dokořán, aby mu oknem a dveřmi protahovalo, kdyby mělo co.

Reportáž začíná pár minut před 23. hodinou.

Teplota venku: 26°Celsia

Štěkot psů

Říhnutí pana Přibyla (2x)

Přelet malého letadla

Přelet helikoptéry

Cvrčkové cvrkají (ale děsně!)

Pes chodí kolem terasy (mám vchod zatarasený) a funí. Snažím se usnout, ale ruší mě divné praskání, jako kdyby někdo lámal větvičky. Jdu jako myška domem a mimo jiné tiše nakukuju k Markovi. Nakukuju, jestli ty zvuky, při nichž nemůžu usnout, nedělá někdo u něho v pokoji? Říká mi (a ráno před odjezdem mi to zapsal do notesu, který jsem po úprku před sluncem zapomněla na terase, jako vsuvku):

Marek: Jděte všichni na místo! Na místo!!!

Já: To jako říkáš mně?

Marek: Jo! Na místo a lehni!

Ploužím se zpátky na místo. Lehám.

Je 23,22: Muchničky!

Jdu si jako dvě myšky do koupelny pro protimuchničinec, bojím se svítit, abych Marka nevzbudila, přerazím se o křeslo, randál.

Z Markova pokoje se ozve: Sssss!

Lehám si a natírám se *Offem.*

Usínám.

Špatně.

Větvičky praska... (nedokončeno)

Spánek nepři... (nedokončeno)

Připomnělo se mi v hlavě z dnešních zpráv a znovu rozlítilo: Komunisti slovně napadli předsedu sněmovny, že byl na sjezdu bývalých politických vězňů. Ničeho se ti spratci nestydí, šéf jejich strany spolupracoval za totality s kontrarozvědkou, podepsal vázací akt se Státní bezpečností a klidně si chodí po světě a uděluje morální odsudky!?

Zuřím. Zuřivě usínám. V průběhu noci mě stále budí nepříjemné praskání – větvičkové lámání. Co je to za zvuk? A tak zblízka! A každou chvíli! Nepravidelně! Jako kdyby tu stařenka sbírala klestí a lámala si je na hromádku.

Později mě v tupém spánku z vedra něco napadá. Levým okem vidím důkaz – světlou kouli na parapetu okna hned vedle terasy! Kočka si nacpává panděro suchými granulemi. Ano, to ona láme větvičky.

Nemám sílu vstát a jít granule schovat. Mám chuť kočku nakopnout, ale to bych musela vstát... (Špatně) Spím dál. Vánek mě ovívá. Nebýt kočky, byla by to nádhera.

V pět ráno kočka dopraskala a já prchla dospat do domu. Když jsem později sešla dolů, našla jsem poslední, Markem připsaný zápis.

Je 7,00:

Kočka dostala žrádlo z nové piksly.

* * *

Vedro.

Výheň.

Spalující vedro se suchem už je vidět i na krajině. Tráva zmizela, les šustí.

Přijela k nám na návštěvu kamarádka, autobusem. Sjela jsem pro ni do vsi autem, vrátily jsme se uvařené a hned hupsly do bazénu. Válely jsme se ve vodě nahoře bez, opíraly si hlavy o nafukovací rantl, popíjely pivo a povídaly si. Ňadra se nám ve vodě vyzývavě pohupovala.

Jako v inzertních novinách, které Marek nedávno zakoupil a přinesl domů kvůli kolu pro Mirka. V poslední části toho užitečného plátku jsou nabídky erotických služeb. Stejně jako my se Zuzanou se tam velmi uvolněně válejí v bazénech dámičky, nabízející klasický sex, orál bez, návštěvu submisivní i dominantní, pouta, bondage (co to je?), výprask, clinic, pissing, kaviár (co to je?!), s mojí komtesou je možné všechno...

Už vím, čím se budu živit! Své foto z bazénu umístím do inzerce takto:

Spisovatelka nabízí lekce tvůrčího psaní.

Vedro, vedro, vedro.

Večer jsme vytáhli Mirka s Jarkou na kolo. Jeli jsme se projet na opačnou stranu než obvykle a skončili jsme na pivu v hospodě *U vycpaného ptáka.* Nebe se zatáhlo. Začal pršet jemný deštík. Měli jsme takovou radost.

Mirek si začal zpívat píseň *Hradišťanu.* Místo *Voda má rozpuštěné vlasy* zpíval: *Martin má rozpuštěné vlasy...* (Martin je holohlavý!) Za deště a stmívání jsme jeli domů, šlapali jsme v kalužích, voda nám cákala na záda, vzduch voněl.

Na západě se nebe protrhlo do posledních paprsků slunce.

Že mě to nenapadlo dřív? Pomyslela jsem si udiveně, když jsem v noci ležela v posteli vedle Marka, který tiše a pravidelně oddychoval. Přejela jsem si rukama po těle. Ještě ho mám pevné. A když rozchodím dráty, co jsem jimi neviditelně sešněrovaná, jsem i pružná a ohebná.

Že mě to doteď nenapadlo?

Proto jsem tak nevyrovnaná, hysterická? Proto pořád brečím? Vybuchuju hněvem. Jsem zavalená láskou a za minutu šílím a trpím tísní. Proto jsem měla úzkosti, které mi zaplavily mozek až k touze po smrti, proto?

Šestý týden cyklu a nic. Vím, že se ze mě během příštího týdne babička nestane, ale stejně! Moje tělo vykročilo ke stáří. (Ale stejně! Cítím, že se ve mně ještě pere vajíčko, které chce dozrát – a odumřít. Cítím, že ve mně ještě kapka ženské krve je.)

Přece nebudu zase brečet?

Ráno se stříbrně, mokře leskly listy stromů. Než se teplota vyhoupla zase do vedra, vyluxovala jsem dům, odledila mrazničku, a když jsem si chtěla sednout k notebooku a zbytečně do něj ťukat, zazvonili Markéta s Honzou a přivezli mi plnou přepravku meruněk, které jsem si u nich ležérně objednala a vůbec s nimi nepočítala.

A půlit. A vypeckovávat...

(Dvacet sklenic džemu.)

Ve městě je večer setkání ženských, nás všech, co jsme účinkovaly v natáčení dokumentu, o němž ještě nevíme, jak se bude jmenovat.

Do kavárny na dvoreček postupně přišly: Zdena Tominová, Draha Šinoglová, Věra Roubalová, Kamila Bendová, Jana Hlavsová, Alena Kumprechtová, Libuše Šilhánová a za Aničku Šabatovou, která přijít nemohla, tu byla její dcera – s krásným malým chlapečkem a pěkně vypouklým bříškem s dalším miminkem. Byla tu i Zina Freundová. Přišla Petruška Šustrová.

Měly by tu (místo mě) sedět Otka Bednářová, Dana Němcová, Madla Vaculíková, Jiřina Šiklová, Marie Rút Křížková, Marta Kubišová, Helena Klímová. A mnoho dalších žen, jež v těžkých dobách vytrvale stály při svých mužích.

A některé z výše jmenovaných na svých místech stály vytrvale i bez mužů!

Věra řekla jen tak mimochodem: Ten dokument má trvat patnáct minut. Ale jak se vejde do patnácti minut celej život?

Věra s Drahou vzpomínaly, jak se při fízlovské razii u Věry Draha schovala do vykuchaných akumulačních kamen. Byla ve třetím měsíci těhotenství, měla být zavřená ve vězení za opisování knih na stroji!

Seděla v kamnech bez hnutí šest a půl hodiny, aby ji fízlové nenašli. Nejdelší hodiny jejího života. Tlačil ji do kyčle jakýsi šroub – od té doby ji to na tom místě bolí.

Jak těžké to Šinoglovi ve svém chartistickém období museli mít! Široko daleko jediní v malé moravské vsi. I dnes je to na vsi těžko k přežití, když nezapadáte do davu. Místní fízlové a udavači si na nich pěkně zgustli. Za šíření zakázaných knih (měla přepisovat na stroji mimo jiné i tátovu *Katyni*) Drahu odsoudili. Matku dvou malých dětí!

Později, když přece jen dostali na gynekologii odvahu vystavit jí těhotenský průkaz, do vězení nemusela. Zavřeli ji přesně půl roku poté, co třetí dítě porodila.

Fízlové spolu s příslušníky VB k ní vnikli – dům byl zamčený, ale my už víme, že to nic neznamenalo – a odvlekli ji do vězení od miminka, kojence!

Kojence strčili do kojeneckého ústavu, starší děti chtěli odvézt ze školy rovnou do dětského domova. Muž o ně bojoval. Učitelka ve škole chtěla, aby syn – třeťák? – vstal a před celou třídou řekl, že je máma v kriminále. Odmítl promluvit, ze školy utekl…

Pořád se potkávají. Udavači, fízlové, učitelka.

A Draha je vždycky pozdraví první.

Hovor běžel, smích se nesl dvorkem, tu a tam některé ukápla slza. To když se Draha se Zdenou zmínily, že ztratily své syny.

Nejtěžší životní zkouška je paradoxně potkala po pádu totalitního režimu. Nesou to tak statečně! Vzpomněla jsem si, jak jsem taky bývala docela statečná – a teď je ze mě unavená troska – z blbostí. K našemu dámskému sezení totiž přišel kluk, co má spisy Státní bezpečnosti v malíčku.

Autorka projektu s ním zřejmě hodně věcí konzultovala, protože nějak, nevím jak, přišla u stolu řeč na můj otevřený dopis Gustávu Husákovi, který jsem napsala a poslala na Hrad úplně zamlada, ve dvaceti.

Protestovala jsem v něm proti trestu smrti pro kluky, kteří chtěli překročit zadrátované hranice a vzali si k tomu rukojmí. Kromě řidiče, který je měl za hranice převézt, všechny propustili! Řidič byl při následné přestřelce s pohraničníky zastřelen. (Kým asi?) Kluci dostali trest smrti.

Protestovala jsem a prosila o milost. Marně.

Já ten dopis nemám, řekla jsem.

Máte ho ve složce.

Já mám složku?

Pod otcem.

Ani nevím, jak jsem dopis napsala. Ale těší mě, že existuje.

Je archivován.

Tolikrát jsem si v letech svobody – nevystudovaná, bez profese i peněz, myslela, že většina toho, co jsem dělala, protože jsem to považovala za důležité a čestné a co mi komplikovalo a kazilo život, bylo zbytečné. Dnešní morálka se takovým činům vysmívá. (Ztratila jsem důvod vážit si jich i sebe.)

Napsala jste ten dopis dobře.

Tak přece!

(Přece jsem něco napsala dobře.)

Jak naše řady s postupující nocí řídly a my se u stolu stále příjemněji namazávaly, řekla mi Petruška: Tvoje máma byla v *Chartě* nejkrásnější!

Ona je krásná pořád.

Petruška si lokla, přivřela pravé oko, přeměřila si mě a dodala: A víš, že jí jdeš, jak stárneš, do podoby?

Rozesmálo mě to. Nedávno mi telefonoval Olin, že mě viděl, jak si v sedm ráno kupuju ve městě v trafice noviny. Co bych dělala ráno ve městě v trafice, když bydlím v lese? Jsi měl vidiny nebo co?

Smál se: Když vy jste s otcem úplně stejní, úplně! Akorát že ty jsi mladší...

Petruška přivřela levé oko, přeměřila si mě a než stačila něco dodat, řekla jsem.

Já už jsem s tím smířená.

Jsem Kohout a kohoutem zůstanu.

V kavárně jsme se bavily i o tom, co je teď. Alena má v pěstounské péči dvanáctiletého kluka a zdá se, že doma směřují k tomu, kde jsme byli my. Maminka autorky projektu měla taky v péči kluka, teď je mu devatenáct a živí se jako prostitut.

Dopadlo to někomu dobře, ptám se, protože chci slyšet naději. Víte někdo o nějakým dobrým konci náhradního rodičovství?

Pavle to dopadá dobře! Její adoptivní dcera studuje střední školu. A syn je na vejšce.

Mám za Pavlu radost. Jí Pámbu dítě z vlastního lůna nenadělil, jakkoli se traduje, že když někdo dítě mít nemůže a adoptuje, hned se mu narodí i vlastní.

Pavla, chartistka, nemohla studovat, nemohla dělat žádnou slušnou práci, nemohla mít děti. Podobnost trápení nás na čas spojila. Když s mužem adoptovali napůl vietnamského chlapečka, jela jsem se k nim podívat a zeptat se, jaké to je.

Skvělý! Řekla mi rozesmátá, zkrásnělá, šťastná.

Udělej to taky!

V popůlnoční tramvaji jela spousta černochů a různě promíchaných objímajících se párů. Líbí se mi, když se lidi a jejich barvy míchají, líbí se mi to kupodivu i teď, ve skepsi k výsledkům, které to nese.

Noc u mámy. Park proti oknům jejího bytu se stal přes léto trvalým bydlištěm bezdomovců, kteří se tam celý den válí opilí pod stromy a chrápou (už na dálku strašlivě páchnou), v noci chlastají a dělají virvál.

Ožralá žena celou noc křičela. Nejdřív, že jí někdo něco ukradl, pak hulákala do všech stran PO-LI-CIE! a někdo z okolních domů na ni řval: Drž hubu! Drž klapajznu! Nepomohlo to. Vyřvávala dál. Bylo vedro a okna domů musela být dokořán. Policie má přitom úřadovnu hned proti parku. Ale co může dělat? Když tuhle kreaturu odvezli, za chvíli byla zpátky. Chlastala a vyřvávala dál. Aniž to tušila, naplňovala filosofickou sentenci Václava Bělohradského:

„Demokracie je systém, ve kterém se nespí."

Váš nález má jeden člověk z deseti, není to nic, co by se mělo operovat anebo u mě léčit.

Proč mám bolesti?

Protože jste v křeči. Celá.

Poslední dva roky mám těžký, přiznávám, ale...

Přečetl jsem váš *Indiánský běh*. Vy jste v křeči nejmíň od dvaceti! Snad byste se měla obrátit na psychologa nebo psychiatra, nevím, ale jediná možnost, jak se můžete zbavit bolestí, o nichž sama říkáte, že jsou nelogické, je uvolnit se. Zrušit napětí. Rád bych vám pomohl, ale jako neurolog nemohu. Bohužel.

Na rozloučenou mi políbil ruku.

Jela jsem na poštu dřív, než rtuť teploměru vyšplhá nad (obvyklou) třicítku. Cestou domů, zas v šíleném vedru, jsem na návsi potkala kamarádku.

Zrovna včera jsme o ní mluvili, když jsme jeli s Markem na kolech zalít lipky (každý jsme měli v batohu na zádech několik láhví s vodou). Obrátila se na něj, jestli by jí nějak nepomohl najít mámu. Mámu alkoholičku.

Víš, já si hned představila tu uřvanou ženskou z parku, řekla jsem, když jsme si o tom začaly povídat. Co když je to ona? Anebo to bude jiná, ale vlastně táž? Uchlastaná troska. Chceš ji opravdu vidět? Bojím se, že třeba nebudu mít už nikdy příležitost, že to prošvihnu, že ji už nikdy neuvidím. Možná bych měla vzít v úvahu, co říkáš, protože totéž mi říká i moje tchyně. Ale já se stejně toužím s mámou setkat a ukázat jí svý děti...

Jestli ji někde objevíš, uděláš, co chceš a potřebuješ, i se vším rizikem. Takže se v každým případě rozhodneš správně, utěšovala jsem ji.

Zatímco jsme stály uprostřed cesty a blokovaly provoz na návsi, jel kolem v autě Aleš. Strašně spěchal. Rychle jsem uhýbala na stranu. Neřítil se k porodu? Křeč mi projela zadkem a levou nohou pod koleno. (Ba ne, moje bolesti jsou úplně báječně logické.)

Vy s Markem taky uděláte, co chcete a potřebujete, řekla kamarádka.

A vykašlete se na to, co o vás lidi řeknou!

Šlapala jsem do kopce a přemýšlela, jak jsme všichni zamotaní do svých osudů a nevíme, jak s tím klubkem naložit, jak je rozmotat. Pokud vůbec.

Dnes máme výročí svatby.

A přitom je náš svazek nejspíš neplatný! Až na (nedalekém) hradě těsně před obřadem jsem si šla pro jistotu zkontrolovat občanský průkaz své svědkyně, herečky, a zjistila, že ho má dva roky propadlý. A já se bez jejího svědectví vdát nechtěla.

Průkaz jsme zfalšovali. Trojku (1983) jsme přepsali na pětku. Mohli jsme za to vyfásnout – vzhledem k tomu, že jsme byli všichni nepřátelé státu – výživný paragraf.

Dnes máme dvacáté první výročí neplatné svatby!

35 stupňů Celsia. Odpoledne jsem odpadla tupým spánkem, při

kterém se člověk nemůže ani pohnout. Marek přijel z práce docela brzy, sešli jsme se v bazénu, a pak se, ochlazení, rozhodli, že svatební výročí přece jen oslavíme. Pojedeme na kolech do restaurace *Nad řekou* na večeři.

Vyfikla jsem se do bílých šortek a jemné bílé košile, na krk jsem si připla opravdické perličky (za dvacet kun z Chorvatska), bílé ponožky a bílé sportovní botky (které mi taky na den ukradl Lukáš a odešel v nich do školy, přestože má nohu o dvě čísla větší! a zničil mi ortopedické vložky za tři stovky a do podrážky udělal díru, naštěstí není vidět). Navoněla jsem se happy vůní, rty přetřela růží růžovou...

Jsem nafintěná, jak si pořád přeješ, a upozorňuju tě, že cestou odmítám zalejvat lipky a vůbec dělat jakýkoli dobrý skutky, řekla jsem Markovi rezolutně.

Vyrazili jsme (s láhvemi s vodou, cestou zaléváme lipky). Jelo se mi krásně. Perdila jsem to úplně jako Ullrich, jeden z (dopujících) vítězů Tour de France (v podstatě se ze mě Ullrich stává, kdo ví, jestli už mi někde nerostou varlátka), virtuózně jsem se vyhýbala všem rigolům po loužích, které dávno vyschly, a ani jsem nebrzdila.

Cesta podél řeky je vydlážděná křivými šutry. (Znám to a jedu pomalu a opatrně.) O jeden takový vyčouhlý kámen jsem škrtla šlapkou. Pomalu a opatrně jsem se začala kácet k řece, do husté směsi kopřiv, bodláků a šípků. Můj pád byl naprosto nezadržitelný, i když se mi včas podařilo vyvléct nohu z klipsny...

V bílém oblečení a s perličkami jsem ležela v zaprášeném pálivém sajrajtu. Kolo na mně. Ležela jsem hlavou dolů, k vodě, a mohla akorát volat Marka, jedoucího přede mnou, na pomoc.

Vrátil se a jako manžel jednadvacet let po svatbě se nejdřív od srdce rozesmál. Potom vyndal foťák a začal si mě, bezmocně máchající rukama a jednou nezavalenou nohou, fotit.

Paparazzi, poskytni mi ihned první pomoc! Jsem v kopřivách!

Pěknej barevnej kontrast, řekl, udělal ještě pár obrázků a teprve potom ze mne odebral kolo, podal mi ruku a vytáhl mě na nohy.

...fix! Vyhrkla jsem dlaždičovu nadávku a prohlížela si svůj nazelenalý, i když nepotrhaný obleček a pořádné červené pupence od kopřiv všude po těle.

...fix fix! Ulevovala jsem si a taky se smála a nemohla přestat a teprve teď jsem si všimla, že opodál taktně stojí seriózní starší muž s kamerou u oka a ještě taktněji filmuje oblaka a čeká, až budu moci důstojně pokračovat v jízdě.

Kupodivu jsem neměla ani škrábanec. Nasedli jsme zase na kola, a když jsem seriózního muže míjela, pozdravila jsem ho a dodala: Nic jste neviděl, že jo?

Ani neslyšel, řekl úplně nejtaktněji.

Jsem totiž nahluchlý.

Sedli jsme si na terasu. Přišel mladý číšník, kterého jsme neznali, a když jsme si u něho objednávali pivo, podíval se na mě a zeptal se: Nejste vy paní...?

Zatetelila jsem se představou, že jsem přece jenom slavná. Tenhle kluk určitě nečte ženské časopisy ani názorové týdeníky... (Stalo se mi před lety, že mě na záchodcích hlavního nádraží v městečku oslovila toaletářka a zeptala se: Paní spisovatelko, co nám chystáte novýho?)

Jak víte, že se tak jmenuju? Reagovala jsem skromně, ale v příjemném očekávání pochvaly.

Já jsem totiž Huml.

A?

A chodil jsem s Patrikem do třídy.

Huml nám přinesl pivo, dvanáctku. A jídelní lístek. Vybrali jsme si pořádné jídlo na objednávku, dnes žádné šetření. Marek se rozhodl pro pstruha po třeboňsku. Nemám si dát babiččiny roštěnky? Abych si zvykala...

Na kolech domů asi v osm večer. A že se stavíme u Krobiánky. Už trochu popíjela se sousedy, přisedli jsme si, přišla i kamarádka od koní. Marek objednal slivovici – a hned tu nejlepší. Prozradil, že máme výročí.

Krobiánka přinesla padesátiprocentní, byla z nás dojatá. Marek si dal panáka, já panáčka. A ještě jednou a párkrát dokola a hodněkrát, dokud jsme láhev nedopili. (Krobiánku brzy přestalo bavit chodit nám nalévat, přinesla láhev, ať si sklínky doplňujeme sami.)

Kolem jedenácté jsme se rozhodli, že vyrazíme k domovu. Padesátiprocentní slivovice má tu výhodu/nevýhodu, že se po těle rozlévá pomalu a dlouho a stejně tak i působí.

Šněrovali jsme to do kopce jako když čoklové čurají a málem se přerazili o Markovy lipky. (Zalil je znovu, z vlastních zdrojů.) Pokračovali jsme šťastně dál. Na odbočce na louku se konečně vyválel na zemi i Marek. Smála jsem se tak, že jsem málem spolkla hvězdu.

Dojeli jsme dobře. (Markovi tekla z kolena krev – neumí padat!) Napsali jsme Krobiánce zprávu, že jsme dobře dojeli. Měli jsme to za úkol, takhle zpumprlíkovaní. Připadali jsme si úplně střízliví. Horká noc. Břink. Marek šel pod sprchu a praštil se o dveře koupelny. Já se pošplouchala v bazénu, břinkala jsem o všechno, co mi přišlo cestou do cesty.

Sešli jsme se v posteli.

Jako že bude láska. Rozesmálo mě to. Vypadalo to na všechno možné, jenom ne na lásku.

Přesně takhle ses před těma jednadvaceti lety smála, přesně takhle! No jo, no, ty jsi měla svatební noc holt podruhý, tebe to bavilo, ale pro mě to byla noc první. A jediná!

Hele, já první svatební noc celou prozvracela. Pro mě byla ta s tebou taky první. A taky jediná! Můžu za to, že mě bavila stejně jako dneska?

Tak jo. Řekl Marek a usnul.

Tak jo, řekla jsem a usnula taky.

A přitom jsem mu chtěla něco moc důležitýho říct.

Hergot, co vlastně?

Spala jsem jako na vodě, dobře mi nebylo. Probudila jsem se žízní, asi brzy, byla ještě tma. Vstala jsem z postele, že se sejdu do přízemí napít. Ale jako by mi někdo podtrhl nohy. Svět se zhoupl, dům prohnul a otočil vzhůru nohama. Dřevěná podlaha mi spadla na hlavu, břink!

Rozsvítilo se mi. Už vím, co jsem Markovi chtěla.

Nechybí mi ani procento.

(Ani jedno do sta.)

„Potvrzení převzetí vkladní knížky Lukáše…
Potvrzuji tímto převzetí dětské vkladní knížky Lukáše… (r.č…, č.OP…) Investiční a poštovní banky, a.s. divize Poštovní spořitelna s finanční částkou…

Žádám, aby byla hotovost z této knížky převedena na Lukášův účet, který po dovršení zletilosti sám založí… Požaduji především, aby byla tato finanční hotovost brána jako jistina Lukášových závazků, které bude s největší pravděpodobností mít ke svému dítěti, jež se má v těchto dnech narodit… Vkladní knížku předala, vkladní knížku převzal, 28. července 2006."

Běžela jsem honem se psem, dnešní předpovědi hlásily zase šestatřicet. Pak snídaně, rychlé zalévání kytek a zeleniny, když jsem to včera zanedbala, ochlazení v bazénu a honem do městečka k soudu.

Vyjížděla jsem z garáže, když na mě z okna volal Marek, abych šla Lukášovi najít cestovní pas, protože nemá občanku. Už v lomu říkal, že ji ztratil. (Hned zpočátku jsme v ústavu žádali, aby ji u sebe nenosil – víme, jak se o své věci stará a taky, jak lukrativní to může být zboží, ale nikdo na to nedbal.)

Jede k soudu a nemá občanku? A z ústavu to zavolají těsně před tím, než se bude stání konat? Co kdybychom už byli třeba na nákupu?

Jak nám to připomnělo Patrika, jak nás to naštvalo!

Bylo jasné, že předávání vkladní knížky se konat nebude, když Lukáš nemá žádný platný doklad totožnosti, neboť i jeho pas je propadlý. (Uzná soud propadlý pas jako doklad totožnosti?)

Čekali jsme před budovou. Zavolal vychovatel, budou mít zpoždění. Čekáme všichni. Soudkyně, kurátor, opatrovnický dohled, já a Marek, který si musel vzít volno z práce.

Jak nám to připomíná Patrika, zuříme.

Dorazili s třičtvrtěhodinovým zpožděním, ústavní výchova byla prodloužena. Všichni jsme se zřekli odvolání, aby rozsudek ihned nabyl právní moci a nedošlo k neřešitelnému mezidobí, kdy nebude mít Lukáš žádnou právní jistotu. Soudní pracovnice rozsudek napsala, potvrdila a vydala.

Je neodvolatelně rozhodnuto.

Jen jsme dostali papír s rozsudkem do rukou a vyšli na chodbu, vychovatel nám bez okolků sdělil, že má Lukáš nárok na dovolenou a bude u nás celý srpen.

Stojíme. Mlčíme. (Dýcháme.) Ptám se Lukáše: Co Eva?

Nevim.

Už rodí?

Nevim.

Vždyť sis s ní chatoval.

Už ne.

Má dnes první termín.

Vykulil oči, jako že je to překvápko.

To jsi nám řekl ty, tak nedělej překvapenýho. Víš, jak to s ní je?

Ne.

Proč?

Protože chodim na koupák.

Aha. Takže tě to nezajímá? Vždyť jsi jí psal, že ji miluješ.

No ale teď se chodím koupat.

Kolik máš peněz na účtě?

Nula.

Vychovatel: On tam toho nikdy moc neměl.

Jak je to s brigádou?

Nevim.

Vychovatel: Pozejtří jedou dvě party na hory, na tejdenní brigádu do lesa. Lukáš se nepřihlásil a my nikoho nutit nemůžeme.

Na kolika brigádách jsi byl?

Na žádný.

Tak ty chceš jet domů na dovolenou z koupání? Nevydělal sis ani korunu, ani jedinkrát jsi nepracoval. Není ti to trapný? Svalnatej seš až za ušima a nehneš kostrou?

Lukáš kouká.

Nebudeš pracovat a nebudeš se ani zajímat, jestli Eva rodí nebo nerodí?

Psala mi pořád nějaký kraviny.

Ty se Evě ozveš – zatelefonuješ jí, zjistíš, co a jak! Obětuješ dvacku ze svýho kapesnýho, na který ti táta vydělává... Že se nestydíš! Já jí zavolám. Mám to v plánu někdy v srpnu.

Zavoláš jí dneska!

Vychovatel: Mohl by ji navštívit, až odtud spolu pojedete. Předpokládám, že s váma rovnou zůstane.

Navštívíš ji teď, cestou od soudu. Až pojedete zpátky do ústavu!

To ne, já se tam nestavim, já jí pak někdy zavolám.

Víš, jak jí v tom vedru asi je?

Lukáš kouká. Řekla jsem mu o vkladní knížce.

Těch deset tisíc, co jsme ti našetřili, pokračovala jsem v rozčileném monologu, dáme Evě na miminko. Jo – a musíš se rozhodnout, jestli si myslíš, že je dítě tvoje. Jestli to přijmeš, Eva tě jako otce nahlásí a pudete se spolu zapsat na matriku, když nejste oddaní. Jestli to nepřijmeš a ona tě přesto jako otce nahlásí, bude zkouška nařízena soudně. Když se prokáže, že otcem jsi, zaplatíš nejen dvacet tisíc za zkoušku, ale i soudní výlohy. Mohlo by se to vyšplhat ke třiceti čtyřiceti tisícům. Když jsi neudělal vůbec nic pro to, abys na dítě přispěl, když se celej měsíc akorát producíruješ na koupáku u lomu a jediná tvoje námaha je, že skočíš salto pozadu...

...my za tebe nic řešit, ani platit, ani zařizovat nebudeme! Dokončil větu Marek.

Lukáš kouká. My mluvíme. Lukáš vejrá. My se rozčilujeme. Lukáš čumí. My mluvíme, poukazujeme, řešíme, je vedro, strašné vedro.

Tak jak to bude s Lukášovou dovolenou? Ptá se vychovatel a mrkne na hodinky.

Všechno se ve mně sevřelo starou známou tísní. Začala jsem se třást. Vykoktala jsem: Nnnnnijak!

Ale on má na dovolenou právo! Namítl vychovatel rozhořčeně. Marek řekl: Nemá!

Nadechla jsem se a pověděla Lukášovi přímo do očí: Já už s tebou v jednom domě žít nemůžu.

V noci na dnešek se mi zdálo, že točím. Ačkoliv jsem své touhy po filmu zasunula do nejhlubších sfér a zakázala si i jen o filmu přemýšlet, natož o něm snít (politici se stále na ničem nedohodli, vláda nebude, peníze na film taky ne), mám to stejně v sobě.

Dnes jsem ve snu natáčela jako režisérka. A potřebovala jsem něco řešit s architektem, ale místo toho jsem řekla archeolog...

Na spodním víčku se mi udělalo ječné zrno. Šla jsem se psem na louku – z městečka se valila mlha, v noci maličko sprchlo. Louka je seno nastojato. Listí ze stromů vedry zvadlo a spadlo. Leželo na cestě. Dýchl na mě podzim.

Ještě včera zavolali z ústavu mámě a oznámili jí, že k ní na chalupu jede Lukáš na dovolenou, protože ji nahlásil jako místo pobytu. Máma byla překvapená, bratr se vyděsil. Hned mi volal. Má na chalupě (vlastní ji) přátele z Belgie a neví, proč by tam měl být Lukáš? Přece nebude všem schovávat peněženky? A vůbec, máma s tím nesouhlasila. Jen pracovníkům ústavu řekla, že ji Lukáš někdy navštívit může.

Zavolala jsem jí.

Mami, budeš muset do ústavu zatelefonovat a říct jim jednoznačný NE, pokud si návštěvu nepřeješ. Nezapomeň, že kromě možný ostudy z kradení bys Lukášovi musela všechno platit ze svýho důchodu, protože on si žádný peníze nevydělal a my už mu žádný nedáme.

Nemůžeš to tam zavolat ty? Oni na mě tlačili a já neumím říct ne, je mi Lukáše líto.

Proč? Jemu nikoho z nás líto není.

Podrážděně telefonuju do ústavu. Všichni jsou na koupáku. Nechávám Lukášovi vzkaz: Trváme na tom, že k babičce nejede a naopak, pojede pracovat!

Je sobota. Marek si vyndal na zahradu dvě stará kola, na nichž nikdo dávno nejezdí, a že z nich postaví jedno dobré. Namíchlo mě to. Nefunguje nám odpad z pračky, v zimě budu muset zase jímat vodu do kýblů a lítat s nimi po schodech ze sklepa, auto se rozpadá a ty budeš stavět kolo? Pro koho?

Někomu ho dáme.

Pohádali jsme se. Za nějakou dobu Marek kola zavěsil na hřeby u dílny a začal cosi kopat za domem. Odtok to být nemohl.

Přece jen jsem se nějak z té nálady dostala a začala dělat k obědu ovocné knedlíky. Když jsem je měla zabalené, šla jsem Markovi říct, že bude oběd asi za dvacet minut, ať s tím počítá. Pět minut před obědem jsem šla Markovi říct zase: Knedlíky se vařej, bude to hned.

Když byly na talíři, posypané tvarohem, cukrem i polité máslem, zabouchala jsem zprudka na okno, za nímž Marek kutal.

Hovno.

Sedla jsem si sama ke stolu a začala jíst. Talíř pro Marka stydl. Měla jsem strašnou chuť dát knedlíky sežrat psovi, ale bylo mi mé práce líto. Marek přišel, až když jsem měla snědeno. (Potřeboval naplnit ještě jedno kolečko.)

Jdi do hajzlu, robote! Sice jsi inženýr, ale děláš to samý, co Lukáš s Patrikem dohromady. Pořád totéž!

Vzala jsem cedník, kterým jsem měla vyndat druhou várku knedlíků a praštila s ním o hrnec. Do hajzlu jsem odkráčela já. Ale čurat mi rozčilením nešlo. Vrátila jsem se. Marek měl před sebou stále plný studený talíř a asi přemýšlel, co má dělat, jestli ho má po mně hodit nebo začít jíst.

Vyndala jsem knedlíky a teprve když jsem je dala do mísy, hodila jsem znovu cedníkem tak, že se voda z hrnce rozstříkla kolem dokola.

Tohle je poslední oběd, kterej jsem ti uvařila, hajzle! Jdi už do prdele! Jsi nesnášenlivá, věčně podrážděná, hysterická kráva! Zařval na mě Marek.

Vrhla jsem se k němu a začala do něho bušit: Hajzle hnusnej! Chytil mi ruce: Přestaň dělat tyjátr!

Drž hubu!

Ty drž hubu!

Porvali jsme se.

Všechno lítalo. Talíře, příbory, hrnce, knedlíky, židle, bratrův obraz. Honili jsme se domem. Hodila jsem po Markovi (svůj) mobil. Rozkřápli jsme ho mezi dveřmi, které jsem před ním chtěla zavřít. Prokopl je. Kdybych se k němu nevrhla a nedržela ho a neprosila, aby toho nechal, aby se uklidnil, aby mi to odpustil...

Rozmetal by na kusy celý dům.

Neděle.

Nemluvili jsme.

Napjatí, rozrušení, podráždění. Zničení.

Všechno jsem uklidila. Dřevěnou výplň dveří jakž takž narafičila a zatloukla (křivě) zpátky. Marek vyvenčil psa, shrbeného strachy z našeho včerejšího běsnění a dnešního napětí.

V půl desáté dopoledne jsem zavolala do ústavu, abych zjistila, jak se Lukáš zachoval po našich jasně řečených podmínkách u soudu.

Ještě spal. Evě prý včera volal. Prohodil s ní dvě věty. Zeptal se, jestli už rodí a když zjistil, že ne, řekl jí čau.

Na brigádu se nepřihlásil. Na mé přání ho šli vzbudit.

Přihlásíš se ihned na brigádu, za chvíli se na ni odjíždí! A varuju tě!

Práskla jsem sluchátkem. Ano, jsem napjatá, rozrušená, podrážděná, zničená, hysterická na nejvyšší míru, jsem nesnesitelná, vím to. Ale já už to nemůžu vydržet, nemůžu. Všechno mi vadí. A nejvíc, že se k problému s Evou neumím postavit čelem!

Vytočila jsem její číslo. Telefon vzala Petra. Řekla jsem, že vím, že Eva ještě neporodila, ale je to na spadnutí. Měli jsme soud a chtěli na Lukášovi dvě věci – aby šel na brigádu vydělat peníze na své závazky a aby se buď za Evou zastavil, anebo jí zatelefonoval.

Aha… Tak proto včera volal. No, oni jak si s Evou mejlovali a ona z toho byla zase celá rozjitřená, tak jsem si to přečetla a úplně jsem zírala. Psali si jenom o sexu! Jak to spolu zase rozjedou! Lukáš jí napsal, že prvního srpna bude volnej a přijede sem…

Petra Evě mejlování zatrhla. Musela Lukášovi napsat, že s ním končí. A on jí napsal, že si najde jinou. Jak včera zavolal, myslely si, že se mu to rozleželo, že ji má přece jen rád.

A vy jste mu to přikázali!

Řekla jsem Petře, že chci Lukášovu vkladní knížku zrušit a peníze dát Evě – jako náš vklad, náš, tedy Marka a můj s tím, že další už bude muset řešit Lukáš sám. Případně oni s Lukášem.

Probraly jsme, jak peníze převést. Poradila jsem Petře, aby Evě založila účet, třeba taky poštovní, jako má Lukáš. Chtěli bychom, aby šly peníze přímo na Evino jméno. Petra nevěděla, jestli to stihnou.

Otevírá se, řekla. A já se strašně bojím, že jestli se tady teď Lukáš objeví, tak nám holku opravdu zabije. Protože ona ho miluje a já ji neuhlídám. Ona s ním bude spát i v šestinedělí!

Uděláme všechno proto, aby sem Lukáš nedorazil! Říkám a vyděšeně pomyslím na jeho hygienu. To ti slibuju. Budeme rádi, když nám dáte vědět, až se to narodí.

Jo? Já myslela, že vás to nezajímá.

Petro, my máme akcí s oběma klukama plný zuby, protože fascikly narůstají a naše trpělivost se vyčerpala. A samozřejmě, že nás strašlivě štve celej Lukášův postoj flákače, kterej se chce všemu namáhavýmu vyhnout na sto honů. My na Evu myslíme, obzvlášť v těch vedrech. Přejeme jí, aby to šlo rychle a dobře a aby ji to nebolelo. Víme, jak to máš s Alešem těžký, ale uvidíš, že až se miminko narodí, až bude doma… Bude nejvíc dojatej právě on. Aleš bude tu holčičku milovat! Uvidíš, že jo!

Smrkání na druhé straně aparátu. Smrká i Marek, který poslouchal v křesle kus od telefonu. Já nic.

Asi už jsem své slzy vybrečela. Jsem prázdná, bezcitná ženská. Vlastně ani ženská už moc nejsem. Položila jsem sluchátko, Marek ke mně přistoupil.

Terezko.

(Závazek nevaření porušen hned v poledne.)

Konečně chladněji. Vypravila jsem se do města do kina na *Plechový bubínek*. Názorně jsem viděla, co mi AJL, Cyril a vlastně i Dušan psali o dobré literatuře a jejím (špatném) převedení do filmu.

K čemu film podle stejnojmenného Grassova románu? Ano, dostal Oscara. Zfilmování románu (četla jsem ho dávno a jen si pamatuju, že jsem se nemohla odtrhnout) mi bylo definitivní odpovědí na pokusy chytit se drápkem zadaptováním Rudolfa Slobody pro divadlo či film.

Nebudu se chytat drápkem. Nebudu se do ničeho nutit. Nebudu kazit romány.

Nebudu psát!

Jela jsem mámě zalít kytky a vyvětrat byt. Z parku jsem zaslechla zpěv. Šla jsem tam, protože kytara i hlasy zněly pěkně. U lavičky stáli a posedávali kluci a holky, s sebou dva kočárky s miminy.

Dávali dohromady romské písničky, které – jak se ukázalo – znali jen z cédéček. Moc jim to nešlo, ale snažili se a to mě potěšilo, potřebovala jsem si zlepšit mínění o Romech. Sedla jsem si na vedlejší lavičku...

Z města jsem jela s Markem. Za domem to rozkutal, chce udělat zastřešení a možná i nový vchod do domu. Koupili jsme cement na zedničinu (Lukášův oblíbený výraz). Mysleli jsme si, že až budou kluci velcí, pomůžou nám konečně všechno dodělat.

Večer zavolal do ústavu pro změnu Marek. Potvrzeno: Lukáš

na brigádu neodjel, nikam se nepřihlásil ani po mém varovném hovoru v neděli ráno. Zítra jede na dovolenou.

Cože? Kam?

Udal jako cíl cesty svoji dívku.

Jakou dívku? Kde?

Nevíme.

Jak to, že nemusí udat adresu, kde se bude zdržovat, ani jméno, nic? Dostane kapesné 260,– Kč (na čtrnáct dní!) a odjede.

Jak to, že nepotřebujete náš souhlas s odjezdem, když je v soudně nařízený ústavní výchově a my za něho dál neseme odpovědnost?

Takto.

Marek si zavolal Lukáše k telefonu: Proč jsi neodjel na brigádu?

Protože se mi nechtělo.

Smrade! Prásknul telefonem.

Oba jsme se třásli bezmocí a hněvem. Jestli se ve vsi zítra objeví, zabiju ho.

Zabiju ho já nebo Marek.

Úterý, 1. srpna 2006.

Lukášovi je dnes osmnáct let! Zavolala jsem Petře a varovala ji, aby byli připravení, že se Lukáš objeví. Aby si Evu ohlídali.

Právě jsem jí odvezla do porodnice.

Tak se ji pak snaž u mimina udržet.

Ach jo.

Ach jo. Ať to dobře dopadne. Dej vědět. Držíme palce!

Zpráva od Marka: Volal řediteli ústavu, aby zakázal Lukášovu dovolenou. Mluvil jen se sociální pracovnicí, ředitel je na dovolené. Prý se poradí. V devět tam má volat znovu, ale bude na pracovní poradě.

V devět vytáčím číslo já.

Sociální pracovnice tvrdí: Jako dítě má Lukáš ze zákona právo na kontakt s vámi, s rodinou.

My si jeho pobyt doma nepřejeme ze závažných důvodů!

Vždyť domů nejede, napsal si pobyt jinde.

Je to jen manévr, bude samozřejmě (fetovat) ve vsi, jako při všech návštěvách!

Když je plnoletý a tedy dospělý, má právo vaše přání a rozhodnutí nerespektovat.

Na něco je dítě a na něco dospělej, ale na všechno má právo? A jaký práva máme my?

Vždy se upřednostňují práva dítěte.

Vždyť dítě není, když je plnoletej! Argumentuju jako ona.

Vážená paní, nevím, proč to pořád řešíte. Když je dnes Lukášovi osmnáct, vy už za něj zodpovědní nejste a všechno, co případně provede, je pouze jeho problém. Následky si ponese jen on sám. Ale nás všichni s jeho činy morálně spojují! A chtějí, abysme následky řešili my! My se v těch následcích topíme!

To je mi líto. Ještě se Lukáše zeptám, jestli si to nerozmyslel.

Volám kurátorce, je taky na dovolené. Nechám se přepojit na jejího nadřízeného, co s námi byl naposledy u soudu. Ptám se na práva rodiny, která si návštěvu plnoletého syna v ústavní výchově nepřeje. Máme nějaká práva?

Obávám se, že ne, když je syn plnoletý.

Takže máme jen povinnosti?

Obávám se, že ano.

Volám na státní zastupitelství. Dovídám se, že pobyt plnoletých v ústavech není nijak právně specifikován a je tedy zcela na libovůli ústavu i jeho klienta, jakou dohodu spolu uzavřou a jak bude ústavní výchova probíhat.

Volám znovu do ústavu.

Lukáš na dovolené trvá, říká sociální pracovnice. Nemůžeme mu v tom bránit.

Ale Eva dnes rodí!

Podle platného zákona vás ode dneška bez Lukášova svolení dokonce nesmím ani informovat o jeho záměrech.

Lukáš nemá doklad totožnosti! A ztrátu občanky dodnes na policii nenahlásil! Je půl roku ve vaší péči. Dnes, kdy je plnoletý, může na jeho občanskej průkaz někdo uzavřít leasing! A protože máme společnou adresu, náš majetek může propadnout v exekuci. Jestli to s ním nezačnete řešit, jestli ho pustíte na dovolenou, podáme žalobu! Praštila jsem telefonem. Sedám k notebooku. Píšu do ústavu mejl (písmenka mi tančí před očima): *Zákaz návštěvy Lukáše v rodině! Zákaz dovolené do konce šestinedělí matky jeho dítěte!* Odesláno. Ještě že je mejl tak rychlý!

Volám na Městský úřad, omluvím se, proč se nepředstavím, v krátkosti řeknu, co máme za problém a zjišťuju, jak je to s možností odhlásit od nás Lukáše, ačkoli je v ústavní výchově.

Zdá se, že to nepůjde. Ale mám stejně napsat žádost a podat ji, protože podmínky k odhlášení jsou široké.

Syn je v podmínce. Co když ho zatím zavřou?

Tak to ho odhlásit nesmíte.

Jsme v pasti.

Uvrhli jsme se do ní sami. Pitomci. Neskuteční pitomci. Proč jsme s prodloužením ústavní výchovy souhlasili? Proč jsme s Lukášem nevymetli dveře? Proč tady musel udělat to dítě?! Proč si nevzal ochranu? Proč Eva nebrala antikoncepci? Proč dnes rodí?

Co když se jí něco stane?!

Klepu se. Volám mámě.

Vždyť se nic hrozného neděje, říká. Narodí se miminko. Je to krásný.

Volám Markovi.

Klid, nech to osudu.

Jsem tak unavená.

Tak unavená!

Unavená.

Lehla jsem si, ale spát nemůžu. Každou chvíli mi po tváři steče slza. (Přece ještě nějaké mám, dobré znamení pro budoucnost, zase budu moci brečet do aleluja).

Co udělám se svým životem?

Ve tři čtvrtě na dvě odpoledne zavolala Lenka. Dostala od Petry esemesku (neví, proč ona), že se jim narodila Eliška. K tomu míry a váhy.

Tak už je to na světě, babi! Zvesela zakončila hovor.

Hned po ní zavolala Jarka: Čau, babičko!

Zprávu o zrodu Elišky dostala celá ves. Snad i každý její patník, jen my s Markem ne. Tak jo. Nakonec, my jsme se už o dvě děti odjinud starali. A já přese všechno tvrdím, že jsme se starali dobře, jak nejlíp jsme uměli. Nechce se nám do dalšího vztahu na takovém principu. Ať se to někomu líbí, nebo ne, ať je to tvrdé, sobecké, nespravedlivé, kdovíjaké, nemůžu si pomoct.

Necítím nic než úlevu, že se miminko narodilo.

A všechno je v pořádku.

Jarka říkala, že Aleš u porodu byl. Už holčičku choval. Je prý úplně bílá, ale jinak celý Lukáš. Už holčičku držel v náručí, je šťastný.

Vím, že bude milující dědeček, jak jsem si od počátku myslela. Vím taky, že bude Petra šťastná, obětavá babička. Eva si porodila živou hračku. Až časem se uvidí, jestli se z ní v jejím věku stane dobrá maminka.

Tak už je to na světě.

Budiž Elišce přáno zdraví, láska a štěstí. Jedno se neobejde bez druhého... Budiž Elišce přáno!

A nám odpuštěno.

* * *

Pochybuju, že se život skládá z náhod. Jenže nevěřím ani v pověstnou boží ruku. I když… Nevím, nevím. Vím, že se musím smát, řehtat. A řehtám se úplně nezřízeně.

Gunav baroro
Na čhivá les pale…

Pouštím si desku Zuzany Navarové s písní Mária Biháriho. Začíná pomalu, bere mě za srdce. Ale pak se šíleně cigošsky rozjede. Pouštím ji na plné pecky, na celý dům.

Khelen, Romale
Khelen, čhavale
Jaj, savore te gilaven
Jon hi bachtale

Zpívám taky. Tančím. Trsám jako blázen.

Česká řada
Svazek 12

Tereza Boučková
Rok kohouta

Obálku s použitím obrazu Ondřeje Kohouta
navrhl Ivan Brůha.
Vydala Euromedia Group k. s. – Odeon v Praze roku 2008
jako svou 4215. publikaci,
v Odeonu publikace 198.
Odpovědný redaktor Jindřich Jůzl.
Technický redaktor David Dvořák.
Počet stran 336.
Sazba SF SOFT, Praha.
Vytiskly Tlačiarne BB, spol. s r. o., Banská Bystrica.
Vydání první.

www.euromedia.cz
www.knizniweb.cz